# Blutspur



TANYA HUFF

**Autor** | **Tanya Huff**
**Deutsch von** | **Claudia Wittemund**

**Lektorat** | **Oliver Hoffmann**
**Korrektorat** | **Angela Voelkel**

**Art Director, Satz und Gestaltung** | **Oliver Graute**
**Umschlagillustration** | **Brom**


1. Auflage 2002
ISBN 3-931612-55-9
Originaltitel: Blood Trail


Feder & Schwert im Internet: http://www.feder-und-schwert.com

Für DeVerne Jones, der geduldig hunderte von Fragen beantwortete, einschließlich einiger, die mir überhaupt nicht eingefallen waren.

Mit besonderem Dank an Ken Sagara, dessen Großzügigkeit es mir ermöglichte, dieses Manuskript rechtzeitig und mit intaktem Sehvermögen zu beenden.

# Eins

Der Dreiviertelmond, der tief am Nachthimmel stand, verwandelte selbst zahmes, friedliches Farmland in eine geheimnisvolle Landschaft aus silbernem Licht und Schatten. Hinter jedem von zwei Monaten Sommerhitze goldbraun gerösteten Grashalm erstreckte sich ein dünnes schwarzes Abbild. Die Büsche entlang der Zäune, Autobahnen für die, die zu scheu waren, sich ins Freie zu wagen, raschelten einmal und waren dann wieder still, als irgendeine Kreatur der Nacht ihren Geschäften nachging.

Eine große Schafherde, deren nach der Sommerschur kurzes Vlies vom Mondlicht in Milchweiß verwandelt wurde, hatte sich in einer Ecke der Weide zur Nacht niedergelassen. Außer der rhythmischen Bewegung einer Anzahl von Kiefern und dem gelegentlichen Zittern eines Ohres oder Zucken eines Lamms, das nicht lange stillhalten konnte, noch nicht einmal im Schlaf, schien sie eine Felsmasse aus hellem Stein zu sein. Eine Felsmasse, in die plötzlich Leben kam, als mehrere Köpfe sich gleichzeitig hoben und aristokratische Nüstern in den Wind gehalten wurden.

Sie waren offenbar vertraut mit dem Wesen, das über den Zaun auf die Weide sprang, denn obwohl die Mutterschafe wachsam blieben, beobachteten sie seine Annäherung eher mit leiser Neugier als mit Erschrecken.

Das große schwarze Tier hielt inne, um einen Zaunpfahl zu markieren, dann trottete es einige Schritte auf das Feld und setzte sich, wobei es den Blick stolz über die Schafe schweifen ließ. Etwas in seinem allgemeinen Umriß, in der Form seines Kopfes, wies ebenso wie seine Färbung, seine Größe und die Breite seiner Brust auf einen Wolf hin, doch die Reaktion der Herde deutete eher auf einen Hund.

Davon überzeugt, daß alles war, wie es sein sollte, begann es munter am Rande des Zauns entlangzutraben. Sein stolz erhobener Schwanz wehte wie ein Banner hinter ihm her, und vom Mond versilberte Lichter flossen bei jeder Bewegung durch sein dichtes Fell. Es legte an Geschwindigkeit zu, sprang über eine Distel – mehr aus purer Freude am Springen als weil die Distel ihm im Weg war – und schnitt das untere Ende der Weide diagonal ab.

Ein Klang wie ein fernes Husten war die einzige Vorwarnung, dann explodierte der glänzend schwarze Kopf in einem Schauer aus Blut und Knochen. Der Körper, vom Einschlag von den Füßen gehoben, zuckte einen Augenblick lang wild und lag dann still.

Vor Schrecken über den plötzlichen Blutgeruch blökend gerieten die Schafe in Panik, rasten zum anderen Ende des Feldes und preßten sich in einer zusammengeduckten, geräuschvollen Masse gegen den Zaun. Zum Glück lag die Richtung, die sie eingeschlagen hatten, gegen den Wind und nicht mit ihm. Als nichts weiter geschah, beruhigten sie sich langsam, und ein paar der älteren Mutterschafe bewegten sich und ihre Lämmer aus der Menge heraus und begannen, sich wieder niederzulassen.

Es war unklar, ob die drei Tiere, die kurz darauf über den Zaun sprangen, die Schafe überhaupt bemerkten. Auf riesigen Pfoten, die kaum den Boden zu berühren schienen, rannten sie auf die Leiche zu. Eines von ihnen, die rotbraunen Nackenhaare gesträubt, begann die Spur des toten Tieres zurückzuverfolgen, doch ein Knurren des größeren der beiden anderen rief es zurück.

Drei spitze Schnauzen hoben sich, und das Geheul, das sich zugleich mit ihnen erhob, versetzte die Schafe erneut in Panik. Während die Töne an- und abschwollen, löschte ihre urtümliche Melodie jede verbliebene Ähnlichkeit aus, die die drei Heulenden mit Hunden gehabt haben mochten.

Vicki Nelson haßte den August. Es war der Monat, in dem Toronto bewies, zu welcher Weltklassestadt es geworden war: Die Hitze und die Luftfeuchtigkeit klebten an den Auspuffgasen, die Luft in der Schlucht aus Beton und Glas zwischen der Yonge und der Bloor nahm eine gelbbraune Tönung an, die einen bitteren Nachgeschmack in der Kehle hinterließ, jede lose Schraube in der Stadt beschloß, ihrer eigenen Wege zu gehen, und die Geduld wurde von der Hitze zerkocht. Die Polizei in ihren marineblauen Hosen und Mützen und den schweren Stiefeln haßte den August sowohl aus persönlichen als auch aus beruflichen Gründen. Vicki hatte den Streifendienst rasch hinter sich gebracht und die Polizei selbst vor über einem Jahr verlassen, aber sie haßte den August noch immer. Da der August nun auf ewig mit ihrem Abschied von einem Beruf verbunden war, den sie geliebt hatte, war dieser am wenigsten angenehme Monat nun über die Maßen verabscheuenswert geworden.

Als sie die Tür zu ihrer Wohnung aufschloß, gab sie sich Mühe, sich nicht selbst zu riechen. Sie hatte den Tag, die letzten drei Tage, damit verbracht, in der Auftragsannahme einer Kaffeerösterei am Railside Drive zu arbeiten. Im letzten Monat war die Firma von einer Reihe von Maschinenausfällen geplagt gewesen, bis den Besitzern klar geworden war, daß es sich um Sabotage handelte. Verzweifelt – eine kleine Firma konnte sich keine Ausfallzeiten leisten, wenn sie mit den multinationalen Firmen konkurrieren wollte – hatten die Besitzer Vicki angeheuert, um herauszufinden, was vor sich ging.

„Und Victoria Nelson, Privatdetektivin, hat es wieder geschafft." Sie schloß die Tür hinter sich und streifte ihr feuchtes T-Shirt ab. Sie hatte gleich am ersten Tag denjenigen herauspicken können, der die Röstmaschinen blockierte. Aber dennoch hatte es sie zwei weitere Tage gekostet, um herauszufinden, wie er es machte und genügend Beweise für eine Anklage zu sammeln. Morgen würde sie hingehen, den Bericht auf Mr. Glassmans Schreibtisch legen und nie wieder in die Nähe dieses Ortes kommen.

Heute abend wollte sie eine Dusche, etwas zu essen, das nicht nach Kaffee roch, und einen langen anspruchslosen Abend vor der Flimmerkiste verbringen.

Sie kickte das schmutzige T-Shirt in die Ecke, während sie die Jeans auszog. Das einzig Gute an der Sache war, daß sie auf dem Weg nach Hause einen Sitzplatz in der U-Bahn gehabt und niemand versucht hatte, sich an sie zu drängen, weil sie so stank.

Das heiße Wasser hatte gerade begonnen, den Gestank und die Steifheit wegzuspülen, als das Telefon klingelte. Und klingelte. Sie versuchte, es zu ignorieren, es von der Dusche übertönen zu lassen, hatte aber wenig Erfolg. Sie war schon immer ein Telefon-Junkie gewesen. Leise vor sich hinschimpfend drehte sie das Wasser ab, wickelte sich in Handtücher und rannte zum Telefon.

„Oh, da bist du ja, Liebes. Warum hat das so lange gedauert?"

„Es ist eine sehr kleine Wohnung, Mom." Vicki seufzte. Sie hätte es wissen müssen. „Ist dir nicht ungefähr beim siebten Klingeln die Idee gekommen, daß ich vielleicht nicht ans Telefon gehen wollte?"

„Natürlich nicht. Ich wußte, daß du da bist, sonst hättest du deinen Anrufbeantworter eingeschaltet."

Sie ließ ihren AB nie an, wenn sie daheim war. Sie hielt das für den Gipfel der Unhöflichkeit. Vielleicht war es Zeit, das zu überdenken. Das

Handtuch rutschte, und sie schnappte danach – eine Wohnung im zweiten Stock lag nicht hoch genug, um nackt herumzulaufen. „Ich war unter der Dusche, Mom."

„Dann habe ich dich ja nicht bei etwas Wichtigem gestört. Ich wollte dich anrufen, bevor ich das Büro verlasse... "

*„Damit der Fachbereich Biowissenschaften für den Anruf zahlen muß"*, ergänzte Vicki im Stillen. Ihre Mutter war als Sekretärin länger bei der Queen's University in Kingston als die meisten angestellten Professoren und nutzte die Vergünstigungen ihres Berufs so oft und so weit wie möglich aus.

„... und herausfinden, wann du Urlaub hast, damit wir etwas Zeit miteinander verbringen können."

Klar. Vicki liebte ihre Mutter, aber mehr als drei Tage in ihrer Gesellschaft brachten sie an den Rand des Muttermords. „Ich habe keinen Urlaub mehr, Mom. Ich bin selbständig und muß annehmen, was anfällt. Außerdem warst du erst im April hier."

„Da warst du im Krankenhaus, Vicki, das war nicht gerade ein Höflichkeitsbesuch."

Die beiden vertikalen Narben an ihrem linken Handgelenk waren zu dünnen roten Linien auf der hellen Haut verblaßt. Es sah wie ein Selbstmordversuch aus, und es hatte viel Phantasie erfordert, um ihrer Mutter nicht erzählen zu müssen, wie sie dazu gekommen war. Von einem soziopathischen Hacker einem Dämon geopfert zu werden war nichts, was ihre Mutter besonders gut aufnehmen würde. „Sobald ich ein freies Wochenende habe, komme ich vorbei. Versprochen. Ich muß auflegen, ich tropfe den Teppich voll."

„Bring diesen Henry mit. Ich würde ihn gerne kennenlernen."

Vicki grinste breit. Henry und ihre Mutter. Das könnte ein Wochenende in Kingston wert sein. „Ich glaube nicht, Mom."

„Warum denn nicht? Was stimmt mit ihm nicht? Warum ist er mir im Krankenhaus aus dem Weg gegangen?"

„Er ist dir nicht aus dem Weg gegangen, und mit ihm ist alles in Ordnung." *Gut, er ist 1536 gestorben. Aber das hat ihn nicht gebremst.* „Er ist Schriftsteller. Er ist ein wenig... *außergewöhnlich.*"

„Außergewöhnlicher als Michael Celluci?"

„Mutter!"

Sie konnte fast hören, wie ihre Mutter die Augenbrauen hochzog. „Süße, du erinnerst dich vielleicht nicht daran, aber du bist schon mit einer ganzen Reihe *außergewöhnlicher* Jungs ausgegangen.“

„Ich gehe nicht mehr mit Jungs aus, Mom. Ich bin fast zweiunddreißig Jahre alt.“

„Du weißt genau, was ich meine. Erinnerst du dich an den jungen Mann in der High School? Ich erinnere mich nicht an seinen Namen, aber er hatte einen Harem… “

„Ich rufe dich an, Mom.“

„Bald.“

„Bald“, stimmte Vicki zu, rettete wieder das Handtuch und legte auf. „Ich bin zu meiner Zeit mit außergewöhnlichen Jungs ausgegangen… “ Sie schnaubte und machte sich auf den Weg zurück ins Bad. Gut, ein paar von ihnen waren ein wenig seltsam, aber sie war sich mehr als hundertprozentig sicher, daß keiner von ihnen ein Vampir war.

Sie drehte das Wasser wieder an und grinste, als sie sich die Szene ausmalte. *Mom, ich möchte dir Henry Fitzroy vorstellen. Er trinkt Blut.* Ihr Grinsen wurde breiter, während sie unter das Wasser trat. Ihre Mutter, unendlich praktisch, würde wahrscheinlich fragen, welche Blutgruppe. Es gehörte viel dazu, das Weltbild ihrer Mutter zu erschüttern.

Sie leerte gerade eine Pfanne Rührei auf einen Teller, als das Telefon wieder klingelte.

„Das paßt“, murmelte sie, schnappte sich eine Gabel und ging ins Wohnzimmer. „Das verdammte Ding klingelt nie, wenn ich gerade nichts mache.“ Sonnenuntergang war erst in ein paar Stunden – es war also nicht Henry.

„Vicki? Celluci hier.“ Da es so viele Michaels bei der Polizei von Toronto gab, hatten die meisten von ihnen sich angewöhnt, sich im Dienst wie außerhalb nur mit Nachnamen zu melden. „Du erinnerst dich an den Namen von Quests mutmaßlichem Komplizen? Den Typen, der nie angeklagt wurde.“

„Guten Abend, Mike. Schön, dich zu hören. Mir geht es gut, danke.“ Sie schob eine Gabel Ei in den Mund und wartete auf die Explosion.

„Laß den Scheiß, Vicki. Er hatte irgendeinen Frauennamen… Marion, Marilyn… “

„Margot. Er hieß Alan Margot. Warum fragst du?”

Trotz des Verkehrslärms konnte sie das selbstzufriedene Grinsen in seiner Stimme hören. „Das ist streng geheim."

„Hör mal zu, du Mistkerl, wenn du schon mein Gehirn benutzt, weil du zu faul bist nachzuschlagen, dann komm mir nicht mit: ‚Das ist streng geheim.' Nicht, wenn du deine Rente erleben willst."

Michael Celluci seufzte. „Gebrauche das Gehirn, dessen Benutzung du mir vorwirfst."

„Ihr habt schon wieder eine Leiche aus dem See gefischt?"

„Vor wenigen Augenblicken."

Also war er noch vor Ort. Das erklärte den Hintergrundlärm. „Das gleiche Muster von Blutergüssen?"

„Soweit ich das sagen kann. Der Gerichtsmediziner hat die Leiche gerade geholt."

„Nagel das Schwein endlich fest."

„Das", erklärte Mike ihr, „ist mein Plan."

Vicki legte auf und glitt in ihren Lederliegesessel, wobei sie die Eier gefährlich auf der Lehne balancierte. Vor zwei Jahren war das ihr Fall gewesen. Sie war dafür verantwortlich gewesen, den Abschaum zu finden, der ein fünfzehnjähriges Mädchen bewußtlos geschlagen und dann in den Ontariosee geworfen hatte. Sechs Wochen Arbeit, und sie hatten einen Mann namens Quest festgenommen, angeklagt und es ihm nachgewiesen. Vicki war sich sicher gewesen, daß noch ein weiterer Mann darin verwickelt war, aber Quest wollte nicht reden, und sie konnten keine zweite Anklage erheben.

Diesmal...

Sie riß sich die Brille von der Nase. Diesmal würde Celluci ihn schnappen, und Vicki Nelson, der Ex-Liebling der städtischen Polizei, würde auf ihrem Hintern sitzen. Das Zimmer vor ihr verschwamm zu einer nicht zu unterscheidenden Masse aus ineinander verlaufenden Farben, und sie setzte die Brille wieder auf.

„Scheißdreck!"

Vicki holte tief Luft und zwang sich zur Ruhe. Schließlich war alles, worauf es ankam, daß Alan Margot gefaßt wurde – nicht, wer diese Verhaftung vornahm. Sie nahm die Fernbedienung und schaltete den Fernseher ein. Die Jays spielten in Milwaukee.

„Die Jungs des Sommers", seufzte Vicki und machte sich über ihre mittlerweile kalten Eier her, während sie sich dem hypnotischen Akzent der

Moderatoren überließ, die durch die Show vor dem Spiel führten. Wie die meisten Kanadier eines bestimmten Alters war Vicki in erster Linie Hockeyfan, aber es war fast unmöglich, in Toronto zu leben, ohne eine gewisse Zuneigung zu Baseball zu entwickeln.

Es war am Ende des siebten, beim Spielstand drei zu fünf, die Jays lagen zwei Läufe zurück, zwei waren draußen und ein Mann am zweiten mit Mookie Wilson am Schlag. Wilson schlug mehr als dreihundert gegen Rechtshänder, und Vicki sah, wie der Fänger der Brewers schwitzte. Da klingelte das Telefon.

„Das paßt." Sie machte den Arm lang und zog sich das Telefon auf den Schoß. Sonnenuntergang war um 20:41. Jetzt war es 21:05. Das mußte Henry Fitzroy sein.

Erster Ball.

„Ja?"

„Vicki? Henry hier. Alles in Ordnung?"

Erster Schlagfehler.

„Ja, mir geht es gut. Du rufst nur zu einer ungünstigen Zeit an."

„Tut mir leid, aber ich habe hier ein paar Freunde, die deine Hilfe brauchen."

„Meine Hilfe?"

„Sie brauchen die Hilfe eines Privatdetektivs, und du bist der einzige, den ich kenne."

Zweiter Schlagfehler.

„Ausgerechnet jetzt?" Nur noch zwei Innings bis Spielende. Wie verzweifelt konnte jemand schon sein?

„Victoria, es ist wichtig." Sie erkannte an seiner Stimme, daß dem so war.

Sie seufzte, als Wilson aus dem linken Feld schlug und das Inning beendete, und schaltete den Fernseher aus. „Nun, wenn es so wichtig ist... "

„Ist es."

„... dann bin ich gleich da." Auf halbem Weg zur Gabel war, kam ihr plötzlich ein Gedanke, und sie riß den Hörer wieder hoch. „Henry?"

Es war noch da. „Ja?"

„Diese Freunde, das sind doch keine Vampire?"

„Nein." Trotz seiner Besorgnis klang er amüsiert. „Es sind keine Vampire."

Greg schenkte der jungen Frau ein neutrales Kopfnicken, als er den Summer an der Sicherheitstür zum Foyer für sie betätigte. Ihr Name war Victoria Nelson, und sie war den Sommer über einige Male zu Besuch gekommen, wenn er am Empfang saß. Obwohl sie wie ein Mensch wirkte, den er unter anderen Umständen gemocht hätte, kam er nicht über den Eindruck hinweg, den er bei ihrer ersten Begegnung im Frühling gewonnen hatte. Es half nichts, daß seine Beobachtungen bestätigten, daß sie nicht der Typ war, der halbnackt an die Tür geht. Das bewies seiner Ansicht nach nur, daß sein Gefühl richtig gewesen war, daß sie in jener Nacht etwas verborgen hatte.

Aber was?

Während der letzten Monate hatte seine Überzeugung, Henry Fitzroy sei ein Vampir, nachgelassen. Er mochte Fitzroy, respektierte ihn und war sich im klaren darüber, daß all dessen Eigenheiten eher daher kamen, daß er ein Schriftsteller als ein Geschöpf der Nacht war, aber ein letzter nagender Zweifel blieb.

Was hatte die Frau in jener Nacht verborgen? Und warum?

Gelegentlich erwog Greg, nur seinem Seelenfrieden zuliebe, zu fragen, aber diese gewisse Entschlossenheit in ihrem Gesicht hielt ihn immer davon ab. Daher überlegte er weiter und hatte ein Auge auf die Dinge. Nur für den Fall.

Vicki empfand deutliche Erleichterung, als die Fahrstuhltüren sich hinter ihr schlossen. Von Greg prüfend betrachtet zu werden gab ihr immer das Gefühl, nun, schmutzig zu sein. *Aber schließlich ist das meine Schuld. Ich bin es, die praktisch nackt die Tür aufgemacht hat.* Es war die einzige Lösung gewesen, die ihr in diesem Augenblick eingefallen war, und da sie funktioniert und den alten Mann von seiner Absicht abgehalten hatte, einen Krocketstock in Henrys Herz zu bohren, hatte sie auch keinen Grund, über die Nachwirkungen zu klagen.

Sie drückte den Knopf für den 14. Stock und stopfte ihr weißes Polohemd fester in die roten Laufshorts. Das kleine „Abenteuer" im letzten Frühling hatte ein paar Pfunde weggeschmolzen, und bis jetzt war es ihr gelungen, sie daran zu hindern, den Weg zurück zu finden. Sie war zu muskulös, um schlank zu sein – ein geheimes Verlangen, das sie niemandem gegenüber eingestand –, aber es war nett, eine etwas klarer definierte Taille zu haben. Sie blinzelte im grellen Neonlicht, während sie ihr Spiegelbild in der glänzenden Stahlwand des Fahrstuhls musterte.

*Nicht schlecht für ein altes Weib,* entschied sie und schob die verhaßte Brille die Nase hoch. Sie fragte sich, ob sie sich formeller hätte kleiden sollen, kam aber zu dem Schluß, daß es Freunden von Henry Fitzroy, dem unehelichen Sohn Heinrich VIII., ehemaligen Herzög von Richmond et cetera et cetera wahrscheinlich egal war, ob die Privatdetektivin in Shorts kam.

Als der Fahrstuhl Henrys Stockwerk erreichte, hängte Vicki sich die Handtasche ordentlich über die Schulter und setzte ihr professionelles Gesicht auf. Es hielt so lange an, bis die Tür der Wohnung aufschwang und das einzige Wesen im Flur ein riesiger rotbrauner Hund war.

*Es – nein, er – muß ein Hund sein.* Vicki streckte die Hand aus, damit er daran schnüffeln konnte. *Wölfe haben nicht diese Farbe. Oder diese Größe. Oder doch?* Sie hätte noch hinzufügen können, daß Wölfe im allgemeinen nicht in Eigentumswohnungen in der Innenstadt Torontos hausten, aber da es sich um *Henrys* Wohnung handelte, war alles möglich.

Die Augen des Tiers waren schwarz umrandet, was zu einem bemerkenswert ausdruckvollen Gesicht beitrug. Es schnüffelte begeistert an der angebotenen Hand, dann schob es den Kopf fordernd unter Vickis Finger.

Vicki grinste, zog die Tür zu und begann dann gehorsam, das dichte Fell hinter den spitzen Ohren zu kraulen. „Henry?" rief sie, während ein Schwanz, der schwer genug war, um einen ausgewachsenen Mann zu Boden zu schlagen, rhythmisch gegen die Wand klopfte. „Bist du da?"

„Im Wohnzimmer."

Etwas in seiner Stimme ließ sie die Stirn runzeln, aber eine untertassengroße Pfote auf ihrem Fuß lenkte sie augenblicklich ab. „Runter da, du Riesenvieh." Der Hund verlagerte gehorsam sein Gewicht. Sie packte seine Schnauze sanft mit einer Hand und schüttelte den riesigen Kopf hin und her. „Komm, Junge, sie warten auf uns."

Er lächelte – es gab wirklich kein anderes Wort dafür –, wirbelte herum und hüpfte ins Wohnzimmer. Vicki folgte in etwas gemessenerem Tempo.

Henry stand an seinem üblichen Platz an der Fensterfront und blickte auf die Stadt. Die Lampen, die er bei den seltenen Gelegenheiten benutzte, wenn er Besuch hatte, ließen rote Lichter in seinem hellen Haar schimmern und verwandelten seine haselnußbraunen Augen fast in Gold. Tatsächlich vermutete Vicki nur, daß sie diese Wirkung auf seine Augen hatten, da sie auf eine solche Entfernung keine Einzelheiten erkennen konnte. Sie wurde jedoch nie müde, ihn zu betrachten. Er besaß eine Ausstrahlung, die seine Erscheinung von angenehm zu außergewöhnlich verwandelte, und sie konnte mit Sicherheit verstehen, warum die arme Lucy und die arme Mina keine Chance gegen sein berühmtes Roman-Alter Ego hatten.

Er war nicht allein. Die junge Frau, die am CD-Spieler herumfummelte, drehte sich um, als Vicki das Zimmer betrat, und Vicki unterdrückte ein Lächeln, als sie merkte, wie sie offensichtlich und gründlich gemustert wurde. Sie sah ebenfalls genau hin.

*Eine Tänzerin?* fragte sie sich. Obwohl es klein war, war das Mädchen geschmeidig, muskulös und hatte eine Haltung, die man fast als herausfordernd bezeichnen könnte. *Versuch's gar nicht erst, Kleine. Wenn ich auch nicht ganz doppelt so alt bin wie du* – das Mädchen konnte nicht älter als siebzehn oder achtzehn sein –, *bin ich doch ganz bestimmt gemeiner.* Die kurze Mähne aus silberblondem Haar war, wie Vicki überrascht bemerkte, natürlich; die Augenbrauen konnten aufgehellt worden sein, aber nicht die Wimpern. Wenn sie auch nicht hübsch im eigentlichen Sinne war, so bildete das helle Haar doch einen exotischen Kontrast zu ihrer tiefen Sonnenbräune. *Und dieses Strandkleid überläßt wenig Bräune der Phantasie.*

Ihre Blicke trafen sich, und Vicki zog die Brauen hoch. Nur für einen Augenblick begriff sie beinahe, was wirklich vor sich ging, dann war der Augenblick vorbei, und das Mädchen blickte durch die Wimpern auf und lächelte schüchtern.

Der große rote Hund hatte sich an Henrys Seite niedergelassen, den Kopf auf gleicher Höhe mit dessen Taille, und jetzt traten beide vor. Henry trug eine sorgfältig neutrale Miene zur Schau. Der Hund wirkte amüsiert.

„Victoria, ich möchte dir Rose Heerkens vorstellen. Ihre Familie hat Schwierigkeiten, bei denen du ihnen, wie ich glaube, helfen kannst."

„Sehr erfreut." Vicki streckte ihre Hand aus, und nach einem raschen Blick auf Henry – *was hat er ihr über mich erzählt?* – legte die junge Frau die ihre hinein. Sehr wenige Frauen sind gut im Händeschütteln, da man sie nicht dazu erzieht, aber Vicki war sowohl von dem Griff, der ihrem gleichkam, als auch von der schwieligen Handfläche überrascht.

Rose ließ die Hand los und wies mit der gleichen Bewegung auf den Hund, der sich gegen ihre Beine lehnte. „Das ist Sturm."

Sturm hielt eine Pfote hoch.

Vicki grinste, als sie sich bückte, um sie zu nehmen. „Sehr erfreut, Sturm."

Der große Hund bellte kurz, lehnte sich vor und leckte Vicki mit genügend Kraft übers Gesicht, um ihre Brille wegzuschieben.

„Sturm, aus!" Mit beiden Händen in seinem rotbraunen Nackenfell zerrte Rose den Hund weg. „Vielleicht will sie nicht vollgesabbert werden."

„Oh, das macht nichts." Sie wischte ihr Gesicht mit der Handfläche ab und schob ihre Brille wieder hoch. „Was für ein Hund ist er? Er ist wunderschön." Dann lachte sie, weil Sturm offenbar das Kompliment verstanden hatte und selbstgefällig aussah.

„Bitte ermutigen Sie ihn nicht noch, Ms. Nelson, er ist eh schon eitel genug." Rose stieß Sturm ihr Knie hinter die Schulter und schob, bis er umfiel. „Und was für eine Art er ist – er ist eine Landplage."

Sturm schien es nichts auszumachen, daß er so unsanft umgeworfen wurde. Mit heraushängender Zunge rollte er sich auf den Rücken, streckte alle Viere in die Luft und sah erwartungsvoll zu Vicki hoch.

„Du willst, daß man dir den Bauch krault, was?"

„Sturm." Henrys Befehl brachte das Tier vom Boden hoch. Es stand da und sah sehr ernüchtert aus.

Vicki sah Henry überrascht an. Was war mit ihm los?

„Vielleicht", er begegnete Vickis Blick, dann ließ er den seinen über Rose und den Hund schweifen, „sollten wir zur Sache kommen."

Vicki merkte, daß sie auf die Couch zuging, ohne bewußt die Entscheidung getroffen zu haben, sich zu bewegen. Sie haßte es, wenn er das tat.

Sie haßte es, wie sie darauf reagierte. Und sie haßte es, sich nicht sicher zu sein, ob es der Vampir oder der Prinz war, auf den sie reagierte – irgendwie schien es weniger verwerflich zu sein, sich einer übernatürlichen Fähigkeit zu unterwerfen, als einem mittelalterlichen Westentaschendiktator nachzugeben. *Seine untote Hoheit und ich werden eine kleine Unterhaltung darüber führen müssen...*

Sie warf ihre Tasche hin, lehnte sich in die rote Samtpolsterung zurück und sah zu, wie Rose es sich im Sessel gemütlich machte und Sturm sich auf den Boden ihr zu Füßen warf. Er sah herrlich aus auf dem cremefarbenen Teppich, aber das rotbraune Fell biß sich ein wenig mit dem Scharlachrot des Sessels. Henry legte ein jeansbekleidetes Bein auf die Armlehne der Couch und ließ sich neben ihr nieder, so nah, daß Vicki einen Moment lang nur noch ihn bemerkte.

„Es ist zu früh, Vicki, du hast viel Blut verloren."

Sie fühlte, wie sie errötete. Es war ihr nie in den Sinn gekommen, daß er nicht mit ihr... darauf lief es doch hinaus, oder? „Sie haben das meiste im Krankenhaus ersetzt, Henry. Wirklich."

„Ich glaube dir." Henry lächelte, und sie fand plötzlich die im Treppenhaus verfügbare Luftmenge nicht ausreichend.

Er hatte mehr als 450 Jahre, um dieses Lächeln zu üben, mahnte sie sich selbst. Atme.

„Wir müssen sehr vorsichtig sein", fuhr er fort und legte ihr die Hände leicht auf die Schultern. „Ich will dich nicht verletzen."

Es klang so sehr wie ein Dialog aus einer schlechten Seifenoper, daß Vicki grinste. „Solange du dich nur daran erinnerst, daß ich keine paar hundert Jahre habe", erklärte sie ihm und kramte nach ihren Schlüsseln, „werde ich versuchen, dich nicht zu drängen."

Das war vor fast vier Monaten gewesen, als sie zum ersten Mal miteinander ausgegangen waren, nachdem sie aus dem Krankenhaus entlassen worden war – und sie hatten immer noch nicht. Vicki hatte versucht, geduldig zu sein, aber es gab Zeiten – und so nah, wie er jetzt bei ihr saß, war dies eine davon –, in denen sie ihm die Füße wegtreten und ihn zu Boden schlagen wollte. Mit einiger Anstrengung gelang es ihr, sich auf die anstehende Angelegenheit zu konzentrieren.

Da jeder darauf zu warten schien, daß sie etwas sagte, setzte sie ihre beste „Freund und Helfer"-Miene auf und wandte sich an Rose. „Wozu brauchen Sie meine Hilfe?"

Erneut warf Rose Henry einen Blick zu. Vicki konnte zwar dessen Reaktion nicht sehen, doch sie schien die jüngere Frau zu beruhigen, denn sie holte Luft, warf ihr Haar mit zitternden Fingern aus dem Gesicht zurück und sagte: „Im letzten Monat wurden zwei Mitglieder unserer Familie erschossen." Sie mußte unterbrechen und ihren Kummer herunterschlucken, ehe sie fortfuhr: „Wir brauchen Ihre Hilfe, Ms. Nelson, um den Mörder zu finden."

Mord. Nun, das war eindeutig ein wenig ernster, als Vicki erwartet hatte – und ein Doppelmord noch dazu. Sie schob ihre Brille hoch und dämpfte ihre Stimme voll Anteilnahme, als sie fragte: „Hat die örtliche Polizei keine Spuren gefunden?"

„Sie weiß es nicht."

„Was meinen Sie mit: ‚Sie weiß es nicht'?" Vicki konnte sich verschiedene mögliche Bedeutungen vorstellen, und keine davon gefiel ihr besonders.

„Warum zeigst du es ihr nicht, Rose", sagte Henry ruhig.

Vicki fuhr herum, um ihn anzusehen, da ihr peripheres Sehvermögen zu schlecht war, um ihr den Luxus zu gestatten, ihn aus dem Augenwinkel anzublicken. Seine Miene paßte zu seinem Tonfall. Was immer Rose ihr zeigen sollte, war wichtig. Mehr als nur leicht besorgt drehte sie sich um.

Rose, die auf ihre Aufmerksamkeit gewartet hatte, schlüpfte aus ihren Sandalen und stand auf. Sturm trottete neben sie, nachdem er kurz an den Sandalen geschnüffelt hatte. In einer raschen Bewegung streifte sie das Strandkleid ab, das sie trug, stand einen Herzschlag lang nackt da, und dann waren da, wo eine hellhaarige junge Frau und ein großer rotbrauner Hund gestanden hatten, ein rothaariger junger Mann und ein großer weißer Hund.

Der junge Mann hatte eine starke Ähnlichkeit mit der jungen Frau: Sie besaßen beide die gleichen hohen Wangenknochen, die gleichen großen Augen, das gleiche spitze Kinn. *Und den gleichen geschmeidigen Tänzerkörper,* bemerkte Vicki mit einem raschen Blick auf den offensichtlichen Unterschied.

„Werwölfe", hörte sie sich sagen, überrascht über ihre Gelassenheit. *Höchstwahrscheinlich Henrys Einfluß. Das kommt dabei heraus, wenn man mit Vampiren herumhängt... das soll der Kerl mir büßen.*

Der junge Mann blinzelte ihr völlig unbeirrt von ihrer Musterung und seiner Nacktheit zu.

Vicki war ziemlich verwirrt, besonders als sie sich erinnerte, wie sie den Hund behandelt hatte – *nein, den Wolf. Nein, den Werwolf. Oh, zum Teufel* –, merkte, wie sie rot wurde und wandte für einen Moment den Blick ab. Als sie wieder hinschaute, stellte sie fest, daß sie den tatsächlichen Augenblick der Verwandlung verpaßt hatte und Rose ihr Kleid wieder über den Kopf zog. Der junge Mann – Sturm? – zog ergeben ein Paar leuchtendblaue Shorts an, die eine minimale Bedeckung boten.

Als er ihren Blick spürte, sah er auf, lächelte und trat mit ausgestreckter Hand vor. „Hi. Ich glaube, eine weitere Vorstellung wäre angebracht. Ich bin Peter."

„Hi." Offenbar änderten die Namen sich mit der Gestalt. Wie betäubt nahm Vicki die dargebotene Hand. Sie hatte die gleichen dicken Schwielen wie Roses Hand. Das ergab tatsächlich einen Sinn, wenn sie zeitweise auf allen Vieren herumrannten. „Sie sind Roses Bruder?"

„Wir sind Zwillinge." Er grinste, und das erinnerte Vicki so sehr an den Gesichtsausdruck, den der rotbraune Hund gehabt hatte, daß sie merkte, wie sie zurückgrinste. „Sie ist älter, ich bin hübscher."

„Lauter", korrigierte Rose und machte es sich wieder im Sessel gemütlich. „Komm und setz dich." Mit dem Ausdruck eines Märtyrers tat Peter, wie ihm geheißen, ließ sich anmutig auf dem gleichen Fleck, den er als Sturm eingenommen hatte, nieder und lehnte seinen Rücken gegen die Knie seiner Schwester. „Wir entschuldigen uns für die Theatralik, Ms. Nelson", fuhr sie fort, „aber Henry meinte, es sei der beste Weg, es zu zeigen. Er meinte, daß Sie... "

Sie zögerte, und Henry beendete gewandt den Satz. „... daß du ein Mensch bist, der seinen eigenen Augen traut."

Vicki vermutete, daß er das als Kompliment meinte, also begnügte sie sich mit einem Schnauben und einem mäßig sarkastischen: „Du mußt es ja wissen."

„Sie werden uns helfen, nicht?" Peter beugte sich vor und legte die Hand leicht auf Vickis Knie. Es lag nichts Sexuelles in der Geste, und der Gesichtsausdruck, der sie begleitete, zeigte eine Kombination aus Sorge und Hoffnung.

*Werwölfe.* Vicki seufzte. *Erst Vampire und Dämonen, jetzt Werwölfe. Was kommt als nächstes?* Sie schlug die Beine übereinander, schüttelte Peters Hand ab und lehnte sich bequem zurück. Aller Wahrscheinlichkeit nach würde dies eine lange Geschichte werden. „Vielleicht sollten Sie besser von vorn beginnen."

# ZWEI

„„Von vorn'", wiederholte Rose, und ihr Tonfall verwandelte die Feststellung in eine Frage. Sie seufzte und schob einen Schopf hellen Haars aus dem Gesicht. „Ich schätze, es begann, als Silber erschossen wurde."

„Silber?" fragte Vicki. Sie hatte das Gefühl, wenn sie bei dieser Erklärung nicht höllisch aufpaßte, würde sie ziemlich schnell gar nichts mehr verstehen.

„Unsere Tante", begann Rose, doch Peter unterbrach sie, als er Vickis Gesichtsausdruck bemerkte.

„Wir haben zwei Namen", erklärte er. „Einen pro Gestalt." Er legte eine Hand mit kurzen Fingern auf die gebräunten Muskeln seiner Brust. „Dies ist Peter, aber es war Sturm, der Sie an der Tür begrüßt hat. Und in ihrer Fellgestalt wird Rose Wolke genannt. Es ist einfacher, als Außenstehenden zu erklären, warum die Hofhunde dieselben Namen tragen wie die Familienmitglieder."

„Das kann ich mir vorstellen", stimmte Vicki zu und freute sich, daß ihre Vermutung bestätigt worden war. „Aber ist das nicht etwas verwirrend?"

Peter zuckte die Achseln. „Warum sollte es das? Sie haben mehr als einen Namen. Sie sind für manche Ms. Nelson, für andere Vicki, und Sie finden das nicht verwirrend."

„Nein, gewöhnlich nicht", gab ihm Vicki recht. „Also Ihre Tante wurde in ihrer... äh, Wolfsgestalt erschossen." Man nannte sie Werwölfe, also war Wolf wahrscheinlich die bevorzugte Bezeichnung. Es schien auf jeden Fall akzeptabler zu sein als Hund. *Und wenn man bedenkt, daß ich, ehe Henry in mein Leben trat, mir niemals über solche Dinge den Kopf zerbrechen mußte...* sie mußte daran denken, ihm dafür zu danken.

„Stimmt." Peter nickte. „Unsere Familie besitzt eine große Schaffarm direkt nördlich von London, Ontario... "

Die Pause reizte sie zu einer Bemerkung, doch Vicki behielt eine höflich interessierte Miene bei und schwieg.

„... und Silber wurde erschossen, als sie nach der Herde sah."

„Nachts?"

„Ja."

„Wir erwogen, die Polizei zu informieren, daß jemand einen unserer Hunde erschossen hat", fuhr Rose fort. „Damals war das auch alles, was wir glaubten: irgendein Blödmann mit einem Gewehr, der nicht wissen konnte, daß sie mehr als das war. So etwas passiert, Leute verlieren ständig Hunde." Ihre Stimme brach bei den letzten Worten, und Peter stieß mit dem Kopf gegen ihre Knie. Sie fuhr ihm mit den Fingern durchs Haar und fuhr fort. Berührungen schienen ihnen wichtig zu sein, bemerkte Vicki. „Aber das letzte, was wir brauchen können, ist die Polizei, die herumschnüffelt, Fragen stellt und, Sie wissen schon, Dinge sieht. Daher beschloß die Familie, allein damit fertig zu werden."

Peter bleckte die Zähne. Sie waren lang, weiß und der am wenigsten menschliche Zug an ihm.

Wenn „die Familie" Silbers Mörder gefangen hätte, wurde Vicki klar, dann hätte Gerechtigkeit wenig mit Gesetz und Gerichten zu tun gehabt. Vor einem Jahr hätte diese Vorstellung sie abgestoßen, aber vor einem Jahr hatte sie auch noch eine Polizeimarke, und die Dinge waren wesentlich einfacher gewesen. „Was haben Sie den Leuten erzählt, die fragten, wohin Ihre Tante Sylvia verschwunden sei?"

„Wir haben ihnen gesagt, sie habe beschlossen, sich Onkel Robert oben in Yukon anzuschließen. Sie hatte schon immer darüber gesprochen, daher war niemand überrascht. Tante Nadine – sie war Tante Sylvias Zwillingsschwester... " Rose schluckte wieder schwer, und Peter drückte sich näher an sie. „Sie ließ sich eine Weile nicht sehen. Die Bande zwischen Zwillingen sind bei uns sehr stark, und sie mußte dauernd heulen. Jedenfalls wurde Montagnacht Ebenholz – Onkel Jason – in den Kopf geschossen, als er nach den Mutterschafen mit den Herbstlämmern sah. Niemand hörte etwas, und wir konnten nirgends eine Fährte aufnehmen."

„Hochgeschwindigkeitsgewehr, wahrscheinlich Schalldämpfer und Zielfernrohr", vermutete Vicki. Sie runzelte die Stirn. „Hört sich nach einem Mordsschützen an: ein bewegliches Ziel bei Nacht zu treffen... "

„Montag war Vollmond", mischte sich Henry ein. „Es gab viel Licht."

„Spielt bei einem Zielfernrohr keine Rolle. Und es war kein Vollmond, als Silber getötet wurde." Sie schüttelte den Kopf. „Ein Schuß wie dieser, zwei Schüsse... "

„Das ist noch nicht alles", unterbrach Rose und warf etwas durchs Zimmer. „Vater fand das in der Nähe der Leiche."

Vicki schnappte danach, und der kleine Metallklumpen landete in ihrem Schoß. Während sie im Stillen ihren Mangel an Tiefenwahrnehmung verfluchte, wühlte sie in den Falten ihrer Shorts, und als sie es herausfischte, starrte sie verblüfft auf das hinunter, was es einzig und allein sein konnte – trotz seines verbeulten Aussehens: eine Silberkugel. Sie biß die Zähne zusammen und schluckte ihre instinktive Reaktion hinunter: *Ihr Onkel wurde vom Einsamen Reiter erschossen?*

Henry griff ihr über die Schulter, fischte den mattglänzenden Gegenstand von ihrer Handfläche und hielt ihn zwischen Daumen und Zeigefinger ins Licht. „Eine Silberkugel", erklärte er, „eine der traditionellen Arten, um Werwölfe zu töten. Ein Mythos. Die Kugel reicht völlig aus."

„Das kann ich mir vorstellen." Ein Schuß mit Kaliber 30 – und Vicki wußte, daß die Kugel zumindest diese Größe gehabt haben mußte, um überhaupt noch eine Form zu haben, nachdem sie Fleisch und Knochen durchquert hatte und dann in den Boden eingeschlagen war – abgeschossen von einem Hochgeschwindigkeitsgewehr hatte sie nach ihrem Durchschlag zweifellos nur sehr wenig von Ebenholz' Kopf übriggelassen. Sie wandte sich wieder Rose und Peter zu, die sie ausdruckslos beobachtet hatten. „Ich nehme an, daß eine ähnliche Kugel nicht bei der Leiche Ihrer Tante gefunden wurde, weil Sie es nicht erwähnten?"

Rose sah düster auf ihren Bruder hinunter, dann schüttelten beide den Kopf.

„Egal. Selbst ohne Kugel deutet das Muster auf denselben Schützen hin." Vicki seufzte, beugte sich vor und stützte die Unterarme auf die Oberschenkel. „Und noch etwas, worüber man nachdenken muß: Wer auch immer Ebenholz erschossen hat, schoß gezielt auf Werwölfe. Wenn einer weiß, daß Sie Werwölfe sind, wissen es auch andere. Das ist eine Tatsache. Diese Todesfälle könnten die Folge einer gemeinschaftlichen... "

„Hexenjagd sein", ergänzte Henry ruhig, als sie innehielt. Sie nickte und fuhr fort, ohne den Blick von den Zwillingen abzuwenden. „Sie sind anders, und das ängstigt die meisten Leute. Sie könnten ihre Angst an Ihnen auslassen."

Peter tauschte einen langen Blick mit seiner Schwester. „Es muß nicht so kompliziert sein", sagte er. „Unser älterer Bruder Colin gehört der Londoner Polizei an, und Barry, sein Partner, weiß, daß er ein Werwolf ist."

„Und sein Partner ist Scharfschütze?" Wenn man alles in Betracht zog, war die Idee nicht abwegig. Ebensowenig war es unwahrscheinlich, daß besagter Partner ein Gewehr Kaliber 30 besaß, wenn in jeder beliebigen Kleinstadt mindestens sechs Leute ein halbes Dutzend davon besaßen.

Die beiden nickten.

Vicki atmete in einem langen, tiefen Pfiff aus. „Übel. Hat Ihr Bruder ihn zur Rede gestellt?"

„Nein, Onkel Stuart wollte es nicht. Er sagte, das Rudel löst seine Probleme selbst. Tante Nadine überzeugte ihn, Henry anzurufen, und Henry überzeugte beide davon, daß wir mit Ihnen reden, daß Sie vielleicht unsere einzige Chance sind. Werden Sie uns helfen? Onkel Stuart sagte, wir sollten alles tun, was Sie verlangen würden."

Peters Hand lag wieder auf ihrem Knie, und er blickte mit so aufrichtigem Flehen zu ihr auf, daß sie ohne Nachdenken sagte: „Sie wollen, daß ich herausfinde, daß Barry es nicht getan hat."

„Wir wollen, daß Sie herausfinden, wer es war", korrigierte Rose. „Wer es *ist*. Wer immer es ist." Dann schimmerte für einen Augenblick die Angst durch. „Jemand tötet uns, Ms. Nelson. Ich will nicht sterben."

*Und so wird diese ganze Diskussion aus dem Reich der Märchen gehoben.* „Ich will auch nicht, daß Sie sterben", erklärte Vicki sanft. „Aber ich bin vielleicht nicht die geeignete Person für die Aufgabe." Sie schob die Brille hoch und holte tief Luft. Beide Todesfälle hatten sich nachts ereignet, und ihre Augen erlaubten ihr nicht, nach Einbruch der Dunkelheit zu arbeiten. Es war schon in der Stadt schlimm genug, aber auf dem Land, ohne Straßenlaternen, an denen sie sich orientieren konnte, würde sie blind sein.

Andererseits, welche andere Chance hatten sie? Sicher war sie besser als gar nichts, und ihr mangelndes Sehvermögen beeinträchtigte schließlich nicht ihren Verstand oder ihre Ausbildung oder ihre Jahre an Erfahrung – und dies war eine Aufgabe, die etwas bedeuten würde, sie war wichtig, es ging um Leben oder Tod. *Die Art von Aufgabe, die Mike Celluci immer noch hatte.* Verdammt! Sie konnte trotz ihrer Behinderung arbeiten.

„Ich kann nicht sofort weg." Die Erleichterung, gemischt mit Hoffnung, die sich auf den Gesichtern malte, verriet ihr, daß sie die richtige Entscheidung getroffen hatte. „Leider habe ich unaufschiebbare Termine. Wie wäre es mit Freitag?"

„Freitag abend", unterbrach Henry. „Nach Sonnenuntergang. Inzwischen wird niemand allein irgendwohin gehen. Niemand. Sowohl Ebenholz als auch Silber wurden erschossen, als sie allein waren, und das ist der Teil des Musters, den ihr ändern könnt. Sorgt dafür, daß der Rest der

Familie das versteht. Bleibt in Sichtweite des Hauses. Bleibt genau genommen, soweit es euch möglich ist, in Sichtweite von jemand, der kein Werwolf ist. Wer auch immer das tut, zählt darauf, daß ihr es niemandem erzählen könnt, und solange es Zeugen gibt, solltet ihr sicher sein. Habe ich etwas vergessen, Vicki?"

„Ich glaube nicht." Er hatte vergessen, sie nach ihrer Meinung zu fragen, ehe er mit seiner kleinen Rede begonnen hatte, aber das würden sie später besprechen. Was seine Annahme betraf, daß er sie begleiten würde, nun, das löste ihr Transportproblem und schuf alle möglichen neuen Probleme, um die man sich würde kümmern müssen – aber später. Sie freute sich nicht auf „später".

„Während der nächsten beiden Tage", erklärte sie den Zwillingen, „möchte ich, daß Sie mir eine Liste machen – genaugenommen zwei: die Leute, die wissen, was Sie sind, auf der einen, und die Leute, die es vermuten könnten, auf der anderen. Holen Sie sich dazu Informationen bei jedem in der Familie."

„Das können wir tun, kein Problem." Peter stieß einen Seufzer der Erleichterung aus und sprang auf.

Offenbar hatte die Tatsache, daß sie und Henry zusammenarbeiteten, sie nicht überrascht. Vicki fragte sich, was Henry ihnen erzählt hatte, ehe sie eingetroffen waren. „Gleich als erstes morgen früh", sie wickelte die Kugel in Papiertaschentücher und verschloß sie in einem der kleinen Gefrierbeutel, die sie immer in der Handtasche hatte, „werde ich die hier zur Ballistik bringen und sehen, ob sie mir etwas über das Gewehr sagen können, aus der sie kam."

„Aber Colin sagte... ", begann Rose.

Victoria schnitt ihr das Wort ab. „Er sagte, es würde zu peinlichen Fragen führen. Nun, das würde es in London, und angesichts der Situation Ihrer Familie ist das nichts, worüber Sie Tratsch haben möchten. Gute Polizisten erinnern sich an jede noch so winzige Information, und wenn Colin Silberkugeln herumreicht, könnte das zu Ihrer Entlarvung führen. Aber", sie ließ maximale Beruhigung in ihrer Stimme mitschwingen, „dies ist Toronto. Wir haben eine wesentlich höhere Verbrechensrate, und die Tatsache, daß *ich* eine Silberkugel herumreiche, hätte nicht die Bohne zu bedeuten, selbst wenn jemand sich daran erinnern sollte."

Sie machte eine Pause, um Luft zu holen, und stopfte den kleinen Plastikbeutel mit den Papiertaschentüchern und der Kugel tief in eine sichere Ecke ihrer Handtasche. „Erwarten Sie jedoch nichts davon, das Ding ist in einem fürchterlichen Zustand."

„Das werden wir nicht. Und wir werden Tante Nadine sagen, daß sie Sie Freitag Nacht erwarten kann." Peter lächelte sie mit so tiefer, inniger Dankbarkeit an, daß Vicki sich wie ein Miststück fühlte, weil sie auch nur erwogen hatte, nicht zu helfen. „Danke, Ms. Nelson."

„Ja, danke." Rose stand auch auf und fügte ihr stilles Lächeln Peters Strahlen hinzu. „Wir wissen das zu schätzen. Henry hatte recht."

Womit Henry *diesmal* recht hatte, ging unter, weil Peter seine Shorts abstreifte. Vicki hätte eigentlich an den Anblick gewöhnt sein sollen, aber für den Augenblick lenkte dieser völlig nackte junge Mann sie ein wenig ab. Das Wiedererscheinen Sturms stellte eine deutliche Erleichterung dar.

Er schüttelte sich energisch und sprang Richtung Tür.

„Warum... ", begann Vicki.

Rose verstand und grinste. „Weil er es liebt, beim Fahren den Kopf aus dem Autofenster zu strecken." Sie seufzte, während sie die abgelegten Shorts wieder in die Tasche stopfte. „Er ist ein furchtbar lausiger Gesellschafter im Auto."

„Er scheint begierig zu sein, wegzukommen."

„Wir hassen die Stadt", erklärte Rose und rümpfte die Nase. „Sie stinkt. Nochmal danke, Ms. Nelson. Wir sehen Sie Freitag."

„Bitte." Sie sah zu, wie Henry Rose zur Tür brachte, sie ermahnte, vorsichtig zu sein und zu ihr zurückkam. Sein Gesichtsausdruck schob die Anklage über seine Anmaßung, die sie eigentlich machen wollte, auf. „Was stimmt nicht?"

Die rotgoldenen Augenbrauen hoben sich. „Meine Freunde werden ermordet", erinnerte er leise.

Vicki spürte, wie sie errötete. „Tut mir leid", sagte sie. „Es ist schwer, das inmitten all dieser", sie machte eine Handbewegung, als sie nach dem Wort suchte, „Merkwürdigkeiten nicht aus dem Auge zu verlieren."

„Es ist aber das Wichtige, was man im Auge behalten muß."

„Ich weiß. Ich weiß." Sie zwang sich, nicht mürrisch zu klingen. Es hätte nicht nötig sein dürfen, sie daran zu erinnern. „Du hast nie auch nur einen Augenblick geglaubt, ich könnte nein sagen, nicht wahr?"

„Ich habe dich im Lauf der letzten Monate kennengelernt." Seine Miene wurde weicher. „Du brauchst es, gebraucht zu werden, und sie brauchen dich, Vicki. Es gibt nicht viele Privatdetektive, denen sie das anvertrauen können."

Das war leicht zu glauben. Was ihr Bedürfnis anging, gebraucht zu werden, so war das nur eine witzige Bemerkung, die man leicht ignorieren konnte. „Sind alle Werwölfe so", sie suchte nach dem richtigen Wort und fuhr fort, „beherrscht? Wenn meine Familie das durchmachen würde, was ihre gerade durchmacht, wäre ich ein emotionales Wrack."

Irgendwie bezweifelte er das, aber es war eine Frage, die eine Antwort verdiente. „Von Kindesbeinen an wird Werwölfen beigebracht zu verbergen, was sie sind, und nicht nur körperlich. Zum Besten des Rudels zeigt man nie Fremden seine Verwundbarkeit. Du solltest dich geehrt fühlen, daß du so viel zu sehen bekommen hast. Außerdem neigen Werwölfe dazu, viel mehr in der Gegenwart zu leben als Menschen. Sie betrauern die Toten, und dann leben sie weiter. Sie tragen nicht die Last des Gestern, sie erwarten nicht das Morgen."

Vicki schnaubte. „Wie poetisch. Aber dadurch sind sie fast unfähig, mit solchen Situationen umzugehen, nicht?"

„Darum sind sie zu dir gekommen."

„Und wenn ich nicht dagewesen wäre?"

„Wären sie gestorben."

Vicki runzelte die Stirn. „Und warum kannst du sie nicht retten?"

Er ging zu seinem üblichen Platz am Fenster und lehnte sich ans Glas. „Weil sie mich nicht helfen lassen."

„Weil du Vampir bist?"

„Weil Stuart nicht dulden würde, daß seine Autorität derart in Frage gestellt wird. Wenn er das Rudel nicht retten kann, kann ich es auch nicht. Du bist eine Frau, du bist Nadines Problem, und Nadine ist im Augenblick niedergeschmettert durch den Verlust ihrer Schwester. Wenn du eine Werwölfin wärst, könntest du ihr wahrscheinlich jetzt ihren Rang abnehmen, aber da du das nicht bist, solltet ihr beide miteinander auskommen können." Er schüttelte den Kopf über ihren Gesichtsausdruck. „Du kannst sie nicht mit menschlichen Maßstäben messen, Vicki, egal wie menschlich sie die meiste Zeit auch wirken mögen. Und es ist zu spät, jetzt noch einen Rückzieher zu machen. Du hast Rose und Peter gesagt, daß du ihnen helfen wirst."

Sie hob das Kinn. „Siehst du Anzeichen dafür, daß ich einen Rückzieher machen will?"

„Nein."

„Richtig, das werde ich nicht." Sie holte tief Luft. Sie hatte mit dem Stadtrat von Toronto zusammengearbeitet, sie konnte auch mit Werwölfen zusammenarbeiten. Bei letzteren würde all das Knurren und Schnappen zumindest etwas bedeuten. Genaugenommen würden die Werwölfe wohl das geringste ihrer Probleme werden. „Es könnte Probleme geben, weil *ich* den Fall übernehme."

„Wie die Tatsache, daß du kein Auto fährst." Sie hörte das Lächeln in seiner Stimme.

„Nein. Echte Probleme."

Er drehte sich um und breitete die Arme aus. Die Bewegung ließ sein Haar im Lampenlicht golden schimmern. „Erklär's mir."

*Retinitis Pigmentosa. Ich erblinde. Ich sehe nachts nichts. Ich habe fast kein peripheres Sehvermögen.* Sie konnte es nicht sagen. Sie konnte nicht mit Mitleid umgehen. Nicht von ihm. Nicht nach dem, was sie mit Mike Celluci durchgemacht hatte. *Scheiß drauf.* Sie schob ihre Brille hoch und schüttelte den Kopf.

Henry ließ die Arme sinken. Als das Schweigen unbehagliche Ausmaße annahm, sagte er: „Ich hoffe, es macht dir nichts aus, daß ich mich selbst eingeladen habe. Ich fand, wir waren das letzte Mal ein ziemlich gutes Team, und ich dachte, du könntest ein wenig Hilfe gebrauchen, um mit den... Merkwürdigkeiten klar zu kommen."

Sie brachte ein fast echtes Lachen zustande. „Ich arbeite tags, und du übernimmst die Nacht?"

„Wie beim letzten Mal, ja." Er lehnte sich an das Glas und beobachtete, wie sie es sich durch den Kopf gehen ließ und daran zu knabbern hatte. Sie war eine der dickköpfigsten, streitlustigsten und selbstbewußtesten Frauen, die er in 450 Jahren kennengelernt hatte, und er wünschte, sie würde sich ihm anvertrauen. Was immer das Problem auch war, sie könnten gemeinsam eine Lösung finden, denn was immer das Problem auch war, es konnte nicht groß genug sein, um sie davon abzuhalten, alles, was sie hatte, für den Fall einzusetzen. Er würde es nicht zulassen. Seine Freunde starben.

„Ich will nicht sterben, Ms. Nelson."

*Ich will auch nicht, daß Sie sterben, Rose.* Sie nagte an ihrer Unterlippe. Wenn sie zusammenarbeiteten, würde er es herausfinden. Sie mußte entscheiden, ob das wichtiger war als das fortgesetzte Sterben Unschuldiger.

*So gesehen ist das keine echte Wahl, nicht wahr?* Wenn sie allein nicht ihre größte Chance war, so waren sie und Henry es zusammen. *Scheiß drauf. Wir werden einen Weg finden.*

Henry sah, wie ihre Miene sich veränderte, und lächelte. Während seiner langen Existenz war er sehr gut darin geworden, Menschen zu lesen, die zarten Nuancen aufzufangen, die ihre inneren Gedanken widerspiegelten. Die meiste Zeit gab Vicki sich nicht mit Nuancen ab; ihre Gedanken waren so einfach zu lesen wie eine Anschlagtafel.

„Also, Freitag nach Sonnenuntergang. Du kannst mich abholen."

Er verneigte sich, und das begleitende Lächeln nahm den Spott aus dieser Geste. „Wie die Dame befiehlt."

Vicki erwiderte das Lächeln, dann gähnte sie und streckte sich, den Rücken durchgedrückt und die Arme auf dem roten Samt ausgebreitet.

Henry beobachtete den Puls an ihrem Halsansatz. Er hatte seit drei Nächten nicht getrunken, und der Hunger wuchs. Vicki wollte ihn. Er konnte ihr Verlangen die meiste Zeit riechen, wenn sie zusammen waren, hatte sich aber wegen des Blutverlusts, den sie ihm Frühling erlitten hatte, zurückgehalten – und, wie er zugeben mußte, zurückgehalten, weil er wollte, daß der Zeitpunkt gut gewählt war. Das eine Mal, als er von ihr getrunken hatte, war eine so hektische Notwendigkeit gewesen, daß ihr all die zusätzlichen Freuden entgangen waren, die es für beide beteiligten Parteien mit sich bringen konnte.

Der Duft ihres Lebens erfüllte die Wohnung, und Henry trat auf sie zu, wobei er seinen Schritt ihrem Herzschlag anpaßte. Als er die Couch erreichte, streckte er die Hand aus.

Vicki ergriff sie und zog sich hoch. „Danke." Sie gähnte wieder und ließ ihn los, um sich die Faust vor den Mund zu halten. „Mann, bin ich geschafft. Du würdest nicht glauben, wann ich heute morgen aufgestanden bin, und dann habe ich den ganzen Tag damit verbracht, praktisch zwei Jobs in einer Fabrik zu machen, in der es 80 Grad Celsius haben mußte." Sie hängte sich ihre Tasche über die Schulter und ging zur Tür. „Du mußt mich nicht hinausbringen. Ich erwarte dich Freitag nach Sonnenuntergang." Sie winkte und war verschwunden.

Henry öffnete den Mund, um zu protestieren, schloß ihn, öffnete ihn wieder und seufzte dann.

Bis der Fahrstuhl die Lobby erreichte, war es Vicki gelungen, mit Lachen aufzuhören. Henrys erschütterter Gesichtsausdruck war unbezahlbar gewesen, und sie hätte ein Jahr ihres Lebens dafür gegeben, eine Kamera zu haben. *Wenn seine untote Hoheit glaubt, er habe die Situation unter Kontrolle, dann hat er sich aber geschnitten.* Es hatte sie fast mehr Willenskraft gekostet, als sie besaß, diese Wohnung zu verlassen, aber das war es wert gewesen.

„Fang so an, wie du auch weitermachen willst", flüsterte sie und wischte sich die schweißnassen Hände an den Shorts ab. „Vielleicht haben Moms alte Sprichwörter mehr Wert, als ich dachte."

Sie lächelte, als sie ins Taxi stieg, immer noch berauscht vom Sieg. Dann lehnte sie sich zurück und blickte hoch zu den unscharfen Rechtecken aus Licht, die Henrys Gebäude waren. Sie konnte ihn nicht sehen, konnte noch nicht einmal mit Sicherheit sagen, welches der unscharfen Rechtecke seines war. Aber er war da oben. Blickte auf Vicki herab. Wollte sie. So, wie sie ihn wollte – und sie fühlte sich wie ein Teenager, dessen Hormone gerade verrückt spielten.

Warum zum Teufel war sie dann nicht da oben bei ihm?

Sie ließ den Kopf gegen das schweißige Leder des Sitzes sinken und seufzte. „Ich bin *so* eine Idiotin."

„Vielleicht", stimmte der Taxifahrer zu und drehte sich mit einem Grinsen um, das seine Goldzähne zeigte. „Wollen Sie eine fahrende Idiotin sein? Der Taxameter läuft."

Vicki starrte ihn an. „Huron Street", knurrte sie. „Südlich vom College. Fahren Sie."

Der Taxifahrer schnaubte verächtlich und sah wieder nach vorn. „Bloß weil Sie kein Glück in der Liebe haben, Lady, ist das kein Grund, es an mir auszulassen."

Das Brummen des Taxifahrers mischte sich mit dem Verkehrslärm, und den ganzen Weg die Bloor Street hinunter konnte Vicki Henrys Blick heiß im Nacken fühlen. Es würde eine lange Nacht werden.

Die Kassette war zuende, und Rose fummelte ohne Erfolg zwischen den Sitzen nach einer neuen. Die lange Fahrt von Toronto zurück hatte sie steif werden lassen, müde und zu angespannt, um die Augen von der Straße zu nehmen – selbst wenn es nur ein leeres Stück Kies kaum einen Kilometer von daheim entfernt war.

„He!“ Sie stieß Peter in den Rücken. „Warum machst du dich nicht nützlich und suchst... Sturm, halt dich fest!“ Sie stieg voll auf die Bremse. Das Heck des Wagens schlingerte, und das Lenkrad wand sich wie ein lebendiges Wesen unter ihren Händen. Sie kämpfte darum, die Kontrolle zurückzubekommen, und war sich vage bewußt, daß Peter, nicht Sturm, sich neben ihr festklammerte.

*Wir werden es nicht schaffen!* Der Schatten, den sie auf der Straße gesehen hatte, rückte drohend näher, wurde dunkler.

Näher. Dunkler.

Dann, gerade als sie glaubte, sie könnten rechtzeitig anhalten und die Erleichterung ihrem Herz wieder erlaubte zu schlagen, traf die vordere Stoßstange auf den Schatten.

Gut so. Sie waren beide unverletzt. Es war nicht Teil seines Plans, daß sie bei einem Autounfall umkamen. Zu schade, daß ihn die Änderung der Windrichtung von seinem gewöhnlichen Jagdrevier fernhielt, aber es war nicht nötig, die Jagd gänzlich aufzugeben. Er legte die Wange gegen das Gewehr und beobachtete die Szene, die sich abspielte, durch das Zielfernrohr. Sie waren fast daheim. Einer von ihnen würde Hilfe holen gehen und den anderen für ihn zurücklassen.

„Ich vermute, Daddy hatte die ganze Zeit recht. Dieser alte Baum ist verrottet. Direkt am Stumpf abgefault." Peter hockte auf dem Stamm und sah im Scheinwerferlicht wie ein rothaariger Puck aus. „Glaubst du, wir können ihn bewegen?"

Rose schüttelte den Kopf. „Nur zu zweit nicht. Du läufst besser heim und holst Hilfe. Ich warte hier."

„Warum gehen wir nicht beide?"

„Weil ich den Wagen nicht hier stehen lassen will." Sie schob ihr Haar wieder aus dem Gesicht. „Es sind nur fünf Minuten zu Fuß. Es wird mir schon nichts passieren. Himmel, du bist in letzter Zeit so überfürsorglich."

„Bin ich nicht! Es ist nur... "

Sie hörten zur selben Zeit, wie sich ein Pick-up näherte, und einen Herzschlag später kamen Rose und Storm um den Wagen herum, um ihm entgegenzutreten.

Nur die Farm der Heerkens grenzte an diese Straße. Nur die Heerkens fuhren bei Nacht auf dieser Straße. Sein Griff schloß sich fester um das schweißnasse Metall.

„Sie teeren heute hinter der Kreuzung. Stinkt wie nur was." Frederick Kleinbein zog seine Hose über die Wölbung seines Bauches und strahlte Rose herzlich an. „Ich hab'n langen Heimweg genommen, um dem Gestank zu entgehen. Gute Sache, was? Wir nehmen die Kette vom Laster, binden sie um'n Baum und zieh'n das Ding an den Straßenrand." Er streckte die Hand aus, packte sanft Sturms Schnauze und schüttelte seinen Kopf hin und her. „Vielleicht sollten wir dich auch an'n Baum binden, was? Dann kannste für deinen Lebensunterhalt mal'n bißchen arbeiten."

„Niemand ist so blind wie die, die nicht sehen wollen... " Es würde jetzt keine Gelegenheit zum Schießen geben.

„Danke, Mr. Kleinbein."

„Ach, wieso danke? Sie haben doch die halbe Arbeit gemacht. Und der Laster die andre Hälfte." Er lehnte sich aus dem Fenster und rieb sich mit einem schneeweißen Taschentuch die Stirn. „Sie und der Riesenwelpe da geh'n jetzt heim, was? Sagen Sie Ihr'm Vater, daß was vom Holz an der Krone noch gut zum Verbrennen is'. Wenn er's nicht will, ich schon. Und sagen Sie ihm, daß ich seine Senkgrubenpumpe noch vor Monatsende zurückgebe."

Rose trat zurück, als er den Gang einlegte, und dann wieder vor, als er noch etwas über den Motorenlärm hinzufügte, das sie nicht verstanden hatte. „Was?"

Aber er winkte nur mit einem kräftigen Arm und war fort.

„Er sagte", erklärte Peter, sobald das rote Band der Rücklichter verschwunden war und es sicher war, sich zu verwandeln, „grüßen Sie Ihren Bruder – und dann hat er gelacht."

„Glaubst du, er hat dich gesehen, als er herfuhr?"

„Rose, es ist ganz normal, daß er so etwas sagt. Er kann mich gemeint haben, aber auch Colin. Colin hat ihm bei der Heuernte geholfen. Du machst dir zu viele Sorgen."

„Vielleicht", gab sie zu, ergänzte aber im Stillen, während Sturm wieder den Kopf aus dem Fenster streckte: *Vielleicht auch nicht.*

Er blieb, wo er war, und sah zu, wie sie wegfuhren, dann nahm er die Silberkugel aus dem Gewehr und steckte sie in die Tasche. Er würde sie einfach ein andermal verwenden.

„Sind Sie sicher?" Der ältere Mr. Glassman klopfte mit einem manikürten Fingernagel auf den Bericht. „Das wird vor Gericht Bestand haben?"

„Kein Zweifel. Alles, was Sie brauchen, steht da drin." Hinter ihrem Rücken schlugen die Finger von Vickis rechter Hand einen Trommelwirbel auf ihrer linken Handfläche. Jedesmal, wenn sie dem älteren Mr. Glassman gegenüberstand, merkte sie, wie sie ohne feststellbaren Grund in Habt-Acht-Stellung ging. Er war kein körperlich eindrucksvoller Mann, noch zeigte er in irgendeiner Weise militärisches Gehabe, daher vermutete sie, daß es einfach an der Macht seiner Persönlichkeit liegen mußte. Obwohl er damals kaum mehr als ein Kind gewesen war, war es ihm gelungen, nicht nur die KZs des Holocaust zu überleben, sondern auch seinen jüngeren Bruder Joseph sicher durch den Schrecken zu bringen.

Er schloß den Bericht und stieß einen Seufzer aus. „Harris." Der Name setzte Monaten von kleinen Sabotageakten ein Ende, doch wie er ihn aussprach, klang es eher müde als zornig. „Wir danken Ihnen für die schnelle Arbeit, Ms. Nelson." Er stand auf und streckte die Hand aus.

Vicki nahm sie und bemerkte die Kraft hinter der weichen Oberfläche.

„Ich sehe, daß Ihre Rechnung dem Bericht beiliegt“, fuhr er fort. „Wir werden Ende der Woche einen Scheck ausstellen. Ich gehe davon aus, daß Sie, falls nötig, für eine Aussage vor Gericht zur Verfügung stehen?“

„Das gehört zum Service“, versicherte sie. „Wenn Sie mich brauchen, werde ich da sein.“

„Hey, Baby!“ Harris, der seine Mittagspause mit ein paar Kumpeln in der Sonne verbracht hatte, hievte sich hoch, als Vicki das Gebäude verließ. „Steckst es auf, wie? Hast es nicht geschafft.“

Vicki hatte die Absicht, ihn zu ignorieren.

„Zu schade, daß dein kleiner Knackarsch jetzt woanders rumwackelt.“

Andererseits...

Er lachte, als er ihre Reaktion bemerkte, und lachte weiter, als sie den Parkplatz überquerte und sich vor ihm aufbaute. Er war in seinen jüngeren Tagen Sportler gewesen und hatte den schweren, plumpen Körperbau eines Mannes, der einmal muskulös war. Sein Blue-Jays-T-Shirt spannte sich eng über den Bierbauch, den er statt einer Taille hatte. Er war der lachende, selbstgerechte Typ Mann, dem gewöhnlich jeder alles durchgehen läßt.

Kümmere dich nicht um ihn, das ist einfach seine Art.

Vicki hielt das für den gefährlichsten Typ, aber diesmal war er zu weit gegangen. Er konnte sich den ganzen Weg zum Gericht über Leute beklagen, die keinen Spaß verstanden.

„Was ist los, Baby, kannst du nicht ohne Abschiedskuß gehen?“ Er drehte sich um, um sich zu vergewissern, daß die beiden Männer, die immer noch neben dem Gebäude saßen, seinen Witz genossen, und verpaßte so den Ausdruck auf Vickis Gesicht.

Sie hatte eine schlechte Nacht gehabt. Sie war schlecht gelaunt. Und sie war mehr als bereit, all das an diesem rassistischen, sexistischen Scheißkerl auszulassen. Er war gut 10 Zentimeter größer und wahrscheinlich 50 Kilo schwerer als sie, aber sie glaubte, daß sie wenig Schwierigkeiten haben würde, mit ihm den Boden aufzuwischen. *Verführerisch, aber nein.* Wenn auch ihre Augen schmal wurden und ihr Kiefer sich anspannte, hielten die Jahre, in denen sie das Protokoll beachten mußte, ihr Temperament in Schach. *Er ist es nicht wert.*

Als sie sich abwandte, wirbelte Harris herum, streckte breit grinsend die Hand aus und hieb ihr auf den Hintern.

Vicki lächelte. *Ach, zum Teufel...*

Sie schwenkte herum und trat ihn weniger fest, als sie konnte, gegen die Außenseite seines linken Knies. Er stürzte, vor Schmerz brüllend, als habe man beide Beine unter ihm weggeschnitten. Ein Treffer knapp unterhalb der Rippen preßte die Luft in einem qualvollen Keuchen aus seinen Lungen, und da sie der Versuchung widerstand, ihn dorthin zu treten, wo es am meisten weh tun würde, belohnte sie sich mit einem gut plazierten Fußtritt in seinen Hintern, als er die Knie hochzog. Dann grinste sie seine Kumpel an und machte sich auf den Heimweg.

Er konnte Anzeige erstatten. Aber sie glaubte nicht, daß er es tun würde. Er war unverletzt, und sie war bereit, darauf zu wetten, daß er, bis er wieder zu Atem gekommen war, bereits damit begonnen hatte, die Fakten so zu verdrehen, daß sie in seine Weltsicht paßten – eine Weltsicht, die nicht die Möglichkeit einschließen würde, daß er von einer Frau niedergeschlagen worden war.

Ihr war auch klar, daß das nicht der Fall wäre, wenn sie immer noch eine Polizeimarke tragen würde, da Polizeibrutalität ein Kampfschrei seiner Art war.

*Weißt du* – sie schob ihre Brille die Nase hoch und rannte, um den Bus zu erwischen, den sie gerade über die Überführung an der Eglinton Avenue fahren sehen konnte –, *ich glaube, ich könnte mich daran gewöhnen, Zivilistin zu sein.*

Die Euphorie ließ zusammen mit dem Adrenalin nach, und die Gewissenskrise setzte keine zwei Blocks von der Haltestelle entfernt ein. Es war nicht so sehr die Gewalt, die sie aufregte, wie ihre Reaktion darauf. So sehr sie es auch versuchte, sie konnte sich nicht davon überzeugen, daß Harris nicht einen kleinen Teil von dem bekommen hatte, was er tatsächlich verdiente. Als sie sich in dem Versuch, vielleicht tatsächlich an ihrer Haltestelle herauszukommen, in der Dundas-Straßenbahn nach hinten durchkämpfte, hatte sie die ganze Debatte herzlich satt.

*Gewalt ist nie die Antwort, aber manchmal, wie bei Küchenschaben, ist sie die einzig mögliche Reaktion.* Indem sie zwei halbkomatöse Teenager gewaltsam aus dem Weg schob, schaffte sie es in der allerletzten Sekunde durch die Tür. *Harris ist so eine Küchenschabe. Basta.* Es war zu heiß, um sich mit persönlicher Ethik abzugeben. Sie versprach sich selbst, es noch einmal zu versuchen, wenn das Wetter abgekühlt hatte.

Sie konnte die Hitze des Asphalts durch die Sohlen ihrer Turnschuhe fühlen und bog in Richtung nach Hause in die Huron Street ein, wobei sie so schnell ging, wie die wogende Menschenmenge es erlaubte. Die Dundas und die Huron kreuzten sich mitten in Chinatown, umgeben von Kneipen und winzigen Märkten, die exotische Gemüse und lebende Fische verkauften. Bei heißem Wetter erhitzten sich die Metallmülltonnen voller Essensreste, und der Gestank, der das Gebiet durchdrang, war alles andere als appetitanregend. Vicki atmete flach durch den Mund und konnte gut verstehen, warum die Werwölfe es so eilig gehabt hatten, aus der Stadt herauszukommen.

Im Vorbeigehen sah sie nach *der Pfütze*. Behaglich eingekuschelt neben dem Bordstein an einer Stelle, wo der Asphalt abgesprungen war und ein Teil der ursprünglichen Pflastersteine fehlte, sammelte die Pfütze das gesamte örtliche Abwasser und unterschiedliche organische Reste. Wenn die Temperatur stieg, durchbrachen faulig riechende Blasen die schaumige Oberfläche und fügten dem allgemeinen Bouquet ihre persönliche Note hinzu. Vicki hatte keine Ahnung, wie tief die Pfütze war. In fünf Jahren hatte sie nie erlebt, daß sie ausgetrocknet war. Sie vertrat die Theorie, daß eines Tages etwas aus dieser kleinen Resteschüssel von Ursuppe kriechen und das Viertel terrorisieren würde, daher behielt sie sie im Auge. Sie wollte da sein, wenn das geschah.

Als sie schließlich ihre Wohnung erreichte, war sie mit einer dünnen Schweißschicht bedeckt, und alles, was sie sich wünschte, war eine kalte Dusche und ein noch kälteres Getränk. Sie vermutete, daß es einige Zeit dauern würde, bevor sie eins davon bekam, als sie den Kaffeeduft von drinnen roch, sobald sie den Schlüssel ins Schloß steckte. „Es hat 50 Grad im Schatten", brummte sie und stieß die Tür auf, „wie zum Teufel kannst du Kaffee trinken?"

Es war gut, daß sie keine Antwort erwartet hatte, weil sie auch keine bekam. Sie verriegelte die Tür, warf ihre Handtasche in den Flur und ging in das winzige Wohnzimmer.

„Nett von dir reinzuschauen, Mike." Sie runzelte die Stirn. „Du siehst mies aus."

„Danke, Mutter Theresa." Er hob seine Tasse und nahm einen tiefen Schluck, wobei er kaum den Kopf vom Liegesessel hob. Als er mit Schlukken fertig war, sah er ihr in die Augen. „Wir haben den Kerl."

„Margot?"

Mike Celluci nickte. „Wir haben ihn kalt erwischt und den kleinen Mistkerl heute festgenommen."

*Heute. Während ich bewies, daß ich ein größerer Macho bin als Billy Harris.* Einen Moment lang war Vicki so grün vor Neid, daß sie nicht sprechen konnte. Das hätte sie eigentlich mit ihrem Leben tun sollen: etwas verändern, nicht sich auf dem Parkplatz einer Kaffeerösterei zum Narren machen. Sie biß sich auf die Lippe und schaffte es, das Monster zurück in seine Grube zu zwingen, wenn sie auch nicht ganz ein Lächeln zustande brachte.

„Gute Arbeit." Als sie Mike wieder in ihr Leben gelassen hatte, hatte sie auch die Polizeiarbeit wieder hineingelassen. Sie mußte lernen, damit fertig zu werden.

Er nickte, seine Miene zeigte ausschließlich Erschöpfung. Vicki spürte, wie ein Teil der Anspannung aus ihren Schultern verschwand. Entweder verstand er, oder er war zu müde, um ihr eine Szene zu machen. Mit beidem konnte sie klarkommen. Sie streckte die Hand aus und nahm ihm die leere Kaffeetasse aus der Hand.

„Wann hast du das letzte Mal geschlafen, Mike?"

„Dienstag."

„Und gegessen?"

„Äh... " Er runzelte die Stirn und rieb sich mit der freien Hand die Augen.

„Richtiges Essen", bohrte Vicki. „Nichts aus einer Schachtel, das mit Puderzucker bedeckt ist."

„Ich weiß nicht mehr."

Vicki schüttelte den Kopf und ging in die Küche. „Zuerst ein belegtes Brot, dann Schlaf. Du hast besser nichts gegen Roastbeef, denn das ist alles, was ich habe." Während sie das Fleisch auf das Brot häufte, grinste Vicki. Fast wie in alten Zeiten. Sie hatten einen Pakt geschlossen, sie und Celluci, vor Jahren, als sie das erste Mal etwas miteinander angefangen hatten: Wenn sie sich nicht um sich selbst kümmern konnten, würde der andere es tun.

„Diese Arbeit hat genug Methoden, an deiner Seele zu nagen“, hatte sie gesagt, als er ihr die Verspannungen aus dem Rücken massierte. „Es macht Sinn, sich Unterstützung aufzubauen.“

„Du bist sicher, daß du nicht einfach nur jemanden willst, vor dem du aufschneiden kannst, wenn die Arbeit erledigt ist?“ hatte er geschnaubt.

Ihr Ellenbogen hatte ihn in den Solarplexus getroffen. Sie hatte zuckersüß gelächelt, als er um Atem rang. „Auch.“

Genauso wichtig wie jemand, der verstand, wenn alles richtig lief, war jemand, der verstand, wenn es schiefging. Der nicht eine Unmenge blöder Fragen stellte, auf die es keine Antworten gab, oder Mitleid spendete, das nur Salz in die Wunden streute, die das Versagen gerissen hatte.

Jemand, der einem ein Brot machte, einen ins Bett brachte und dann in Ruhe ließ, während man die letzten sauberen Bettbezüge zerknautschte und verschwitzte.

Sechs Stunden später taumelte Mike Celluci ins Wohnzimmer und starrte verschlafen auf den Fernseher. „Welches Inning?“

„Mitten im vierten.“

Er brach im einzigen anderen freien Sessel im Raum zusammen, da Vikki sich im Liegesessel verschanzt hatte. „Erzielte Tore?“ fragte er und kratzte sich die Brust.

„Es sind Läufe, wie du Arschloch sehr wohl weißt, und bis jetzt gab es noch keine.“

Sein Magenknurren übertönte hörbar den Lärm der Menge, die beim ersten ein einfaches Aus bejubelte. „Pizza?“

Vicki warf ihm das Telefon hin. „Es ist meine Wohnung, du bezahlst.“

Ein einsames Stück Pizza wurde in der Schachtel kalt, und den Jays war es gelungen, mit zwei Läufen in Führung zu gehen und diese zu halten, als sie ihm erzählte, daß sie nach London gehen würde.

„Nach England?“

„Nein, nach Ontario.“

„Ein neuer Fall?“

„Auf Anhieb richtig.“

„Worum geht es?“

*Ich suche die Person oder Personen, die eine Familie von Schafe züchtenden Werwölfen mit Silberkugeln erschießen.* Zumindest war es richtige Arbeit.

Wichtige Arbeit. „Das kann ich dir jetzt nicht sagen. Vielleicht später." *Vielleicht in einer Million Jahren...*

Mike Celluci blickte finster. Vicki verbarg etwas. Er merkte das immer. „Wie kommst du hin? Mit dem Zug? Oder mit dem Bus?" Er streckte ein Bein aus und stupste sie mit dem nackten Fuß in die Seite. „Jogging?"

Sie schnaubte verächtlich. „Ich bin nicht diejenige mit den Rettungsringen an den Hüften."

Unwillkürlich zog Mike den Bauch ein.

Vicki grinste, als er versuchte, so zu tun, als hätte er es nicht getan, und sich zwang, sich zu entspannen. *Schade,* überlegte Vicki, *weil er gerade wieder anfängt, verkrampft zu werden.* „Henry bringt mich hin."

„Henry?" Mike hielt seine Stimme sorgsam neutral. Sie hatte natürlich jedes Recht, ihre Zeit mit jedem zu verbringen, mit dem sie wollte, aber da war etwas an Henry Fitzroy, was Celluci entschieden nicht gefiel. Beiläufige Erkundigungen hatten nichts erbracht, was ihn zu einem Sinneswandel bewogen hätte – angesichts dessen, daß sie überhaupt nichts erbracht hatten. „Er ist an dem Fall beteiligt?" Der letzte von Vickis Fällen, an denen Henry beteiligt gewesen war, hatte damit geendet, daß sie halbtot zu Füßen eines Billigfilm-Monsters lag. Celluci war nicht beeindruckt gewesen.

Vicki schob die Brille hoch. Wieviel konnte sie ihm erzählen?

„Er ist ein Freund meiner Auftraggeber."

„Wird er dort bleiben, wenn er dich abgesetzt hat?" Er interpretierte ihre zusammengezogenen Augenbrauen korrekt und fügte hinzu: „Beruhige dich. Wir wissen beide, wieviel Ärger ein Zivilist bei einem Fall machen kann. Ich wollte nur sichergehen, daß du es dir nicht unnötig kompliziert machst." Er sah, daß sie nicht von der Reinheit seiner Motive überzeugt war. Ihr Pech.

„Erstens, Celluci, versuche daran zu denken, daß *ich* jetzt auch Zivilistin bin." Er schnaubte, und sie blickte finster. „Zweitens fährt er mich nur hin und gibt mir Hintergrundinformationen. Er wird sich nicht einmischen." *Er wird mir helfen. Wir werden zusammenarbeiten.* Sie hatte nicht die Absicht, das Mike Celluci wissen zu lassen – nicht, solange sie sich selbst nicht sicher was, was sie fühlte. Außerdem würde das eine Erklärung erfordern, die zu geben nicht ihre Sache war, und wenn sie mit Henry Fitzroy zusammenarbeiten wollte, dann ging das Celluci verdammt nochmal nichts an.

Celluci hatte den letzten Gedanken von ihrem Gesicht abgelesen und lag fast richtig. „Ich dachte an deine Karriere, nicht an dein Sexualleben“, knurrte er und stürzte den letzen Rest lauwarmes Bier hinunter, der noch in der Flasche war. „Hol deinen Verstand aus dem Rinnstein.“

„Meinen Verstand?“ Jetzt war es an ihr, zu schnauben. Sie schälte sich aus dem Liegesessel, und ihre verschwitzte Haut löste sich mit einem quälend reißenden Laut vom Vinyl. „Ich habe das nicht zur Sprache gebracht. Aber da du es getan hast... “

Er durchschaute ihren nächsten Zug als Ablenkung, als einen Versuch, seine Aufmerksamkeit von Henry abzulenken. Für eine Ablenkung war es nicht schlecht, und er beschloß mitzuspielen. Später war mehr als genug Zeit, den Hintergrund des schwer faßbaren Mr. Fitzroy zu durchleuchten.

Auf halbem Weg zum Schlafzimmer fragte er mit spöttischer Ernsthaftigkeit – oder so nah er dieser angesichts seines augenblicklichen Luftmangels kommen konnte: „Und was ist mit dem Spiel?“

„Sie liegen zwei Läufe vorn, und es sind noch anderthalb Innings zu spielen“, murmelte Vicki. „Bestimmt können sie das auch ohne uns gewinnen.“

Als Henrys Zähne die Ader an Tonys Handgelenk öffneten, sah er auf und bemerkte, wie die Augen des jüngeren Mannes ihn anstarrten. Die Pupillen waren erweitert, und der Orgasmus machte die Lider schwer, aber dennoch beobachte Tony begierig, wie der Vampir trank.

Als es vorbei und er sich sicher war, daß das Gerinnungsmittel in seinem Speichel die Blutung gestoppt hatte, stützte Henry sich auf einen Ellbogen. „Siehst du immer zu?“ fragte er.

Tony nickte. „Das turnt mich mit an. Zuschauen, wenn du's machst.“

Henry lachte und strich eine lange Locke feuchten braunen Haars aus Tonys Stirn. Er hatte in den letzten fünf Monaten so oft von Tony getrunken, wie es gefahrlos möglich gewesen war, seit Vicki den Jungen davon überzeugt hatte zu helfen, ihm das Leben zu retten. „Schaust du auch zu, wenn ich andere Dinge tue?“

Tony grinste. „Ich erinnere mich nicht. Macht es dir was?"

„Nein. Es ist gut, nicht verbergen zu müssen, was ich bin."

Während er seinen Blick über Henrys Körper schweifen ließ, gähnte Tony. „Gerade verbirgst du nicht viel", murmelte er. „Bist du am Wochenende da?"

„Nein", erklärte Henry. „Vicki und ich fahren nach London, Ontario. Freunde von mir sind in Schwierigkeiten."

„Vampire?"

„Werwölfe."

„Schrecklich." Das Wort verschwamm, seine Stimme war kaum noch hörbar. Dann fielen ihm die Augen zu, und er schlief ein.

Es war *sehr* angenehm, nicht verbergen zu müssen, was er war, dachte Henry, der zusah, wie der Puls in Tonys Kehle sich verlangsamte. Es war lange her, daß er den Luxus gehabt hatte, alle Masken abzulegen, und jetzt hatte er nicht nur einen, sondern zwei Sterbliche, die wußten, was er war.

Er lächelte und streichelte die zarte Haut an der Innenseite von Tonys Handgelenk mit dem Daumen. Da er nicht von Werwölfen trinken konnte, würde dieser Trip endlich dazu führen, daß er und Vicki... sich näher kamen.

# DREI

‚JAYS VERLIEREN IM NEUNTEN'

„Verdammt!" Vicki blinzelte die Schlagzeile an und entschied, daß es keine dreißig Cent wert war herauszufinden, wie die Jays es vermasselt hatten. Da keine Straßenbahn in Sicht war, lehnte sie sich gegen den Zeitungsautomaten, was sie sofort bereute, da der Kasten den Tag damit verbracht hatte, sich in der Augustsonne zu aalen, und seine Metalloberfläche heiß genug war, um ein Steak zu grillen.

„*Das* hat mir *gerade* noch gefehlt", knurrte sie und rieb sich den geröteten Unterarm. Ihre Augen juckten und schmerzten von einer Kombination aus Tropfen und Verdrehungen, denen ihre Augenärztin sie gerade unterzogen hatte, und jetzt hatte sie sich auch noch 40 Quadratzentimeter Haut gegrillt. Und die Bahn kam *immer* noch nicht.

„Scheiße. Ich kann genausogut laufen, solange ich den Bürgersteig noch sehen kann." Sie kickte im Vorbeigehen gegen den Zeitungsautomaten und trat auf die Straße, wobei sie sich mit einem Camaro anlegte, der die Broadview bei Gelb überquerte. Der Fahrer hupte, als sie der vorderen Stoßstange auswich, aber der Gesichtsausdruck, mit dem sie ihn ansah, schloß seine Zähne über dem ordinären Kommentar, den er hinzufügen wollte. Offensichtlich waren nicht *alle* jungen Männer, die Camaro fuhren, lebensmüde.

Sie überquerte die Gerard-Street-Brücke in einem Nebel und kämpfte damit, ihre Gefühle unter Kontrolle zu halten.

Bis zu diesem Morgen hatte sie geglaubt, die Augenkrankheit, die sie gezwungen hatte, bei der Polizei aufzuhören, im Griff zu haben. Sie hatte sie nicht schweigsam duldend akzeptiert, aber Zorn und Selbstmitleid waren nicht mehr die treibende Kraft in ihrem Leben gewesen. Viele Menschen mit Retinitis Pigmentosa waren in einem viel schlimmeren Zustand als sie, aber es war schwer, daran zu denken, wenn sich ihr peripheres Sehvermögen im letzten Monat um zwei weitere Grad verschlechtert hatte und das bißchen Nachtsichtvermögen, das sie noch besessen hatte, fast verschwunden war.

Die Welt nahm rasch die begrenzten Dimensionen einer Diashow an. Klick auf die Szene vor ihr. Kopf drehen. Klick auf die Szene vor ihr. Und könnte jemand bitte das Licht einschalten?

*Welchen Nutzen kann ich überhaupt für ein Rudel Werwölfe haben? Wie soll ich einen Mörder fassen, den ich nicht sehen kann?* Der rationalere Teil ihres Gehirns versuchte einzuwerfen, daß die Werwölfe sie wegen ihrer Qualitäten als Detektivin und ihrer Erfahrung, nicht wegen ihrer Augen engagiert hatten, aber sie glaubte nicht daran. *Vielleicht habe ich Glück, und einer von ihnen ist als Blindenhund ausgebildet.*

„Hey! Victory!“

Finster blickte sie sich um. Ihr Zorn hatte sie fast zur Ecke Parliament/Gerrard gebracht, weiter als sie gedacht hatte. „Was tust du denn in diesem Teil der Stadt?“

Tony grinste, als er näherkam. „Was ist mit: ‚Hi, wie geht's dir?'“

Vicki seufzte und versuchte, ihre Wut über den Tag nicht an Tony auszulassen. Als sie ihn zu Hilfe geholt hatte und sie zusammen Henry gerettet hatten, hatte ihre Beziehung sich verändert, war von der Ebene Polizist und Teenager eine Stufe höher gestiegen – nicht, daß er seit geraumer Zeit tatsächlich noch ein Teenager gewesen wäre. Vor vier Jahren, als sie ihn das erste Mal verhaftet hatte, war er ein magerer Unruhestifter von 15 gewesen. Im Laufe der Jahre war er zu ihrem besten Paar Augen und Ohren auf der Straße geworden. Jetzt schienen sie sich in Richtung Gleichgestelltheit zu entwickeln, aber alte Gewohnheiten sterben nur langsam, und sie fühlte sich verantwortlich für ihn.

„In Ordnung.“ Sie schnippte sich einen Schweißtropfen vom Kinn. „Hi. Wie geht es dir?“

„Wie kommt's“, fragte er im Plauderton und ging neben ihr her, „daß es, wenn du fragst: ‚Wie geht's dir', immer klingt wie: ‚In welcher Scheiße steckst du nun wieder'?“

„In welcher Scheiße steckst du denn?“

„In keiner.“

Vicki wandte den Kopf, um ihn anzusehen, aber er lächelte nur selig, ein Bild gekränkter Unschuld. Er sah gut aus, das mußte sie zugeben. Seine Augen waren klar, sein Haar war sauber, und er hatte sogar etwas zugenommen. „Gut. Und jetzt kommen wir auf meine erste Frage zurück: Was tust du in diesem Teil der Stadt?“

„Ich habe hier 'ne Bude.“ Er ließ die Bombe mit all der einstudierten Nonchalance platzen, die ein Mann von fast 20 aufbringen kann.

„Du hast was?“ Dieser Ausruf erfolgte Tony zuliebe, da er ihn offenbar erwartete. Ihr Stimmung begann, sich unter dem Einfluß seines Vergnügens zu heben.

„Es is’ nur’n Zimmer im Keller.“ Er zuckte die Achseln – nichts großartiges. „Aber ich habe mein eigenes Bad. Ich hatte noch nie eins.“

„Tony, wie bezahlst du das?“ Er hatte schon immer gelegentlich eine Nummer geschoben, und sie hoffte wie verrückt, daß er es nicht zu seiner Vollzeitbeschäftigung gemacht hatte – nicht nur, weil es illegal war, sondern auch weil das Schreckgespenst Aids jetzt über jeder Begegnung schwebte.

„Ich könnt’ sagen, daß dich das nix angeht... “ Als sie die Stirn runzelte, hob er beschwichtigend die Hand. „Aber das werde ich nich’. Ich hab’ einen Job. Fange Montag an. Henry kennt diesen Typen, der ist Bauunternehmer und der braucht’n Larry.“

„Einen was?“

„Einen Typen, der die Drecksarbeit macht.“

„Henry hat dir Arbeit besorgt?“

„Ja. Er hat mir auch die Bude besorgt.“

In all den Jahren, die sie Tony kannte, war das größte, was er von ihr anzunehmen bereit war, eine gelegentliche Mahlzeit und etwas Geld als Gegenleistung für Informationen gewesen. Henry kannte ihn seit weniger als fünf Monaten und hatte sein Leben umgekrempelt. Vicki mußte erst die zusammengebissenen Zähne lockern, bevor sie sprechen konnte. „Verbringst du viel Zeit mit Henry?“ Die Frage hatte eine gewisse Schärfe.

Tony musterte sie abschätzend und blinzelte in der hellen Nachmittagssonne. „Nicht viel. Habe aber gehört, daß du dieses Wochenende ein bißchen mit ihm heulen gehst.“ Als sie die Stirn runzelte, lehnte er sich näher und intonierte in einer exzellenten Imitation einer Monsterfilmmatinee: „Werrrrwölfe.“

„Und hat er den Fall mit dir besprochen?“

„He, er hat ihn nur erwähnt.“

„Ich bin überrascht, daß er dich nicht eingeladen hat mitzukommen.“

„Mensch, Victory.“ Tony schüttelte den Kopf. „Mit dir ist einfach nicht zu reden, wenn du so’ne Laune hast. Laß dich flachlegen oder so was und krieg dich wieder ein, ja.“ Er winkte ihr unbekümmert zu und rannte los, um an der Ampel die Straßenbahn zu erwischen.

Vickis Antwort ging im Verkehrslärm unter, was wahrscheinlich ganz gut war.

„Liegt es an etwas, das ich gesagt habe?"

Vicki machte sich nicht die Mühe, den Kopf von der kalten Fensterscheibe des Autos zu heben. Die Lichter der Autobahn waren als Beleuchtung mehr als nutzlos, also warum sollte sie sich die Mühe machen, einen Mann anzusehen, den sie nicht sehen konnte? „Was meinst du?"

Ihr Ton war so aggressiv neutral, daß er lächelte. Er konzentrierte sich einen Moment lang darauf, den BMW durch eine gerade ausreichende Lücke zwischen zwei LKW zu quetschen und dann auf der anderen Seite auf einem Stück freier Strecke herauszukommen, wo es ihm tatsächlich gelang, sieben oder acht Autolängen lang die erlaubte Höchstgeschwindigkeit zu erreichen, ehe er wieder in einem Stück zähfließenden Verkehrs feststeckte. „Du hast keine zwei höflichen Worte mit mir gewechselt, seit ich dich abgeholt habe. Ich fragte mich, ob ich etwas getan habe, um dich zu verärgern."

„Nein." Sie setzte sich anders hin, trommelte mit den Fingern auf ihr Knie und holte tief Luft. „Doch." Persönliche Differenzen durften den Fall nicht beeinflussen; die Dinge würden auch so schon schwierig genug werden. Wenn sie sich jetzt nicht damit befaßten, standen die Chancen gut, daß es zu einer viel gefährlicheren Zeit hochkommen würde. „Ich habe mit Tony gesprochen."

„Aha." Eifersucht, begriff er. „Du weißt, daß ich von einer Reihe Sterblicher trinken muß, Vicki, und du selbst hast ihn in jener Nacht gewählt, um... "

Sie wandte ihren Blick dem unbestimmten Umriß zu, den sein Körper vor dem Fenster bildete. „Was zum Teufel hat das mit irgendwas zu tun?" Ihre linke Faust hieb auf das Armaturenbrett. „Vier Jahre lang habe ich Tony nicht dazu gebracht, mehr von mir anzunehmen als ein paar Burger und ein bißchen Kleingeld, und jetzt hast du ihm eine Arbeit und eine Wohnung besorgt."

Henry runzelte die Stirn. „Ich verstehe nicht." Er wußte, daß ihr Zorn echt war, sowohl ihre Atmung als auch ihr Herzschlag hatten sich beschleunigt, aber wenn es nicht der sexuelle Aspekt war, der sie störte... „Du willst, daß Tony von der Straße wegkommt?"

„Natürlich will ich das, aber..." *... aber ich wollte diejenige sein, die ihn rettet.* Sie konnte es nicht sagen, es klang so kleinlich. Es war aber vollkommen zutreffend. Abrupt wandelte sich ihr Ärger in Verlegenheit. „... aber ich weiß nicht, wie du es angestellt hast", schloß sie lahm.

Die Pause und die emotionale Wandlung verrieten ihre Gedanken so eindeutig, als ob sie sie laut ausgesprochen hätte. Da ihn 450 Jahre zumindest Diskretion gelehrt hatten, reagierte Henry weise nur auf Vickis tatsächliche Worte. „Ich wurde dazu erzogen, für meine Leute zu sorgen."

Vicki schnaubte, dankbar für die Gelegenheit, das Thema zu wechseln. „Henry, dein Vater war einer der größten Tyrannen der Geschichte, er hat Protestanten und Katholiken ohne Unterschied verbrannt. Widerspruch irgendwelcher Art, persönlich oder politisch, führte zum Tod."

„Ja", stimmt Henry zu. „Du mußt mich nicht überzeugen. Ich war dabei. Zum Glück wurde ich nicht von meinem Vater erzogen." Heinrich VIII. war für seinen unehelichen Sohn ein Idol gewesen, zu dem er voll Ehrfurcht aufblickte, mehr noch, er war König gewesen zu einer Zeit, als der König alles war. „Der Herzog von Norfolk hat sich darum gekümmert, daß man mich die Verantwortung eines Prinzen lehrte." Nur das Schicksal hatte verhindert, daß der Herzog von Norfolk der letzte Todesfall unter König Heinrichs Herrschaft wurde.

„Und Tony ist einer ‚deiner Leute'?"

Es war für ihn so einfach, erkannte Vicki, und sie konnte nicht leugnen, daß Tony in einer Weise darauf reagiert hatte, wie er auf sie nie reagiert hätte. Sie war versucht zu fragen: „*Was bin* ich?", ließ es aber sein. Die falsche Antwort würde sie wahrscheinlich in einen Wutanfall versetzen, und sie hatte keine Ahnung, was die richtige Antwort war. Sie fummelte einen Augenblick an den Lüftungsklappen der Klimaanlage herum. „Erzähl mir von Werwölfen."

Ein sichereres Thema.

„Wo soll ich anfangen?"

Vicki verdrehte die Augen. „Wie wäre es mit den Grundlagen? Lykanthropie war kein Fach auf der Polizeiakademie."

„In Ordnung." Henry trommelte mit den Fingern auf das Lenkrad und dachte einen Moment nach. „Zuerst einmal: Vergiß alles, was du je im Kino gesehen hast. Wenn du von einem Werwolf gebissen wirst, ist alles, was passiert, daß du blutest. Menschen können keine Werwölfe werden."

„Was heißt, daß Werwölfe keine Menschen sind."

„Richtig."

„Was dann, kleine pelzige Wesen von Alpha Centauri?"

„Nein, laut der ältesten ihrer Legenden sind sie die Nachfahren einer Wölfin und des antiken Gottes der Jagd." Er schürzte die Lippen. „Diese Legende klingt in allen Rudeln ziemlich gleich, auch wenn der Name des Gottes von Ort zu Ort variiert. Als die alten griechischen und römischen Religionen sich ausbreiteten, begannen die Werwölfe, sich Dianas Auserwählte, die Jagdmeute der Göttin, zu nennen. Das Christentum fügte die Geschichte von Lilith hinzu, Adams erster Frau, die sich, als sie das Paradies verließ, zu dem Wolf legte, den Gott am fünften Tag erschaffen hatte, und Kinder von ihm bekam."

„Was glaubst du?"

„Daß es mehr Dinge zwischen Himmel und Erde gibt, als eure Philosophie sich träumen läßt."

Vicki schnaubte. „Du weichst mir aus", brummte sie. „Und außerdem war das falsch zitiert."

„Woher weißt du das? Denk dran, ich habe das Original gehört. Es war ungeheuer schwierig, Shakespeare davon zu überzeugen, den armen Kerl nicht Yoluff zu nennen." Er klang vollkommen ernsthaft, aber er mußte sie wohl auf den Arm nehmen. „Yoluff, Prinz von Dänemark. Kannst du dir das vorstellen?"

„Nein. Und mythische Werwölfe sind mir eigentlich egal. Ich will wissen, was ich heute nacht zu erwarten habe."

„Was weißt du über Wölfe?"

„Nur das, was ich in den Sondersendungen von National Geographic auf PBS erfahren habe. Ich vermute, man kann die Mordlust, in der die Gebrüder Grimm schwelgen, nur teilweise glauben?"

„Ja. Abgesehen von den Gebrüdern Grimm leben Werwölfe ziemlich genau wie Wölfe. Jedes Rudel besteht aus einer Familie mit Mitgliedern unterschiedlichen Alters, bei der ein dominantes Männchen und ein dominantes Weibchen das Sagen haben."

„Dominant? Wie das?"

„Sie leiten das Rudel. Die Familie. Den Hof. Sie sorgen für Nachwuchs."

„Stuart und Nadine, die du neulich nacht erwähntest?"

„Genau."

Sie zupfte an ihrer Unterlippe. „Bei etwas so Wichtigem hätte man meinen sollen, daß *sie* kommen und mit mir reden."

„Das dominante Paar verläßt nie sein Revier. Sie sind auf eine Art mit dem Land verbunden, die wir nicht verstehen können."

„Du meinst, auf eine Art, die *ich* nicht verstehen kann", erwiderte sie gereizt, da sein Tonfall das recht klar gemacht hatte.

„Ja." Henry seufzte. „Das meine ich. Aber ehe du mich anklagst, nun, wessen immer du mich anklagen willst, solltest du bedenken, daß 450 Jahre Erfahrung schon etwas bedeuten."

Henry hatte recht. Und einen unfairen Vorteil. „Tut mir leid. Weiter."

„Donald, Roses und Peters Vater, war früher der Leitwolf, daher vermute ich, daß diese Verbundenheit bei ihm immer noch stark ist. Sylvia und Jason sind tot, und Colin arbeitet nachts, was es schwierig macht, mich als Vermittler zu benutzen. Rose und Peter sind zwar keine Erwachsenen nach den Maßstäben der Werwölfe, aber sie waren wohl die einzige verbliebene Möglichkeit."

„Und sie waren letztlich nur der Zuckerguß auf einem Kuchen, den du gut alleine hättest backen können."

Henry blickte finster, dann lächelte er, als er die Metapher begriff. „Ich glaubte nicht, daß du fähig wärst, sie abzuweisen", sagte er weich. „Nicht, nachdem du sie gesehen hattest."

*Und was bringt dich auf den Gedanken, daß ich fähig wäre, dich abzuweisen,* fragte sie sich, aber laut sagte sie nur: „Du hast gerade vom Aufbau des Rudels gesprochen."

„Nun, vor ungefähr dreizehn Jahren, als Roses und Peters Mutter starb, übernahmen ihr Onkel Stuart und Tante Nadine die Macht. Stuart stammt aus Vermont, aber er war schon eine Weile das Betamännchen in seinem Rudel."

„Er ist zugewandert?"

„Die jungen Männchen verlassen oft ihr Zuhause. Damit haben sie eine bessere Chance, sich fortzupflanzen und die Blutlinien zu mischen. Jedenfalls hat Donald kampflos aufgegeben. Marjorys Tod hat ihn ziemlich getroffen."

„Kampf?“ fragte Vicki und erinnerte sich an das weiße Schimmern von Peters Zähnen. „Das meinst du hoffentlich nur im übertragenen Sinne?“

„Nein. Nur sehr wenige dominante Männchen rollen sich einfach auf den Rücken und präsentieren ihre Kehle, und Stuart hatte bereits vorher eine Reihe von Versuchen unternommen.“

Vicki gab einen erstickten Laut von sich, und Henry streckte die Hand aus und klopfte ihr auf die Schulter. „Mach dir keine Sorgen“, riet Henry. „Im Grunde genommen sind Werwölfe nette, normale Leute.“

„Die sich in Wölfe verwandeln können.“ Das für normal zu halten, dazu war Vicki nicht erzogen worden. Aber schließlich saß sie in einem BMW mit einem Vampir – die Dinge konnten noch viel merkwürdiger werden. „Zieht ihr übernatürlichen Wesen eigentlich alle zusammen um die Häuser oder was?“

„Was?“ wiederholte Henry verwirrt.

Vicki schob ihre Brille hoch. Sie nützte in der Dunkelheit nichts, aber es war trotzdem eine beruhigende Geste. „Sag mir einfach, daß der Name deines Arztes nicht Frankenstein ist.“

Henry lachte. „Ist er nicht. Und ich habe Perkin Heerkens, Roses und Peters Großvater, auf völlig normale Weise kennengelernt.“

Langsam kam er zu Bewußtsein, als der Tag seine Macht über die Welt verlor. Erst sein Herzschlag, der durch die Dunkelheit an Kraft gewann, der langsame und gleichmäßige Rhythmus, der ihm versicherte, daß er überlebt hatte. Dann die Atmung, flach aufgrund des wenigen Sauerstoffs, der soweit hinunter reichte. Schließlich streckte er seine Sinne nach oben und draußen, an den kleinen krabbelnden Dingern in der Erde vorbei zur Oberfläche. Erst als er sicher war, daß kein menschliches Leben nahe genug war, um ihn auftauchen zu sehen, begann er, sich seinen Weg hinaus zu graben.

Sein Versteck war eher ein zusammengebrochener Fuchsbau als etwas anderes, obwohl Henry hoffte, die Nazis würden es für ein flaches Grab halten, wenn sie es entdecken sollten. Was es, wie er vermutete, als er sich durch die lose Erde schob, auch genau wäre, wenn die Nazis es entdecken sollten. Bei Tageslicht ausgegraben zu werden würde ihn sicherer töten als feindliches Feuer.

„Wirklich, ich hasse das eindeutig", murmelte er, als sein Kopf freikam und er den kleinen durchlöcherten Schutzschild losmachte, der verhinderte, daß ihm Erde in Nase und Mund geriet. Er grub sich nur als letzte Möglichkeit ein, wenn das Morgenrot ihn fern von jeder anderen Zuflucht erwischte. Ein- oder zweimal hatte er zu lange gewartet und hatte die Erde beiseite wühlen müssen, während die Hitze der Sonne wie Feuer über seinen Rücken tanzte. Eingraben erinnerte ihn zu sehr an das Entsetzen seines ersten Erwachens, eingesperrt in seinem Sarg, unsterblich und allein, während der Hunger an ihm nagte.

Er hatte sich bis auf ein Bein befreit, als er das Tier sah, das in dem Teich dunklerer Nacht unter einer Tanne lag.

*Wölfe? In Holland?* fragte er sich, während er reglos verharrte. Nein, kein Wolf, denn die rotbraune Farbe war falsch, aber es hatte eindeutig einen Wolf in seiner Blutlinie und gar nicht so weit entfernt. Es kauerte vorsichtig mit dem Wind, die Ohren flach an den Schädel gelegt, den buschigen Schweif eng an die Flanken gepreßt. Es reagierte auf den Geruch eines anderen Jägers und bereitete sich darauf vor, sein Revier zu verteidigen.

Weiße Zähne leuchteten in der Dunkelheit, und ein dunkles Knurren grollte tief in der massigen Kehle.

Henrys eigene Lippen zogen sich zurück, und er beantwortete das Knurren.

Das Tier sah überrascht aus.

Und noch überraschter, als eine Sekunde später sein Rückgrat gegen den Waldboden gepreßt wurde, und Henry sich mit beiden Händen tief in seinem Nackenfell festklammerte. Es kämpfte und schnappte und trat mit allen Pfoten nach dem, der es gefangen hatte. Obwohl es weiterknurrte, gab es keine lauteren Geräusche von sich. Als es merkte, daß es sich nicht befreien konnte, wand es sich, bis es ihm gelang, mit der Zungenspitze Henrys Handgelenk zu lecken.

Vorsichtig ließ Henry los.

Es schüttelte sich heftig, kratzte sich ausgiebig und setzte sich, den Kopf zur Seite gelegt, um dieses seltsame Wesen zu mustern. Es rümpfte dabei die Nase und runzelte die Stirn, was so sehr einem verblüfften Gesichtsausdruck ähnelte, daß Henry sich ein Lächeln verbeißen mußte – wenn er in diesem Augenblick seine Zähne gezeigt hätte, hätte das Ganze nur von vorn begonnen.

Nachdem die Vorherrschaft entschieden war, klopfte sich Henry den schlimmsten Schmutz von seiner schweren Arbeitskleidung und fuhr sich mit einer Hand unter das Hemd, um den Segeltuchbeutel zu prüfen, der um seine Taille gebunden war. Er wußte, daß die Dokumente sicher waren, aber das schwache Knistern von Papier beruhigte ihn dennoch.

Er würde den größten Teil der Nacht brauchen, um das Dorf zu erreichen, wo er seinen Kontaktmann im holländischen Widerstand treffen würde, und da er trinken mußte, ehe er ankam – es machte die Arbeit mit Sterblichen erträglich –, sollte er sich besser auf den Weg machen. Er überprüfte die Richtung auf dem Kompaß, den er vom britischen Militärgeheimdienst bekommen hatte, und machte sich auf in Richtung Nordosten. Er hörte einige Zeit, wie es sich hinter ihm durchs Gebüsch bewegte; seine Bewegungen waren von den unzähligen Geräuschen des nächtlichen Waldes kaum zu unterscheiden. Als er Geschwindigkeit zulegte, verschwand selbst diese Spur. Er war nicht überrascht. Ein ausgewachsener Wolf hätte Schwierigkeiten gehabt, Schritt zu halten. Ein Hund, ungeachtet seiner Abstammung, hatte keine Chance.

Die deutsche Patrouille kreuzte seinen Weg ungefähr drei Stunden vor Sonnenaufgang, nicht weit vom Dorf entfernt. Als sie an ihm vorbeiging, während er bewegungslos wenige Zentimeter entfernt neben dem Weg stand, lächelte Henry grimmig angesichts des Totenschädels auf der Vorderseite jeder Mütze. Totenkopf. Eine SS-Einheit.

Der Nachzügler war ein junger Mann mit gewölbter Brust, dem es trotz der vorgerückten Stunde und der Bodenbeschaffenheit gelang, großspurig zu marschieren und der die Einstellung „Ich gehöre eher der Herrenrasse an als du“ ausstrahlte. Man konnte davon ausgehen, daß seine Kameraden ihn absichtlich ein wenig hatten zurückfallen lassen; offenbar gab es Grenzen, selbst in der SS.

Henry hegte eine gewisse Sympathie für die gewöhnlichen Soldaten in der deutschen Armee, aber überhaupt keine für die Nazis unter ihnen. Er schnappte sich den jungen Mann von hinten mit wilder Effizienz, die ihn vom Weg holte und zwischen einem Atemzug und dem nächsten zum Schweigen brachte. Solange das Herz noch schlug, war der Schaden am

Körper unwesentlich. Rasch, denn er war verwundbar, während er trank, riß Henry das linke Handgelenk auf und neigte den Kopf, um zu trinken. Als er fertig war, griff er nach oben, legte eine langfingrige Hand über den Schädel des Soldaten, drehte ihn und brach ihm das Genick. Dann erstarrte er, denn er merkte, daß er beobachtet wurde.

Der Wald erstarrte mit ihm. Selbst der Wind schwieg, bis das einzige Geräusch das leise Plätschern des Blutes war, das langsam auf vermodernde Blätter troff. Immer noch über der Leiche kauernd, die Muskeln gespannt und bereit, drehte Henry sich um und blickte in Windrichtung.

Der große Hund beobachtete ihn noch ein paar Sekunden, dann verblaßte er, bis nicht einmal mehr die Augen des Vampirs ihn von den huschenden Schatten unterscheiden konnte.

Der Hund hätte nicht in der Lage sein dürfen, ihn aufzuspüren. Düstere Vorahnungen jagten Henry kalte Schauer über den Rücken. Rasch stand er auf und ging zu der Stelle, wo das Tier verschwunden war. Einen Herzschlag später blieb er stehen. Er spürte, daß die Patrouille zurückkam, zweifellos auf der Suche nach dem fehlenden Soldaten.

Er würde sich ein andermal um den Hund kümmern müssen. Er packte die Leiche an Hemd und Hose und hob sie in eine Astgabel, wo er sie gut über Augenhöhe festklemmte. Mit einem letzten besorgten Blick in die Schatten setzte er seinen Weg ins Dorf fort.

Es war leicht zu finden.

Hartweißes Licht von einem halben Dutzend auf LKW montierten Suchscheinwerfern beleuchteten den Dorfplatz. Eine kleine Gruppe Dörfler stand an einer Seite zusammengedrängt, bewacht von einer SS-Einheit. Ein Mann, der der Ortskommandant zu sein schien, ging zwischen beiden auf und ab, während er sich in bester Nazimanier mit einem Offiziersstöckchen gegen das Bein schlug. Außer dem Klopfen des Stockes gegen die Kante der Lederstiefel war die Szene unwirklich still.

Henry ging näher. Er ließ die Wache leben. Bis er wußte, was vor sich ging, konnte ein weiterer ungeklärter Todesfall möglicherweise eher schaden als nützen. Am Rande des Platzes schlüpfte er in eine Toreinfahrt und wartete in seinem Versteck darauf, was als nächstes geschehen würde.

Das winzige Dorf hatte zu seinen besten Zeiten, also nicht jetzt, wahrscheinlich nicht mehr als 200 Bewohner. Seine Lage sowohl in der Nähe der Grenze als auch nahe der Eisenbahnlinie, die die Invasoren für den Vormarsch nach Norden brauchten, machten es zu einem Brennpunkt für die holländische Widerstandsbewegung. Der Widerstand hatte Henry hergeführt, leider hatte er aber auch die SS hergebracht.

Auf dem Platz standen einundsiebzig Dorfbewohner, hauptsächlich die Alten, die Jungen und die Gebrechlichen. Sie waren aus ihren Betten gezerrt worden, trugen eine breite Palette an Nachtgewändern und hatten alle einen fast identischen wachsamen Gesichtsausdruck. Während Henry zusah, schleppten zwei schwerbewaffnete Männer fünf weitere heran.

„Sind das die letzten?“ fragte der Offizier. Als er eine Bestätigung erhielt, marschierte er nach vorn.

„Wir wissen, wo die fehlenden Mitglieder eurer Familien sind“, schnarrte er. Er sprach Holländisch mit Akzent, aber verständlich. „Der Zug, den sie aufhalten wollten, kommt nicht. Es war eine Falle, um sie herauszulocken.“ Er machte eine Pause, um auf eine Reaktion zu warten, erntete aber nur wachsame Blicke. Obwohl die, die alt genug waren, um alles zu verstehen, Angst hatten, verbargen sie es gut. Henrys empfindliche Nase nahm den Geruch wahr, aber der Kommandant konnte in keiner Weise feststellen, ob seine Neuigkeiten irgendeine Wirkung erzielt hatten. Der scheinbare Mangel an Reaktion fügte seinen nächsten Worte Schärfe hinzu.

„Inzwischen sind sie tot. Alle.“ Ein kleiner Junge erstickte einen Schrei, und der Kommandant lächelte fast. „Aber es reicht nicht“, fuhr er in sanfterem Tonfall fort, „nur den Widerstand auszulöschen. Wir müssen jeden Gedanken an Widerstand auslöschen. Ihr werdet alle hingerichtet und jedes Gebäude hier bis auf die Grundmauern niedergebrannt werden, sowohl als Exempel dafür, was mit jenen Zivilisten geschieht, die es wagen, den Widerstand zu unterstützen, als auch dafür, was mit Untermenschen geschieht, die es wagen, sich der Herrenrasse zu widersetzen.“

„Deutsche“, schnaubte eine alte Frau und hielt mit arthritischen Fingern krampfhaft ihren verblichenen Bademantel zu. „Sie quatschen dich tot, ehe sie dich erschießen.“

Henry war geneigt, dem zuzustimmen – der Kommandant klang eindeutig, als hätte er zu viele Propagandafilme gesehen. Doch das verminderte nicht die Gefahr. Ungeachtet dessen, was Hitler sonst im Rahmen seiner „Wirtschaftsreformen“ getan hatte, es war ihm gelungen, Arbeit für jeden sadistischen Scheißkerl im Land zu finden.

„Du.“ Das Offiziersstöckchen wies auf die Alte. „Komm her.“

Sie schüttelte die sie festhaltenden Hände von Freunden und Verwandten ab und trat leise murmelnd aus der Menge heraus. Die Oberkante ihres Kopfes, auf dem das spärliche graue Haar fest zu einem unkleidsamen Knoten geschlungen war, reichte dem Kommandanten kaum bis zum Schlüsselbein.

„Du", erklärte er, „hast dich freiwillig gemeldet, die erste zu sein."

Mit feuchten Augen, die im gleißenden Licht der Scheinwerfer fast zugekniffen waren, hob sie den Kopf und sagte etwas derart Unverschämtes und abgesehen davon auch biologisch Unmögliches, daß es einem älteren Mann aus der Menge der Dorfbewohner ein schockiertes: „Mutter!" entlockte. Nur um sicherzugehen, daß der Kommandant sie verstanden hatte, wiederholte sie es auf Deutsch.

Das Offiziersstöckchen hob sich, um zuzuschlagen. Henry bewegte sich und merkte gleichzeitig, daß es dumm und impulsiv war, konnte jedoch nicht an sich halten.

Er packte auf dem Höhepunkt des Schlages das Handgelenk des Kommandanten, führte die Bewegung fort und riß unter Einsatz aller Kraft den Arm aus dem Gelenk. Er ließ den Körper fallen und drehte sich um, um den Rest der Einheit anzugreifen, wobei er seine gräßliche, blutende Trophäe wie eine Keule schwang und die Zähne bleckte, so daß die langen Reißzähne schimmerten.

Der Angriff hatte weniger als sieben Sekunden gedauert.

Die Nazis waren nicht die ersten, die Entsetzen als Waffe verwendeten; Henrys Art hatte den Wert dieser Strategie schon vor Jahrhunderten erkannt. Sie verschaffte ihm Zeit, die ersten der Wachen zu erreichen, bevor irgend jemand daran dachte, daß sie Waffen in der Hand hatten.

Als sie schließlich so weit waren zu schießen, hatte er einen weiteren Körper, den er als Schild benutzen konnte. Er hörte Schreie auf Holländisch, Füße in Pantoffeln, die über festgetretene Erde rannten, und dann plötzlich gingen die Suchscheinwerfer aus.

Zum ersten Mal, seit er den Platz betreten hatte, konnte Henry alles sehen. Die Deutschen konnten gar nichts sehen. Sie verloren vollkommen die Nerven, stürzten davon und versuchten zu fliehen, nur um festzustellen, daß ihr Weg vom zähnefletschenden Angriff des größten Hundes, den sie je gesehen hatten, blockiert wurde.

Dann war es ein Gemetzel.

Augenblicke später, während er über seiner letzten Beute stand und jeder seiner Nerven vom Blutgeruch vibrierte, sah Henry zu, wie der Hund, der ihm die ganze Nacht gefolgt war, sich steifbeinig näherte. Der feuchte Fleck auf seiner Schnauze war in der Dunkelheit mehr schwarz als rot. Es sah vollkommen wild aus, wie ein Wolf aus den Märchen der Gebrüder Grimm.

Sie waren immer noch ein paar Schritte voneinander entfernt, als der Klang von Stiefeln auf Kopfsteinpflaster sie herumfahren ließ. Henry bewegte sich, aber der Hund war schneller. Er sprang, rollte sich ab, kam wieder hoch und hielt eine Maschinenpistole in äußerst menschlichen Händen. Als die SA-Männer in Sicht kamen, eröffnete er das Feuer. Keiner überlebte.

Nachdem er sich die Pistole über eine nackte Schulter gehängt hatte, drehte er sich zu Henry um und rieb sich das Blut um seinen Mund mit dem Rücken einer schmutzigen Hand ab. Sein Haar, das exakt die rotbraune Farbe des Wolfsfells hatte, fiel ihm in einem verfilzten Gewirr in die Stirn, und die Augen, die teilweise dadurch verdeckt wurden, waren die Augen, die beobachtet hatten, wie Henry aus der Erde aufgetaucht war und getrunken hatte.

„Ich bin Perkin Heerkens“, sagte er auf Englisch mit schwerem Akzent. „Wenn Sie Henry Fitzroy sind, bin ich Ihr Kontaktmann.“

Nach 400 Jahren hatte Henry geglaubt, nichts könne ihn mehr überraschen. Er stellte fest, daß er diese Schlußfolgerung noch einmal würde überdenken müssen.

„Man hat mir nicht gesagt, daß Sie ein Werwolf sind“, sagte er auf Holländisch.

Perkin grinste, was ihn jünger, aber nicht ungefährlicher aussehen ließ. „Man hat mir auch nicht gesagt, daß Sie ein Vampir sind“, sagte er. „Ich denke, damit sind wir quitt.“

„Das ist *keine* völlig normale Weise, um jemanden kennenzulernen", murrte Vicki und wünschte sich nur einen Augenblick, sie wäre wieder daheim und hätte einen netten, *normalen* Streit mit Mike Celluci. „Ich meine, du redest von einem Vampir beim Geheimdienst, der einen Werwolf in der holländischen Widerstandsbewegung trifft."

„Was ist daran ungewöhnlich?" Henry überholte ein Wohnmobil mit amerikanischem Nummernschild, in dessen Heckfenster eine kleine orangerote Katze schlief. „Werwölfe haben ein ausgeprägtes Revierverhalten."

„Wenn sie als Teil einer normalen… " Sie überlegte einen Augenblick und begann dann von neuem. „Wenn sie in menschlichen Gemeinden lebten, wie sind sie der Einberufung entgangen?"

„Wehrpflicht war ein britisches und nordamerikanisches Phänomen", erinnerte Henry sie. „Europa kämpfte ums Überleben, und das geschah so schnell, daß einige Männer und Frauen in isolierten Gegenden leicht übersehen werden konnten. Falls nötig, gaben sie die ‚Zivilisation' für die Dauer des Kriegs auf und lebten vom Land."

„Gut, was ist dann mit britischen und nordamerikanischen Werwölfen?"

„Es gibt keine britischen Werwölfe… "

„Warum nicht?" unterbrach Vicki.

„Es ist eine Insel. Angesichts der menschlichen Neigung zu töten, was man nicht versteht, gibt es nicht genug Platz für Menschen und Werwölfe." Er schwieg einen Moment und fügte hinzu: „Es könnte einst Werwölfe in Großbritannien gegeben haben… "

Vicki rutschte im Sitz tiefer und fummelte an der Lüftung herum. *Ich will nicht sterben, Ms. Nelson.* „Also sind die Werwölfe nicht weltweit verbreitet?"

„Nein. In Europa gibt es sie südlich bis Norditalien, im größten Teil von Rußland und in den nordwestlicheren Teilen Chinas und Tibets. Soweit ich weiß, gibt es keine indianischen Werwölfe in Nordamerika, aber ich könnte mich irren. Es gibt jedoch eine große Zuwanderung."

„Seit dem 2. Weltkrieg?"

„Auch vorher schon."

„Also bleibt meine ursprüngliche Frage bestehen: Wie sind sie der Einberufung entgangen?"

Vicki hörte, wie er die Achseln zuckte. „Ich habe keine Ahnung, aber da die meisten Werwölfe farbenblind sind, vermute ich, daß sie untauglich waren. Ich weiß, daß die Alliierten farbenblinde Beobachter zur Luftaufklärung benutzten; weil sie alles an der Form erkennen mußten, konnten sie die meisten Tarnungen durchschauen. Vielleicht waren manche davon Werwölfe."

„Und was ist mit dir? Wie überzeugt ein Vampir die Regierung, daß er seinen Beitrag zur Freiheit leisten darf?" Dann erinnerte sie sich, wie überzeugend Henry sein konnte. „Vergiß es."

„Tatsächlich habe ich mich nicht an die kanadische Regierung gewandt. Ich reiste als blinder Passagier an Bord eines Truppentransporters und kehrte nach England zurück, wo ein alter Freund von mir eine sehr mächtige Stellung innehatte. Er hat alles geregelt."

„Oh." Sie fragte nicht, wer der Freund war. Sie wollte es nicht wissen – ihre Phantasie spielte ihr bereits Szenen von Henry und prominenten Gestalten in kompromittierenden Stellungen vor. „Was geschah mit den Dorfbewohnern?"

„Was?"

„Den Dorfbewohnern. Wo du Perkins kennenlerntest. Sind sie alle gestorben?"

„Natürlich nicht!"

Vicki fand das überhaupt nicht *natürlich*. Schließlich hatten sie eine gesamte SS-Einheit ausgelöscht, und die Nazis hatten solche Dinge überhaupt nicht gemocht.

„Perkin und ich ließen es so aussehen, als seien sie bei einem Luftangriff der Alliierten auf die Eisenbahnlinie umgekommen."

„Du hast einen Luftangriff angefordert?"

„Habe ich nicht erwähnt, daß ein alter Freund von mir eine sehr mächtige Stellung innehatte?"

„So." Etwas störte Vicki noch. „Die Dorfbewohner wußten, daß ein Rudel Werwölfe unter ihnen lebte?"

„Nicht bis der Krieg ausbrach."

„Und danach?"

„Im Krieg war jeder Feind der Nazis ein willkommener Verbündeter. Selbst die Briten und die Amerikaner kamen miteinander klar."

Vicki vermutete, daß das Sinn ergab. „Und nach dem Krieg?"

„Perkin emigrierte. Ich weiß es nicht."

Eine Weile fuhren sie schweigend weiter, jetzt, da sie Toronto hinter sich gelassen hatten, nur eines von ein paar wenigen Fahrzeugen auf der Autobahn. Vicki schloß die Augen und dachte über Henrys Geschichte nach. In mancher Hinsicht war der Krieg trotz aller Komplikationen simpel gewesen. Zumindest waren die Feinde klar definiert gewesen.

„Henry", fragte sie plötzlich, „glaubst du wirklich, daß ein Rudel Werwölfe als Teil der menschlichen Gesellschaft leben kann, ohne daß seine Nachbarn es wissen?"

„Du denkst an die Stadt, Vicki; der nächste Nachbar der Heerkens lebt fünf Kilometer entfernt. Sie sehen Leute außerhalb des Rudels nur, wenn *sie* wollen. Abgesehen davon – hättest du, wenn du mich nicht gekannt und im letzten Frühling nicht diesen Dämon getroffen hättest, an Werwölfe geglaubt? Täte das irgend jemand in Nordamerika in diesem Jahrhundert?"

„Offensichtlich", erinnerte sie ihn trocken. „Obwohl ich eigentlich eher Erpressung als Mord erwartet hätte."

„Das ergäbe mehr Sinn", stimmte Henry zu.

Sie seufzte und öffnete die Augen. Hier war sie und versuchte einen Fall zu lösen, bewaffnet nur mit einem Vergrößerungsglas und einem Vampir und abgeschnitten von den Hilfsquellen der Polizei. Nicht, daß diese ihr bislang eine große Hilfe gewesen wären. Die Ballistik hatte angerufen, kurz bevor sie aufgebrochen war, um ihr mitzuteilen, daß die Kugel höchstwahrscheinlich 7,62 mm Standard-NATO-Munition war. Das schränkte den Kreis der möglichen Verdächtigen auf den gesamten Nordatlantik-Pakt sowie auf fast jeden, der ein Jagdgewehr besaß, ein. Sie freute sich nicht gerade darauf, das Gehöft der Heerkens zu erreichen.

Dies war das erste Mal, daß sie wirklich vollkommen allein war. Was war, wenn sie nicht so gut war, wie sie glaubte?

„Im Handschuhfach ist eine Karte." Henry manövrierte den BMW von der A 2 herunter. „Könntest du sie bitte für mich herausholen?"

Sie fand durch Tasten sowohl das Handschuhfach als auch die Karte und schob letztere ihrem Gefährten hin.

Er gab sie zurück. „Ich mag zwar ein Multitalent sein, aber ich würde lieber nicht versuchen, eine Karte zu lesen, während ich auf fremden Straßen fahre. Das wirst du für mich erledigen müssen."

Die Finger um das gefaltete Papier verkrampft, schob Vicki sie ihm wieder hin. „Ich weiß nicht, wo wir hinfahren."

„Wir sind auf der Airport Road und biegen gleich in die Oxford Street ein. Sag mir, wie lange wir auf der Oxford bleiben, bis wir an die Clarke Side Road kommen."

Die Straßenlaternen gaben kaum genug Licht ab, um die Windschutzscheibe zu sehen. Wenn sie sich bemühte, konnte Vicki die Umrisse der Karte erkennen. Mit Sicherheit konnte sie keine zwei kleinen Linien darauf finden.

„Unter der Sonnenblende ist ein Leselicht", bot Henry an.

Das Leselicht würde so gut wie nutzlos sein.

„Ich kann sie nicht finden."

„Du hast noch nicht einmal nachgesehen... "

„Ich habe nicht gesagt, daß ich nicht will, ich habe gesagt, ich kann es nicht." Ihr war von dem Augenblick an, als sie zugestimmt hatte, die sicheren, bekannten Parameter Torontos zu verlassen, klar gewesen, daß sie ihm die Wahrheit über ihre Augen würde sagen müssen, und sie konnte nicht verstehen, wie sie sich derart in die Ecke hatte drängen lassen. Vor Anspannung zog sie die Schultern hoch, und ihr Magen verkrampfte sich. Medizinische Erklärung oder nicht, es klang immer wie eine Entschuldigung in ihren Ohren, als bäte sie um Hilfe oder Verständnis – und er würde anders über sie denken, sobald sie das Etikett „behindert" trug. Jeder tat das. „Ich bin nachtblind, habe wenig peripheres Sehvermögen und werde jedesmal, wenn ich mit dieser verdammten Ärztin spreche, kurzsichtiger." Ihr Tonfall warnte ihn davor, einen dummen Spruch abzulassen.

Er fragte nur: „Was stimmt nicht?"

„Eine degenerative Augenkrankheit, Retinitis Pigmentosa... "

„RP", unterbrach er sie. Also das war ihr Geheimnis. „Ich weiß Bescheid." Seine Stimme blieb neutral, sachlich. „Sie scheint nicht weit fortgeschritten zu sein."

*Toll, genau das brauche ich, noch ein Experte. Reicht Mike Celluci nicht?* „Du hast nicht zugehört", stieß sie hervor und zerknüllte die Karte zu einer unleserlichen Masse. „Ich bin *nachtblind.* Das zwang mich, die Polizei zu verlassen. Ich bin nach Einbruch der Dunkelheit nutzlos. Du kannst genausogut gleich wenden, wenn ich diesen Fall bei Nacht lösen muß." Obwohl sie es hinter dem Zorn verbarg, befürchtete sie halb, er werde genau das tun – und halb fürchtete sie, er werde ihr den Kopf tätscheln und versichern, daß alles gut werden würde – weil es das nicht war und niemals mehr sein würde – und sie versuchen würde, ihm in einem fahrenden Wagen ins Gesicht zu springen und sie damit beide umbringen würde.

Henry zuckte die Achseln. Er hatte nicht vor, einem Gefühl in die Hände zu spielen, das er als Selbstmitleid erkannte. „Ich verwandle mich im Sonnenlicht in ein qualmendes Häufchen Asche; klingt, als hättest du den besseren Teil erwischt."

„Du verstehst das nicht."

„Ich habe die Sonne seit 450 Jahren nicht mehr gesehen. Ich glaube doch."

Vicki schob ihre Brille hoch und blickte aus dem Fenster auf eine Aussicht, die sie nicht sehen konnte, unsicher, wie sie ohne ein Ventil für ihren Zorn reagieren sollte. Dann sagte sie: „In Ordnung, du verstehst es. Also habe ich einen relativ leichten Fall. Ich kann immer noch arbeiten. Ich bin nicht blind. Ich bin nicht taub. Ich bin nicht verrückt. Es ist *trotzdem* zum Kotzen."

„Ja." Er erkannte die Enttäuschung über seine Reaktion und fragte sich, ob ihr klar war, daß sie überschwengliches Mitleid von den Menschen erwartete, denen sie es erzählte. Dieses Mitleid zurückzuweisen gab ihr das Gefühl, stark zu sein und glich aus, was sie als ihre Schwäche empfand. Er vermutete, daß die Krankheit das erste Mal war, daß sie etwas nicht durch die bloße Entschlossenheit, daß es gut werden würde, zum Guten wenden konnte.

„Hast du je daran gedacht, dir einen Partner zu suchen? Jemanden, der die Nachtarbeit übernehmen kann?"

Vicki schnaubte verächtlich, und ihr Zorn wich Belustigung. „Du meinst, du hilfst mir als eine Art fester Job aus? Du schreibst Liebesromane, Henry; du hast keine Erfahrung."

Er richtete sich entrüstet auf. Er war ein Vampir. Ein König der Nacht. Die Liebesromane waren nur ein Weg, die Miete zu zahlen. „Ich würde nicht sagen… "

„Und außerdem", unterbrach sie ihn, „verdiene ich kaum genug, um mich selbst zu unterhalten. Man nennt Toronto nicht umsonst die Gute Stadt, weißt du."

„Du bekämst mehr Aufträge, wenn du nachts arbeiten könntest."

Das konnte Vicki nicht abstreiten. Es war wahr.

Seine Stimme wurde tiefer, und Vicki spürte, wie sich ihre Nackenhaare sträubten. „Denk einfach mal darüber nach."

*Benutz deine Vampirtricks nicht bei mir, du Hurensohn.* Aber ihr Mund stimmte zu, ehe sie den Gedanken zu Ende gedacht hatte.

Den restlichen Weg legten sie schweigend zurück.

Als sie von der unbefestigten Straße abbogen, der sie die letzten Kilometer gefolgt waren, konnte Vicki nur einen vagen Lichtkegel vor dem Wagen sehen. Als Henry die Scheinwerfer ausschaltete, sah sie überhaupt nichts mehr. In der plötzlichen Stille klang das Scharren von Krallen am Glas neben ihrem Kopf plötzlich sehr laut. Es gelang ihr nicht, einen erschreckten Schrei zu unterdrücken.

„Es ist Sturm", erklärte Henry – sie konnte das Lächeln in seiner Stimme hören. „Bleib sitzen, bis ich herumkomme, um dich zu führen."

„Fick dich", flötete sie, fand den Griff und öffnete die Wagentür.

„Ja, ich freue mich auch, dich zu sehen", murmelte sie und versuchte, den großen Kopf wegzuschieben. Sein Atem war geringfügig besser als der der meisten Hunde – *zweifellos dank des Umstands, daß seine andere Gestalt eine Zahnbürste benutzen konnte* –, aber nur geringfügig. Da ihr schließlich klar wurde, daß ohne einen besseren Hebel die Chancen, Sturm zu bewegen, gleich Null waren, lehnte sie sich zurück und ertrug seine enthusiastische Begrüßung. Es juckte ihr in den Fingern, das dichte Nackenfell zu kraulen, aber die Erinnerung an Peters nackten jungen Körper hielt sie in Schach.

„Sturm, das reicht."

Mit einem letzten energischen Schnüffeln sprang der Werwolf aus dem Weg, und Vicki spürte, wie Henrys Hand ihren Arm berührte. Sie schüttelte sie ab und schwang sich aus dem Wagen. Obwohl sie den abnehmenden Mond sehen konnte, warf der hängende Dreiviertelkreis aus Silberweiß in der Finsternis ein Licht, das zu undeutlich war, um ihr zu nützen. Die verschwommenen Rechtecke aus Gelb zu ihrer Rechten waren wohl die Lichter des Hauses, und sie erwog, forsch auf sie zuzugehen, nur um zu beweisen, daß sie nicht so hilflos war, wie Henry vielleicht dachte.

Henry beobachtete, wie der Gedanke über Vickis Gesicht huschte und schüttelte den Kopf. Wenn er auch ihre Selbständigkeit bewunderte, hoffte er doch, sie würde nicht ihren gesunden Menschenverstand überwältigen. Ihm war klar, daß sie in diesem Augenblick das Gefühl hatte, etwas beweisen zu müssen, und er konnte sich nicht vorstellen, wie er sie wissen lassen konnte, daß das unnötig war. Zumindest nicht, was ihn anging.

Er gab ihr ihre Tasche in die Hand, hielt sie aber selbst fest, bis er sah, wie sich ihre Finger um den Griff schlossen, dann hakte er ihren freien

Arm sanft unter. „Der Weg macht eine Biegung", murmelte er dicht an ihrem Ohr. „Du willst doch nicht in Nadines Blumen landen. Sie beißt."

Vicki ignorierte die Art, wie sein Atem ihre Nackenhaare sich aufstellen ließ, und konzentrierte sich aufs Gehen, als würde sie nicht geführt. Sie zweifelte nicht daran, daß die Werwölfe zumindest in Wolfsgestalt genauso gut sehen konnten wie Henry und hatte nicht die Absicht, ihre Stellung hier zu untergraben, indem sie vor wie viele von ihnen auch zusehen mochten schwach erschien.

Mit hoch erhobenem Kopf konzentrierte sie sich auf die Rechtecke aus Licht und versuchte sich sowohl zu merken, wie der Weg sich unter ihren Sandalen anfühlte, als auch wie er von der Auffahrt zum Haus abbog. Der vertraute Asphalt und die Auspuffdünste der Stadt waren verschwunden und durch etwas ersetzt worden, von dem sie nur ahnen konnte, daß es der unangenehme Duft von Schafscheiße war. Das Lied der Grillen konnte sie identifizieren, aber der Rest der nächtlichen Geräusche gingen über ihren Horizont.

Daheim in Toronto hatte jeder Geruch, jeder Laut eine Bedeutung. Hier sagten sie ihr nichts. Vicki gefiel das überhaupt nicht; es bedeutete ein zusätzliches Handicap für ihre schlechter werdenden Augen.

Ein zweifacher plötzlicher, scharfer Schmerz an ihrer Wade und ein weiterer am Unterarm rissen sie aus ihrer Niedergeschlagenheit und erinnerten sie an einen weiteren Aspekt, den sie nicht berücksichtigt hatte.

„Verdammte Insekten!" Sie machte ihren Arm los und schlug an ihren Beinen herum. „Mir ist gerade etwas eingefallen: Ich hasse das Land!"

Sie waren ins Licht getreten, das aus dem Haus fiel, und sie konnte gerade eben das Lächeln auf seinem Gesicht erkennen.

„Zu spät", erklärte er und öffnete die Tür.

Vickis erster Eindruck, als sie blinzelnd auf der Türschwelle stand, war der einer gemütlich schäbigen Bauernhofküche, die von Menschen und Hunden wimmelte. Ihr zweiter Eindruck korrigierte den ersten: *von Werwölfen wimmelte. Die Leute sind Hunde. Wölfe. Oh, Scheiße.*

Es war spät, fast elf. Celluci lehnte sich zurück und starrte auf das einzig verbliebene Blatt Papier auf seinem Schreibtisch. Der Alan-Margot-Fall war in Rekordzeit abgeschlossen worden, und er konnte ihn jetzt seinen schwerfälligen Weg durch die Gerichte gehen lassen. wodurch er Zeit hatte, um sich einer kleinen, unerledigten Angelegenheit zu widmen.

Henry.

Etwas an diesem Mann klang einfach nicht richtig, und Celluci hatte die Absicht herauszufinden, was das war. Er nahm das Blatt Papier hoch, das mit Ausnahme des Namens, der in fetten Blockbuchstaben oben quer geschrieben stand, leer war, faltete es zweimal zusammen und legte es ordentlich in seine Brieftasche. Morgen würde er die Standardnachforschungen über Fitzroy anstellen, und wenn dabei nichts herauskam... sein Lächeln war raubtierhaft, als er aufstand. Dann gab es immer noch Möglichkeiten, um tiefer zu graben.

Manche mochten das, was er vorhatte, Amtsmißbrauch nennen. Detective Sergeant Michael Celluci nannte es: sich um eine Freundin kümmern.

# Vier

„Ich bin Nadine Heerkens-Wells. Sie müssen Victoria Nelson sein."

Die Frau, die mit ausgestreckter Hand nähertrat, hatte eine Reihe von Zügen mit Peter und Rose gemeinsam: die gleichen weit auseinanderliegenden Augen und das spitze Gesicht, die gleiche dichte Mähne – in diesem Fall mattes Schwarz, von Grau durchzogen –, der gleiche kurzfingrige, stark schwielige Griff.

Ihre Augen aber waren verschattet, und in diesen Schatten lauerte ein Verlust, der so tief, so gravierend war, daß er nicht völlig verborgen und vielleicht niemals völlig ausgelöscht werden konnte. Vicki schluckte, überrascht von der Heftigkeit ihrer Reaktion auf den Schmerz der anderen.

Oberflächlich gesehen hegte Vicki keinen Zweifel, daß sie der Person gegenüberstand, die das Sagen hatte, und Nadines Miene zeigte, daß das Begrüßungslächeln sich ursprünglich aus einem warnenden Zähnefletschen entwickelt hatte. *Bis jetzt hat sie keinen Grund, mir sofort zu vertrauen, ganz gleich, was Henry ihr erzählt hat.* Vicki hielt ihre eigene Miene höflich unprovozierend und achtete darauf, genauso viel Kraft in den Händedruck zu legen, wie sie empfing, trotz des plötzlichen unerklärlichen Drangs, ihre Stärke auf die Probe zu stellen. „Ich hoffe, daß ich kann", sagte sie mit ihrer „öffentlicher Dienst"-Stimme und begegnete dem Blick der anderen Frau direkt.

Die Macht der Persönlichkeit, beschwert durch Kummer, traf sie fast wie ein körperlicher Schlag, und ihre Augen verengten sich in Reaktion darauf.

Die umstehenden Werwölfe warteten ruhig auf die Entscheidung des dominanten Weibchens. Henry stand abseits und sah zu, die Stirn besorgt gerunzelt. Damit Vicki erfolgreich arbeiten konnte, mußten die beiden Frauen einander als gleichgestellt akzeptieren, ob es ihnen gefiel oder nicht.

Nadines Augen waren braun mit einem goldenen Ring um die Pupille. Tiefe Linien umgaben die Augenwinkel, und ihre Lider waren bläulich verfärbt.

*Ich kann mit ihr fertig werden*, erkannte Vicki. *Ich bin jünger, stärker. Ich bin... verrückt.* Sie zwang ihre Gesichtsmuskeln, sich zu entspannen, und leugnete das Bewußtsein von Macht. „Mir war nicht klar, daß London so weit von Toronto entfernt ist", bemerkte sie im Plauderton, als sei der Raum nicht voller unterschwelliger Spannung.

„Sie müssen müde sein nach der langen Fahrt“, erwiderte Nadine, und nur Vicki sah das Eingeständnis dessen, was gerade vorgegangen war. „Kommen Sie und setzen Sie sich.“

Dann sahen sie beide weg.

Nach diesem Signal fanden Vicki und Henry sich von herzlichem Händedrücken und feuchten Nasen umringt und wurden auf Stühle an dem riesigen Küchentisch gedrängt. Henry fragte sich, ob Vicki klar war, daß sie gerade als eine Art Ersatzmitglied des Rudels akzeptiert worden war, genauso wie er. Er hatte in den letzten beiden Nächten viele Stunden am Telefon verbracht, um diese Akzeptanz zu erringen und Nadine davon zu überzeugen, daß Vicki von außerhalb des Rudels wenig Chancen haben würde, den Mörder zu finden, daß Vicki das Rudel ebensowenig verraten würde, wie sie ihn verraten hatte. Aber er hatte die ganze Zeit gewußt, daß Nadines Zustimmung von der persönlichen Begegnung abhängen würde.

„Schatten, sei still.“

Der schwarze Welpe – ungefähr von der Größe eines kleinen deutschen Schäferhundes –, der um Vickis Knie herumgetanzt war und heftig gekläfft hatte, wurde plötzlich zu einem kleinen nackten Jungen von ungefähr sechs oder sieben, der sich umdrehte und Nadine vorwurfsvoll anblickte. „Aber Mom“, protestierte er, „du hast doch gesagt, man soll Fremde immer verbellen.“

„Dies ist keine Fremde“, erklärte seine Mutter und beugte sich vor, um ihm das schwarze Haar aus dem Gesicht zu streichen, „das ist Ms. Nelson.“

Er verrollte die Augen. „*Das* weiß ich, aber ich kenne *sie* nicht. Damit ist sie fremd.“

„Sei nicht dumm, Daniel. Mom sagt, sie ist okay“, erklärte eines der beiden eineiigen Zwillingsmädchen, die auf der Couch am Fenster saßen, in einem Tonfall, der für jüngere Brüder reserviert ist.

„Und sie ist mit Henry gekommen“, fügte die andere im genau gleichen Tonfall hinzu.

„Und wenn sie eine Fremde wäre“, schloß die erste, „hättest du dich nicht vor ihr verwandelt. Also ist sie *keine* Fremde. Also sei still.“

Schatten warf den Kopf in den Nacken. „Trotzdem kenne ich sie nicht.“

„Dann lern' sie kennen“, schlug seine Mutter vor und drehte ihn zu Vicki um, „damit wir endlich Ruhe haben.“

Obwohl sie darauf achtete, verpaßte Vicki den Augenblick der Verwandlung, als Daniel wieder zu Schatten wurde. Im einen Herzschlag ein kleiner Junge, einen Herzschlag später ein junger Hund... *und trotzdem nicht gerade winzig, und ich kann sie auch nicht Hunde nennen. Und doch sind sie auch keine Wölfe.* Eine kalte Nase schob sich in Vickis Kniekehle, und sie zuckte zusammen. *Und macht ihn das jetzt zu einem Welpen oder einem Wolfsjungen? Oh, ihr Götter, das wird ganz schön kompliziert werden.* Sie versuchte, sich den inneren Zwiespalt nicht anmerken zu lassen, streckte die Hand nach unten und hielt sie ihm hin.

Schatten schnüffelte gründlich daran, dann stieß er seinen Kopf unter ihre Finger. Sein Fell war daunenweich.

„Wenn Sie anfangen, ihn zu kraulen, Ms. Nelson, werden sie den Rest der Nacht damit verbringen", erklärte ihr eine der Schwestern mit einem Seufzer.

Schatten hob die Nase, er drehte ihr anzüglich den Rücken zu und lehnte sich an Vickis Beine, ziemlich genau, wie Sturm sich in jener Nacht in Henrys Wohnung gegen Roses Beine gelehnt hatte. Was Vicki an etwas erinnerte...

„Wo sind Rose und Peter? Peter... " Sie unterbrach sich und schüttelte den Kopf. „Ich meine Sturm, kam ans Auto, und ich bin sicher, Rose gesehen zu haben – ich meine Wolke –, als ich hereinkam."

„Sie sind ihren Onkel Stuart holen gegangen", sagte der ergrauende Mann neben Henry. Obwohl er sich an der Begrüßung beteiligt hatte, waren das die ersten Worte, die er gesprochen hatte. Er streckte die Hand über den Tisch. Eine alte Narbe bildete Runzeln auf der Haut seines Unterarms. Vicki war nicht sicher, aber es sah wie ein Biß aus. „Ich bin Donald Heerkens, ihr Vater."

„Ich bin Jennifer", unterbrach das näher sitzende der beiden Mädchen auf der Couch, bevor Donald mehr sagen konnte.

„Ich bin Marie."

*Wie zum Teufel hält euch irgendwer auseinander?* fragte sich Vicki. Im Sitzen schienen beide genau gleich groß zu sein, und sogar ihr Gesichtsausdruck sah identisch aus. *Aber schließlich kann ich das schlecht beurteilen. Alle Kinder in diesem Alter sehen für mich gleich aus...*

Die beiden kicherten über den gespielt finsteren Gesichtsausdruck ihres Onkels.

„Jetzt haben Sie also alle kennengelernt, die hier sind", fuhr Marie fort.

„Alle außer Paps", fügte Jennifer hinzu, „weil sie Rose und Peter bereits kennen." Die beiden lächelten unisono. Sie hatten sogar die gleichen Grübchen.

Paps mußte Stuart sein, begriff Vicki: Nadines Ehemann, Daniels Vater, Donalds Schwager, Peters und Roses Onkel. Der Leitwolf. *Ihn* kennenzulernen dürfte sich als interessant erweisen.

„Nett, wie ich in meinem eigenen Heim ignoriert werde", knurrte ein Stimme von der Tür her.

Schatten wand sich unter Vickis Finger hervor, schoß wie ein kleiner pelziger Wahnsinniger bellend durch die Küche und sprang an dem Mann hoch, der gerade das Haus betreten hatte. Dieser fing ihn, schwang ihn über seinen Kopf und drehte Daniel kopfüber.

Vicki brauchte keine Vorstellung. Die gleiche machtvolle Persönlichkeit, die Nadine auszeichnete, hatte auch Stuart, und er war *definitiv* sehr männlich. Er war auch nackt, und das verlieh letzterer Feststellung zusätzlich beträchtliches Gewicht. Vicki mußte zugeben, daß sie positiv beeindruckt war, wenn sie mit 1,78 m auch gut zehn Zentimeter größer war als er. Gemessen an menschlichen Maßstäben – und andere hatte sie von Henrys Warnung abgesehen nicht – schien er ungefähr fünf Jahre jünger als seine Frau zu sein. Sein Haar – sein gesamtes Haar, und es gab eine ganze Menge davon auf seinem ganzen Körper – zeigte kein Grau.

„Stuart... ", Nadine zog ein paar blaue Trainingshosen von ihrer Stuhllehne und warf sie ihrem Ehemann zu.

Er fing sie mit einer Hand, klemmte Daniel unter den anderen Arm und starrte sie voll Abscheu an. Dann drehte er sich um und sah Vicki direkt an. „Ich mag Kleidung nicht, Ms. Nelson", erklärte er, wobei er sich offensichtlich ebenso ihrer Identität bewußt war wie sie sich der seinen. „Sie hält die Verwandlung auf, und in dieser Hitze ist sie verdammt unbequem. Wenn Sie eine Weile hierbleiben, werden Sie sich daran gewöhnen müssen, daß wir wenig anhaben."

„Es ist Ihr Haus", erwiderte Vicki ruhig. „Es ist nicht an mir, Ihnen zu sagen, was Sie tragen sollen."

Er musterte sie, dann lächelte er, und sie hatte den Eindruck, daß sie eine Art Prüfung bestanden hatte. „Menschen sorgen sich gewöhnlich um Kleidung."

„Ich spare mir meine Sorgen für wichtigeres auf."

Henry unterdrückte ein Lächeln. Seit sie sich kennengelernt hatten, hatte er versucht herauszufinden, ob Vicki einfach unbegrenzt anpassungsfähig oder nur so zielstrebig war, daß alles, was nicht zu ihrem augenblicklichen Ziel führte, ignoriert wurde. In acht Monaten Beobachtung war er der Antwort nicht nähergekommen.

Stuart warf die Jogginghose in die Ecke und streckte die Hand aus. „Sehr erfreut, Sie kennenzulernen, Ms. Nelson."

Sie erwiderte sowohl das Lächeln als auch den Händedruck und achtete darauf, nicht zu fest zuzudrücken. *Fest zudrücken bei einem nackten Werwolf. Klar.* „Ebenfalls sehr erfreut. Nennen Sie mich Vicki."

„Vicki." Dann wandte er sich Henry zu, und durch die winzigste Veränderung wurde das Lächeln zu etwas anderem. Er streckte wieder die Hand aus. „Henry Fitzroy."

„Stuart." Das Lächeln war eine Warnung, keine Kampfansage. Henry erkannte und akzeptierte das. Es konnte sich schnell in eine Herausforderung verwandeln, und keiner der Männer wollte das. Solange Henry an seinem Platz blieb, würde die Lage zwischen ihnen gespannt, aber stabil bleiben.

Daniel, den all das Posieren der Erwachsenen nicht interessierte, drehte sich an der Seite seines Vaters, merkte, daß dessen Griff locker genug war, um eine Verwandlung zu gestatten, tat es und begann zu bellen. Sein Vater legte ihn gerade in dem Moment ab, als die Fliegengittertür sich öffnete und Wolke und Sturm hereinkamen.

Im nächsten Augenblick ließen die beiden älteren Werwölfe sich von ihrem jüngeren Vetter angreifen. Der Kampf wurde begleitet von viel Knurren und Schnappen und vorgetäuschtem – zumindest nahm Vicki das an – Schmerzenswinseln. Da keiner der anderen Erwachsenen wegen des Kampfes besorgt zu sein schien, nahm Vicki sich die Zeit, ihre Umgebung zu mustern.

Die Küchenmöbel waren schwer, alt und von den langen Jahren des Gebrauchs ein wenig schäbig. Am Holztisch konnten mit Leichtigkeit acht sitzen und zwölf, ohne besonders eng zusammenzurücken. Obwohl die Stühle an jedem Bein Bißspuren zeigten, waren sie – zumindest nach dem, auf dem Vicki saß, zu schließen – stabil gearbeitet, und alle vier Beine standen immer noch fest auf dem abgewetzten Linoleum. Das Sofa unter dem Fenster neben der Hintertür, auf dem die Zwillinge hockten, war wahrscheinlich in den Fünfzigern gekauft und seitdem nicht bewegt worden. Der Kühlschrank sah neu aus, ebenso der Elektroherd. Tatsächlich sah dieser so neu aus, daß Vicki den Verdacht hegte, daß er selten benutzt wurde. Der alte Holzofen in der anderen Ecke war wahrscheinlich nicht nur die einzige Wärmequelle im Winter, sondern wurde auch hauptsächlich zum Kochen benutzt. *Wenn* sie kochten. Sie hatte nicht daran gedacht, Henry zu fragen, was Werwölfe aßen oder ob man von ihr erwarten würde, daran teilzunehmen. Eine plötzliche Vision von einem blutenden Fleischstück neben dampfenden Eingeweiden zum Frühstück ließ ihren Magen einen Satz machen. Die Nordwand war von Küchenschränken gesäumt und die Südwand von Türen, die, wie sie vermutete, in den Rest des Hauses führten.

Für ihre stadtgewöhnte Nase *stank* die Küche nach altem Holzrauch, nach Schafscheiße – und höchstwahrscheinlich auch nach Schafen, wenn sie eine Ahnung gehabt hätte, wie Schafe überhaupt rochen – und sehr stark nach Werwölfen. Es war keine unangenehme Kombination, aber sie war eindeutig beißend.

Hausarbeit schien nicht weit oben auf der Prioritätenliste von Werwölfen zu stehen. Das war für Vicki in Ordnung, es war auch nicht eine ihrer zehn Lieblingsbeschäftigungen. Ihre Mutter hätte zweifellos Zustände bekommen angesichts der Haarbüschel, die sich in allen verfügbaren Ecken und Winkeln häuften.

*Natürlich hätte meine Mutter zweifellos angesichts der gesamten Situation Zustände bekommen...*

Peter stand auf, ließ einen sich windenden Schatten auf Schulterhöhe hängen – die Vorderpfoten in der linken Hand, die Hinterpfoten in der rechten – und hielt dabei geschickt die Zähne des Welpen von den empfindlicheren, vorstehenden Gebieten seiner Anatomie fern.

*... daher ist es wahrscheinlich gut, daß sie nicht hier ist.*

Gerade als sie sich zu fragen begann, ob sie auf den Grund ihres Besuches kommen sollte, räusperte sich Stuart. Peter ließ Schatten los, lächelte Vicki und Henry zur Begrüßung an, verwandelte sich und rollte sich auf dem Boden neben seiner Zwillingsschwester zusammen. Schatten gab ein letztes aufgeregtes Bellen von sich und ließ sich hechelnd auf die Seite fallen, auf die Füße seiner Mutter. Alle anderen, die beiden Besucher eingeschlossen, wandten sich erwartungsvoll Stuart zu.

*Und er hat sich nur geräuspert.* Vicki war beeindruckt. *Wenn er das in Flaschen abfüllen könnte, könnte er ein Vermögen damit verdienen.*

„Henry hat uns versichert, man könne Ihnen vertrauen, Ms. Nelson – Vicki.“ Seine Augen waren vom Blaßblau der Huskies, verblüffend hell unter den dichten schwarzen Brauen. „Ich bin sicher, daß Ihnen klar ist, daß es für uns ziemlich ungemütlich werden würde, wenn die Welt von unserer Existenz wüßte?“

„Ja.“ Das war auch der Grund, warum sie beschloß, sich durch die Frage nicht beleidigt zu fühlen. „Aber *irgend jemand* weiß offenbar darum.“

„Ja.“ Wie man ein Wort, das ein so kurzer, offener Laut war, knurren konnte, war Vicki schleierhaft. „Es gibt drei Menschen, die vom Rudel wissen. Ein älterer Arzt in London, der Wildhüter und Colins Partner.“

„Colin, der Polizist.“ Es war keine Frage. Ein Werwolf bei der Polizei von London war ein Phänomen, das Vicki nicht vergessen würde. Sie kramte ein Notizbuch und einen Kugelschreiber aus ihrer Handtasche. „Die Zwillinge – Rose und Peter – haben ihn erwähnt.“

Donalds Miene schien eher verlegen als stolz zu sein. „Mein ältester Sohn. Er ist der erste von uns, der das hat, was Sie eine Arbeit nennen.“

„Der erste, der die High School abgeschlossen hat“, ergänzte Nadine. Angesichts von Vickis Miene fügte sie hinzu: „Im allgemeinen finden wir die Schule sehr… anstrengend. Die meisten von uns gehen so früh wie möglich ab.“ Ihre Lippen verzogen sich zu etwas, von dem Vicki annahm, daß es ein Lächeln war. „Das Problem ist, man macht es uns schwer abzugehen, und gleichzeitig macht man es uns schwerer zu bleiben.“

„Die Welt wird kleiner“, sagte Henry ruhig. „Werwölfe sind gezwungen, sich zu integrieren. Früher oder später werden sie entdeckt werden.“ Er hegte keinen Zweifel daran, wie seine sterblichen Geschwister die Werwölfe behandeln würden. Man würde sie als Tiere betrachten, wenn man sie denn am Leben ließ. Wenn eine Sache wie die Hautfarbe einen so großen Unterschied machte, welche Chance hatten dann die Werwölfe?

Vicki dachte ziemlich das gleiche. „Nun“, ihr Tonfall duldete keine Widerrede, „wir wollen hoffen, daß es später ist. Ich bin überrascht, daß es Ihnen gelungen ist, die Liste auf drei zu beschränken.“

Stuart zuckte die Achseln, und Muskeln bewegten sich unter dem dichten schwarzen Pelz, der seine Brust bedeckte. „Wir bleiben für uns, und Menschen sind gut darin, nur das zu glauben, was sie glauben wollen.“

„Und nur das zu sehen, was sie sehen wollen“, ergänzte Donald, und die Haut um seine Augen kräuselte sich vor Belustigung.

„Oder nicht zu sehen", warf Marie kichernd ein.

Die versammelten Werwölfe nickten ungeachtet ihrer Gestalt zustimmend – alle außer Shadow, der eingeschlafen war, das Kinn auf den nackten Fuß seiner Mutter gebettet.

„Was ist mit denen, die vermuten, was Sie sind?" fragte Vicki. Mörder waren dem Opfer fast immer bekannt. Die Fälle, in denen es nicht so war, waren gewöhnlich die, die nie aufgeklärt wurden.

„Die gibt es nicht."

„Bitte?"

„Die gibt es nicht", wiederholte Stuart.

Offenbar glaubte er, was er sagte, aber Vicki war der Ansicht, daß er in einer Traumwelt lebte. Ein Geräusch von rechts lenkte ihren Blick zu den beiden Werwölfen auf dem Boden. Wolke sah aus, als wolle sie widersprechen. *Oder vielleicht will sie Gassi gehen. Woher zum Teufel soll ich das wissen?*

„Sie haben Kontakt mit Menschen. Zumindest die jüngeren." Vicki wies auf die beiden Zwillingspärchen. „Was ist mit anderen Kindern in der Schule? Lehrern?"

„Wir verwandeln uns nicht in der *Schule*", protestierte Marie.

Jennifer nickte so heftig, daß ihr rotes Haar flog. „Wir *können* uns nicht verwandeln, wenn wir angezogen sind."

„Und da ihr in der Schule bekleidet seid, *könnt* ihr euch nicht in der Schule verwandeln?" Sie schienen sich zu freuen, daß sie so rasch von Begriff war. „Das muß frustrierend sein… "

Marie zuckte die Achseln. „Halb so schlimm."

„Wollt ihr den Leuten nie erzählen, was ihr könnt? Ihnen eure andere Gestalt zeigen?"

Stuarts Knurren klang sehr laut und sehr bedrohlich in dem schockierten Schweigen, das folgte. Die Mädchen sahen aus, als hätte sie irgend etwas Unanständiges vorgeschlagen. „Gut. Dann nicht." *Urteile nicht nach menschlichen Maßstäben. Denk daran.* „Was ist mit Freunden?"

Sturm und Wolke waren undurchschaubar. Marie und Jennifer wirkten verwirrt. „Jungs?"

Beide Mädchen rümpften die Nase in einem identischen Ausdruck von Ekel.

„Menschen riechen nicht richtig", erklärte Stuart knapp. „So etwas geschieht nie."

„Sie riechen nicht richtig?"

„Nein."

Vicki beschloß, es dabei zu belassen. Sie war einer Diskussion über die Fortpflanzungskriterien von Werwölfen wirklich nicht gewachsen, nicht so spät in der Nacht. Es gab aber zwei Dinge, über die gesprochen werden mußte. Das erste war Vicki immer noch unangenehm, und auch nach einem Jahr Selbständigkeit war ihr noch kein eleganter Weg eingefallen, es zur Sprache zu bringen. „Was mein Honorar angeht... "

„Wir können es bezahlen", erklärte Stuart und nickte, als sie die Summe nannte.

„Dann ist ja alles klar." Sie verschränkte die Finger und starrte einen Moment auf das Muster, das sie bildeten. „Nur eins noch. Wenn ich herausfinde, wer das tut, was dann? Wir können ihn nicht anklagen. Wir können ihn nicht nach dem Gesetz des Mordes anklagen, ohne die Existenz Ihres Volkes preiszugeben."

Stuart lächelte, und Vicki fühlte trotz der Hitze, wie es ihr eiskalt den Rücken hinunterlief. „Er wird nach unserem Gesetz zur Rechenschaft gezogen. Dem Gesetz des Rudels."

„Rache?"

„Warum nicht? Er tötete zwei von uns ohne Grund, ohne Ursache. Wer hat ein besseres Recht, Richter oder Geschworene zu sein?"

Ja, wer?

„Es gibt keinen anderen Weg, ihn daran zu hindern, wieder zu töten", sagte Henry. Er glaubte, Vickis Zögern zu verstehen, wenn auch abstrakt. Ethische Grundsätze, die im 16. Jahrhundert entwickelt wurden, hatten weniger Probleme mit Gerechtigkeit außerhalb des Gesetzes als solche aus dem 20. Jahrhundert.

Worauf es letztlich hinauslief, erkannte Vicki, war die Frage, wessen Leben mehr Wert besaß: das der Personen in diesem Raum oder das des oder der Wahnsinnigen, der oder die sie einen nach dem anderen wegputzten. So gesehen schien es keine besonders schwierige Frage zu sein.

„Die drei Leute, die Sie haben, will ich dann gerne überprüfen."

„Wir haben sie überprüft", begann Donald, doch Stuart schnitt ihm das Wort ab.

„Es ist zu spät, um heute noch etwas zu unternehmen. Wir geben Ihnen die Informationen morgen."

Wie man Vicki schon berichtet hatte, hatten sie versucht, selbst damit fertigzuwerden, nachdem Nadines Zwillingsschwester erschossen worden war. Sie war nicht überrascht, daß sie einige Nachforschungen angestellt hatten. Vicki wünschte, sie hätten es nicht getan; ihrer Erfahrung nach sorgten Amateure nur für Verwirrung. „Haben Sie etwas herausgefunden?"

Stuart seufzte und fuhr sich mit den Händen durchs Haar. „Nur, was wir schon wußten. Dr. Dixon ist ein alter Mann, der uns in 40 Jahren nicht verraten hat, und jetzt wahrscheinlich nicht damit anfangen wird. Arthur Fortrin ist Ende Juli nach Norden gegangen und kommt erst Anfang September zurück – und Colins Partner, Barry, hatte sowohl die Fähigkeiten als auch die Gelegenheit."

Vicki klopfte mit dem Kuli auf das Papier. „Das sieht schlecht für Barry aus."

„Ja", stimmte Stuart zu. „Das sieht schlecht aus."

„He, Colin! Warte eine Minute... "

Colin seufzte und lehnte sich gegen die offene Tür des Pick-ups. Es blieb ihm gar nichts anderes übrig – hineinzuspringen und mit aufheulendem Motor in einer Wolke von Auspuffgasen davonzupreschen würde die Sache bestimmt nicht besser machen. Er sah, wie sein Partner den dunklen Parkplatz überquerte und sich um die verstreuten Wagen herumschlängelte, die der Mitternachtsschicht gehörten. Seine Augenbrauen waren zu einem tiefen V zusammengezogen, und er sah aus wie ein Mann, der ein paar Antworten wollte. Genau die Situation, die Colin hatte vermeiden wollen.

„Was ist los, Heerkens?" Barry Wu blieb stehen und starrte ihn an. Von seinem nassen Haar rann Wasser in sein Gesicht, und er wischte es wütend weg. „Erst benimmst du dich die ganze Schicht über wie ein erstklassiges Arschloch, und dann schleichst du weg, während ich unter der Dusche stehe, ohne auch nur ‚Bis morgen' oder ‚Leck mich' zu sagen."

„Du bist mein Partner, Barry, nicht meine Gefährtin." Als Versuch, die Stimmung zu heben, war es ein kompletter Reinfall; Colin konnte den Zorn noch riechen. Er tat sein bestes, nicht darauf zu reagieren und das Knurren in seiner Kehle zu unterdrücken, ehe es hörbar wurde.

„Das stimmt, dein Partner – wir wollen mal die Tatsache beiseite lassen, daß ich dachte, ich wäre dein Freund –, und als dein Partner habe ich ein Recht zu erfahren, was dich so durcheinander gebracht hat."

„Das ist eine Sache des Rudels… "

„Blödsinn! Wenn es deine Arbeit – unsere Arbeit – beeinflußt wie heute, dann ist es meine Sache! Die Schicht von drei bis elf bringt auch schon ohne dich und deine Einstellung genug Probleme mit sich."

Gut. *Wenn du es wirklich wissen willst, wir glauben, daß du zwei meiner Verwandten ermordet hast.* Außer, daß Colin es nicht glaubte, nicht glauben konnte, es aber glauben mußte. Er hatte Barrys Spind durchsucht, den Kofferraum seines Autos; er hatte sogar eines Abends schnell seine Wohnung durchsucht, als sie auf ein paar Bier nach der Arbeit dorthin gegangen waren. Nichts außer den Gewehren, von denen das Rudel schon wußte, daß er sie besaß. Kein Anzeichen, daß er Silberkugeln gegossen hatte, noch war seine Fährte irgendwo in den Wäldern wahrzunehmen gewesen. Wenn Barry verantwortlich für die beiden Todesfälle war, dann ließ er die Beweise nicht herumliegen. Wenn er nicht verantwortlich war, hatte Colin nichts gefunden, das ihn entlastete.

Colin wollte ihn damit konfrontieren. Der Leitwolf hatte das jedoch nicht gestattet. Hin- und hergerissen zwischen dem Gesetz des Rudels und dieser neueren Loyalität hatte Colin fast den Punkt erreicht, an dem er es nicht länger ertragen konnte.

Er schwang sich ins Auto und schlug die Tür zu. „Schau", knurrte er wütend, „ich will es dir ja erzählen, aber ich kann nicht. Laß es einfach dabei!" Er legte heftig den Gang ein und raste mit quietschenden Reifen aus der Parklücke, da ihm klar war, daß Barry es nicht auf sich beruhen lassen würde. Er würde sich Sorgen deswegen machen und darauf herumkauen wie Schatten auf einem Pantoffel, bis er es in Stücke zerfetzt hatte und sehen konnte, woraus es gemacht war. Colin freute sich nicht gerade darauf, in der nächsten Nacht zur Arbeit zu gehen.

Aber die nächste Nacht war schließlich noch eine lange Zeit entfernt, und vielleicht konnte das As von einer Torontoer Privatdetektivin, die anzuheuern Henry Fitzroy das Rudel überzeugt hatte, etwas ausgraben.

„Wenn ich aus der Stadt herauskomme“, erklärte er seinem Spiegelbild im Rückspiegel, „werde ich schön lange heulen. Ich habe es verdient.“

Er beobachtete, wie Colin nach Hause kam; seine schlechte Laune war sogar durch das Zielfernrohr zu erkennen. Den Finger leicht auf dem Abzug verfolgte er ihn vom Pick-up zum Haus, aber obwohl er ein freies Schußfeld hatte, konnte er den notwendigen Druck nicht erzeugen. Er sagte sich, es sei zu gefährlich – es waren zu viele andere zu nah –, doch in seinem Herzen wußte er, daß es die Uniform war. Colin würde in seiner anderen Gestalt sterben müssen.

Schatten bewegten sich hinter den Fenstern, dann ging das Küchenlicht aus, und das Haus lag in Dunkelheit. Feuer würde das gesamte Rudel erledigen, aber er bezweifelte, daß er nahe genug herankommen könnte, um es zu legen.

Er hielt sich vorsichtig mit dem Wind und arbeitete sich zur Straße und seinem Wagen zurück, alte Talente, die eine neue Verwendung fanden. Obwohl die Erkundung in dieser Nacht ihm wenig neue Informationen und keine Gelegenheit zu einem Abschuß gebracht hatte, hatte sein Vordringen so nah zu ihrem Zuhause ihn davon überzeugt, daß es nur eine Frage der Zeit wäre, bis er gewonnen hätte.

Es waren aber noch die Besucher in Betracht zu ziehen.

Bis er herausgefunden hatte, wer und was sie waren, würde er nichts gegen sie unternehmen. Er wollte keinen Mord an Unschuldigen auf sein Gewissen laden.

Henry stand neben dem Bett und beobachte Vicki im Schlaf. Sie hatte einen Arm über den Kopf gelegt, den anderen über den Bauch. Das Laken trug wie die Finsternis kaum dazu bei, sie vor seinen Blicken zu verbergen. Er beobachte, wie sie atmete, lauschte dem Rhythmus ihres Herzens, folgte dem Weg ihres Blutes, das im Handgelenk und der Kehle pulsierte. Selbst im Schlaf leuchtete ihr Leben wie eine Fackel im Raum.

Er spürte, wie sein Hunger wuchs.

Sollte er sie wecken?

Sie schlief mit einem leisen Lächeln, als kenne sie ein lustiges Geheimnis.

Nein. Sie hatte für eine Nacht schon mit genügend Merkwürdigkeiten fertig werden müssen. Henry konnte warten.

Leicht, sehr leicht fuhr er mit seinem Finger über die zarte Haut am Inneren ihres Arms und flüsterte: „Morgen."

Im ersten Moment nach dem Aufwachen hatte Vicki keine Ahnung, wo sie war. Sonnenlicht malte geschmolzenes Gold auf die Innenseite ihrer Lider, und so hübsch es auch aussah, hätte es dort nicht sein sollen. Ihr Schlafzimmerfenster ging auf eine enge Gasse und ein anderes Schlafzimmerfenster gegenüber, daher konnte dieses Licht unmöglich hereinfallen, selbst wenn sie die Vorhänge offengelassen hätte, was sie niemals tat.

Dann erinnerte sie sich und öffnete die Augen. Die Decke war ein blauer verschwommener Fleck mit einem gelben verschwommenen Fleck darüber. Sie streckte die Hand nach rechts, und ihre Finger irrten über den Nachttisch, bis sie ihre Brille fand. Sie setzte sie auf, und das Verschwommene verschwand, wenn sich auch die Decke nicht wesentlich änderte. Sie war immer noch blau. Das Gelbe war ein schräger Streifen Sonnenlicht, der durch die Lücke zwischen den dünnen Baumwollvorhängen fiel. Ihr Zimmer, Sylvias altes Zimmer, lag offensichtlich auf der Ostseite des Hauses. Als das klar war, setzte Vicki sich auf.

Die schwarze Gestalt, die über die untere linke Ecke des Bettes ausgestreckt lag, versetzte sie eine Sekunde in Panik, bis sie Schatten erkannte. Sie glitt vorsichtig unter dem Bettlaken hervor, um ihn nicht zu wekken, und war gerade dabei aufzustehen, als sie bemerkte, daß die Schlafzimmertür weit offenstand und sie angesichts des Winkels des Bettes für jeden, der vorbeiging, vollkommen sichtbar war.

Vollkommen sichtbar.

Vicki haßte es, Schlafanzüge zu tragen, und obwohl sie ein T-Shirt mitgebracht hatte, um darin zu schlafen, war es so heiß gewesen, daß sie sich nicht damit belastet hatte. Vermutlich hätte sie Schatten noch verkraftet – hauptsächlich, weil sie es bislang vermieden hatte, an Daniel zu denken –, aber Schattens Vettern oder Onkel oder Vater – besonders sein Vater – waren etwas völlig anderes, und, was noch schlimmer war, sie konnte Kaffee riechen und wußte daher, daß *irgend jemand* auf war.

*Nun, ich kann nicht den ganzen Tag im Bett bleiben...* sie gürtete ihre Lenden, bildlich gesprochen, schoß über das kleine Stück freies Linoleum und schloß behutsam die Tür. Schatten kratzte sich mit einer übergroßen Pfote an der Schnauze, wachte aber nicht auf. Vicki fühlte sich nun beträchtlich sicherer, schlüpfte in einen frischen Slip und begann, ihren BH zuzuhaken. Sie würde ein Wort mit Scha... Daniel reden müssen, wenn er aufwachte, da sie wußte, daß sie die Tür letzte Nacht geschlossen hatte.

Die Tür ging auf.

Jennifer oder Marie kam ins Zimmer.

Es half nicht wirklich, daß Vicki mehr Kleidung trug als sie.

„Hallo. Ma schickt mich, um nachzusehen, ob Sie wach sind. Es ist zwar noch früh, aber Tante Sylvia hat immer gesagt, die Sonne in diesem Zimmer sei wie ein Wecker. Kommen Sie runter?“

„Ja.“

„Gut.“ Sie schüttelte den Kopf über den BH. „Junge, bin ich froh, daß ich so was nie brauchen werde.“ Sie sah sich flüchtig im Zimmer um und seufzte beredt. „Also hierher ist der Zwerg verschwunden. Wenn er Sie nervt, werfen Sie ihn einfach raus.“

„Ich, äh, ja.“

Vicki schob die Tür zu, sobald der buschige Schwanz des langbeinigen, halb ausgewachsenen Werwolfs von der Türschwelle verschwunden war.

Etwas, das Henry letzte Nacht gesagt hatte, als sie zusammen die Treppen hochgingen, ergab plötzlich Sinn.

*„Innerhalb des Rudels haben die Werwölfe keinen Sinn für Privatsphäre.“*

Sie zog sich eilig an und beschloß, die Dusche zu überspringen. Nachdem ihr Vater sie verlassen hatte, als sie zehn war, waren ihre Mutter und sie allein gewesen. Mit Ausnahme eines Jahres, als sie auf dem Campus gewohnt hatte, wo ihr keine andere Wahl geblieben war, hatte sie ihr gesamtes Erwachsenenleben allein gelebt. Etwas sagte ihr, daß dieses Zusammengehörigkeitsgefühl der Familie, in dessen Mitte sie sich wiederfand, ziemlich schnell seinen Reiz verlieren dürfte...

Die Ellbogen auf den Küchentisch gestützt und an einer Tasse sehr guten Kaffees nippend versuchte Vicki so auszusehen, als leiste ihr jeden Morgen eine halbnackte Frau beim Frühstück Gesellschaft.

„Diese Kunststoffsitze kleben", hatte Nadine erklärt, als sie sich niederließ und den Baumwollrock glattstrich. Es war ein Wickelrock, den ein einziger Zug lösen konnte.

Offenbar hatte Stuarts Entscheidung in der vorigen Nacht, die Jogginghosen auszulassen, dem Rest der Familie Gelegenheit gegeben, sich nach Belieben zu kleiden. Oder nicht. Angesichts dessen, daß die Hitze bereits ein feuchtes V auf dem Rücken von Vickis T-Shirt hinterlassen hatte, war das „oder nicht" vermutlich gar keine schlechte Idee. Sie konnte die verschiedenen Kleidungsstücke einfach nicht übersehen, die überall im Haus verstreut waren und bereitlagen, um übergezogen zu werden, wenn ein Außenstehender kam.

*„Wenn es allerdings jemand ist, den wir nicht sehen wollen", hatte Nadine bestätigt, „bleiben wir einfach in Fellgestalt und ignorieren ihn."* Angesichts der Größe der Fellgestalten war Vicki bereit, jede Wette einzugehen, daß Werwölfe keine Schwierigkeiten mit unbefugten Eindringlingen hatten.

Von ihrem Platz aus konnte Vicki durch das größte der drei Küchenfenster sehen. Zu der Aussicht gehörte eine schmuddelige Rasenfläche, ein verwittertes Gebäude mit leichter Neigung nach Westen, das eine Garage zu sein schien, und dahinter der Wirtschaftshof. Wolke und Sturm lagen unter der großen Weide in der Mitte des Rasens. Während Vicki hinsah, hob Sturm den Kopf und gähnte. Er stand langsam auf, reckte sich und schüttelte sich heftig, wobei in seinem dunkelrotbraunen Haar Reflexe der frühen Morgensonne funkelten. Er schnüffelte an Wolke, die ihn ignorierte. Er ging halb in die Hocke, schob die Schnauze unter ihren Kiefer und hob ihn hoch. Ihr Kopf hob sich etwa 15 Zentimeter vom Boden und fiel dann herunter. Sie ignorierte ihn. Er tat es wieder. Beim dritten Mal wandte Wolke sich um, verwandelte sich, und Rose packte seine Schnauze mit beiden Händen.

„Wir liegen am Ende eines sehr langen Feldwegs." Nadine ahnte Vickis Frage voraus. „Man kann das Haus vom Weg aus nicht sehen, und mit Ausnahme des Postboten benutzt fast niemand die Straße außer uns."

Draußen auf dem Rasen jagte Wolke ihren Bruder zweimal um den Baum herum und außer Sichtweite.

Das Geräusch von Krallen auf Linoleum lenkte Vickis Aufmerksamkeit zurück ins Haus, aber es war nur Schatten, der die Treppe herunter in die Küche kam. Er saß vor dem Kühlschrank, kratzte sich und verwandelte sich dann, damit er die Tür öffnen konnte.

„Ma, es ist nichts zu essen da."

„Laß die Kühlschranktür nicht offen, Daniel."

Er seufzte, schloß sie aber gehorsam, und Vicki wunderte sich darüber, wie sehr manche Dinge sich überall gleichen konnten...

„Wenn du Hunger hast, warum gehst du nicht in die Scheune und jagst Ratten?"

... und wie sehr manche Dinge sich nicht überall glichen.

Daniel seufzte wieder und schlurfte hinüber, um sich an die Schulter der Mutter zu lehnen. „Weiß nicht, ob ich Hunger auf Ratten habe."

Nadine lächelte und strich ihm das Haar aus der Stirn. „Wenn du eine fängst und sie nicht magst, kannst du sie mir bringen."

Dies löste scheinbar alle Probleme, denn es war Schatten, der beide Vorderpfoten auf Nadines Schoß legte und ihr Gesicht mit seiner Zunge ableckte, bevor er hinaushüpfte. Die Fliegengittertür, bemerkte Vicki, war so aufgehängt, daß sie ohne einen Schnapper, der eine Nase oder Pfote daran hindern würde, sie zu öffnen, frei in beide Richtungen schwang.

„Sie werden so schnell erwachsen", sagte Nadine nachdenklich und fing eine Fliege aus der Luft.

Einen entsetzten Augenblick lang, während die Ratten ihr immer noch ein kleines Problem verursachten, fürchtete Vicki, Nadine würde sie essen, doch die ältere Frau zerdrückte sie nur und warf sie auf den Fußboden. Alles in allem konnte man mit einer lausigen Haushaltsführung viel besser umgehen. Vicki verscheuchte eine Fliege vom Rand ihrer Tasse und strengte sich an, aufgeschlossen zu sein. *Ratten. Na klar. Wenn ich bis Sonnenuntergang nichts esse, bringt mich Henry vielleicht zu einem McDonald's.*

„Wolke wird im Herbst erstmals läufig", fuhr Nadine fort und wischte sich die Hand am Stoff ihres Rocks ab, „also wird Peter auch sehr bald schon weggehen."

„Weggehen?" Draußen auf dem Rasen verfolgte Schatten die wedelnden Haare von Sturms Schwanz.

„Es ist zu riskant, ihn bleiben zu lassen. Wahrscheinlich werden wir ihn Anfang September wegschicken."

„Aber... "

„Wenn Wolke läufig wird, wird er ganz scharf darauf sein, an sie heranzukommen. Es ist für alle Beteiligten besser, wenn die Männchen weit weg sind, wenn ihre Wurfgeschwister – ihre Zwillingsschwestern – erwachsen werden." Ihr Stimme schwankte etwas, als sie ergänzte: „Die Bande zwischen Zwillingen sind bei uns sehr stark."

„Rose hat so etwas gesagt." Vicki folgte dem Muster auf ihrer Tasse mit einer Fingerspitze, unsicher, ob sie etwas über Sylvia sagen sollte. Der Schmerz, der Nadines Augen trübte, war so persönlich, daß Mitgefühl als Störung empfunden werden mochte.

Nadines Nägel klopften auf die Tischplatte. „Werwölfe sehen den Tod als natürliche Folge des Lebens", sagte sie, da sie Vickis Zögern verstand. „Unsere Trauer ist eigentümlich und schnell vorbei. Jason war mein Bruder, und ich vermisse ihn, aber beim Verlust meiner Zwillingsschwester fühle ich mich, als hätte ich ein Stück von mir selbst verloren."

„Ich verstehe."

„Nein. Das können Sie nicht." Dann wurde Nadines Stimme zu einem Knurren, und sie fletschte die Zähne. „Wenn Sie dieses Tier mit der Waffe eines Feiglings gefunden haben, dann wird es für den Schmerz bezahlen, den es verursacht hat."

Es war so leicht, erkannte Vicki, zu vergessen, warum sie hier war, sich in das Merkwürdige zu vertiefen und die Tatsache aus den Augen zu verlieren, daß zwei Leute ermordet worden waren. Manche Aspekte des Falles waren also ein wenig ungewöhnlich. Na und? Sie stellte ihre Tasse ab, ohne zu merken, daß ihr Gesichtsausdruck exakt den Nadines widerspiegelte. „Ich mache mich an die Arbeit."

# Fünf

„Warum kann ich denn nicht mitkommen?“ Daniel warf Peter einen finsteren Blick zu. „Du hast mich sonst immer mitgenommen, wenn du irgendwo hingegangen bist.“

„Es ist zu gefährlich.“ Peter zog die Sportshorts über die Hüften. Vicki versuchte, nicht hinzusehen, und hatte keinen großen Erfolg dabei. „Was ist, wenn der Mensch, der Silber und Ebenholz erschossen hat, da draußen ist?“

Lippen zogen sich von kleinen, spitzen Zähnen zurück. „Ich werde ihn beißen!“

„Er würde dich töten. Du bleibst hier.“

„Aber Peter... “

„Nein.“

„Wolke?“

Sie knurrte, was ihre Meinung klarmachte.

„Gut.“ Daniel warf sich auf das Gras. „Aber wenn ihr da draußen in Schwierigkeiten geratet, heult nicht nach mir.“ Er stützte das Kinn in die Hände und blickte nur finster, als Wolke ihn im Vorbeigehen noch ein paar Mal kurz ableckte.

Vicki lief neben Peter her, und die drei gingen in Richtung des fast überwucherten Wegs hinter der Scheune.

„He, Peter!“

Peter drehte sich um.

„Ei kee ayaki awro!“ Die Worte gingen in einem Singsang auf und ab und troffen praktisch von der Entrüstung eines Sechsjährigen.

Peter lachte.

„Was sagt er?“

„Er sagte, ich paare mich mit Schafen.“

Vicki war nie auf den Gedanken gekommen, die Werwölfe könnten eine eigene Sprache haben, obwohl es, wenn sie jetzt darüber nachdachte, eigentlich auf der Hand lag. Es klang ein wenig wie Inuit – zumindest wie das Inuit bei den Sondersendungen von PBS über die Arktis; Vicki war nie weiter nach Norden gekommen als bis Thunder Bay. Als sie es

Peter gegenüber erwähnte, trat er gegen ein Büschel gelb gewordenes Gras.

„Ich habe noch nie Inuit gehört, aber wir haben mit Sicherheit die gleichen Probleme. Je mehr wir uns bei den Menschen integrieren, desto mehr sprechen wir ihre Sprache und verlieren unsere. Opa und Oma sprachen Holländisch, Englisch und Werwölfisch. Vater spricht immer noch etwas Holländisch, aber nur Tante Sylvia hat sich die Mühe gemacht, Werwölfisch zu lernen.“ Er seufzte. „Sie hat es mich gelehrt, und ich versuche, es Daniel beizubringen, aber es gibt immer noch so viel, das ich nicht weiß. Der Drecksack, der sie getötet hat, hat meine beste Gelegenheit ermordet, unsere Sprache am Leben zu erhalten.“

„Du scheinst gute Arbeit zu leisten.“ Vicki machte eine Handbewegung in Richtung Weide. „Daniel benutzt es zweifellos... “ Es mochte kein großer Trost sein, aber es war alles, was sie sagen konnte.

Peter wurde lebhafter. „Ja. Er ist wie ein Schwamm, er saugt alles in sich auf. Wolke dagegen“, er schnappte nach ihrem Schwanz, aber sie fegte ihn aus dem Weg, „hat gelernt, ‚Akaywo' zu sagen und aufgegeben.“

„Akaywo“, wiederholte Vicki. Das Wort klang nicht wie bei Peter, aber es war zu erkennen. Irgendwie. „Was heißt das?“

„Äh, im wesentlichen ‚Gute Jagd'. Aber *das wiederum* bedeutet Hallo, Auf Wiedersehen, wie geht's und lange nicht gesehen.“

„Wie Aloha.“

„Aloha. Alo-ha.“ Peter zog die zweite Silbe in die Länge, bis sie fast wie ein Heulen klang. „Ein gutes Wort. Aber keines von unseren... “

Plötzlich spitzte Wolke die Ohren und sprang ins Unterholz. Eine Sekunde später drückte Peter Vicki seine Shorts in die Hand und setzte ihr nach.

Vicki beobachtete, wie ihre Schwänze hinter einer Wand aus Gebüsch und Unkraut verschwanden, und schlug nach einem der Milliarden von Moskitos, die ihr Weg durch das Gras aufgescheucht hatte. „Was nun?“ fragte sie sich. All dem Krachen nach zu schließen waren sie immer noch hinter dem her, was immer sie auch jagten. „Hey“, rief sie, „ich gehe zum Ende des Weges weiter. Ihr könnt mich dort einholen.“ Es kam keine Reaktion, aber sie hatte ehrlich gesagt auch keine erwartet.

Es war fast angenehm auf dem Weg; alles andere als kühl, aber längst nicht so heiß, wie es zweifellos später werden würde. Vicki sah auf die

Uhr. 8:40. *„Sie können diese Anrufe heute morgen machen, wenn Sie wollen“, hatte Nadine gesagt, „aber Sie wären besser beraten, wenn Sie auf die Felder gehen und sich umsehen würden, wo es passiert ist, ehe es zu heiß wird. Wenn es in ein paar Stunden heißer wird, wird hier niemand mehr wach sein, um Ihnen die Stelle zu zeigen. Außerdem können Peter oder Rose Ihnen unterwegs alles über die drei Menschen erzählen.“* Eine gute Theorie, wenn nur Peter und Rose oder Peter und Wolke oder auch nur Sturm und Wolke – wie auch immer – dageblieben wären.

Sie wedelte einen Schwarm Schnaken beiseite, zerquetschte einen weiteren Moskito an ihrem Knie und fragte sich, ob es Henry gut ging. Die Werwölfe hatten offenbar einen lichtundurchlässigen Raum für ihn, aber inzwischen war Vicki sich nicht mehr völlig sicher, ob sie ihren guten Absichten trauen konnte. Allerdings war Henry schon hiergewesen und hatte offenbar überlebt.

Sie schob ihre Brille hoch, wobei sie feststellen mußte, daß der Schweiß ihren Nasenrücken gut geschmiert hatte, erreichte das Ende des Weges und blieb stehen, ein wenig überwältigt von der riesigen Weite des Landes, das sich vor ihr ausdehnte. Der Himmel schien sich ewig hinzuziehen, mit hartem Rand und blau. Unten waren ein Zaun, ein Feld, ein weiterer Zaun und ein größeres Feld. Auf beiden Feldern weideten Schafe. Genaugenommen standen drei Schafe keine sechs Meter entfernt auf der anderen Seite des ersten Zaunes.

Zwei von ihnen fraßen, das dritte starrte über den Bogen seines römischen Profils hinweg Vicki an.

Vicki hatte noch nie gehört, daß Schafe gefährlich wären, aber was wußte sie schon, sie war Schafen noch nie so nahe gewesen.

„Also.“ Sie lehnte sich vorsichtig an den Zaun, zupfte ein Büschel Schafwolle von einem rostigen Drahtstück und rollte es zwischen den Fingern. „Vermutlich habt ihr in der Nacht, als Jason Heerkens alias Ebenholz ermordet wurde, überhaupt nichts gesehen?“

Beim Klang ihrer Stimme rollte das Schaf, das sie anstarrte, mit den Augen und tänzelte rückwärts, während die beiden anderen immer noch kauend zu den Seiten ausscherten und ein paar Meter wegtrotteten.

„Soviel zur Zeugenbefragung“, murmelte sie und drehte sich um, um den Weg entlangzusehen. „Wo zum Teufel sind Wolke und Pe... Sturm?“

Wie von ihr herbeigerufen brachen die beiden Werwölfe aus dem Gebüsch und sprangen auf sie zu, mit hängenden Zungen und wedelnden

Schwänzen. Wolke erreichte den Zaun als erste, sprang ansatzlos darüber und blieb abrupt stehen, flach ins Gras auf der anderen Seite gepreßt. Sturm, der nur einen Herzschlag hinter ihr war, verwandelte sich mitten in der Luft, und Peter landete in sehr menschlicher Hockstellung neben seiner Schwester. Die Schafe, die offenbar an so etwas gewöhnt waren, machten sich kaum die Mühe, vom Grasen aufzublicken.

Vicki, die weniger daran gewöhnt war, versuchte, einen gelassenen Gesichtsausdruck zu behalten. Schweigend hielt sie Peter die Shorts hin.

„Danke." Er glitt mit geübter Geschwindigkeit hinein. „Diesmal hätten wir es fast erwischt."

„Wen?"

„Ein altes Murmeltier, lebt unter einem Stapel Zedernholzlatten neben dem Weg. Es ist schnell und schlau, aber diesmal hat es es nur um Haaresbreite vor Wolkes Zähnen in seinen Bau geschafft."

„Könnt ihr euch nicht einfach verwandeln und die Latten wegräumen?"

Peter schüttelte den Kopf, und Farnkrautstückchen flogen aus seinem Haar. „Das wäre unfair."

„Wir jagen ja schließlich keine Nahrung", warf Rose ein und streckte sich aus. „Es wäre kein Spaß dabei, wenn wir unsere Hände benutzten."

Vicki beschloß, nicht darauf hinzuweisen, daß es dem Murmeltier wahrscheinlich auch so keinen besonderen Spaß machte. Sie hängte ihre Tasche über den Zaun und folgte den beiden ein wenig langsamer. Über einen Lattenzaun wäre sie einfach geflankt, aber Draht bot keine Oberfläche, die fest genug war, um sich davon abzudrücken. *Außerdem, wenn ich versuche, mit einem Paar Teenager-Werwölfen Schritt zu halten, werde ich mir nur etwas überdehnen. Von meiner Glaubwürdigkeit mal ganz abgesehen.*

Sie schob ihre Brille hoch. „Wohin jetzt?"

„Zum anderen Ende der Weide." Peter zeigte hin. „Da, nahe der Wälder."

Die Wälder boten ausreichend Deckung für eine Armee von Attentätern.

Vicki nahm ihre Tasche auf. Es wurde Zeit, daß sie ihr Geld verdiente. „Wem gehören die Wälder?"

„Der Regierung, es ist Kronland." Peter ging voraus am Zaun entlang, Wolke blieb dicht an seiner Seite. „Wir werden nicht quer durchgehen, weil die Mutterschafe mit den späten Herbstlämmern trächtig sind, und wir wollen sie nicht mehr stören als nötig. Unser Besitz endet an den Bäumen", fuhr er fort, „aber wir grenzen an das Fanshawe-Naturschutzgebiet." Peter grinste. „Wir helfen, eines der besten Rotwildrudel im Land zu hegen."

„Da bin ich sicher. Lassen Sie mich raten, so haben Sie den Wildhüter kennengelernt?"

„Mhm. Er stieß auf Jagdbeute des Rudels und wußte, daß das keine Hunde gewesen waren. Er glaubte, es handle sich um Wolfsspuren, konnte sich aber nicht erklären, was ein gelegentlicher Abdruck eines nackten Menschenfußes dazwischen zu suchen hatte, und spürte uns auf. Er war wirklich gut… "

„Und Sie, das heißt, das Rudel, waren nicht so vorsichtig, wie Sie hätten sein können." Vickis Erfahrung nach hatte Selbstgefälligkeit die Mehrheit der Geheimnisse der Welt verraten.

„Richtig. Aber Arthur erwies sich als okay."

„Er hätte sich auch als Katastrophe erweisen können", bemerkte Vicki.

Peter zuckte die Achseln. Was geschehen war, war geschehen, was das Rudel anging. Sie hatten Schritte unternommen, um dafür zu sorgen, daß es nie wieder geschehen würde, und dachten nicht weiter daran.

„Was ist mit dem Doktor?" Vicki beobachtete, wie Wolke einen Grashüpfer schnappte, und fragte sich, ob die unterschiedlichen Gestalten auch über unterschiedliche Geschmacksknospen verfügten.

„Dr. Dixon ist Urgeschichte." Sprach's, schnappte ein hochhüpfendes Insekt aus der Luft und steckte es in den Mund.

Vicki schluckte eine aufsteigende Welle der Übelkeit hinunter. Das Knirschen und Schlucken gab dem Snack eine Unmittelbarkeit, die die frühere Episode mit den Ratten nicht gehabt hatte. Und während es eine Sache war, zuzusehen, wie Wolke es tat… *nun, ich vermute, das ist die Antwort auf meine Frage.* Dann sah sie Peters Gesichtsausdruck. *Der kleine Scheißer hat das absichtlich gegessen, damit ich das Kotzen kriege.* Sie gab ihrer Brille einen Schubs, und zwei Schritte später pflückte sie einen Grashüpfer von der Vorderseite ihrer kurzen Hosen – zum Glück einen kleinen.

Vor langer Zeit, bei einem Überlebenstraining, hatte ein Ausbilder Vikki erklärt, viele Insekten seien eßbar. Sie hoffte, daß er sie nicht verarscht hatte.

Ihn zu zerkauen war nicht einfach.

*Genaugenommen schmeckt es wie matschige Erdnuß.*

Peters Gesichtsausdruck war die ganze Sache wert. Das letzte Mal, als sie einen jungen Mann so beeindruckt hatte, war sie selbst wesentlich jünger und ihre Mutter übers Wochenende verreist gewesen.

Celluci war der Meinung, sie müsse sich auf jeden verrückten Wettkampf einlassen. Das stimmte nicht. Sie wollte nur einfach den Status quo sowie ihre Stellung am oberen Ende der Leiter erhalten. Und kein Teenager-irgendwas würde die Oberhand über sie gewinnen...

„Nun", sie holte mit der Zunge etwas aus ihrem Zahn und schluckte es schnell – es gab Grenzen –, „du wolltest mir gerade von Dr. Dixon erzählen."

„Äh, ja, also... " Er warf ihr aus dem Augenwinkel einen Blick zu, kam aber sichtlich zu dem Schluß, keine Bemerkung darüber zu machen. „Als unsere Großeltern nach dem Krieg aus Holland auswanderten, war Großmutter schwanger mit Tante Sylvia und Tante Nadine. Sie kamen bis London, wo die Wehen einsetzten. Normalerweise greifen wir nicht auf Ärzte zurück; das Rudel hilft wenn nötig. Ich ging in die Scheune, als Daniel geboren wurde, aber Rose hat zugesehen."

Wolke blickte beim Klang ihres Namens auf. Sie war vorgelaufen und pißte an einen Zaunpfahl.

„Jedenfalls", fuhr Peter fort, und seine Nasenflügel bebten, als sie am Zaunpfahl vorbeikamen, „war da dieser junge Arzt, und ehe Opa Oma wegbringen konnte, drängte er sie beide und Vater, der etwa fünf war, in seine Praxis." Er kicherte. „Junge, der hat vielleicht einen Schock bekommen. Sobald sie allein waren, verwandelte sich Opa und hat ihm fast die Kehle herausgerissen. Zum Glück für den Arzt lag Tante Sylvia falsch – irgendwie, ich weiß nicht –, jedenfalls handelte Dr. Dixon als Arzt, und Opa ließ ihn am Leben. Er hat sich seither immer um unseren Arztkram gekümmert."

„Nützlich, so jemanden zu kennen." Die Menge an „Arztkram", die in Kanada allein für amtliche Dokumente nötig war, konnte einen schwindlig machen. Die Werwölfe hatten Glück gehabt, daß sie damals über Dixon gestolpert waren. „Bleibt nur Barry Wu."

„Ja." Peter seufzte und kratzte sich an dem Büschel roter Haare in der Mitte seiner Brust. „Aber Sie reden besser mit Colin über ihn."

„Das habe ich vor. Aber ich möchte auch deine Meinung hören."

Peter zuckte die Achseln. „Ich mag Barry. Ich hoffe, er war es nicht. Es würde Colin umbringen."

„Sind sie schon lange Partner?"

„Von Anfang an. Sie waren zusammen auf der Polizeischule." Sie erreichten den zweiten Zaun. Wolke setzte darüber, genau wie über den ersten. Peter schob die Daumen in den Bund seiner Shorts, überlegte es sich anders und begann zu klettern. „Barry ist okay. Er hat auf uns genauso reagiert wie Sie… " Er drehte seinen Kopf in einem unmöglichen Winkel herum und grinste sie nach hinten über seine Schulter an. „… war irgendwie total niedergeschmettert, aber hat es akzeptiert."

Wolke war weitergerannt, die Nase auf dem Boden. Ungefähr nach drei Vierteln des Weges über das Feld blieb sie stehen, setzte sich, streckte die Nase zum Himmel und heulte. Bei diesem Geräusch richtete sich jedes Haar auf Vickis Körper auf, und in ihrer Kehle bildete sich ein Kloß, der fast zu groß zum Schlucken war. Von nicht sehr weit entfernt kam eine Antwort: zwei Stimmen, die einander in einer Harmonie nicht von dieser Welt umschlangen. Dann fiel Peter, noch in seiner menschlichen Gestalt, mit einem eigenen Lied ein.

Die Schafe sahen eindeutig ängstlich aus, als das Geheul sich schließlich verlor.

„Vater und Onkel Stuart." Peter brach das Schweigen, um die beiden Stimmen zu erklären. „Sie prüfen die Zäune." Er errötete leicht unter der Bräune. „Es ist fast unmöglich, nicht einzufallen… "

Da Vicki ein schwaches Verlangen verspürt und standhaft unterdrückt hatte, ihren eigenen bescheidenen Beitrag zu leisten, nickte sie verständnisvoll. „Ist es hier passiert?"

„Ja. Genau hier."

Auf den ersten Blick sah „genau hier" nicht anders aus als der Rest des Feldes. „Bist du sicher?"

„Natürlich. Es hat nicht geregnet, und der Geruch ist noch stark. Außerdem", ein nackter Fuß fuhr leicht über das abgeweidete Gras, „war ich der erste bei der Leiche." Wolke drückte sich gegen seine Beine. Er griff hinab und zog sanft an ihren Ohren. „Das werde ich nicht so leicht vergessen."

„Wahrscheinlich nicht." Vielleicht hätte sie ihm erzählen sollen, daß er mit der Zeit vergessen würde, aber Vicki glaubte nicht daran zu lügen, wenn sie es vermeiden konnte, nicht einmal zum Trost. Der gewaltsame Tod einer Person, die einem nahestand, *sollte* einen bleibenden Eindruck hinterlassen. Angesichts dessen fragte sie mit sanfterer Stimme: „Werden Sie dem gewachsen sein?“

„Kein Problem.“ Seine Hand blieb in dem dichten Fell hinter Wolkes Kopf vergraben.

Die Werwölfe berührten sich sehr häufig, fiel ihr auf, und nicht nur die jungen. In der vergangenen Nacht waren die drei Erwachsenen am Küchentisch fast ständig in Körperkontakt miteinander gewesen. Sie konnte sich nicht an das letzte Mal erinnern, als sie spontan ihre Mutter berührt hatte. *Warum denke ich jetzt darüber nach?* Sie kramte ihren Block und einen Stift heraus. „Fangen wir an.“

Ebenholz hatte das Feld Richtung Nordosten überquert. Die Kugel hatte seinen Leib herumgewirbelt, so daß die Überreste seines Kopfes fast in Richtung Norden gezeigt hatten. Selbst ohne Peters Beschreibung waren genügend rotbraune Flecken im Gras, um zu zeigen, wo das, was von Ebenholz’ Kopf übriggeblieben war, gelegen hatte. Der Schuß mußte aus Süden gekommen sein.

Vicki hockte sich auf die Fersen und starrte nach Süden in den Wald. *Brillante Schlußfolgerung, Sherlock.* Sie stand auf und rieb an den Abdrücken des verdorrten Grases auf ihren Knien herum. „Wo wurde Ihre Tante erschossen?“

Peter blieb sitzen, mit Wolkes Kopf im Schoß. „Auf dem kleinen Südfeld hinter diesem Weg.“ Er zeigte hin. Das Feld zog sich um eine Ecke der Wälder herum. „Ebenholz kam von dort.“

„Gleicher Schuß?“

„Ja.“

Kopfschüsse bei Nacht auf bewegliche Ziele. Wer immer es war, er oder sie war gut. „Wie lag die Leiche?“

„Etwa so.“ Peter schob Wolkes Körper herum, bis er in einer Linie nach Nordwesten zeigte. Sie duldete die Behandlung, sah aber nicht begeistert aus.

Silbers Spuren waren aus Süden gekommen, und der Schuß hatte sie in genau demselben Bogen wie Ebenholz herumgewirbelt.

Die Wälder des Naturschutzgebiets verliefen im Osten des kleinen Südfelds.

„Ich denke, wir können mit Sicherheit annehmen, daß es sich um den gleichen Typen handelte und er aus der Deckung der Bäume heraus geschossen hat", murmelte Vicki und wünschte sich eine städtische Straße und ein freies Blickfeld. Bäume veränderten und bewegten sich in einer Weise, wie Gebäude es nie taten. Von dort, wo Vicki stand, sahen die Wälder wie eine feste Wand aus Grün und Braun aus, und es gab keine Möglichkeit zu erkennen, was sie verbargen. Ein Tropfen Feuchtigkeit kullerte aus ihrem Haar und ihren Nacken hinab. Jemand könnte sie jetzt beobachten, das Gewehr heben, zielen... *du wirst albern. Die Morde geschahen nachts.* Aber sie konnte nicht eine kleine Stimme daran hindern hinzuzufügen: *bisher.*

Mit dem Rücken zu den Bäumen und einem Jucken zwischen den Schulterblättern, das sie nicht kontrollieren konnte, stand sie auf. „Kommt."

„Wohin?" Peter erhob sich. Vicki versuchte, nicht verärgert auszusehen.

„Wir werden nach der Kugel suchen, die eure Tante getötet hat."

„Warum das?" Er lief neben ihr her, während Wolke voraussprang.

„Wir schließen die Möglichkeit von zwei Mördern aus. Bislang ist das Muster der beiden Todesfälle identisch – mit einer Ausnahme."

„Die Silberkugel?"

„Ja. Wenn die Tode in allen Punkten übereinstimmen, stehen die Chancen gut, daß eine einzige Person dafür verantwortlich ist."

„Und wie finden Sie sie dann?"

„Man verfolgt das Muster zurück."

Er runzelte die Stirn. „Ich verstehe nicht, was Sie meinen."

„Gesunder Menschenverstand, Peter. Das ist alles." Sie kletterte über einen weiteren Zaun. „Alles ist mit allem anderen verbunden. Ich finde nur heraus, wie."

„Nach Tante Sylvias Tod jagte das Rudel ihren Mörder, aber wir konnten im Wald keine Fährten finden, die nicht dorthin gehörten."

„Was meinen Sie damit?"

„Es gibt eine Menge Gerüche dort. Wir suchten einen fremden." Er wand sich ein wenig unter Vickis finsterem Blick und fuhr in einem weniger herablassendem Ton fort: „Jedenfalls wollte Onkel Stuart, nachdem Onkel Jason erschossen worden war, niemand mehr in die Wälder lassen außer Colin."

*Ein guter Weg, ihn zu verlieren,* dachte Vicki, wie schon so oft verblüfft über die idiotischen Dinge, die ansonsten intelligente Leute taten. Laut sagte sie nur: „Was hat Colin entdeckt?"

„Nicht Barrys Fährte, und ich glaube das war, wonach er hauptsächlich gesucht hat."

Wolke beschrieb ungefähr in der Mitte des Feldes kleine Kreise, die Nase auf dem Boden.

„Ist es dort passiert?"

„Mhm."

Mit zusammengebissenen Zähnen wartete Vicki auf das Geheul. Es kam nicht. Als sie Peter fragte, warum, zuckte er die Achseln und erwiderte: „Es ist vor Wochen passiert."

„Vermissen Sie sie nicht?"

„Natürlich tun wir das, aber... " Er zuckte wieder die Achseln und konnte es nicht erklären. Alle außer Tante Nadine hatten aufgehört, wegen Silber zu heulen.

Wolke hatte die Kugel gefunden, bis sie sie erreicht hatten, und sie mit mehr Begeisterung als Effizienz ausgegraben. Ihre Schnauze und Pfoten hatten eine braune Patina angenommen, und der Rest ihres Fells war mit Erde gesprenkelt.

„Gute Nase!" rief Vicki aus und bückte sich, um die Kugel aufzuheben. *Und gut, daß der Tatort einem sonst nichts mehr zeigen konnte,* fügte sie im Stillen hinzu, als sie die Grabung betrachtete. Sie wischte die Trophäe an ihren kurzen Hosen ab und hielt sie ins Sonnenlicht. Es war mit Sicherheit kein Blei.

Peter warf einen Blick auf das Metall. „Also ist es nur ein Kerl?"

Sie nickte und ließ die Kugel in ihre Tasche fallen. „Sehr wahrscheinlich." Ein Schütze, der bei Nacht mit einem einzigen Schuß in den Kopf tötete. Ein Henker.

„Und jetzt können Sie ihn finden?"

„Ich kann anfangen zu suchen."

„Wir hätten den Drecksack finden müssen", knurrte Peter und riß eine Handvoll Gras aus. „Schließlich sind wir Jäger!"

„Die Menschenjagd ist eine spezielle Fertigkeit“, bemerkte Vicki. Das letzte, was sie wollte, war, jemanden zu Heldentaten zu inspirieren. „Man muß dafür ausgebildet sein, wie für alles andere. Und jetzt“, sie warf einen Blick auf die Wälder, dann sah sie die beiden jungen Werwölfe an, „will ich, daß ihr beide ins Haus zurückkehrt. Ich werde in den Wald gehen und mich umsehen.“

„Ms. Nelson, Sie haben keine Erfahrung in Wäldern, oder?“ fragte Rose zögernd.

„Nein. Keine besondere“, gab Vicki zu, „aber... Rose, was zum Teufel tust du da?“

„Es ist nur so, daß Sie aus der Stadt sind, und... “

„Das habe ich nicht gemeint!“ Sie trat zwischen die Wälder und das Mädchen. „Du *weißt*, daß jemand deine Familie aus diesen Bäumen heraus beobachtet. Warum verwandelst du dich? Warum gehst du so ein dummes Risiko ein?“

Rose rieb am Schmutz in ihrem Gesicht. „Jetzt ist niemand dort.“

„Das kannst du nicht wissen!“ Vicki begriff nicht, warum nicht das ganze verdammte Land über das Familiengeheimnis Bescheid wußte.

„Doch.“

„Wie?“

„Sie liegen gegen den Wind.“

„Gegen den Wind? Die Wälder liegen gegen den Wind? Du kannst riechen, daß da niemand ist?“

„Ja.“

Vicki ermahnte sich erneut, sie nicht nach menschlichen Maßstäben zu beurteilen und beschloß, die Sache fallen zu lassen. „Ich glaube, ihr beide solltet heimgehen.“

„Vielleicht sollten wir besser bei Ihnen bleiben.“

„Keineswegs.“ Sie schüttelte den Kopf. „Wenn ihr bei mir seid, werdet ihr beeinflussen, was ich sehe.“ Sie hob die Hand, um Peters Protest abzuschneiden, und fügte hinzu: „Selbst wenn ihr es nicht wollt. Außerdem ist es zu gefährlich.“

Peter zuckte die Achseln. „Es war völlig sicher, seit Ebenholz gestorben ist.“

Sie brauchte einen Augenblick, um zu verstehen. „Du meinst, daß zwei Mitglieder deiner Familie hier draußen erschossen wurden und ihr immer noch herkommt? Nachts?“

„Wir waren immer zu zweit, wie Henry gesagt hat“, protestierte er. „Und wir hatten den Wind.“

*Das glaube ich einfach nicht...* „Von jetzt an wird, bis wir wissen, was vor sich geht, *niemand* hier herauskommen.“

„Wir müssen ein Auge auf die Schafe haben.“

„Warum?“ schnauzte Vicki und machte eine Handbewegung in Richtung der Herde. „Haben sie etwas getan?“

„Außer essen und schlafen? Nein. Aber der Grund, warum es so wenig kommerzielle Schafzuchtbetriebe in Kanada gibt, ist ein Problem mit Raubtieren.“ Peter bleckte die Zähne und legte die Ohren an. „Wir haben *kein* Problem mit Raubtieren.“

„Aber man muß sie wirklich ständig im Auge behalten“, fuhr Rose fort, „und daher muß jemand hier herauskommen.“

„Könnt ihr die Schafe nicht näher an das Haus holen?“

„Wir wechseln die Weiden reihum“, erklärte Peter. „Sonst funktioniert es nicht richtig.“

„Scheiß auf die Weiden und scheiß auf die Schafe“, erklärte Vicki, und ihr Tonfall erinnerte im Gegensatz zu ihren Worten an die Verkehrserziehung im Kindergarten. „Euer Leben ist wichtiger. Entweder ihr laßt diese Schafe für eine Weile alleine, oder ihr bringt sie näher ans Haus.“

Die beiden tauschten besorgte Blicke aus.

„Es sind nicht nur die Schafe... “, begann Rose.

„Sondern?“

„Dies ist die Grenze unseres Reviers. Sie muß markiert werden.“

„Was meinst du damit: markiert?“ fragte Vicki, obwohl sie eine ziemlich genaue Vorstellung zu haben glaubte.

Rose machte eine Geste, ihre Hände waren schmutzig. „Sie wissen schon: markiert eben. Duftmarken gesetzt.“

„Ich hätte geglaubt, das sei schon längst passiert.“

„Nun ja, aber man muß es immer wiederholen.“

Vicki seufzte. „Also seid ihr bereit, euer Leben zu riskieren, um an einen Pfosten zu pissen?“

„So einfach ist es nicht.“ Auch Rose seufzte. „Aber ich glaube nicht.“

„Ich glaube, wir könnten mit Onkel Stuart reden... “, schlug Peter vor.

„Tu das“, stimmte Vicki ihm zu. „Aber tu es daheim im Haus. Jetzt.“

„Aber... “

„Nein.“ Die Dinge waren in letzter Zeit für Vicki etwas seltsam gelaufen – ihre Augen, Henry, Werwölfe –, aber jetzt arbeitete sie und befand sich dadurch ungeachtet der Umstände wieder auf festem Boden. Zwei Schüsse waren aus diesen Bäumen abgefeuert worden, und irgendwo in den Wäldern würde es winzige Überbleibsel geben, die selbst die akribischsten Verbrecher zurückließen, Beweise, die sie aus den Wäldern heraus direkt zu diesem Mistkerl führen würden.

Die Zwillinge hörten die Veränderung in ihrer Stimme, sahen die Änderung in ihrem Benehmen und reagierten. Wolke stand auf, schüttelte sich und hüllte sich für einen Augenblick in eine Aureole aus feinen weißen Haaren. Peter zog sich mit einer Hand auf Wolkes Schulter auf die Füße. Er steckte die Daumen in den Bund seiner Shorts, dann hielt er inne. „Würde es Ihnen etwas *ausmachen*?“ fragte er und deutete mit dem Kinn auf ihre Schultertasche.

Vicki seufzte und fühlte sich plötzlich alt. Der Abstand zwischen 31 und 17 war wesentlich größer als der Abstand zwischen 31 und 450. „Ich nehme an, Ihre Nase verrät Ihnen, daß es immer noch sicher ist?“

„Hand aufs Herz und in den Schwanz gebissen.“

„Geben Sie her“, antwortete sie und streckte die Hand aus.

Er grinste, streifte die kurze Hose ab und warf sie Vicki zu. Peter streckte sich, dann streckte sich Sturm, und dann sprangen er und Wolke zurück in Richtung Haus.

Vicki beobachtet sie, bis sie den näheren der beiden Zäune übersprangen, stopfte Peters kurze Hosen in die Tasche und wandte sich den Wäldern zu. Das Unterholz schien bis zu den Baumkronen zu reichen, von denen jedes Blatt in der Augusthitze still und träge herabhing. Wer ahnte schon, was dort drin war? Sie verdammt nochmal nicht.

Am Rande des Feldes blieb sie stehen, straffte ihre Schultern, holte tief Luft und drang in die Wildnis ein. Irgendwie zweifelte sie daran, daß es Spaß machen würde.

Barry Wu blinzelte einen Schweißtropfen aus seinem Auge, warf einen Blick durch das vordere Visier und senkte den Lauf seiner 30-06er Springfield einen Millimeter.

Normalerweise zog er es vor, auf gute, altmodische Ziele zu schießen, die in der größten Entfernung, die bei der Genauigkeit noch möglich war, aufgestellt waren. Er hatte jedoch gerade eine Reihe von Niedriggeschwindigkeitsgeschossen befüllt – die Art, die bei einhundert Metern ballistisch so reagierte wie ein normales Geschoß bei fünf – und wollte sie ausprobieren. Er hatte seine eigenen Patronen befüllt, seit er ungefähr vierzehn war, aber in letzter Zeit hatte er mit exotischeren Varianten begonnen, und diese waren die ersten dieser Art, die er ausprobierte.

Hundert Meter entfernt wartete die Bleisilhouette eines Grizzlybärs, verkleinert im Maßstab von 1:5 wie die Geschosse, die er auf sie schießen wollte.

Die Kugel schlug mit einem befriedigend harten Geräusch in das Ziel ein, und Barry fühlte einen Teil der Anspannung aus seinem Nacken und seinen Schultern weichen, als der Grizzly zu Boden ging. Er betätigte den Kammerverschluß, warf die gebrauchte Patrone aus und schob die nächste in die Kammer. Schießen beruhigte ihn immer. Wenn es gut lief, und das war es in letzter Zeit immer, dann wurden er und sein Gewehr Teil einer Einheit, einer die Erweiterung des anderen. All die kleinen Kümmernisse des Lebens konnten mit einer simplen Betätigung des Abzugs weggeschossen werden.

*In Ordnung, nicht alle,* gab er zu, als der Elch und das Bergschaf in rascher Folge fielen. *Ich werde wegen Colin Heerkens etwas unternehmen müssen.* Das Vertrauen, das nötig war, damit sie ihre Arbeit tun konnten, war eindeutig in Gefahr. Aufflammender Zorn führte dazu, daß er das Wapiti anschoß, aber den Weißwedelhirsch dahinter traf er direkt hinter der Schulter.

*Wir werden das heute klären.*

Er konzentrierte sich auf sein letztes Ziel und drückte ab.

*So oder so.*

Hundert Meter entfernt schlug die Bleisilhouette des Grauwolfs unter dem Einschlag der Kugel flach auf den Boden.

Vicki rieb an einem Striemen auf ihrer Wange und wedelte mit der anderen Hand in dem nutzlosen Versuch, die Schwärme von Moskitos, die sich um sie herum bei jedem Schritt erhoben, zu verscheuchen. Zum Glück schienen die meisten davon Männchen zu sein. *Oder Weibchen auf Diät*, fügte sie hinzu und versuchte, nicht zu viele von ihnen einzuatmen. Knapp hundert Meter in die Bäume hinein waren das Feld und die Schafe verschwunden, und wenn sie den Weg zurückblickte, den sie gekommen war, sah sie nur noch Bäume. Es war keine so große Schinderei gewesen, wie sie gefürchtet hatte, aber es war auch kein Spaziergang. Zum Glück leuchtete das Sonnenlicht ausreichend kräftig bis auf den Waldboden herunter, um von Nutzen zu sein. Die Welt war grün getönt, aber sichtbar. „Jemand sollte hier mal aufräumen", murmelte sie, als sie ihr Haar von einem toten Ast löste. „Am besten mit einem Flammenwerfer."

Sie ging so gerade wie möglich, pickte sich einen Baum oder einen Busch entlang der vermutlichen Schußlinie heraus und kämpfte sich zu ihm durch. Irgendwo in diesen Wäldern, das wußte sie, würde sie einen festen Platz finden, von dem aus ihr Schütze ein freies Schußfeld hatte.

Es dauerte nicht lange, bis ihr klar wurde, daß dieser Platz nur über dem Waldboden liegen konnte – was erklärte, warum die Werwölfe nichts gefunden hatten. Wenn sie wie Wölfe jagten, dann taten sie dies mit der Nase auf dem Boden.

Das Problem war nur, daß jeder Baum, an dem sie bisher vorbeikommen war, sich als nicht zu erklettern erwiesen hatte. Bäume, die groß genug waren, um das Gewicht eines Erwachsenen zu tragen, streckten sich relativ glatt und gerade der Sonne entgegen und entwickelten keine Zweige, bis die Chance bestand, daß die Mühe sich wenigstens lohnen könnte.

„Also, wenn er sich nicht eine Leiter mitgebracht hat... " Vicki seufzte und wischte sich mit der Schulter ihres T-Shirts einen Schweißtropfen vom Kinn. Sie sah etwas, das eine Erhebung zu sein schien, ein wenig rechts von der Richtung, die sie geglaubt hatte, einschlagen zu sollen, und machte sich auf den Weg dorthin. Sie stieg über einen dürren Ast und stolperte, als kleinere Äste, die unter einer modrigen Laubschicht aus dem letzten Jahr verborgen waren, unter ihrem Fuß nachgaben.

„Parkplätze." Sie schob ihre Brille wieder hoch, stand da und warf Mutter Natur auf der Höhe ihrer Sommerschönheit um sie herum finstere Blicke zu. „Ich bevorzuge Parkplätze. Ein paar Schichten Asphalt würden hier Wunder wirken." Auf einer Seite begann entfernt eine Zikade zu zirpen. „Halt's Maul", rief sie ihr zu und schleppte sich mühsam weiter.

Die Erhebung erwies sich als Ende eines Felskamms, auf dem es einer riesigen Kiefer gelungen war, Halt für ihre Wurzeln zu finden und sich zu behaupten. Vicki wischte die jahrelang aufgehäuften Nadeln beiseite, setzte sich unmittelbar außerhalb der Reichweite ihrer Wurzeln hin und betrachtete ihre zerkratzten, zerstochenen Beine.

Das war alles Henrys Schuld. Sie hätte zu Hause sein können, bequem vor ihrem fünfzig Zentimeter großen Ventilator mit drei Geschwindigkeitsstufen sitzen, die Samstagmorgenzeichentrickfilme ansehen und...

„... und die Werwölfe würden weiterhin sterben." Sie seufzte und begann, die abgefallenen Kiefernnadeln zu kleinen Häufchen aufzutürmen. Das hatte sie mit ihrem Leben anfangen wollen – versuchen, in der Kloake, zu der die Welt wurde, einen Unterschied zu bewirken. Es hatte keinen Sinn, sich zu beklagen, nur weil es nicht immer leicht war, und sie mußte zugeben, daß es eine Aufgabe war, die verdammt interessant geworden war, seit Henry in ihr Leben getreten war. Es war noch nicht endgültig klar, ob das nun gut oder schlecht war, wenn man bedachte, daß sie das letzte Mal, als sie zusammengearbeitet hatten, näher daran gewesen war, getötet zu werden, als in den neun Jahren bei der städtischen Polizei.

„Und diesmal werde ich bei lebendigem Leib gefressen." Sie rieb mit der rauhen Spitze ihres Turnschuhs über einen Stich an der Rückseite ihres Beines. „Vielleicht habe ich es ja falsch angefangen. Vielleicht hätte ich mit den Leuten anfangen sollen? Was zum Teufel kann ich hier draußen schon herausfinden?" Dann erstarrte ihre Hand über einem Fleck Kiefernnadeln und zog sich langsam zurück, bis die Nadeln wieder im Sonnenlicht lagen.

Der Brandfleck war so schwach, daß sie den Kopf genau im richtigen Winkel halten mußte, um ihn zu erkennen. Ungefähr fünf Zentimeter lang und knapp anderthalb Zentimeter breit lief eine unwesentlich dunklere Linie über den hellbraunen Teppich aus toten Nadeln – die Spur, die eine verbrauchte Patrone hinterließ, wenn sie auf brottrockenem Untergrund liegenblieb.

*Na gut,* zwang die Ehrlichkeit sie einzugestehen, *sie könnte auch von einer Reihe anderer Dinge verursacht worden sein – wie saurem Regen oder Hasenpisse.* Aber für sie sah es nach der Schmauchspur einer Patrone aus. *Natürlich könnte sie auch von einem Jäger mit Jagdschein stammen, der hier draußen das abgeknallt hat, was auch immer Jäger mit Jagdschein abknallen mögen.*

Es gab jede Menge Stellen kahlen Felsens in der Nähe, auf denen der Schütze gestanden haben könnte, um seine Metallhülse aufzuheben, und jede Menge Stellen, die Vicki selbst freigelegt hatte, aber sie suchte dennoch nach Spuren. Die Erwartung, nichts zu finden, minderte jedoch nicht ihre Enttäuschung, als dies tatsächlich eintrat.

Sie sollte besser versuchen herauszufinden, von wo der Schuß gekommen war. Der Felskamm war kaum 75 Zentimeter höher als der Waldboden, und das Blickfeld von dort oben war nicht besser. Vicki blickte hinauf. Die Kiefer war höher als die meisten Bäume um sie herum, aber ihre Zweige hingen schwer von Nadeln direkt bis auf den Boden. Dann entdeckte sie an der Nordseite einen Eingang in diese schwach beleuchtete Höhle aus Ästen, die von lebenden Nadeln überdacht und deren Boden mit toten Nadeln bedeckt war. Es war still dort drinnen, fast kühl, und die Zweige führten gleichmäßig wie eine Leiter am Baum hoch; das war gut, denn Vicki konnte kaum sehen.

Das war es. Das mußte es sein.

Hatte sie die Kiefer vom Feld aus gesehen? Sie konnte sich nicht erinnern, Bäume sahen für sie alle gleich aus.

Sie betrachtete ein paar winzige Triebe, die dicht am Stamm abgeknickt worden waren; ihre Nase berührte dabei fast die Baumrinde. Sie konnten von jemandem abgebrochen worden sein, der nach Halt für seine Füße suchte. *Oder sie könnten von übergewichtigen Eichhörnchen abgebrochen worden sein. Es gibt nur einen Weg, es herauszufinden.* Sie setzte ihre Brille fester auf die Nase und schwang sich auf den ersten Ast.

Das Klettern war nicht so leicht, wie es vom Boden aus ausgesehen hatte. Die unzähligen winzigen Ästchen stachen, piekten und hinderten sie ganz allgemein am Vorwärtskommen, und das ganze verdammte Ding bewegte sich. Vicki war tatsächlich seit etwa 1972 auf keinen Baum mehr geklettert, und allmählich erinnerte sie sich auch, warum.

Wenn ihre Nase nicht etwa zwei Zentimeter entfernt an dem Turnschuhabdruck vorbeigeschrammt wäre, hätte sie ihn wohl nicht gesehen. Dicht am Stamm war auf einem flachgedrückten Klecks Kiefernharz eine gut sechs Quadratzentimeter große Trittspur. Nicht ausreichend für eine Verurteilung, nicht wenn jeder Mann, jede Frau und jedes Kind im Land zumindest ein Paar Laufschuhe besaß; aber es war ein Anfang. Die Masse war so weich, daß es den Abdruck zerstört hätte, wenn sie sie vom Baum entfernt hätte, also machte sie – bedenklich auf einem Bein balancierend

– ein paar rasche Skizzen, dann stellte sie den Fuß so dicht wie möglich daneben und zog sich hoch.

Ihr Kopf brach durch ins direkte Sonnenlicht. Sie blinzelte und fluchte, und als sie wieder sehen konnte, fluchte sie erneut.

„Mich laust der Affe… "

Sie war weiter in die Wälder hineingegangen, als sie geglaubt hatte. Ungefähr fünfhundert Meter entfernt Richtung Norden war die Stelle, wo Ebenholz erschossen worden war. Eine halbe Drehung, und sie konnte die kleinere Weide sehen, wo Silber getötet worden war, etwas näher, aber immer noch erstaunlich weit entfernt. Wenn Barry Wu den Abzug betätigt hatte, dann sollte er keine Probleme haben, in die Olympiamannschaft aufgenommen zu werden *und* Gold zu gewinnen. Vicki wußte, daß manche Zielfernrohre eingebaute Entfernungsmesser hatten, aber selbst diese erforderten ein angeborenes Talent und jahrelange Übung, um die nötige Genauigkeit zu erwerben. Und wenn man dann noch ein *bewegliches Ziel* auf fünfhundert Meter dazunimmt…

Sie hatte einmal gehört, daß nach allen physikalischen Gesetzen ein Mensch nicht in der Lage sein sollte, in der Baseballoberliga einen schnellen Ball zu treffen. Nach den gleichen physikalischen Gesetzen hatte der Attentäter diesen nicht nur einmal, sondern zweimal getroffen und ihn auch noch aus dem Stadion herausgeschlagen.

Eine schnelle Suche förderte Reibestellen in der Rinde zutage, wo er die Waffe gegen den Baum gestützt hatte.

„Leider", seufzte sie und lehnte den Kopf an einen passenden Ast, „bringt mich die Entdeckung des Wie und Wo den Antworten auf das Warum und Wer keinen Schritt näher." Sie schloß einen Moment lang die Augen, und die Sonne brannte auf ihren Lidern. Sie fragte sich, ob sie das tatsächlich durchziehen würde, ob sie, wenn sie den Mörder fand, ihn praktisch den Werwölfen zur Hinrichtung ausliefern würde. Sie wußte weder eine Antwort noch eine Alternative.

Es war Zeit, zurück zum Haus zu gehen und ein paar Anrufe zu tätigen, wenn sie auch das üble Gefühl hatte, daß eine Fahrt in die Stadt und eine gründliche Untersuchung von Constable Barry Wus Turnschuhen produktiver wäre.

Den Baum hinunterzuklettern dauerte nicht so lange wie ihn hochzuklettern, aber nur, weil die Schwerkraft ihre Hand im Spiel hatte und sie zwei Meter fallen ließ, bevor sie auf einem Ast landete, der dick genug war, um ihr Gewicht zu tragen. Mit hämmerndem Herzen schaffte sie den Rest des Wegs zum Boden auf orthodoxere Weise.

Wenn ihr Schweizer Messer eine Säge enthalten hätte, hätte sie versucht, den letzten Ast zu entfernen, den, der den Kletterer aus dem Baum heraus ins Licht hob. Leider hatte es keine, und einen Kiefernast von fünf Zentimetern Durchmesser wegzuschnitzen sagte ihr nicht besonders zu. Tatsächlich gab es außer dem Versuch, sie von den Feldern fernzuhalten, verdammt noch mal nichts, was sie tun konnte, um zu verhindern, daß der Baum als Ausgangspunkt benutzt wurde, um die Werwölfe zu erschießen.

„Nie ist ein Biber in der Nähe, wenn man einen braucht", murmelte sie und wünschte sich, sie hätte eine Axt mitgebracht. Sie hatte aber zwei Tatsachen über den Mörder herausgefunden. Er mußte mindestens 1,78 m groß sein, so groß wie sie – ein wenig kleiner, und seine Schulter wäre nicht auf gleicher Höhe mit der Stelle gewesen, auf der der Gewehrlauf aufgelegen hatte –, und die Chancen standen gut, daß sein Haar kurz und glatt war. Sie fischte eine Handvoll Nadeln und einen kleinen Zweig aus ihrem kurzen, glatten Haar. Wenn ihr Haar lang oder lockig gewesen wäre, wäre sie nie lebend aus diesem Baum herausgekommen.

„Entschuldigung?"

Der Schrei kam völlig unwillkürlich, aber da sie ihn unterdrücken konnte, ehe er über ihre Lippen kam, fand Vicki, daß er nicht zählte. Die Hand an der Tasche – sie hatte in der Vergangenheit eine nützliche Waffe abgegeben – wirbelte sie herum, um zwei verwunderten Frauen mittleren Alters gegenüberzustehen, die beide Hochleistungsferngläser trugen. Eine von ihnen schleppte einen Segeltuchsack, der etwa einen Meter lang und zwanzig Zentimeter breit war.

„Wir haben uns nur gefragt", begann die Kleinere, „was Sie dort oben in diesem Baum tun."

Vicki zuckte die Achseln, das abebbende Adrenalin ließ ihre Schultern ruckartig auf und ab springen. „Ich habe mich nur umgesehen." Sie deutet mit einen nicht ganz so nonchalanten Handbewegung auf den Segeltuchsack. „Sie sind hier draußen, um ein wenig zu schießen?"

„So könnte man es ausdrücken. Allerdings ist es ein Stativ, kein Gewehr."

„Es ist illegal, auf Eigentum der Naturschutzbehörde zu schießen", ergänzte die andere Frau. Sie starrte Vicki an, offenbar immer noch unglücklich darüber, sie in einem Baum entdeckt zu haben. „Wir würden *jeden* melden, den wir beim Schießen erwischen, da können Sie sicher sein."

„He." Vicki hob die Hände auf Schulterhöhe. „Ich bin unbewaffnet." Da keine der Frauen ihren Sinn für Humor zu schätzen schien, senkte sie die Hände wieder. „Sie sind Vogelkundler, nicht?" Vor kurzem hatte die Naturkolumne in der Zeitung erwähnt, daß *Vogelkundler* jetzt der bevorzugte Begriff war; *Vogelbeobachter* war aus der Mode.

Offenbar hatte die Kolumne recht gehabt.

Zwanzig Minuten später hatte Vicki mehr über Naturfotografie erfahren, als sie wissen wollte. Sie hatte erfahren, daß die beiden Frauen trotz der Hochleistungsferngläser nichts ungewöhnliches auf der Heerkens-Farm gesehen hatten – *„Wir beobachten nicht anderer Leute Eigentum, wir beobachten Vögel"* – und tatsächlich noch nicht einmal wußten, wo die Heerkens-Farm war. Sie hatte erfahren, daß ein Gewehr Kaliber 30 mit Zielfernrohr mit Leichtigkeit in einen Stativbeutel paßte, was es ermöglichen würde, es in den Wäldern herumzutragen, ohne Verdacht zu erregen. Obwohl keine der beiden Frauen je einem Jäger begegnet war, so hatten sie doch beide gebrauchte Patronenhülsen gefunden und hielten daher stets danach Ausschau. Mit der Überzeugung der Mittelklasse, daß nie jemand sie würde verletzten wollen, lachten sie über Vickis Warnungen, vorsichtig zu sein.

Es gab zwei Vogelbeobachter-Clubs in London sowie eine Fotografiegruppe des CVJM, die häufig in das Naturschutzgebiet herauskamen. Bewaffnet mit Namen und Telefonnummern von Leuten, zu denen sie Kontakt aufnehmen konnte – *„Auch wenn die Mitglieder dieses anderen Clubs wirklich nur eine Gruppe von Dilettanten sind. Sie wären viel besser bedient, wenn Sie sich uns anschließen würden"* – verabschiedete sich Vicki von den Vogelkundlern und stapfte durch das Gebüsch davon. Sie war bereit, eine große Summe zu verwetten, daß nicht jeder mit Ferngläsern diese nur auf Vögel richtete und daß jemand mehr schoß als nur Fotos.

„Henry Fitzroy?" Dave Graham spähte über die Schulter seines Partners auf den Papierstapel auf dem Schreibtisch. „Ist das nicht der Bursche, mit dem sich Vicki trifft?"

„Und wenn?“ knurrte Mike und drehte betont den Stapel um.

„Nichts, nichts “ Dave ging auf seine Seite des Schreibtischs und setzte sich. „Hat Vicki dich gebeten, seinen Hintergrund zu überprüfen?“

„Nein. Hat sie nicht.“

Dave kannte den Tonfall und wußte, er sollte das Thema fallen lassen, aber gewisse Versuchungen waren mehr, als daß ein Sterblicher widerstehen konnte. „Ich dachte, du und Vicki hättet eine Beziehung, die auf, wie war das doch, ‚Vertrauen und gegenseitigem Respekt’ basiert?“

Cellucis Augen wurden schmal, er trommelte mit den Fingern auf das Papier. „Ja und?“

„Nun... “ Dave nahm einen langen, genüßlichen Schluck Kaffee. „Mir scheint, es paßt nicht ganz in diese Parameter, wenn du andere Männer in ihrem Leben überprüfst.“

Celluci schob ruckartig seinen Stuhl zurück und stand auf. „Das geht dich gar nichts an.“

„Stimmt. Entschuldige.“ David lächelte ihn einschmeichelnd an.

„Ich passe nur auf eine Freundin auf. Okay? Er ist Schriftsteller, Gott allein weiß, mit was allem er zu tun hatte.“

„Stimmt.“

Scheinbar aus eigenem Antrieb zerknüllten Cellucis Finger das oberste Blatt zu einem festen Ball. „Sie kann sich treffen, mit wem sie will“, preßte er zwischen zusammengebissenen Zähnen hervor und stapfte aus dem Büro.

Dave kicherte in seinen Kaffee. „Klar kann sie das“, sagte er zur Luft, „solange sie sie nicht oft trifft und sie deine Billigung finden.“ Er machte Pläne, wie er möglichst weit entfernt sein konnte, wenn Vicki das herausfand und die Kacke am Dampfen war.

Um 10:27 war Vicki ziemlich sicher, daß sie sich verirrt hatte. Sie hatte bereits doppelt solange gebraucht, um aus dem Wald herauszukommen, wie sie beim Hineingehen gebraucht hatte. Die Bäume sahen alle gleich aus, und durch das dichte sommerliche Blätterdach war es unmöglich, sich an der Sonne zu orientieren. Zwei Wege hatten sich im Nichts verloren, und ein Blauhäher hatte drei Minuten lang Sturzflugangriffe auf sie gemacht und dabei Beleidigungen geschrieen. Verschiedene Geräusche im Unterholz schienen anzuzeigen, daß die Einheimischen die ganze Sache schrecklich komisch fanden.

Sie starrte das blaßgrüne Moos an, das überall um einen Baum herumwuchs.

„Wo zum Teufel sind die Pfadfinder, wenn man einen braucht?"

# SECHS

Vicki sah nicht, daß der Wald lichter wurde; im einen Augenblick war sie noch mittendrin, im nächsten trat sie auf ein Feld hinaus. Es war kein Feld, das sie wiedererkannte – keine Schafe, keine Zäune, kein Anzeichen dafür, wo sie sich befinden mochte.

Sie hängte ihre Tasche fester über die Schulter und machte sich auf den Weg zu einem weißen Holzhaus mit einer Gruppe von Nebengebäuden, die an das andere Ende des Feldes grenzten. Vielleicht konnte sie dort nach dem Weg fragen oder ein Telefon benutzen...

„... oder wegen unbefugten Betretens von einem großen Hund und einem Bauern mit Mistgabel verjagt werden." Sie war ziemlich sicher, daß man das auf dem Land tat, daß es praktisch legal war und daß es keine Rolle spielte, weil sie nicht in diese Wälder zurückgehen würde. Sie würde es vorher mit einem halben Dutzend Bauern mit Mistgabeln aufnehmen.

Als sie sich durch Gras, Goldrute und Disteln watend dem Haus näherte, kam sie zur Überzeugung, daß auf dieser Farm schon seit geraumer Zeit niemand mehr gearbeitet hatte. Der Stall hatte ein verblichenes, unbenutztes Aussehen, und sie konnte die Rosen riechen, die sich überall an einer Wand des weißen Holzhauses hochrankten.

Das Feld endete in einem großen Gemüsegarten. Vicki erkannte Kohlköpfe, Tomaten und Himbeersträucher – sonst schien ihr nichts vertraut zu sein. *Was nicht überraschend ist.* Sie suchte sich einen Weg am Rand entlang. *Mein Gemüse trägt gewöhnlich die Aufschrift Bonduelle...* „Oh. Hallo."

„Hallo." Der ältere Mann, der plötzlich vor ihr aufgetaucht war, starrte sie immer noch an und wartete offensichtlich darauf, daß sie mehr sagte.

„Ich habe mich in den Wäldern verirrt."

Sein Blick fiel auf ihre Turnschuhe, wanderte die zerkratzten, zerstochenen Beine hoch über ihre Wandershorts, blieb kurz auf ihrem Blue-Jays-T-Shirt haften, streifte ihre Schultertasche und endete schließlich auf ihrem Gesicht. „Oh", sagte er, und ein kleines Lächeln hob die Enden seines exakt getrimmten grauen Schnurrbarts.

Das Wort schloß sehr viel mit ein, und die Schlußfolgerung, zu der es kam, hätte Vicki zur Weißglut getrieben, wenn sie nicht so treffend gewesen wäre. Sie streckte die Hand aus. „Victoria Nelson."

„Carl Biehn."

Seine Handfläche war trocken und ledrig, sein Griff fest. Im Lauf der Jahre hatte Vicki entdeckt, daß es viel über einen Mann aussagte, wie er ihr die Hand schüttelte – und ob er sie ihr überhaupt schüttelte. Manche Männer schienen immer völlig verwirrt zu sein, wie sie sich verhalten sollten, wenn die angebotene Hand einer Frau gehörte. Biehn schüttelte die Hand mit einer Sparsamkeit der Bewegung, die zeigte, daß er nichts beweisen mußte. Er gefiel ihr deswegen.

„Sie sehen aus, als könnten Sie etwas Wasser brauchen, Ms. Nelson."

„Ich könnte einen ganzen See brauchen", gab Vicki zu und wischte den Schweiß weg, der sich unter ihrem Kinn gesammelt hatte.

Sein Lächeln wurde breiter. „Nun, ich habe keinen See, aber ich will sehen, was ich tun kann." Er ging um die Himbeerbüsche herum voraus, und Vicki schloß zu ihm auf. Ihr erster Blick auf den Rest des Gartens entlockte ihr einen Begeisterungsschrei.

„Gefällt es Ihnen?" Er klang fast schüchtern.

„Es ist... " Sie verwarf zahlreiche Adjektive als nicht angemessen und schloß einfach: „... das schönste, was ich je gesehen habe."

„Danke sehr." Er strahlte erst sie an und dann über die Blumenbeete hinweg, wo ein Regenbogen, in tausend leuchtende Stücke zersplittert, auf jeder nur möglichen Schattierung von Grün thronte. „Der Herr war diesen Sommer gut zu mir."

Vicki verkrampfte sich, aber er erwähnte Gott nicht weiter. *Gott sei Dank dafür.* Sie hatte keine Ahnung, ob ihre Bewunderung die Zurückhaltung des älteren Mannes durchbrochen hatte oder ob er einfach keine hatte, soweit es den Garten betraf. Als sie zwischen den Beeten durchgingen, stellte er ihr die Blumen, an denen sie vorbeikamen, vor, als seien sie alte Freunde – während er hier eine Stange geraderichtete, die eine blutrote Gladiole aufrecht hielt, und dort rasch eine sterbende Blüte abknipste.

„... die matt orangeroten Schönheiten sind Zwerg-Hemerocallis, Taglilien. Wenn man sich die Mühe macht, frühe, mittlere und späte Sorten zu pflanzen, blühen sie wunderschön von Juni bis September. Sie machen nicht viel Umstände, keine schwere Arbeit, man muß ihnen nur etwas Phosphat und Pottasche geben, und sie zeigen sich dankbar. Jetzt zu diesen Edelmargeriten dort drüben... "

Da Vicki den größten Teil ihres Lebens in Wohnungen verbracht hatte, verstand sie so gut wie nichts von Gärten oder den Pflanzen, die darin wuchsen, aber sie konnte den Arbeitsaufwand würdigen, der nötig gewesen war, um eine solche Farboase inmitten der von der Sommersonne gedörrten Felder zu erschaffen und zu erhalten – und sie tat es auch. Sie konnte die Tiefe der Gefühle würdigen, mit denen Biehn seine Schöpfung überschüttete. Er war nicht rührselig oder affektiert, aber der Garten war für ihn ein Lebewesen; das zeigte sich auf zarte Weise in seiner Stimme, seinen Worten, seinen Taten. Menschen, die sich um etwas anderes als sich selbst kümmerten, waren selten in Vickis Welt, und das bestärkte ihren guten ersten Eindruck.

Eine altmodische Handpumpe stand auf einer Betonplattform nahe der Hintertür. Carl führte sie quer über den Rasen dorthin und beendete seinen enthusiastischen Monolog über die neuen Heritage-Rosen, als er nach dem Pumpenschwengel griff.

„Die Tasse scheint schon wieder verschwunden zu sein, Ms. Nelson. Ich hoffe, es macht Ihnen nichts aus."

Vicki grinste. „Ich würde einfach meinen ganzen Kopf darunterstecken, wenn es Ihnen recht ist."

„Nur zu."

Trotz ihres scheinbaren Alters arbeitete die Pumpe reibungslos und förderte klares, kaltes Wasser mit einem leichten Nachgeschmack von Eisen zutage. Vicki konnte sich nicht erinnern, wann sie das letzte Mal etwas so Gutes gekostet hatte, und der plötzliche Schock, als es ihren Hinterkopf traf, löschte einen großen Teil der Morgenschwüle aus. Wenn die Pumpe etwas höher gestanden hätte, hätte sie sich ganz daruntergestellt.

Sie strich sich das nasse Haar aus dem Gesicht, richtete sich auf und wies auf die Pumpe. „Darf ich?" Als Carl nickte, wechselten sie die Plätze. Es war mehr Druck auf dem Pumpenschwengel, als Vicki erwartet hatte, und sie merkte, daß sie sich hineinhängen mußte. Offenbar hatte das Gärtnern ihren ältlichen Wohltäter in guter Form gehalten.

„Das ist unglaublich", murmelte sie. „Ich habe so etwas noch nie gesehen."

„Sie hätten ihn letzte Woche sehen sollen. Da hat er etwas dargestellt." Er stand auf, wischte sich die Hände an der Hose ab und blickte stolz auf die riesige Farbfläche. „Dennoch muß ich zugeben, daß er gut aussieht. Alles da, von A bis Zeta, von Astern bis Zinnien."

Vicki trat zurück, als eine Hummel, die Beintaschen prall voller Pollen, etwas wacklig direkt an ihrer Nasenspitze vorbeiflog. Aus diesem

Blickwinkel konnte sie über die Blumen und das Gemüse bis zu den Feldern blicken. Der Kontrast war unglaublich. „Da draußen sieht's wie gedroschener Weizen aus. Wie bewässern Sie den Garten? Das muß fast eine Vollzeitbeschäftigung sein."

„Gar nicht." Er stellte einen Fuß auf die Betonplattform und stützte den Unterarm auf den Oberschenkel. „Ich verwende ein unterirdisches Bewässerungssystem, das die Israelis entwickelt haben. Ich drehe den Hahn auf, und das System macht die ganze Arbeit. Aber um sicher zu gehen, habe ich eine Wasserleitung mit 30 Metern Schlauch in den Garten gelegt, falls eine bestimmte Pflanze ein wenig Aufmerksamkeit braucht."

Sie wie auf die Trennlinie zwischen dem Braun und dem Grün. „Ich kann einfach diesen Unterschied nicht fassen."

„Manchmal braucht sogar Gott etwas Hilfe, um seine Wunder zu vollbringen. Sind Sie Christin, Ms. Nelson?"

Die Frage kam so unerwartet, in einem so vernünftigen Tonfall, daß Vicki einen Moment brauchte, bis ihr klar wurde, was er gesagt hatte, und noch einen weiteren Moment, bis ihr eine wie sie hoffte entschiedene Erwiderung eingefallen war. „Ich bin Anglikanerin." Eigentlich war sie das nicht, aber ihre Mutter war es, irgendwie jedenfalls.

„Ah." Biehn nickte und trat zurück. „Die Kirche von England." Eine Sekunde lang hinterließ die feuchte Sohle seines Schuhs einen Abdruck auf dem Beton – ein Profil mit konzentrischen Halbkreisen, das sie zuletzt in Kiefernharz gepreßt in der Astgabel eines Baums gesehen hatte. In der Hitze trocknete der Abdruck schnell, aber es war eine eindeutige Übereinstimmung.

Leider war dies auch der Abdruck, den sie hinterlassen hatte.

Ein rascher Blick zeigte ihr, daß sie dieselbe Marke Laufschuhe trugen. Eine Marke, die sich an den Füßen der halben zivilisierten Welt zu befinden schien.

*Scheiße. Scheiße. Scheiße!* Gute und schlechte Nachrichten. Oder schlechte und gute Nachrichten, da war sie sich nicht ganz sicher. Die Beweise deuteten nicht länger direkt auf die Füße Carl Biehns, aber ihre Liste von Verdächtigen, zumindest nach dem Turnschuhabdruck, war um Millionen angewachsen. Natürlich würde es Unterschiede geben – Größe, Risse im Gummi, Abnutzungserscheinungen –, aber die Möglichkeit, leicht eine Übereinstimmung zu finden, hatte sich soeben in Luft aufgelöst.

„Geht es Ihnen gut, Ms. Nelson? Vielleicht sollten Sie sich kurz in den Schatten setzen.“

„Mir geht es gut.“ Er beobachtete sie besorgt, also zwang sie sich zu einem Lächeln. „Danke, Mr. Biehn.“

„Nun, vielleicht sollten wir uns darum kümmern, wie wir Sie wieder dorthin schaffen, wo Sie hingehören. Wenn ich Sie irgendwo hinbringen kann... “

„Und wenn du es nicht kannst, werde ich es auf jeden Fall tun.“

Vicki drehte sich um. Der Mann, der in der Tür stand, war Anfang dreißig, mittelgroß, von durchschnittlichem Aussehen und übermäßig von sich eingenommen. Er grinste herzlich auf sie herunter, seine Pose war zweifellos dazu gedacht, seinen männlichen Körperbau zur Schau zu stellen – der zugegebenermaßen nicht übel war. *Wenn man Squash- und Fitneßcentertypen mag...* was sie nicht tat.

Er setzte eine teure Sonnenbrille auf und trat ins Sonnenlicht, sein Haar glänzte wie poliertes Gold.

*Ich wette, er blondiert sich Strähnchen.* Ein schneller Blick zeigte, daß er blaue Leinenschuhe trug. Ohne Socken. Vicki haßte Schuhe ohne Socken. Obwohl die Chancen gut standen, daß auch er ein Paar Laufschuhe besaß, bezweifelte sie irgendwie, daß er bereit wäre, seine Maniküre zu ruinieren, indem er auf einen Baum kletterte – was ein Jammer war, da er genau die Art von Mensch zu sein schien, die sie mit Freuden an die Werwölfe verfüttert hätte.

Neben sich hörte sie Carl einen Seufzer unterdrücken.

„Ms. Nelson, darf ich Ihnen meinen Neffen vorstellen, Mark Williams.“

Der Mann grinste seinen Onkel breit an. „Ich dachte immer, deine einzigen Hobbys seien Gärtnern, Vogelbeobachtung und Seelenrettung.“ Dann wandte er die Kraft seines Lächelns Vicki zu.

*Ganz schön teure Zahnarztarbeiten,* dachte sie, zupfte ein Stückchen getrocknetes Kiefernharz von ihrem T-Shirt und versuchte, kein finsteres Gesicht zu machen.

„Ms. Nelson hat sich im Naturschutzgebiet verirrt“, erklärte Carl. „Ich wollte sie eben nach Hause fahren.“

„Bitte, lassen Sie mich das machen.“ Marks Stimme war gerade so eben keine Liebkosung und ziemlich genau das, was Vicki als Beleidigung empfand. „So wie ich meinen Onkel kenne, ist alles, was er tut, wenn er mit einer hübschen Frau allein im Wagen ist, zu predigen.“

„Bemühen Sie sich nicht." Ihr Tonfall ließ es eher wie einen Befehl als wie eine höfliche Erwiderung klingen, und Mark sah kurz verdutzt aus. „Wenn es Ihnen nichts ausmacht... " fuhr sie an Carl gewandt fort. Eine Predigt wäre einem Zusammensein mit Mark unendlich vorzuziehen. Er erinnerte sie an einen Zuhälter, den sie mal verhaftet hatte.

„Überhaupt nicht." Carl gelang es, keine Miene zu verziehen, aber Vikki bemerkte das Zwinkern in seinem Auge und ein verdächtiges Zittern an den Spitzen seines Schnurrbarts. Er machte eine Geste in Richtung Auffahrt und bedeutete Vicki, ihm zu folgen.

Es war nicht schwer, die beiden Autos ihren jeweiligen Besitzern zuzuordnen. Das neuere Modell, ein schwarzer Jeep mit goldenen Zierleisten, die feudale Innenausstattung, das Sonnendach und der Rost an der Unterseite der Türen waren praktisch Abklatsch von Mark. Die zehn Jahre alte beige Limousine, die vor kurzem gewachst worden war, schrie förmlich – allerdings nicht ganz so laut – „Carl".

Vicki hatte die Hand am Türgriff, als Mark rief: „He! Ich kenne noch nicht mal Ihren Vornamen."

Sie drehte sich um, und die Temperatur sackte um ihr Lächeln herum deutlich ab. „Ich weiß", antwortete sie und stieg ein.

Die teure Stereoanlage überraschte sie.

„Ich höre beim Fahren gerne Gospel", erklärte Carl, als er ihren Blick auf Lichter, Knöpfe und Schalter sah, die genügt hätten, um das Cockpit eines Flugzeugs zu füllen. Er hielt am Ende der Auffahrt an. „Wohin jetzt?"

Ja, wohin? Sie hatte keine Ahnung, wie die Adresse oder auch nur der Name der Straße lautete. „Die, äh, Schafzucht der Heerkens. Kennen Sie sie?"

„Ja."

Die unterdrückte Erregung in diesem Wort ließ Vicki die Stirn runzeln. „Gibt es ein Problem?"

Seine Knöchel krallten sich weiß um das Lenkrad. „Gehören Sie zur Familie?"

„Nein. Es sind nur Freunde eines Freundes. Er fand, ich müsse ein wenig aus der Stadt heraus und hat mich für das Wochenende hergebracht." Celluci hätte die Lüge keinen Augenblick lang geglaubt – er hatte schon oft gesagt, Vicki sei die schlechteste Lügnerin, die er je getroffen habe –, aber ein wenig der Spannung verschwand aus Carls Schultern, und er fuhr den Wagen auf den Feldweg hinaus und wandte sich Richtung Norden.

„Ich habe sie erst dieses Wochenende kennengelernt", fuhr sie fort. Die Erfahrung hatte sie gelehrt, daß direktes Vorgehen bei sachlichen Typen wie ihrem Gastgeber am besten funktionierte. „Kennen Sie sie gut?"

Carls Mund wurde zu einer dünnen weißen Linie, aber dann sagte er: „Als ich gerade hergezogen war, vor zehn, elf Jahren, versuchte ich, ihre Bekanntschaft zu machen. Ich versuchte, ein guter Nachbar zu sein. Sie waren nicht interessiert."

„Sie sind ziemlich einsiedlerisch."

„Einsiedlerisch!" Sein Lachen enthielt keine Spur von Humor. „Ich versuchte, meine Christenpflicht zu tun. Wußten Sie, daß keines dieser Kinder getauft ist?"

Vicki schüttelte den Kopf, aber ehe sie irgend etwas sagen konnte, fuhr er fort: „Ich versuchte, diese Familie zu Gott zu bringen, und wissen Sie, was der Dank für meine Fürsorge war? Man sagte mir, ich solle von ihrem Besitz verschwinden und wegbleiben, wenn ich meinen Gott nicht zu Hause lassen könnte."

*Sie hatten Glück, daß Sie nicht gebissen wurden,* dachte Vicki. „Ich wette, Sie waren ziemlich verärgert darüber."

„Gott ist nichts, das ich mit mir herumtrage wie eine Brieftasche", erklärte er trocken. „Er ist Teil von allem, was ich tue. Es hat mich zornig gemacht… "

*Zornig genug, um zu töten?* fragte sie sich.

„… aber mein Zorn war ein gerechter Zorn, und ich habe ihn zum Ruhme des Herrn hingegeben."

„Und was hat er damit getan?"

Er wandte sich ihr halb zu und lächelte. „Ihn in seinen Dienst gestellt."

Das *konnte nun eine ganze Reihe von Dingen bedeuten.* Vicki starrte aus dem Fenster. *Wie bringt man das Thema auf Werwölfe?* „Ihr Neffe erwähnte, Sie seien Vogelkundler… "

„Wenn ich neben meinem Garten Zeit erübrigen kann."

„Waren Sie je im Naturschutzgebiet?"

„Gelegentlich."

„Ich habe einen Vetter, der Vogelkundler ist." Sie hatte nichts dergleichen; es war eine Lüge aus dem Lehrbuch für Verhörmethoden. „Er hat mir erzählt, man könne in den Wäldern alle möglichen faszinierenden Dinge sehen. Er sagt, das Ungewöhnliche und Bizarre lauere hinter jeder Ecke."

„So? Dann muß er eine interessante Liste haben."

„Was ist die interessanteste Art, die Sie je identifiziert haben?"

Graue Augenbrauen zogen sich zusammen. „Ich hatte mal eine Küstenseeschwalbe. Keine Ahnung, was sie so weit nach Süden verschlagen hat. Ich habe für ihren sicheren Heimflug gebetet, und da ich sie nur einmal gesehen habe, denke ich gern, meine Gebete seien erhört worden."

„Eine Küstenseeschwalbe?"

„Das", erklärte er ihr, ohne den Blick von der Straße zu nehmen, „war genau die Reaktion aller, denen ich es erzählt habe. Ich lüge nie, Ms. Nelson. Und ich gebe niemandem die Gelegenheit, mich zweimal einen Lügner zu nennen."

Sie fühlte sich, als habe er ihr gerade auf die Finger geklopft. „Tut mir leid." *Nun, das hat genau nichts gebracht.*

„Das sieht hier nach guten Jagdgründen aus", erwähnte sie beiläufig, während sie aus dem Autofenster sah und Bäume, Felder und noch mehr Bäume und Felder vorüberziehen sah. „Jagen Sie?"

„Nein." Die einzelne Silbe enthielt soviel Ekel, solch intensive Gefühle, daß Vicki es glauben mußte. „Gottes Geschöpfe zu töten ist ein Greuel."

Sie wandte sich zu ihm um und fragte sich, wie er seine Ernährung erklären würde. „Sie essen kein Fleisch?"

„Seit 1954 nicht mehr."

„Oh." Punkt für ihn. „Und Ihr Neffe?"

„In meinem Haus folgt er meinen Regeln. Ich versuche nicht, den Rest seines Lebens zu bestimmen."

*Noch billigen Sie ihn,* erkannte Vicki. „Wohnt er schon lange bei Ihnen?"

„Nein." Dann fügte er hinzu: „Er ist der Sohn meiner verstorbenen Schwester. Mein einziger lebender Verwandter."

*Was erklärt, warum Sie ihn bei sich dulden.* Sie spürte seine Mißbilligung, aber ob sie ihr oder Mark galt, konnte sie nicht sagen. „Ich, äh, habe noch nie gejagt", erklärte sie in dem Versuch, sich wieder in seine Gunst zu setzen. Technisch gesehen war das wahr. Sie hatte nie etwas gejagt, das auf vier Beinen lief.

„Gut. Beten Sie?“

„Nicht soviel, wie ich sollte.“

Das entlockte ihm ein Lächeln. „Wahrscheinlich nicht“, nickte er und hielt am Ende des langen Weges an, der zur Heerkens-Farm führte. „Wenn Sie mich bitte entschuldigen würden, weiter kann ich Sie nicht bringen.“

„Sie entschuldigen? Sie haben mir einen langen, heißen Marsch erspart. Ich stehe in Ihrer Schuld.“ Sie glitt aus dem Auto und beugte sich noch einmal zum offenen Fenster hinein, wobei sie mit einem Finger ihre Brille festhielt. „Danke fürs Mitnehmen, für das Wasser und die Gelegenheit, Ihren Garten zu sehen.“

Er nickte. „Gern geschehen. Kann ich Sie davon überzeugen, mich morgen zum Gottesdienst zu begleiten?“

„Ich glaube nicht.“

„Na gut.“ Biehn schien sich damit abzufinden. „Seien Sie vorsichtig; wenn Sie Ihre Seele in Gefahr bringen, bringen Sie Ihre Chance auf ewiges Leben in Gefahr.“

Vicki spürte seine Aufrichtigkeit und wußte, daß er nicht einfach nur Worte dahersagte, darum nickte sie und antwortete: „Ich werde vorsichtig sein“ und trat an den Fahrbahnrand zurück. Sie blieb, wo sie war, bis er das große Auto mit einer engen Dreipunktdrehung gewendet hatte, dann verlagerte sie das Gewicht ihrer Tasche auf der Schulter, winkte und begann, die Straße entlangzugehen.

Da sah sie Sturm aus einer Hecke ungefähr hundert Meter die Straße hinunter auftauchen. Mit hängender Zunge trottete er auf sie zu, und das Sonnenlicht schimmerte in den goldenen Glanzlichtern in seinem Fell.

Reifen knirschten auf Kies, die große Limousine beschleunigte und fuhr direkt auf den jungen Werwolf zu.

Vicki versuchte zu schreien – ob der Schrei Sturm oder Carl galt, wußte sie nicht genau –, aber alles, was aus ihrem plötzlich ausgetrockneten Mund kam, war ein ersticktes Krächzen.

Dann war in einem Regen aus Schmutz und kleinen Steinen alles vorüber.

Car Biehn, sein Wagen und sein Gott verschwanden die Straße entlang, und Sturm hüpfte zur Begrüßung um sie herum.

Als ihr Herzschlag wieder einsetzte, schob Vicki ihre Brille wieder die Nase hoch und ihre freie Hand kraulte geistesabwesend das warme Fell zwischen Sturms Ohren. Sie hätte schwören können... *ich muß ein bißchen zu lange in der Sonne gewesen sein.*

Da er in der völlig überschätzten freien Natur nichts fand, was ihn interessierte, wanderte Mark Williams wieder ins Haus zurück und holte sich ein kaltes Bier. „Gott sei Dank hat der liebe Onkel Carl nichts gegen ‚Alkohol in Maßen'". Lachend wiederholte er: „Gott sei Dank." Hoffentlich laberte der verrückte alte Trottel dem blonden Luder das Ohr mit Friede und Liebe und dem übrigen religiösen Scheiß voll.

Sie war sowieso nicht sein Typ. Er hatte seine Frauen gern kleiner, entgegenkommender, devoter. Die Art, bei der er sicher sein konnte, daß sie nicht gleich schreiend zur Polizei rannte, wenn man mal die Regeln ein bißchen bog.

„Ich mag Frauen, die mich nicht mitten im gottverdammten Nirgendwo landen lassen." Er nahm einen tiefen Zug und sah aus dem Fenster auf die Felder, die in der Hitze flimmerten. „Dreck." Mark seufzte. „Das ist alles Annettes Schuld."

Wenn Annette die nette Sache, die er in Vancouver am Laufen hatte, nicht hätte auffliegen lassen, dann hätte er sie nicht so rasch töten lassen müssen, daß er professionelle Hilfe hätte anheuern müssen, und noch dazu schlampige professionelle Hilfe. Er schauderte bei dem Gedanken, wie nahe er daran gewesen war, seine produktivsten Jahre im Knast verbringen zu müssen. Zum Glück hatte er es so arrangieren können, daß der angeheuerte Helfer letztlich den Kopf dafür hingehalten hatte. Er hatte kaum sein Geschäft abschließen, die meisten der geplanten Profite zu Geld machen und aus der Provinz verschwinden können, bevor die Familie des angeheuerten Helfers gekommen war, um ihren Anteil zu verlangen.

„Und so sitze ich am Arsch der Zivilisation fest." Er trank aus und gähnte. Es hätte schlimmer kommen können; zumindest die Nächte boten einen seltenen Sport. Grinsend warf er die leere Flasche in den Kasten. Der Spaß letzte Nacht hatte bewiesen, daß seine Fähigkeiten immer noch so gut waren wie eh und je.

Ein zweites Gähnen drohte ihm den Kiefer auszurenken. Er war bis in die frühen Morgenstunden aufgewesen und gräßlich früh geweckt worden. Vielleicht sollte er ein kleines Nickerchen machen. „Schließlich will ich nicht, daß mir im entscheidenden Moment die Finger zittern. Außerdem", er nahm noch ein Bier, um es mitzunehmen, „bleibt bis zum Dunkelwerden sonst rein gar nichts zu tun."

Als eine hohe Fliederhecke die Sicht von der Straße blockierte, gab Vicki Peter schweigend seine Shorts.

„Danke. Was hatten Sie mit Biehn zu schaffen?"

„Ich kam auf seinem Besitz aus dem Wald heraus." Es würde mit Sicherheit nichts schaden, wenn Peter glaubte, sie hätte diese Richtung absichtlich eingeschlagen. „Er hat mich hergefahren."

„Oh. Gut, daß Onkel Stuart ihn nicht gesehen hat."

„Ihr Onkel hat ihn davongejagt?"

„Ja, und wenn Tante Nadine ihn nicht aufgehalten hätte, hätte er ihn wahrscheinlich angegriffen."

Vicki spürte, wie sie die Brauen hochzog, und wandte den Kopf, um Peter direkt anzusehen. Sie hatte sich an die körperlosen Stimmen der Leute gewöhnt, die neben ihr gingen, aber manchmal mußte sie einfach ihr Gesicht sehen. „Er hätte ihn wegen einer Meinungsverschiedenheit über Religion angegriffen?"

„Hat das der alte Biehn gesagt?" Er schnaubte. „Jennifer und Marie waren sechs, vielleicht sieben, und Tante Nadine war schwanger mit Daniel. Der alte Biehn kam vorbei – er kam damals ziemlich oft vorbei, versuchte, unsere Seelen zu retten und trieb uns damit alle in den Wahnsinn – und fing an, über die Hölle zu reden. Ich weiß nicht, was er sagte, weil ich nicht da war, aber er jagte den Mädchen Angst ein, und sie stimmten ein Geheul an." Peter zog die Brauen zusammen und legte die Ohren an. „Das macht man nicht mit Jungen. Jedenfalls tauchte Onkel Stuart auf, und das war's. Er ist nie wiedergekommen."

„Er war wütend deswegen“, bemerkte Vicki.

„Nicht so wütend wie Onkel Stuart.“

„Aber ihr müßt ihn doch gelegentlich sehen... “

Peter sah verwirrt aus. „Warum denn?“

Sie dachte einen Augenblick nach. *Ja, warum?* Sie hatte die beiden jungen Männer, die in der hinteren Kellerwohnung in ihrem Haus lebten, nicht mehr gesehen, seit sie eingezogen waren. Wenn sie ihnen in fast drei Jahren nicht in der Eingangshalle an der einzigen Tür begegnet war... *nun, die Chancen stehen gut, daß man bei all diesem Platz hier draußen jemand auf ewige Zeiten verpaßt.* „Vergiß es.“

Er zuckte die Achseln, und der feine rotgoldene Flaum auf seiner Brust schimmerte in der Sonne. „Gut.“

Sie waren am Ende des Wegs angelangt, und Vicki lehnte sich anmutig gegen den großen Baum, der ihn mit dem Rasen verband. Sie wischte sich die tropfnasse Stirn ab und öffnete den Mund, um zu fragen, wo alle steckten, als Peter seinen Kopf zurückwarf und seine Stimme wortlos eine doppelte Oktave auf- und ablaufen ließ.

„Rose will Ihnen etwas sagen“, sagte er zur Erklärung.

Rose wollte ihr von Kleinbein erzählen.

„Ich glaube, daß sie sich etwas einbildet“, gab Peter unaufgefordert zum Besten, als seine Schwester fertig war. „Was glauben Sie?“

„Ich glaube“, erklärte ihnen Vicki, „ich sollte besser gehen und mit Mr. Kleinbein sprechen.“ Sie fügte nicht hinzu, daß sie bezweifelte, daß es mit völlig natürlichen Dingen zugegangen war, als der Baum zu dieser Zeit und in dieser Weise umgestürzt war. Aus dem Kopf fielen ihr auf Anhieb mindestens zwei Wege ein, wie es bewerkstelligt werden konnte, ohne eine Spur zu hinterlassen, der die Werwölfe folgen konnten. Sie war sicher, daß Peter, hätte er tatsächlich den Wagen verlassen, bei seiner Rückkehr seine Zwillingsschwester genauso erschossen vorgefunden hätte wie Silber und Ebenholz, was bedeutete, daß das Muster des Attentäters nicht auf diesen Baum in den Wäldern beschränkt war und was wiederum die Geschichte ungleich komplizierter machte.

*Gott sei Dank gibt es Frederick Kleinbein.* Seine Ankunft hatte zweifellos Wolke das Leben gerettet und ihn gleichzeitig von der Verdächtigenliste entfernt.

Alles in allem glaubte sie aber, daß sie auf jeden Fall mit ihm reden sollte.

Rose warf Peter einen triumphierenden Blick zu. „Er lebt hinter der Kreuzung. Ich kann Ihnen sagen, wie Sie hinkommen, wenn Sie Henrys Wagen nehmen.“

„Henrys Wagen?“

„Ja. Es sind etwa fünfeinhalb Kilometer, vielleicht etwas mehr. Auf vier Beinen kein Problem, aber für zwei ist es eine ganz schöne Wanderung.“

Peter beugte sich vor, seine Nasenflügel bebten. „Was ist?“

Alles klar. Aber genau wie ich vermutet habe, bin ich hier draußen total nutzlos. Wißt ihr, ich kann nämlich weder sehen noch fahren. Wie zum Teufel kann man von mir erwarten, etwas zu tun, und was zum Teufel kann ich Ihnen sagen?

Sie zuckte zusammen, als Rose die Hand ausstreckte und ihren Arm streichelte, ihre schwieligen Finger leicht über die schweißnasse Haut gleiten ließ. Sie erkannte, daß die Berührung als Trost gedacht war, nicht als Bezeigung von Mitleid, und zog den Arm nicht mit einem Ruck weg.

„Ich fahre nicht“, erklärte sie und verlieh ihrer Stimme einen harten Klang, damit sie nicht zitterte. „Ich sehe nicht gut.“

„Ist das alles?“ Peter lehnte sich erleichtert zurück. „Das ist kein Problem. Wir fahren Sie. Ich hole nur eben die Schlüssel.“ Er warf ihr ein blendendes Lächeln zu und ging mit federnden Schritten ins Haus.

*Ist das alles?* Vicki sah, wie Peter in der Küche verschwand, und wandte sich dann an Rose, die lächelte, froh, daß das Problem gelöst war. *Beurteile sie nicht nach menschlichen Maßstäben.* Der Satz wurde rasch zur Litanei.

„... jedenfalls sagt Onkel Stuart, wenn Sie das Holz haben wollen, gehört es Ihnen.“

„Gut, gut. Sagen Sie Ihr'm Onkel, daß ich's hole, wenn die Hitze nachläßt.“ Frederick Kleinbein rieb sich mit einer kräftigen Hand sein schweißnasses Gesicht ab. „Also, ich hätt' späte Himbeeren, die verfaulen, weil ich zu fett und zu faul bin, um sie zu pflücken; haben Sie Interesse?“

Die Zwillinge wandten sich Vicki zu, die die Achseln zuckte. „Bitten Sie mich nur nicht zu helfen. Ich bleibe im Schatten und unterhalte mich mit Mr. Kleinbein.“ Und da Kleinbein offenbar mit ihr reden wollte...

„So“, begann er einen Augenblick später, „Sie sin' aus der Stadt auf Besuch. Kenn' Sie die Heerkens schon lang?“

„Nein. Ich bin die Freundin eines Freundes. Kennen Sie sie gut?“

„Nicht, was ma' gut nennen tät'. Nee.“ Er sah hinüber, wo Rose und Peter hinter einer dichten Reihe Himbeersträucher kaum sichtbar waren. „Die hält sich fern, die Familie. Nicht unfreundlich, distanziert.“

„Und die Leute respektieren das?“

„Warum nicht? Die Farm ist bezahlt. De' Kinder geh'n zur Schule.“ Der Finger, mit dem er ihr drohte, sah wie ein halbgares Würstchen aus. „Kein Gesetz sagt, daß sie Partylöwen sein müssen.“

Vicki unterdrückte ein Lächeln. Partylöwen – was für eine Vorstellung.

Er beugte sich vor, und seine ganze Haltung brachte zum Ausdruck, daß er ein Geheimnis hatte.

*Jetzt kommt's,* dachte Vicki.

„Sie wohnen bei denen, also müssen Sie das wissen.“

Sie schüttelte den Kopf und kämpfte darum, einen leicht verwirrten Gesichtsausdruck zu wahren. „Was muß ich wissen?“

„Die Heerkens... “

„Ja?“

„... die ganze Familie... “

Sie beugte sich vor.

„... sind...“

Ihre Nasen berührten einander praktisch.

„... Nudisten.“

Vicki blinzelte und lehnte sich zurück, momentan sprachlos.

Kleinbein lehnte sich ebenfalls zurück und nickte weise, seine Hängebacken schwabbelten zu einer unabhängigen Bestätigung. „Bisher müssen sie Ihretwegen die Klamotten anbehalten haben.“ Dann verzog sich sein ganzes Gesicht zu einem seligen Lächeln. „Zu schade, wa'?“

„Woher wissen Sie das?“ brachte Vicki heraus.

Der Wurstfinger drohte wieder. „Ich seh Sachen. Kleine Sachen. Vorsichtige Leute, die Heerkens, aber manchmal kriegt man flüchtig nackte

Körper zu seh'n. Drum haben sie die großen Hunde, damit die sie warnen, die Klamotten anzuziehn, wenn Leute kommen." Er zuckte die Achseln. „Jeder weiß das. Die meisten sagen, daß nackte Körper schlecht sin' und' geh'n de' Heerkens aus'm Weg. Ich aber sage, wen kümmert's, was die auf ihr'm eigenen Land treiben?" Er winkte in Richtung Himbeerbüsche. „Die Kinder sin' glücklich. Was zählt sonst noch? Außerdem", diesmal wurde das Lächeln von einem eindeutig lüsternen Wackeln beeindruckender Augenbrauen begleitet, „sin' es sehr hübsche Körper."

Vicki mußte zustimmen. Das Umfeld glaubte also, die Heerkens seien Nudisten? Sie bezweifelte, daß sie eine perfektere Tarnung hätten erschaffen können. Was die Menschen glauben, bestimmt, was sie sehen, und Leute, die nach nacktem Fleisch Ausschau hielten, würden kein Fell entdecken.

Und es ist leichter, an einen Nudisten zu glauben als an einen Werwolf.

*Außer daß einer,* erinnerte sie sich und spürte, wie das Gewicht der zweiten Silberkugel ihre Tasche nach unten zog, *sich nicht der Allgemeinheit anschließt.*

Obwohl der Jeep seines Neffen noch in der Auffahrt stand, schien Mark selbst nirgendwo zu stecken. Carl setzte sich an den Küchentisch und stützte den Kopf in die Hände, dankbar, daß er Zeit für sich allein hatte. Der Junge war der einzige Sohn seiner einzigen Schwester, Fleisch von seinem Fleisch, Blut von seinem Blut und der einzige Verwandte, den er noch hatte. Die Familie mußte wichtiger sein als persönliche Ansichten.

War es eine Sünde, fragte er sich, daß er sich nichts aus Mark machte? Daß er ihn nicht einmal mochte?

Carl hatte den Verdacht, daß er als irgendeine Art Unterschlupf benutzt wurde. Warum sonst würde der Neffe, den er jahrelang nicht gesehen hatte, plötzlich zu einem unbegrenzt langen Aufenthalt auf seiner Türschwelle auftauchen? Der Junge – der Mann – war ein Sünder, da gab es keinen Zweifel. Aber er gehörte zur Familie, und diese Tatsache mußte die andere überwiegen.

Vielleicht hatte der Herr Mark zu dieser Zeit hergeschickt, um gerettet zu werden. Carl seufzte und rieb mit dem Daumen an einem Kaffeering auf dem Tisch. Er war ein alter Mann, und der Herr hatte in letzter Zeit viel von ihm verlangt.

Soll ich Mark fragen, wo er nachts hingeht?

Habe ich die Kraft, es zu wissen?

# Sieben

„Das sind die Südfelder, das ist das Naturschutzgebiet, Kleinbein wohnt hier, und das ist das Haus des alten Biehn." Peter blickte argwöhnisch auf die Skizze, dann zog er drei weitere Linien in den Schmutz. „Das sind die Straßen."

„Die Old School Road ist krumm", bemerkte Rose, die sich über seine Schulter beugte.

„Da ist ein Stein im Weg."

„Dann mal sie doch hier... " Sie ließ den Worten Taten folgen, wischte mit der Handfläche über seine Straße und malte mit ihrer Fingerspitze eine neue. „... und du gehst dem Stein aus dem Weg."

Er schnaubte. „Dann hat sie einen falschen Winkel."

„Nein. Sie verläuft immer noch schräg von der Ecke nach unten... "

„Den falschen Weg nach unten", unterbrach ihr Bruder.

„Nein!"

„Doch!"

Beider Lippen und Finger waren mit Beerensaft beschmiert, und Vicki staunte, wie leicht sie sich von Erwachsenen in Kinder und wieder zurück verwandeln konnten. Sie hatte auf der Rückfahrt von Mr. Kleinbein – der sie beim Abschied mit einem „Blinzel, Blinzel, Stups, Stups" gebeten hatte, die Augen offenzuhalten – beschlossen, ihnen nichts von dem hiesigen Glauben zu erzählen, sie seien Nudisten. Sie hatte noch nicht endgültig entschieden, ob sie es Stuart gegenüber erwähnen würde oder nicht; hauptsächlich, weil sie bezweifelte, daß es ihn überhaupt kümmern würde.

„Du mußt die Kreuzung hier oben einzeichnen."

„Nein."

„Doch!"

„Egal", erstickte Vicki den Streit eiskalt. Die Werwölfe, erkannte sie, als sie zusah, wie sie die Umgebung auf eine kahle Stelle im Rasen malten, hatten nur wenig Sinn fürs Kartenzeichnen. Obwohl sie wahrscheinlich jeden Busch und jeden Zaunpfahl in ihrem Revier kannten, waren die Dimensionen, die Peter gezeichnet hatte, nicht die Dimensionen, an die Vicki sich erinnerte. Sie runzelte die Stirn und schob ihre Brille wieder hoch. „Soweit ich das beurteilen kann, ist der Baum hier, und hier bin ich aus den Wäldern herausgekommen."

„*Warum* sind Sie nicht einfach Ihrer Spur zurück gefolgt?" fragte Rose, trotz Erklärungen immer noch darüber verwirrt.

Vicki seufzte. Die Werwölfe hatten ein wenig Probleme mit der Vorstellung, *sich zu verirren*.

Ehe sie wieder mit dem Thema Nasen anfangen konnten, schob sich ein schwarzer Kopf unter Vickis Hand, und Schatten krabbelte nach vorn und versuchte, einen besseren Blick auf das zu erhaschen, was vor sich ging.

Peter packte ihn am Nacken und zog ihn zurück. „Geh da weg, du verpfuschst es nur."

„Nein, ist schon in Ordnung." Vicki stand auf und klopfte sich die Sitzfläche ihrer kurzen Hose ab. Das Gras auf dem Rasen war spärlich, und kahle, staubige Stellen waren häufig. „Ich glaube, ich habe alles gesehen, was ich kann." Sie sollte drinnen sein und telefonieren; dies hier half nicht weiter.

Schatten wand sich unter dem Griff seines Vetters und verwandelte sich, als Peter ihn losließ, in einen sehr aufgeregten kleinen Jungen. „Zeig Vicki den Trick, Peter!"

Unter der Sonnenbräune wurde Peter ein wenig rot. „Ich glaube nicht, daß sie ihn sehen will."

„Doch!" Daniel hüpfte zu Vicki. „Sie wollen, nicht?"

Sie wollte nicht, aber wie konnte sie angesichts solcher Begeisterung nein sagen? „Klar."

Daniel hüpfte zu Peter zurück. „Siehst du!"

Peter seufzte und gab nach. „In Ordnung." Er streckte die Hand aus und zupfte an der Haarlocke, die in Daniels Augen fiel. „Geh und hol es."

Schrill kläffend raste Schatten zur Vorderseite des Hauses.

„Redet er, wenn er das tut?" überlegte Vicki laut.

„Nein." Roses Ohren stellten sich in Richtung des Geräuschs. „Laute in Fellgestalt sind eine Art lauter Gefühlsausbruch."

„Also kann man Schattens Kläffen mit: ‚Oh Mann! Oh Mann! Oh Mann!' übersetzen?"

Die Zwillinge sahen einander an und lachten. „Fast", gab Rose zu.

Schatten rannte schweigend zurück, aber nur, wie Vicki vermutete, weil das große gelbe Frisbee, das er trug, das Bellen unmöglich machte.

Er ließ es zu Peters Füßen fallen – es sah ziemlich angekaut aus – und setzte sich, erwartungsvoll hechelnd.

Peter glitt aus seinen kurzen Hosen und nahm die Plastikscheibe auf. „Fertig?“ fragte er.

Das gesamte hintere Ende von Schattens Körper wedelte.

Einem antiken griechischen Diskuswerfer ähnlich warf Peter das Frisbee in die Luft. Schatten rannte ihm nach, und einen Herzschlag später auch Sturm. Die Muskeln bewegten sich unter seinem rotbraunen Fell, er rannte an dem kleineren Werwolf vorbei, zog die Hinterbeine an und katapultierte sich in die Luft, die Kiefer weit aufgerissen, bereit, die Zähne in den Rand der Scheibe zu vergraben.

Nur, damit sie seinem Griff von einem größeren schwarzen Werwolf entwunden wurde, der auf dem Boden aufkam und davonrannte, dicht gefolgt von Sturm und Schatten.

Rose kicherte, drückte Vicki ihr Strandkleid in die Hand, und Wolke rannte hinterher. Sie rasten einen Augenblick um den Hof herum, dann schnitten Wolke und Sturm, die als Team arbeiteten, dem größeren Werwolf den Weg ab und sprangen ihn an. Schatten, der immer noch bellte, wenn er etwas Atem erübrigen konnte, warf sich auch in das Durcheinander aus purzelnden Körpern.

Kurz darauf blickte Nadine aus dem bunten Fellknäuel heraus, warf das Frisbee zur Seite und grinste Vicki an. „Sind Sie bereit fürs Mittagessen?“

„Wir haben Spuren gefunden, keine 500 Meter vom Haus entfernt.“ Die Worte waren ein fast unverständliches Knurren. Die Stille, die ihnen folgte, füllte sich wenige Sekunden später mit Zorn.

Nadine ging durch die Küche und umklammerte den Arm ihres Gefährten. „Wessen?“ wollte sie wissen. „Wessen Spuren?“

„Wir wissen es nicht.“

„Aber der Geruch... “

„Knoblauch. Die Fährte stinkt nach Knoblauch.“

„Wie alt?“ fragte Peter.

„12 Stunden. Vielleicht etwas mehr. Vielleicht etwas weniger.“ Stuarts Haare standen zu Berge, und er konnte nicht stillsitzen, sondern ging mit fahrigen Schritten auf und ab.

Wenn Ebenholz von dem Baum in den Wäldern aus erschossen wurde, worauf alle Beweise hinzuweisen schienen, dann bedeuteten fünfhundert Meter und zwölf Stunden, daß der Attentäter irgendwann letzte Nacht in Reichweite des Hauses gekommen war.

„Vielleicht sollten Sie besser alle in einem Hotel wohnen, bis das hier vorbei ist“, schlug Vicki vor, obwohl sie schon wußte, als die Worte ihren Mund verließen, wie die Reaktion ausfallen würde.

„Nein!“ fuhr Stuart sie an und wandte sich ihr zu. „Dies ist unser Revier, und wir werden es verteidigen!“

„Er ist nicht hinter Ihrem Revier hier“, versetzte Vicki, wobei sie die Stimme hob, „sondern hinter Ihrem Leben! Bringen Sie sie aus seiner Reichweite, nur für eine Weile. Es ist das Vernünftigste!“

„Wir werden nicht weglaufen.“

„Aber wenn er so nah herankommen kann, können Sie sich nicht gegen ihn schützen.“

Stuart kniff die Augen zusammen; seine Worte gingen fast in seinem Knurren unter. „Es wird nicht wieder vorkommen.“

„Und wie wollen Sie es verhindern?“ Das war schlimmer, als mit Celluci zu streiten.

„Wir werden wachsam sein… “

„Sie waren *nicht* wachsam!“

„Er war nie zuvor in unserem Revier!“

Vicki holte Luft. Das führte zu nichts. „Schicken Sie die Kinder weg.“

„NEIN!“

Stuarts Reaktion war explosiv, und Vicki wandte sich an Nadine. Sicher würde *sie* die Notwendigkeit verstehen, die Kinder in Sicherheit zu bringen.

„Die Kinder müssen in der Sicherheit des Rudels bleiben.“ Nadine hielt den ernst blickenden Daniel eng an sich gepreßt und strich ihm mit einer Hand übers Haar. Daniel preßte sich eng an seine Mutter.

„Dieser Feigling mit einem Gewehr führt nicht das Rudel.“ Stuart riß heftig einen Stuhl unter dem Tisch hervor und warf sich darauf. „Und seine Taten werden nicht dieses Rudel beherrschen. Wir werden leben, wie wir leben." Er wies mit dem Finger auf Vicki. „Sie werden ihn finden!"

Er war nicht wütend auf sie, erkannte Vicki, sondern auf sich, auf sein Versagen beim Versuch, seine Familie zu schützen. Dennoch zwang die Hitze seines Blicks sie wegzusehen. „Ich werde ihn finden", sagte sie und versuchte, sich nicht über das Ausmaß seiner Wut zu ärgern. *Hoffen wir nur, daß ich ihn rechtzeitig finde.*

Das Mittagessen begann als Angriff; Fleisch wurde abgerissen und zwischen glänzenden Zähnen zermalmt, offensichtlich ein Ersatz für die Kehle eines Feindes. Nach Vickis Ansicht beruhigten sich die Dinge zum Glück sehr rasch, da die Werwölfe – besonders die jüngeren Werwölfe – eine Stimmung nicht für längere Zeit halten konnten, wenn sie durch unmittelbarere Probleme abgelenkt waren, wie zum Beispiel wer vergessen hatte, die Butter aus dem Kühlschrank zu nehmen und wo genau das Salz war.

Die Familie aß in menschlicher Gestalt und mehr oder weniger auf menschliche Art und Weise.

„Das macht es leichter für die Kinder, wenn sie zur Schule müssen", erklärte Nadine, schob Daniel seine Gabel in die Hand und bedeutete ihm, sie zu benutzen.

Das kalte Hammelfleisch mit Salat war fettig und nicht sehr schmackhaft, aber Vicki war so erleichtert, daß es gekocht war, daß sie es gerne aß.

„Ms. Nelson war heute morgen Carl Biehn besuchen", sagte Peter plötzlich.

„Biehn?" Donald warf Stuart einen Blick zu, der wieder die Ohren angelegt hatte, dann Vicki. „Warum?"

„Es ist wichtig, mit den Nachbarn zu sprechen", erklärte Vicki und warf einen raschen Blick auf das dominante Männchen. „Ich muß wissen, was sie gesehen haben könnten."

„Er war seit Jahren nicht mehr hier“, sagte Nadine. „Nicht, seit Stuart ihn verjagt hat, weil er den Mädchen Angst machte. Jennifer hatte monatelang Alpträume von seinem *Gott*.“

Stuart schnaubte. „Gott. Er würde einen Gott nicht erkennen, wenn er ihn in den Arsch bisse. Der alte Narr ist ein Grasfresser.“

Vicki blinzelte. „Ein was?“

„Ein Vegetarier“, übersetzte Rose.

„Hat er Ihnen das erzählt?“

„Das mußte er nicht.“ Stuart knackte einen Knochen und saugte das Mark heraus. „Er riecht wie ein Grasfresser.“

Donald warf eine Brotrinde auf den Tisch und wischte sich die Hände an den Oberschenkeln ab. „Er hat mich mal in der Stadt angehalten und mich auf die Sünde hingewiesen, Tieren nur das Leben zu schenken, um sie zu töten.“

„Das hat er auch mal mit mir gemacht, aber ich habe ihn darauf aufmerksam gemacht, daß es leichter wäre, die Tiere zu töten, als sie lebendig zu fressen.“ Peter warf ein Radieschen in die Luft, fing es mit den Zähnen auf und zermalmte es mit dem größtmöglichen Lärm.

„Wie unfein, Peter!“ Jennifer sah ihren Vetter angeekelt an, der nur grinste und weiter sein Mittagessen hinunterschlang.

„Sie glauben doch nicht, daß es der alte Biehn ist, oder?“ flüsterte Rose, wobei sie ihre Stimme unter den allgemeinem Geräuschpegel um den Tisch herum senkte.

Tat sie das? Da er so nah wohnte, hatte Carl Biehn sowohl die Gelegenheit, unabsichtlich das Geheimnis der Werwölfe zu entdecken als auch Zugang zu dem Baum, von dem die Schüsse gekommen waren. Er war für einen Mann seines Alters in guter Verfassung, und tiefe religiöse Überzeugungen waren ein historisch verbürgtes Mordmotiv. Er hatte aber einen Ekel vor dem Töten zum Ausdruck gebracht, den Vicki ihm glaubte, und außer einem Turnschuhabdruck, den er mit Krethi und Plethi gemeinsam hatte, verband ihn keinerlei Beweis mit den Verbrechen. Die Tatsache, daß sie ihn mochte, so subjektiv sie auch war, mußte auch in Betracht gezogen werden. Gute Polizisten entwickelten einen Sinn für bestimmte Persönlichkeitstypen, die, ganz gleich, wie sorgfältig sie verborgen waren, einen unbewußten Alarm auslösten. Biehn schien ein anständiger Mensch zu sein, und die waren selten.

Andererseits war der nächstwahrscheinlichste Verdächtige ein Polizist, und Vicki wollte nicht glauben, daß Barry Wu dafür verantwortlich war. Sie warf über den Tisch hinweg einen Blick auf Colin, der, obwohl größer als sein Onkel und sein Vater, immer noch ein kleiner, drahtiger Mann war und es nach den alten Vorschriften über Mindestgrößen nie zur Polizei geschafft hätte. Er sah aus wie jemand, dem ein Messer im Herzen steckte und der langsam die Klinge umdrehte. Er hatte keine zwei Worte gesagt, seit er sich gesetzt hatte.

Glaubte sie, daß es Biehn war? Nein. Aber genauso wenig wollte sie glauben, daß es Colin Heerkens Partner war. Andererseits konnte sie keinen von beiden völlig ausschließen, nicht bis der Mörder gefunden war. Viele Leute hatten Zugang zu den Wäldern, und trotz der Statistik erwiesen sich die wahrscheinlichsten Verdächtigen nicht immer als schuldig.

Sie wandte sich wieder Rose zu, die mit der Geduld des Raubtiers auf eine Antwort wartete.

„Bis ich mehr Informationen habe, muß ich jeden verdächtigen, Rose, selbst Kleinbein. Es ist zu wichtig, um es nicht zu tun."

Nachdem sie den Tisch von allem, was Nahrung ähnelte, gesäubert hatten, erhoben sich die Werwölfe, und jeder ging seiner Wege. Donald hatte sich verwandelt, trottete auf die Veranda hinaus und ließ sich in einem dunklen Dreieck aus Schatten hinfallen. Schatten hatte mit Erlaubnis seiner Mutter einen Knochen in eine Ecke mitgenommen und zerkaute ihn, während er ihn zwischen seinen Vorderpfoten hielt, bis zur völligen Kapitulation.

Vicki stand zusammen mit Colin auf, aber er drehte sich um und ging, ohne Notiz von ihr zu nehmen.

„Colin!" Selbst Vicki erstarrte bei dem Befehlston in Stuarts Stimme, und Colin blieb wie angewurzelt stehen, die Schultern hochgezogen. „Vikki will mit dir reden."

Langsam drehte Colin sich um, die Eckzähne gebleckt.

„Colin... “ Der Name war ein Knurren, tief und bedrohlich.

Der jüngere Werwolf zögerte kurz, dann ließ er die Schultern sinken und bedeutete Vicki mit einer knappen Bewegung des Kopfes, ihm zu folgen.

Es war unfreundlich, aber es mußte reichen. Sie schloß zu ihm auf, als er die Treppe hochging.

„Es ist zu heiß, um draußen spazieren zu gehen, daher werden wir uns in meinem Zimmer unterhalten“, sagte er, ohne sich umzudrehen. „Dann stören auch die Kinder nicht.“

Vicki war sich dessen angesichts des Sinns der Werwölfe für Privatsphäre nicht so sicher, aber wenn Colin sich dann wohler fühlte, konnten sie sich von ihr aus auch auf dem Dach unterhalten.

Sein Zimmer war eines von den dreien im Anbau, und die Tür neben der seinen war die erste geschlossene Tür, die Vicki im Haus sah.

„Henry“, sagte Colin, als sie vorbeigingen. „Er verriegelt sie von innen.“

„Es ist kein Schlafzimmer... “

„Nein. Eine Abstellkammer. Aber sie hat kein Fenster, und wenn wir den Kram ein bißchen umräumen, ist Platz für ein Feldbett.“

Vicki fuhr mit der Handfläche über das dunkle Holz und fragte sich, ob Henry sie im Gang spüren konnte und wie es wohl war, dort im Dunkeln zu liegen.

„Ich habe die Sonne seit über 450 Jahren nicht mehr gesehen.“

Sie seufzte und betrat Colins Zimmer. Er warf sich aufs Bett, verschränkte die Finger hinter dem Kopf und beobachtete sie durch zusammengekniffene Augen. Trotz seiner entspannten Haltung vibrierte jeder Muskel seines Körpers vor Spannung, bereit zum Kampf oder zur Flucht. Vicki war nicht sicher, was von beiden es war, und sie wollte es auch nicht herausfinden.

„Ich habe meine auch immer in die Wäscherei gegeben“, erzählte sie und machte eine Kopfbewegung in Richtung des halben Dutzends sauberer Uniformhemden, die in Plastikhüllen am Schrank hingen. Sie schob eine Trainingshose von einem Stuhl und setzte sich. „Ich hatte besseres zu tun als zu bügeln.“

„Also“, sie beugte sich vor und stützte die Ellbogen auf die Knie, „glauben Sie, daß Ihr Partner es war?“ Colins Augen wurden noch schmaler, und er zog die Lippen zurück, doch ehe er sich bewegen konnte, ergänzte sie sachlich: „Oder wollen Sie mir helfen zu beweisen, daß er es nicht war?“

Langsam, ohne den Blick je von ihrem Gesicht zu wenden, richtete Colin sich auf. Vicki ertrug seine verwunderte Musterung mit ihrem verbindlichsten Gesichtsausdruck und wartete. Er mußte die nächsten Worte sprechen.

„Sie glauben nicht, daß Barry es war", sagte er schließlich.

„Das habe ich nicht gesagt." Sie stütze das Kinn auf die verschränkten Hände. „Aber ich *will* nicht glauben, daß er es getan hat, und Sie sind die geeignetste Person, um zu beweisen, daß er es nicht war. Um Himmels willen, Colin, fangen Sie an, wie ein Polizist zu denken und nicht wie ein... Schäferhund." Er zuckte zusammen. „Hatte er die Gelegenheit?"

Einen Augenblick war sie sich unsicher, ob er antworten würde, dann imitierte er ihre Haltung auf der Bettkante und seufzte. „Ja. Wir hatten beide Male, als es passierte, tagsüber Dienst. Er kennt den Hof und das Naturschutzgebiet. Wir sind gestern nacht um elf weggekommen, und er hätte nach der Schicht leicht hier herauskommen und diese Spur hinterlassen können."

„Gut, das spricht gegen ihn, und wir wissen, daß er die Fähigkeiten hat... "

„Barry nimmt an der nächsten Olympiade teil, so gut ist er. Aber wenn er Silberkugeln gießt, dann habe ich keine Beweise dafür gefunden, und glauben Sie mir, ich habe nachgesehen."

„Hat er ein Motiv?"

Colin schüttelte den Kopf. „Woher soll ich das wissen? Wenn er es tut, ist er vielleicht verrückt."

„Ist er das?"

„Ist er was?"

„Verrückt? Sie verbringen täglich acht Stunden mit Barry. Wenn er verrückt ist, hätten Sie etwas bemerken müssen." Sie verdrehte die Augen über seine verblüffte Miene und benutzte ihre Stimme wie eine Keule. „Denken Sie nach! Benutzen Sie Ihre Ausbildung!"

Colin legte die Ohren an, und sein Atem beschleunigte sich, aber er beherrschte sich, und Vicki sah buchstäblich, wie er nachdachte. Sie war beeindruckt von seiner Selbstbeherrschung. Wenn ein Fremder diesen Tonfall ihr gegenüber gebraucht hätte, hätte sie wahrscheinlich etwas Dummes getan.

Nach einem Augenblick runzelte er die Stirn. „Ich würde es nicht beschwören", sagte er langsam, „aber ich würde mein Leben darauf verwetten, daß er völlig normal ist."

„Sie verwetten jedes Mal, wenn Sie mit ihm aus dem Polizeirevier treten, Ihr Leben darauf, daß er völlig normal ist", machte Vicki ihn trokken aufmerksam. „Nachdem wir das nun geklärt haben, warum konzentrieren wir uns dann nicht darauf zu beweisen, daß er es *nicht* getan hat?"

„Aber… "

„Aber was?" fuhr Vicki ihn an, da sie Colins Einstellung allmählich ein wenig satt hatte. Ihr war klar, daß er in einer schrecklichen Lage war, hin- und hergerissen zwischen seiner Familie und seinem Partner, aber das war kein Grund, sein Gehirn auszuschalten. „Erzählen Sie mir von dem Mann."

„Wir – wir waren zusammen auf der Polizeischule." Er fuhr sich mit den Händen durchs Haar, dessen Stoppelschnitt seine spitzen Ohren und sein spitzes Kinn betonte. „Ich wäre noch nicht einmal Polizist, wenn Barry nicht gewesen wäre, und ich glaube, er wäre keiner, wenn ich nicht gewesen wäre. Er war der einzige Kadett, der ‚sichtlich einer ethnischen Minderheit angehörte', und ich war, nun, was ich bin. So überlebten wir gemeinsam. Als wir unseren Abschluß hatten, schafften wir es, zusammenzubleiben – nun, meistens jedenfalls; es ist nicht so, als ob wir miteinander verheiratet wären oder so was… "

Vicki war nicht überrascht über Barrys philosophische Reaktion auf die tatsächliche Rasse seines Partners. Bei der „Wir gegen sie"-Einstellung, die der Beruf Polizisten zu entwickeln zwang, konnte man zumindest auf einer individuellen Basis damit umgehen, wenn man herausfand, daß einer von „uns" ein Werwolf war. *Kann ich darauf bauen, daß mein Partner mir den Rücken deckt?* war die Frage, nicht: *Heult mein Partner den Mond an?* Wenn sie so darüber nachdachte, hatte Vicki eine ganze Reihe von Polizisten gekannt, die den Mond angeheult hatten.

„… und als ich angeschossen wurde… "

„Moment – als Sie was?"

Colin tat es mit einem Achselzucken ab. „Wir hatten ein paar Strolche bei einem Raub überrascht. Sie kamen aus dem Laden und schossen um sich. Ich bekam eine Kugel ins Bein. Es war nichts."

„Falsch. Ganz falsch." Vicki grinste. „Barry war da?"

„Natürlich."

„Er sah Sie bluten?"

„Ja."

„Wahrscheinlich haben Sie später übers Sterben gesprochen, darüber, daß Sie glaubten, sie würden draufgehen?"

„Ja, aber... "

„Warum sollte Barry auf Werwölfe mit Silberkugeln schießen – teure Geschosse, die er selbst gießen muß, wobei er eine Entdeckung riskiert –, wenn er weiß, daß gutes altes Blei völlig ausreicht?"

„Um uns von seiner Spur abzulenken?"

„Colin!" Vicki warf die Hände hoch. „Dazu wäre ein Verrückter nötig, und Sie haben mir erklärt, Barry sei völlig normal. Vertrauen Sie Ihren Instinkten. Zumindest, wenn Sie genug Fakten haben, um sie zu stützen."

Colin öffnete den Mund, schloß ihn wieder und zitterte dann, als sei eine große Last von ihm genommen worden. Er sprang auf, warf den Kopf zurück und stimmte ein Geheul an.

Vicki, die ganz vergessen hatte, daß er nackt war, stellte plötzlich fest, daß sie deutlich daran erinnert wurde. Die Werwölfe mochten sexuell auf Geruch und daher überhaupt nicht auf Menschen reagieren, aber Menschen hatten eine auf visuellen Reizen basierende Libido, und die Vickis hämmerte gerade in ihrem Schritt.

*Oh Gott, warum ich?* dachte sie, als riesige schwarze Pfoten auf ihren Schultern landeten und eine große rosa Zunge ihr energisch übers Gesicht fuhr.

Nachdem Colin davongeprescht war, um seinen Leitwolf damit zu konfrontieren – er brauchte Stuarts Erlaubnis, um endlich mit Barry darüber zu sprechen, was vor sich ging –, verbrachte Vicki den frühen Nachmittag am Telefon, um die Bestätigung zu erhalten, daß der Wildhüter seit Anfang August im Norden und tatsächlich in beiden Mordnächten dort gewesen war, und sein Aufenthaltsort von einer ganzen Reihe von Zeugen bestätigt werden konnte. Als das erledigt und sein Name auf ihrer Liste durchgestrichen war, zog sie sich um und ließ sich von Rose und Peter nach London fahren.

Sturm hängte die gesamte Fahrt über den Kopf aus dem Fenster, den Mund offen, die Augen wegen des Winds zusammengekniffen, die Ohren flach an den Schädel gelegt.

Die Mitgliederlisten der beiden Vogelbeobachter-Clubs waren relativ leicht zu bekommen. Sie zeigte einfach dem jeweiligen Vorsitzenden ihren Ausweis und erklärte ihnen, daß sie angeheuert worden sei, um einen entfernten Verwandten eines sehr reichen Mannes zu finden.

„Und alles, woran ich mich halten kann, ist, daß die betreffende Person einmal in der Gegend von London gelebt und gerne Vögel beobachtet hat. Da steckt eine Menge Geld drin, wenn ich sie finden kann."

„Suchen Sie nach einem Mann oder einer Frau?"

„Das weiß ich nicht." Vicki sah verärgert aus. „Er hat nicht mehr alle Tassen im Schrank, und das ist alles, an was er sich erinnern kann. Oh, ja, er hat irgend etwas gemurmelt, dieser Verwandte sei ein Meisterschütze."

Keiner der Vorsitzenden biß auf den Köder an. Wenn der Mörder Vogelkundler war, dann hatte er oder sie sein Interesse an Feuerwaffen nicht dem Vorstand des jeweiligen Clubs gegenüber erwähnt.

„Sie haben nicht zufällig einen Vetter dritten Grades namens Anthony Carmaletti?" Vicki drückte die Daumen, wenn sie fragte. Wenn einer von ihnen einen Vetter dritten Grades namens Anthony Carmaletti *hatte*, würde das ihrer Geschichte vom reichen, sterbenden Verwandten komplett den Garaus machen.

Sie erhielt ein definitives Nein mit einem zwanzigminütigen Vortrag über Genealogie, ein: „Ich werde meine Mutter fragen, können Sie morgen nochmal kommen?" von einem Achtzigjährigen und beide Listen. *Und Celluci behauptet, ich sei eine miese Lügnerin. Ha.*

„Was nun?" fragte Rose, als sie nach dem zweiten Aufenthalt wieder einstiegen.

„Jetzt brauche ich die Mitgliederliste des Fotografieclubs, aber ich bezweifle, daß der CVJM sie einfach herausrücken wird, und ich brauche die Liste der registrierten Schußwaffen von der Provinzpolizei von Ontario, die ein wenig leichter zu bekommen sein dürfte... " Polizisten neigten dazu, untereinander zusammenzuarbeiten. „... aber jetzt muß ich mit Dr. Dixon sprechen."

Der erste Eindruck sagte, daß Dr. Dixon nicht der Mörder gewesen sein konnte. Er war ein gebrechlicher alter Mann, der es nicht auf den Baum geschafft hätte, ganz zu schweigen davon, ihn zu erklettern, während er ein Hochgeschwindigkeitsgewehr und ein Zielfernrohr trug.

Es war ein kurzer, aber netter Besuch. Dixon erzählte Vicki peinliche Geschichten über Rose und Peter, als sie noch Kinder waren, denen die Zwillinge keine Aufmerksamkeit schenkten, da sie im Nebenzimmer damit beschäftigt waren, seine Plattensammlung zu dezimieren.

„Opern", erklärte der Arzt, als sie fragte, was da vor sich ging. „Jeder Werwolf, den ich je traf, ist ganz verrückt danach."

„Jeder Werwolf?" fragte Vicki.

„Jeder Werwolf, den *ich* traf", wiederholte er. „Stuarts altes Rudel in Vermont zieht italienische vor, aber es ist auch nahe genug an der Zivilisation, um wählerisch sein zu können. Der größte Teil des Rests, zumindest in Kanada, besonders das Rudel direkt beim Algonquin Park und die oben bei Mooseane, sitzt wie gebannt vor den Sonntagnachmittagssendungen bei CBC."

„Wieviele Rudel gibt es?"

„Nun, ich habe gerade vier erwähnt, und es gibt mindestens noch zwei oben am Yukon, eines in Nord-Manitoba... " Er runzelte die Stirn. „Woher soll ich das wissen? Genug für genetische Vielfalt. Obwohl es manchmal scheint, als hätten sie hinsichtlich der Oper Inzucht getrieben. Sie können nicht genug davon bekommen. Ich leihe ihnen Schallplatten und", er hob seine Stimme, „manchmal bringen sie sie auch zurück."

„Nächstes Mal, Dr. Dixon", rief Peter. „Versprochen."

„Klar", murmelte er. „Wenn dieser verdammte Welpe wieder auf ihnen herumkaut, dann werde ich... "

„Ihn hinter den Ohren kraulen und erklären, er sei allerliebst", beendete Rose den Satz, als sie mit einem halben Dutzend Alben unter dem Arm ins Zimmer kam, „genau wie Sie es immer tun."

Als sie aufbrachen, blieb Vicki an der Tür stehen und sah zu, wie Sturm einen Schmetterling über den Rasen jagte.

„Was passiert, wenn Sie sterben?" fragte sie den Arzt.

Er schnaubte. „Ich verfaule. Warum?"

„Ich meine, was passiert mit ihnen? Sie werden auch weiter einen Arzt brauchen, wenn Sie tot sind."

„Wenn die Zeit reif ist, werde ich es der jungen Frau erzählen, die meine Praxis übernommen hat." Er lachte. „Als Kind wußte sie nie, ob sie Tierärztin oder Allgemeinmedizinerin werden wollte. Die Werwölfe dürften genau ihr Fall sein."

„Warten Sie nicht zu lang“, warnte Vicki.

„Stecken Sie Ihre Nase nicht dorthin, wo sie nicht hingehört“, fuhr ihr Dixon über den Mund. „Ich kenne die Heerkens schon seit Jahren, länger, als Sie am Leben sind. Ich habe nicht vor, tot umzufallen und sie zurückzulassen, damit sie sich allein der Welt stellen.“

„Sie werden *nicht* allein sein.“

Er grinste über ihren abwehrenden Tonfall, aber seine Stimme war weich, als er sagte: „Nein, ich glaube nicht.“

Jennifer und Marie kamen nicht zum Abendessen.

„Sie haben sich vor etwa einer Stunde ein Kaninchen geteilt“, erklärte Nadine und lächelte zärtlich und traurig zugleich durch das Fenster auf sie hinab. Sie lagen so eng umeinander gerollt, daß es schwierig war zu sehen, wo die eine Fellgestalt endete und die andere anfing.

Colin war schon lange zur Arbeit gegangen, daher saßen nur sieben von ihnen um den Tisch. Daniel tat sein Bestes, um die fehlenden drei zu ersetzen.

Nach dem Essen arbeitete Vicki an ihren Aufzeichnungen – Eindrücke über Carl Biehn, Frederick Kleinbein, die Vogelkundler, den Arzt, die neue Fährte –, dann saß sie einfach nur da und versuchte, Ordnung in den Tag und die Entdeckungen des Tages zu bringen. Aber die Ordnung wich ihr aus, sie hatte eine Reihe von Teilen und Stückchen, aber nichts, das definitiv in das Muster paßte. Die Oper im Hintergrund war keine große Hilfe, und die merkwürdigen Obertöne, die ihre Gastgeber dazu machten, konnte man einfach nur irritierend nennen.

Tatsächlich konnte Vicki sich eine Reihe anderer Dinge vorstellen, wie man sie nennen konnte, aber sie ging statt dessen zum Teich, um Schatten beim Fröschejagen zuzusehen. Angesichts der Umstände schien es sicherer zu sein – nicht nur für Schatten, sondern auch für sie.

„Lassen Sie ihn nicht zu viele fressen“, rief Nadine ihr über die Musik hinweg nach, als sie ging, „sonst wird ihm bloß schlecht.“

„Das überrascht mich nicht", murmelte Vicki, aber schließlich ließ sie ihn beide Frösche fressen, die er gefangen hatte. Er hatte so hart dafür gearbeitet, war hierhin und dorthin gesprungen, wobei er hysterisch bellte, daß sie fand, er habe sie verdient.

Im Haus schien die Abenddämmerung sich stundenlang hinzuziehen, die Grillen und Pavarotti sangen Duette zu der untergehenden Sonne. Vickis Sehvermögen ließ nach, und der Klang des Windes, der durch die Bäume strich, wurde zu dem Klang des Todes, der sich leise dem Haus näherte: das Klopfen zweier Zweige, ein Gewehrhahn, der gespannt wurde. Sie wußte, daß sie ihre Einbildungskraft ihren gesunden Menschenverstand beherrschen ließ, selbst als sie auf den Schuß wartete, der ihr sagen würde, daß es überhaupt keine Einbildung war. Schließlich trieb die Dunkelheit sie an den Küchentisch, wo die hängende Glühbirne sie mit einem scharf umrissenen Kreis, in dem sie sehen konnte, umgab.

Endlich hob Donald den Kopf und verkündete mit bebenden Nasenflügeln: „Henry ist auf."

Vicki nahm die Brille ab und rieb sich die Augen. Es war Zeit. *Du weißt, daß es ein seltsamer Tag war,* überlegte sie, *wenn du dich auf die Ankunft des blutsaugenden Untoten freust.*

# Acht

Gewöhnlich gab es, wenn er an anderer Stelle als seinem sorgfältig abgeschirmten Zufluchtsort erwachte, einen fast panischen Augenblick, während er darum rang, daß seine Erinnerung wieder einsetzte. Heute nacht wußte er, wo er war, noch bevor sein Bewußtsein völlig zurückgekehrt war, denn der unverkennbare Geruch von Werwölfen erfüllte seine winzige Kammer.

Er streckte sich und lag einen Augenblick still, tastete mit seinen Sinnen umher, bis er Vickis Leben berührte. Der Hunger erhob sich und pulsierte im Rhythmus ihres Herzschlags. Heute würde er trinken.

Als Henry nach unten ging, füllte Mozarts *Don Giovanni* das alte Bauernhaus und, wie er vermutete, einen Großteil des umgebenden Landes. Stereoanlagen waren ein Stück menschlicher Kultur, das die Werwölfe von ganzem Herzen schätzten. Henry zuckte zusammen, als sich ein Diskant, den Mozart sich nie hätte träumen lassen, erhob und den Sopran auf der Platte untermalte und übertönte.

*Nun, ich vermute, es könnte schlimmer sein.* Er wappnete sich gegen Schattens enthusiastische Begrüßung. *Es könnten die New Kids on the Block sein.*

Während er mit einer Hand Schattens Ohren kraulte, blieb Henry auf der Türschwelle zur Küche stehen, damit seine Augen sich dem Licht anpassen konnten. Er hatte halb erwartet, Vicki am Tisch sitzen zu sehen, aber der Raum war leer mit Ausnahme von Donald, der mit hochgelegten Füßen dasaß und zusah, wie Jennifer und Marie sich durch eine Spüle voll Geschirr arbeiteten. Sekunden später platzte diese schlichte häusliche Szene, als Schatten nach vorn sprang und eine kalte, feuchte Nase von hinten an Maries nackte Beine stupste. Ein Teller ging zu Boden, hüpfte und blieb vergessen liegen, als beide Zwillinge den jüngeren Bruder durchs Haus jagten.

„Guten Abend“, grunzte Donald, als Henry sich bückte, um den Teller aufzuheben. „Ich vermute nicht, daß du irgendwelche Opernsängerinnen kennst?“

Er hatte einmal eine Operntänzerin gekannt, vor fast 200 Jahren, aber das war nicht das gleiche. „Tut mir leid. Warum?“

„Habe nur gedacht, wenn du eine kennen würdest, könntest du sie mal mit hier herausbringen.“ Donald machte eine Geste, die *Don Giovanni* mit einschloß. „Wäre schön, das Zeug mal live zu hören.“

Henry wollte gerade darauf hinweisen, daß Toronto nicht so weit zu fahren war und daß die Royal Canadian Opera Company, wenn sie auch nicht Wien war, eindeutig auch ihre Sternstunden hatte, als ihn eine plötzliche Vision von Werwölfen im Theater überkam und er erbleichte. „Wo sind denn alle?" fragte er statt dessen.

„Rute und Himmel... "

*Stuart und Nadine,* übersetzte Henry.

„... sind auf der Jagd, trotz der Proteste von Ms. Nelson. Du hast den Abgang des Trio Infernale gesehen. Colin ist bei der Arbeit, und meine beiden sind... "

Der Diskant erhob sich über das Tenorsolo und erstickte die Noten fast zwischen sich.

„... im Wohnzimmer, mit den Köpfen zwischen den Lautsprechern. Sie haben ein paar alte Aufnahmen vom Doktor bekommen, obskure Ensembles, die noch nicht auf CD erschienen sind." Er kratzte sich die dichte Masse roter Haare auf seiner Brust und runzelte die Stirn. „Ich persönlich finde den Tenor ein wenig grell."

„Warum vom Doktor? Ist jemand verletzt?"

„Allen geht es gut", ertönte Vickis Stimme hinter ihm von der Tür, die zum Badezimmer führte, und ihr Tonfall ergänzte: *bis jetzt*. Henry drehte sich um, als sie fortfuhr. „Ich mußte mit ihm reden, um sicherzugehen, daß er nicht der Mörder ist."

„Und, bist du sicher?"

„Ziemlich. Er ist es nicht, es ist nicht Barry, und es ist nicht der Wildhüter. Leider wandern ungefähr siebenunddreißig weitere Leute regelmäßig mit Hochleistungsferngläsern durch die Wälder, und es könnte jeder von ihnen sein. Ganz zu schweigen von einer unbekannten Anzahl Naturfotografen, deren Namen ich noch nicht habe."

Henry zog eine Augenbraue hoch und lächelte. „Klingt, als hättest du einen produktiven Tag gehabt."

Sie schnaubte verächtlich. „Ich hatte einen Tag", berichtigte sie und schob ihre Brille hoch. „Ich bin nicht näher dran herauszufinden, wer es *getan* hat, und Stuart und Nadine sind zu einer kleinen Nachtwanderung aufgebrochen." Ihre Ansicht darüber war ihrer Stimme klar zu entnehmen.

„Sie sind Jäger, sie... "

„Sie können im Supermarkt jagen, bis das vorbei ist", fuhr sie ihn an. „Wie wir alle."

„Sie sind nicht wie wir alle", erinnerte Henry sie. „Du kannst sie nicht nach... "

„Hör auf! Ich habe diese Beobachtung schon häufiger gemacht, als ich ertragen kann." Sie seufzte angesichts seiner Miene und schüttelte den Kopf. „Tut mir leid. Ich bin nur leicht frustriert über unlogisches Verhalten. Können wir irgendwo hingehen und reden?"

„Raus?"

Sie blickte finster. „Es ist finster, ich könnte nichts sehen, und außerdem wimmelt es von Insekten. Was ist mit meinem Zimmer?"

„Was ist mit meinem?" Wenn es auch nicht groß war, so war sein Zimmer doch das einzige im Haus mit einer Tür, die man von innen verriegeln konnte. Wenn sie in seinem Zimmer anfingen, dann mußten sie sich später nicht mehr umziehen, wenn die Zeit zum Trinken gekommen wäre. Er spürte, wie ihr Blut ihn rief, und der Teller, den er noch immer in der Hand hielt, zerbrach. „Scheiße. Donald, tut mir leid."

Donald zuckte nur die Achseln, ein verdächtig wissendes Lächeln spielte um seine Mundwinkel. „Egal. Wir gehen hier sowieso rauh mit Geschirr um."

Dankbar, daß seine Natur es ihm nicht länger gestattete zu erröten – seine helle Tudor-Gesichtsfarbe war der Fluch seines kurzen Lebens gewesen –, warf Henry die beiden Hälften des Tellers in den Müll und wandte sich wieder Vicki zu. Zur Abwechslung konnte er ihre Miene nicht lesen. „Sollen wir?" fragte er und nahm Zuflucht zu Förmlichkeit.

Muschelförmige Glaslampen beleuchteten die Treppe und den oberen Flur im ursprünglichen Teil des Hauses, aber die Werwölfe, die in der Dunkelheit fast ebensogut sehen konnten, hatten sich nicht die Mühe gemacht, auch noch im Korridor des Anbaus welche aufzuhängen.

Vicki fluchte und blieb am Rand des Zwielichts stehen. „Vielleicht wäre mein Zimmer doch besser... "

Henry hakte sich bei ihr ein und zog sie sanft weiter. „Es ist nicht weit", sagte er besänftigend.

„Sei nicht gönnerhaft", fuhr sie ihn an. „Ich werde blind, nicht senil."

Aber ihre Finger packten seinen Ellbogen fester, und Henry spürte die Anspannung in ihren Schritten.

Die nackte 40-Watt-Birne, die in der Mitte von Henrys Abstellkammer hing – es war eine grobe Übertreibung, sie Zimmer zu nennen –, warf genug Licht, damit Vicki Henrys Gesicht sehen konnte, aber in dem aufgehäuften Gerümpel türmten sich Schatten über Schatten. Sie zog sein Kissen in ihren Rücken, lehnte sich gegen die andere Wand und sah zu, wie er die Tür verriegelte.

Er roch den Beginn ihres Verlangens.

Langsam drehte er sich um, sein Hunger wuchs.

„So." Sie kickte die Sandalen von den Füßen und kratzte an einem Mückenstich. *Nichts war besser, als sich um ein Jucken zu kümmern, um sich von einem anderen abzulenken.* „Setz dich, und ich werde dir von meinem Tag erzählen."

Er setzte sich. Es gab nicht viel, was er sonst tun konnte.

„... und das ist die Liste der Verdächtigen, wie sie im Moment aussieht."

„Du glaubst, es könnte einer dieser Vogelbeobachter sein?"

„Oder der Fotografen. Verdammt, es wäre mir lieber, es wären Biehn oder sein schleimiger Neffe als ein einsamer Wanderer, den wir nie aufspüren werden."

„Du glaubst nicht, daß es Biehn war."

„Wach auf. Er ist ein netter Mensch." Sie seufzte. „Natürlich habe ich mich schon geirrt, und ich habe ihn nicht von der Liste genommen. Denk dran, bisher habe ich nur drei Leute von ihr gestrichen."

„Das kann ich nicht glauben." Henry hob das nackte Bein auf, das auf dem Feldbett neben ihm ausgestreckt lag, und begann, ihre Wade zu kneten, seine Daumen tief hinter den Muskel zu graben und ihn dann zwischen seinen Handflächen zu rollen.

Nach einem halbherzigen Versuch, sich dem Griff zu entwinden, ließ Vicki ihr Bein, wo es war. „Was?"

„Daß du dich schon früher geirrt hast."

„Ja nun, das kommt vor..." Sie mußte schlucken, bevor sie antworten konnte. „... gelegentlich."

Henry wußte, daß er sie jetzt haben konnte, da sie ihr Ziel erreicht hatte und bereit war. Mehr als das – der winzige Raum vibrierte beinahe vom Schlag ihres Herzens. Er zügelte den Hunger mit eiserner Selbstbeherrschung.

„So." Er klopfte sie leicht auf die Fußsohle und legte ihr Bein ab. „Was soll ich tun?"

Vicki riß die Augen auf und runzelte die Stirn.

Henry wartete, sein Gesicht zeigte höfliches Interesse.

Einen Herzschlag lang schwankte Vicki zwischen Wut und Belustigung. Die Belustigung gewann, und sie grinste.

„Du kannst den Baum überwachen, den ich gefunden habe. Das bißchen Wind, das es gibt – und das ist verflucht nochmal alles an Luftbewegung, das ich ausmachen konnte –, hat wieder die Richtung gewechselt und weht von den Feldern weg. Wenn jemand mit einem Gewehr Kaliber 30 auftaucht und auf ein Ziel wartet, schnapp ihn dir, und der Fall ist vorbei."

„Gut." Er erhob sich, doch sie schwang ihr Bein über seinen Schoß und versperrte ihm den Weg.

„Bleib, wo du bist… und zieh mir gegenüber nicht so die Augenbraue hoch. Wenn wir noch lange so weitermachen, werden wir einander schließlich mitten in der Küche die Kleider vom Leib reißen und uns in eine peinliche Situation bringen. Ich will das nicht, denn dies ist eines meiner Lieblings-T-Shirts. Nachdem wir nun beide gezeigt haben, daß wir unsere niedereren Instinkte beherrschen, was hältst du davon, wenn wir uns auf ein Unentschieden einigen und weitermachen?"

„Durchaus fair." Er streckte die Hand, um sie in bester romantischer Tradition in die Arme zu nehmen, fand sich aber statt dessen hart nach unten auf ihren Mund gezerrt.

Sie zerrissen das T-Shirt nicht, aber sie überdehnten es etwas.

Am Ende übernahm er die Kontrolle, und als seine Zähne die Haut an ihrem Handgelenk durchbohrten, schrie sie und grub die Finger ihrer freien Hand hart in seine Schulter. Sie bewegte sich weiter, während er trank, und beruhigte sich erst, als er die Wunde leckte und das Gerinnungsmittel in seinem Speichel die Bißspuren verschloß.

„Das war… unglaublich", seufzte sie dann, und ihr Atem strich über seinen Kopf.

„Danke." Der Salzduft ihrer Haut füllte seine Nase, seine Kehle und seine Lungen. „Ich war selbst überrascht." Er drehte sich, bis er ihr Gesicht sehen konnte. „Sag mal, machst du Liebe immer mit Brille?"

Sie grinste und schob sie unsicher höher. „Nur beim ersten Mal. Dann kann ich mich auf mein Gedächtnis verlassen, und bei manchen Dingen habe ich ein phänomenales Gedächtnis." Sie bewegte sich, nur um zu fühlen, daß er sich an sie drängte. „Bist du immer so kühl?"

„Niedrige Körpertemperatur. Schlimm?"

„Es ist August, und wir sind in einer Abstellkammer ohne Lüftung. Was glaubst du?" Ihre Nägel folgten komplizierten Mustern entlang seiner Wirbelsäule. „Du fühlst dich toll an. Das fühlt sich toll an."

„Es fühlt sich toll an", wiederholte er, „aber ich muß weg." Er sagte es sanft, während er sich aufsetzte und eine Hand über ihren feuchten Leib gleiten ließ. „Die Nächte sind kurz, und wenn du willst, daß ich diesen Fall für dich löse... "

„Für die Werwölfe", korrigierte sie ihn und gähnte, zu schlaff, um auf seine klugscheißerische Bemerkung einzugehen. „Klar, mach nur, essen und abhauen." Sie entwand ihm ihren Fuß und sah zu, wie er sich anzog. „Wann können wir das wiederholen?"

„Nicht so bald. Das Blut muß sich erneuern."

„Du hättest mehr als ein paar Mundvoll nehmen können; was heißt nicht so bald?"

Er schob sein Hemd in die Jeans, bückte sich und küßte sie, wobei er einen Augenblick an ihrer Unterlippe saugte.

„Wir haben Zeit."

„Du vielleicht", murmelte sie, „aber ich werde in 60, höchstens 70 Jahren tot sein, und ich will nicht noch mehr davon verschwenden."

Police Constable Barry Wu warf einen Blick zu seinem Partner hinüber und wünschte, er wüßte, was zum Teufel vor sich ging. Was auch immer Colin in den letzten Wochen bekümmert hatte, ihm unter die Haut gegangen war und zu schaffen gemacht hatte, kümmerte ihn nicht mehr – was großartig war, ein deprimierter Werwolf war nicht die angenehmste Gesellschaft in einem Streifenwagen –, aber Colin wollte immer noch nicht sagen, was das Problem gewesen war, und das gefiel Barry nicht. Wenn Colin in Schwierigkeiten steckte, dann sollte er der erste sein, der es erfuhr. Sie waren Partner. „So." Er sah die Fellner Avenue hinauf und hinunter, als sie über die Kreuzung fuhren; alles war ruhig. „Jetzt ist alles in Ordnung?"

Colin seufzte. „Wie ich schon zu Anfang der Schicht sagte, wir arbeiten daran. Ich werde dir sagen, was vor sich geht, sobald Stuart es mir erlaubt." Stuart war an diesem Nachmittag verdammt schwer zu erwischen gewesen, aber Colin hatte die Absicht, den Leitwolf aufzuspüren, sobald er von der Schicht kam, und ihm Vickis Schlußfolgerungen vorzulegen. Nachdem ihn seine Treuepflichten jetzt nicht länger in zwei verschiedene Richtungen zogen, redete er je eher, desto besser mit Barry über die Angelegenheit.

„Aber es geht um mich?" bohrte Barry.

„Nein, nicht mehr."

„Aber es *ging* um mich?"

„Hör mal, kannst du mir nicht einfach bis morgen nacht trauen? Ich schwöre, daß ich dir dann alles erzählen kann."

„Morgen?"

„Ja."

Barry Wu steuerte das Auto um die Ecke auf die Ashland Avenue; in heißen Sommernächten hingen oft Jugendbanden beim Stadion herum, und die Polizei behielt den Ort gern im Auge. „Gut, Schafficker. Ich kann warten."

Colin schürzte die Lippen. „Du hast Glück, daß du fährst."

Barry Wu grinste. „Ich hätte es nicht gesagt, wenn ich das nicht täte... "

Henry blieb einen Augenblick stehen und starrte in die Wälder, eine Hand auf die oberste Latte des Zederzauns gelegt. Im Hochsommer wimmelten die Wälder von Leben, von Jägern und Gejagten, viel zu viele, als daß er sie voneinander hätte trennen können. Er spürte kein menschliches Leben in der Nähe, aber er konnte nicht sicher sein, ob das daran lag, daß keines da war oder daran, daß die kleineren Leben rundherum es überdeckten.

*War es falsch gewesen zu trinken?* fragte er sich. Der Hunger hätte seine Empfindsamkeit für die Gegenwart von Blut erhöht. *Wohlgemerkt,* räumte er ein und lächelte bei der Erinnerung daran, wie Vicki sich unter ihm bewegt hatte, *glaube ich nicht, daß ich letztlich eine große Wahl hatte.*

Früher war er, wenn er länger als drei Tage bei den Werwölfen gewohnt hatte und es unumgänglich geworden war zu trinken, für ein paar Stunden nach London gefahren und hatte sich eine Prostituierte besorgt. Es machte ihm nichts aus, gelegentlich dafür zu zahlen – auf die ganze Zeit verteilt war es immer noch billiger, als Lebensmittel zu kaufen. Nachdem er einen Augenblick darüber nachgedacht hatte, beschloß er, den Gedanken nicht Vicki mitzuteilen.

Der Zaun stellte kein Hindernis dar, und gleich darauf bewegte er sich lautlos wie ein Schatten durch die Bäume und folgte dem Pfad, den Vicki an diesem Morgen hinterlassen hatte. Ein kleines Wesen kreuzte seinen Weg. Als es den Geruch eines so großen Raubtiers wahrnahm, erstarrte es, und sein Herz hämmerte wie ein Trommelwirbel. Er hörte, wie es davonhuschte, sobald er vorüber war, und wünschte ihm viel Glück: Die Chancen standen gut, daß es die Nacht nicht überleben würde. Die Werwölfe hatten diesen Weg genommen, wahrscheinlich auf der Jagd, aber nicht in letzter Zeit, da die Fährte bis auf eine Andeutung verblaßt war, und das auch nur, wo der Waldboden eine gewisse Feuchtigkeit behalten hatte.

Er duckte sich unter einem Ast hindurch und zupfte ein einzelnes goldbraunes Haar von einem Zweig, das sich dort verfangen hatte. Vicki war in den Wäldern nicht gut zurechtgekommen, der Beweis dafür war überall – eine schwache Signatur ihres Blutes kennzeichnete einen großen Teil des Wegs. Wenn man wie sie aus einer Welt aus Stahl und Glas kam, dann war das vermutlich auch kaum überraschend. Er verstaute das Haar sicher in seiner Tasche und ging ihren Weg weiter, wobei er, während er ging, seinen Geist schweifen ließ.

Er hatte nicht die Absicht gehabt, heute nacht herauszukommen, aber er hatte nicht schlafen können, also nahm er das als ein Zeichen. Er lehnte sich im Baum zurück, nahm ein paar tiefe Züge der warmen, kieferduftenden Luft, wischte einen Schweißbach ab und schielte zum Himmel. Die Sterne waren hunderttausend schimmernde Juwelen, und der abnehmende Mond sonnte sich in ihrem Glanz. Es würde genug Licht geben.

Unter und hinter ihm stolperte eine große Kreatur herum – vielleicht eine Kuh oder ein Schaf, das sich von einem der nahegelegenen Gehöfte hierher verirrt hatte. Egal. Jetzt, da der Wind sich gedreht hatte, richtete sich sein Interesse auf die hellen Rechtecke der Felder hinter den Wäldern. Sie würden kommen, um nach den Schafen zu sehen, und er würde warten.

Er stützte den Lauf gegen einen Ast, legte die Wange sanft gegen den Kolben und schaltete den Empfänger des Nachtzielfernrohrs ein. Er hatte im Frühsommer das einfachste Infrarotzielfernrohr aus dem Bushnell-Katalog bestellt, nachdem ihm zum ersten Mal klargeworden war, was er zu tun hatte. Es hatte ihn mehr gekostet, als er sich eigentlich leisten konnte, aber das Geld war gut angelegt gewesen. Noch ärgerte er sich über die beständigen Ausgaben für Lithiumbatterien, die vor jeder Mission ersetzt werden mußten. Ein Mann ist nur so gut wie seine Ausrüstung – sein alter Sergeant hatte dafür gesorgt, daß jeder Mann unter seinem Kommando sich das merkte.

Im Fadenkreuz begannen sich die geisterhaften Umrisse der Bäume zu zeigen, hier und da betont durch die mattroten Hitzesignaturen kleiner Tiere. Ohne sich die Mühe zu machen, den Emitter einzuschalten, überprüfte er beide Felder, registrierte aber nur Schafe. Die waren unschuldig. Sie hatten keine Kontrolle darüber, welche Herren sie hatten. Dann schwenkte er zu den Bäumen zurück.

*Sie* jagten manchmal im Naturschutzgebiet. Er wußte es. Vielleicht würden *sie* heute nacht jagen, und er würde...

Er runzelte die Stirn angesichts des roten Aufblitzens zwischen zwei Bäumen. Es war zu schwach für die Größe, und er hatte keine Vorstellung, was es sein konnte. Er bewegte sich langsam, lautlos, schaltete den Emitter ein und ließ den Strahl Infrarotlicht über das Gebiet wandern. Obwohl das bloße Auge keinen Unterschied sehen konnte, leuchtete sein Zielfernrohr auf, als hätte er eine rote Hochleistungstaschenlampe eingeschaltet.

Die Kreatur, die er ausgemacht hatte, sollte...

Mit Mühe konnte Henry sich wieder auf die Wälder konzentrieren. Es war unendlich angenehmer, den ersten Teil der Nacht noch einmal ablaufen zu lassen, aber er wußte, daß er jetzt in der Nähe der Kiefer sein mußte. Er hob den Kopf, um die Baumkronen abzusuchen...

... und drehte ihn wütend fauchend abrupt weg, als ein Strahl aus rotem Licht über seine Augen fuhr.

„Scheiße!" Mark Williams hob mit zitternden Händen die Schrotflinte seines Onkels. Er wußte nicht, was das war. Egal. Er hatte Alpträume über Dinge wie dieses gehabt, die Art von Alpträumen, aus denen man schweißgebadet hochfährt, nach dem Lichtschalter sucht und verzweifelt die Dunkelheit zurückzudrängen versucht.

Es sah unmenschlich aus. Es sah unsicher aus.

Er drückte ab.

Der Schrot hatte sich ausreichend ausgebreitet, um wenig Schaden anzurichten, als er traf und ein Muster aus Löchern in der Außenseite seiner rechten Hüfte und seines Oberschenkels hinterließ. Das Licht war ein Ärgernis gewesen. Dies war ein Angriff.

Henry hatte Vicki gewarnt, daß seine Art das Tier viel dichter unter der Oberfläche festhielt, als Sterbliche es taten. Als das Blut in seine Jeans zu sickern begann, ließ er es frei.

Einen Herzschlag später traf ihn eine Kugel in der linken Schulter, wirbelte ihn herum und hob ihn von den Füßen. Sein Schädel krachte gegen einen Baum, und er fiel, kaum noch bei Bewußtsein, zu Boden.

Durch seinen Schmerz, durch das Pochen seines Unlebens in seinen Ohren glaubte er Stimmen zu hören, Männerstimmen, eine fast hysterisch, die andere tief und eindringlich. Er wußte, daß er zuhören mußte, daß er etwas erfuhr, aber er schien sich nicht konzentrieren zu können. Mit dem Schmerz konnte er fertigwerden. Er war schon vorher angeschossen worden, und wußte, daß sein Körper bereits begonnen hatte zu heilen. Er kämpfte gegen die Wogen aus Grau, versuchte, bei Bewußtsein zu bleiben, aber es war, als versuchte er, Sand festzuhalten, der weiter durch seine Finger rann.

Die Stimmen waren fort; er hatte keine Ahnung wohin.

Dann griff eine Hand nach ihm und drehte ihn sanft um. Eine Stimme, die er kannte, sagte ruhig: „Wir müssen ihn ins Haus schaffen."

„Ich glaube nicht, daß er gehen kann. Hol Donald, er ist zu schwer, als daß ich ihn allein tragen könnte."

Stuart. Er erkannte Stuart. Damit hatte er einen Anfang. Als Nadine mit Donald zurückkam, war es ihm gelungen, seine versprengten Sinne wieder zu sammeln und sie wieder zu etwas ähnlichem wie Verstand zu zwingen. Sein Kopf fühlte sich zerbrechlich wie eine Eierschale an, aber wenn er ihn sehr vorsichtig hielt, dann konnte er verhindern, daß die Welt zu weit vom Zentrum abdriftete.

Trotz der rauhen Behandlung war Henrys Kopf schon fast wieder klar, als die Werwölfe ihn nach Hause brachten. Eine Reihe grauer Flecken tauchte immer noch aus der Schwellung an seinem Hinterkopf auf, aber im wesentlichen war er wieder da.

Er sah, daß Vicki auf der Veranda wartete und besorgt in die Finsternis spähte. Sie sah weicher und verletzlicher aus, als er sie je gesehen hatte.

Als Stuart und Donald ihn in ihre Reichweite trugen, streckte sie die Hand aus und berührte sanft seine Wange.

Sie runzelte die Stirn. „Was ist denn mit *dir* passiert?"

„Natürlich bin ich dir gefolgt!" Mark schüttete etwas mehr Whisky aus dem Wasserglas in seiner Hand hinunter. „Ich komme ein bißchen früher von einem freundschaftlichen Pokerspiel zurück und sehe, wie mein betagter Onkel sich mitten in der Nacht aus dem Haus schleicht und… " Er machte eine Handbewegung in Richtung des Gewehrs, das jetzt in Einzelteilen auf dem Küchentisch lag. „… das trägt, unterwegs, um Gott weiß was zu tun… "

„Gott weiß es", unterbrach Carl Biehn und fuhr mit dem Öltuch über den Lauf.

„Schön. Gott weiß es. Aber ich nicht. Und", er knallte das leere Glas auf den Tisch, „nach dem, was ich gerade durchgemacht habe, glaube ich, daß ich eine Erklärung verdiene."

Carl starrte seinen Neffen einen Moment lang an, dann seufzte er: „Setz dich."

„Gut. Ich setze mich." Mark warf sich auf einen Stuhl. „Du redest. Was zum Teufel wolltest du da draußen jagen, und was war das für ein Ding, das mich angegriffen hat?"

Die ganze Zeit, seit der Herr ihm gezeigt hatte, was auf der Heerkens-Farm lebte und ihm offenbart hatte, was seine Pflicht war, hatte Carl Biehn sich davor gefürchtet, nicht stark genug zu sein. Er war ein alter Mann, älter als er aussah, und der Herr hatte einem einzelnen alten Mann eine schreckliche Last auferlegt. Mark war nicht derjenige, den er auserwählt hätte, ihm zu helfen, sein Kreuz zu tragen, aber die Wege des Herrn waren unerforschlich, und scheinbar war Mark auch auserwählt. Vermutlich ergab das einen Sinn, da der Junge sein einzig lebender Verwandter war, und indem er heute nacht auf den Abzug gedrückt hatte, hatte er bewiesen, daß er die Stärke hatte, am Kampf teilzunehmen. Vielleicht würden seine eigenen Sünden im Blut der Gottlosen weggewaschen werden, bei deren Vernichtung er helfen sollte.

Carl traf seine Entscheidung, zog die drei Patronen, die er vorbereitet hatte, aus der Westentasche, und stellte sie auf den Tisch. Sie schimmerten im Schein der Deckenlampe wie Mini-Raketen.

„Heilige Scheiße! Das ist ja Silber!"

„Ja."

Mark fuhr mit dem Finger an der Spitze der Kugel entlang und lachte schrill. „Du willst mir erzählen, du jagst Werwölfe?"

„Ja."

In der plötzlichen Stille klang das Ticken der Küchenuhr unnatürlich laut.

Der Alte ist durchgeknallt. Er hat den Verstand verloren. Werwölfe. Er ist verrückt.

Dann begann Carl zu erzählen: wie er im Frühling Vögel beobachten gewesen war und zufällig die erste Verwandlung mitangesehen hatte, wie er mit Absicht weitere beobachtet hatte, wie er die Kreaturen des Teufels erkannt hatte, wie es ihm gedämmert war, warum niemand aus dieser verfluchten Familie jemals Gottes Haus betrat, wie er erkannt hatte, daß sie nicht Gottes Geschöpfe, sondern die des Satans waren, geschickt von dem Großen Betrüger, um Dunkelheit in der Welt zu verbreiten und wie ihm allmählich klar geworden war, was er zu tun hatte.

Sie mußten in die Hölle zurückgeschickt werden, und zwar in der Gestalt, die keine Verhöhnung von Gottes Ebenbild war. Es mußte heimlich geschehen, im Schutz der Nacht, damit Satan nicht versuchte, ihn aufzuhalten.

Zu seiner Überraschung merkte Mark, daß er ihm glaubte. Es war die verrückteste, abgefahrenste Geschichte, die er je gehört hatte, aber sie klang wahr.

„Werwölfe", murmelte er und schüttelte den Kopf.

„Kreaturen des Bösen", stimmte Carl zu.

„Und du tötest sie?" *Und das ist der Typ, der glaubt, Burger zu essen sei Sünde.*

„Ich schicke sie zu ihrem finsteren Herrn zurück. Dämonen kann man nicht töten."

„Aber du schickst sie mit Silberkugeln zurück?"

„Silber ist das Metall des Herrn, da damit für das Leben seines Sohnes bezahlt wurde."

„Jesses."

„Lästere *nicht* Gott."

Mark sah das Gewehr, das jetzt gesäubert und wieder zusammengesetzt war, an, dann wieder seinen Onkel. Er war ein Spinner, das durfte man nicht vergessen. Ein gut bewaffneter Spinner und ein verdammt guter Schütze. „Tut mir leid. Also, was ist mit dem Ding heute nacht im Wald?"

„Ich weiß nicht." Carl Biehn faltete die Hände und seufzte. „Ich habe es erschossen, um dich zu schützen."

Schweißperlen standen sich auf Marks Stirn, als er sich daran erinnerte, und sein Herz begann zu rasen. Einen Augenblick lang dachte er, er werde wieder die Kontrolle über seine Blase verlieren. Er hatte heute nacht dem Tod ins Auge geblickt, und er würde niemals das Gefühl der eisigen Finger vergessen, die sich um sein Leben schlossen, egal, wie sehr er es auch versuchte. Diese urtümliche, beängstigende Erfahrung machte es leichter, den Rest zu glauben. „Vielleicht", schlug er vor und schluckte heftig, „war es der Teufel selbst, der nach seinen Schützlingen sehen wollte."

Carl nickte. „Vielleicht, aber wenn, dann werde ich ihn dem Herrn überlassen."

*Du hast gut reden.* Mark wischte sich die feuchten Hände an den Jeans ab. *Er wollte nicht dir an die Kehle.* „Was ist mit der Frau?"

„Mit der Frau?"

„Ja, diesem Nelson-Püppchen, die heute morgen hier vorbeigekommen ist."

„Eine unschuldige Zuschauerin, nicht mehr. Du wirst sie da herauslassen."

Aber Mark erinnerte sich an die Kiefernstückchen, die an einem Blue-Jays-T-Shirt hängengeblieben waren, und war sich nicht so sicher.

„Ein Gewehr Kaliber 30 auf diese Entfernung hätte dir die ganze Schulter wegreißen müssen." Vicki zog das Ende der Binde fest und betrachtete stirnrunzelnd ihr Werk. „Dein Schlüsselbein konnte unmöglich einen derartigen Schuß ablenken."

Henry lächelte über den Zweifel in Vickis Stimme. Der Schmerz war auf ein erträgliches Maß gesunken, und der Schaden war weit geringer, als er befürchtet hatte. Theoretisch sollte er in der Lage sein, ein verlorenes Glied zu regenerieren, aber er hatte kein Verlangen danach, diese Theorie zu überprüfen. Ein gebrochenes Schlüsselbein und ein dickes Stück Fleisch, das ihm von der Oberseite der Schulter weggeschossen worden war – damit konnte er leben. „Meine Rasse hat stärkere Knochen als deine", erklärte er und versuchte, den Arm zu beugen. Vicki ballte die Faust und sah aus, als sei sie auch bereit, sie zu benutzen, daher hörte er auf.

„Stärker?" Vicki schnaubte. „Verdammt, das ist Titan."

„Nein. Titan wäre gebrochen." Er zuckte, als Donald ein weiteres Stück Schrot aus seinem Oberschenkel fischte, und wandte sich dann wieder Vicki zu. „Ist dir klar, daß deine Ausdrucksweise leidet, wenn du besorgt bist?"

„Wovon zum Teufel redest du?"

„Du hast in der letzten Stunde mehr geflucht als in der ganzen Zeit, seit ich dich kennengelernt habe."

„Ja?" Sie schlug den Erste-Hilfe-Kasten unnötig heftig zu. „Ich hatte auch mehr, worüber man fluchen konnte, nicht wahr? Ich verstehe nicht, wie das passiert ist. Du sollst doch bei Nacht so toll sein. Woran hast du gedacht?"

Er sah keine Veranlassung zu lügen. „An dich. An uns. An das, was vorher geschehen war."

Vickis Augen verengten sich. „Wenn das nicht typisch Mann ist. 450 verfluchte Jahre alt und denkt immer noch mit den Eiern."

„So sind wir nun mal." Donald richtete sich auf und warf die Pinzette in die Schüssel mit dem Schrot. „Ein paar Stunden, und du bist so gut wie neu. Ein paar der oberflächlicheren Löcher heilen schon."

„Du bist ziemlich gut darin", bemerkte Henry und hob sein Bein ein wenig an, um besser sehen zu können.

Donald zuckte die Achseln. „Ich hatte eine Menge Übung vor 20, 30 Jahren. Die Leute waren damals schneller am Abzug, und Fell hält nur eine gewisse Menge ab. Ich hatte oft ein ganz ähnliches Muster auf meinem Arsch." Er verdrehte sich in einer Weise, wie es keine menschliche

Wirbelsäule fertigbringen würde, und musterte den fraglichen Körperteil. „Scheint alles weg zu sein." Er nahm die Schüssel und ging Richtung Tür. „Wenn du einer von uns wärst, würde ich dir vorschlagen, dich ein paarmal zu verwandeln, um eine mögliche Entzündung auszuräumen, oder daran zu lecken. Aber so... " Er zuckte die Achseln und war fort.

„Ich wollte noch nicht einmal fragen!" protestierte Henry, als Vicki auf ihn niederstarrte.

„Gut." An Schrotwunden lecken, also wirklich! Sie konnte das Starren nicht beibehalten. Es wurde zum Grinsen, dann zum besorgten Stirnrunzeln, als ihr ein neues Problem einfiel. „Wirst du wieder trinken müssen?"

Er schüttelte den Kopf, was er augenblicklich bereute. „Morgen vielleicht, nicht heute nacht."

„Nach dem Angriff des Dämons mußtest du trinken."

„Glaub mir, ich war nach dem Angriff des Dämons in wesentlich schlechterer Verfassung."

Vicki legte die Hand leicht auf Henrys flachen Bauch, genau dort, wo die Linie aus rotgoldenem Haar unter dem Nabel begann. Ihre Bewegung war besitzergreifend, ohne sexuell zu sein. „*Kannst* du morgen trinken?"

Er legte seine gesunde Hand auf die ihre. „Wir werden schon eine Lösung finden."

Sie nickte, unzufrieden, aber zumindest bereit zu warten. Ihr Verlangen war ihr peinlich, und sie hoffte stark, daß Henrys vampirische Schwingungen dafür verantwortlich waren. Überaktive Hormone waren das letzte, was sie brauchte. „Weißt du, ich bin überrascht, wie du 400 Jahre überlebt hast: erst der Dämon, jetzt das, und das in nur fünf kurzen Monaten."

„Du wirst es vielleicht nicht glauben, aber bis ich dich getroffen habe, habe ich das gesetzte, langweilige Leben eines Liebesromanautors geführt."

Sie zog die Augenbrauen hoch, und die Brille rutschte auf ihre Nasenspitze.

„Na gut", räumte er ein, „das Nachtleben war ein bißchen besser, aber solche Sachen sind mir nie passiert."

„Nie?"

Er grinste, als ihm etwas einfiel, obwohl das Ereignis damals alles andere als komisch gewesen war. Eine Frau – in Ordnung, seine Affäre mit einer Frau – war auch für diese Katastrophe verantwortlich gewesen. „Nun, fast nie... "

Sein rechtes Knie fühlte sich doppelt so groß wie normal an und trug sein Gewicht kaum noch. Ein glücklicher Hieb des Eisenhammers des Schmieds hatte die Seite des Gelenks getroffen. Ein Mensch hätte nie wieder gehen können. Henry Fitzroy, der Vampir, war aufgestanden und weggerannt, aber die Verletzung und der Schmerz hatten ihn zur Geschwindigkeit eines Sterblichen gezwungen.

Er hörte die Hunde. Sie waren nah.

Er hätte die Falle ahnen, hätte die Männer, die in den dunklen Ecken des Zimmers lauerten, hören, riechen oder sehen müssen. Aber er war so bestrebt gewesen zu trinken, so bestrebt, sich in den Armen seiner kleinen Mila zu verlieren, daß er niemals auch nur einen Verdacht hegte – niemals den Verdacht hegte, daß die kleine Mila mit dem süßen Lächeln und den weichen Schenkeln und dem heißen Blut ihre Sünde dem Priester gebeichtet und dieser das ganze Dorf in Aufruhr gebracht hatte.

Die Anwesenheit eines Vampirs überwog die Unverletzlichkeit des Beichtgeheimnisses.

Die Hunde holten auf. Hinter ihnen kamen die Fackeln, die Pfähle und der endgültige Tod.

Wenn sie ihr Vertrauen nicht so fest in das Kreuz gesetzt hätten, hätten sie ihn gehabt. Nur der Schmied hatte genug Geistesgegenwart zuzuschlagen, als er ihren Kreis durchbrach und zur Tür stürzte.

Sein Bein verdrehte sich, und grelles Feuer schoß durch seinen Leib. Sein Blut dröhnte laut in seinen Ohren, und er klammerte sich verzweifelt an einen Baum und kämpfte darum, aufrecht stehen zu bleiben. Er konnte nicht weiter. Er konnte nicht stehenbleiben.

Es schmerzt. Oh Gott, wie es schmerzt.

Die Hunde kamen näher.

Er konnte nicht so sterben, nicht nach kaum hundert Jahren: zur Strecke gebracht wie ein Tier in der Nacht. Seine Rippen preßten sich eng um sein rasendes Herz, als verspürten sie bereits den letzten Druck des Pfahls.

Die Hunde waren fast da. Die Nacht hatte sich auf ihr Gebell und den Schmerz reduziert.

Er sah die Klippe nicht.

Er verfehlte die Felsen am Ufer nur um wenig mehr als die Länge eines Gebets, dann drehte sich die Welt um ihn. Da er nicht gegen die Strömung ankämpfen konnte, überließ er sich ihr. Zum Glück war es Frühling, und der Fluß war tief – die meisten seiner spitzen Zähne lagen unter einem bis anderthalb Metern Wasser. Die meisten. Nicht alle.

Kurz vor Sonnenaufgang zog Henry sich ans Ufer und zwängte seinen zerschundenen Leib so tief es ging in eine Felsspalte. Es war feucht und kalt, doch die Sonne würde nicht so weit reichen, und für den Augenblick war er sicher.

Es hatte ihm nie mehr bedeutet.

„Nein. Es gab noch nie Ärger mit Mr. Fitzroy." Greg straffte die Schultern und sah dem Polizist in die Augen. „Er ist ein guter Mieter."

„Keine wilden Parties?" fragte Mike Celluci. „Beschwerden von Nachbarn?"

„Nein. Nie. Mr. Fitzroy ist ein sehr ruhiger Herr."

„Hat er je Besuch?"

„Ja." Die Ohren des alten Wachmanns waren knallrot. „Da ist eine junge Frau... "

„Groß, kurzes blondes Haar, Brille? Anfang 30?"

Greg zuckte bei seinem Tonfall zusammen. „Ja."

„Wir kennen sie. Weiter."

„Nun, da ist dieser Junge, Anfang 20. Ein etwas schmuddeliger, rüpelhafter Typ. Nicht die Art, von der man erwarten würde, daß Mr. Fitzroy sie einlädt."

Die Anwesenheit des Jungen war keine Überraschung. Sie fügte dem Puzzle nur ein weiteres Teilchen hinzu und brachte es der Vollendung einen Schritt näher. „Ist das alles?"

„Alles an Besuch, Sir, aber... “

Mike Celluci griff das Zögern auf. „Aber?“

„Nun, es ist nur, daß man Mr. Fitzroy nie bei Tag sieht, Sir. Und wenn man ihm Fragen über seine Vergangenheit stellt... “

*Ich habe selbst ein paar Fragen über seine Vergangenheit.* Tatsächlich hatte Fitzroy mehr Fragen als Antworten aufgeworfen. Celluci gefiel das bei einem Mann nicht, und es gefiel ihm jetzt sogar noch weniger, da er zu erkennen begann, womit er die Lücken füllen konnte.

Wenn Henry Fitzroy glaubte, er könne verbergen, was er war, würde er eine unangenehme Überraschung erleben.

Der alte Mann schlief; Mark konnte ihn durch die Wand schnarchen hören, die ihre Schlafzimmer trennte.

„Der Schlaf des Gerechten“, murmelte er, verschränkte die Hände hinter dem Kopf und starrte auf einen Wasserfleck an der Decke. Obwohl er zugesagt hatte, seinem Onkel bei seinem heiligen Krieg zu helfen – *und* das *ist nun wirklich mal ein älterer Herr, der nicht alle Tassen im Schrank hat* –, war nicht wirklich darüber gesprochen worden, was alles dazugehörte. Ob die Werwölfe Kreaturen des Teufels waren oder nicht, war, soweit es ihn betraf, eine hypothetische Frage – wichtiger war, daß sie offenbar außerhalb des Gesetzes standen.

Er war Geschäftsmann; es mußte einen Weg geben, wie man Profit daraus schlagen konnte.

Er kannte eine ganze Reihe von Leuten, die mehr als bereit gewesen wären, eine solche Kuriosität zu kaufen, wenn er einen von ihnen fangen konnte. Leider gab es bei dieser Idee ein Problem. Die Kreatur konnte sich einfach weigern, sich zu verwandeln – und die Biester schienen die völlige Kontrolle über diesen Prozeß zu besitzen –, was jegliche Glaubwürdigkeit ruinieren würde, die er vielleicht besaß... und im Verkauf war Glaubwürdigkeit alles.

„Nun, wenn ich sie lebend nicht zu Geld machen kann... “

Er lächelte.

Wer*wölfe*.

Wölfe.

Tote Wölfe bedeuteten Felle. Wenn man den Kopf mitnahm, hatte man einen prima Kaminvorleger.

Die Leute waren immer bereit, für Einzigartiges und Ungewöhnliches zu zahlen.

# Neun

„Hat jemand Daniel heute schon gesehen?"

Jennifer blickte von der Klette auf, die sie aus dem Fell ihrer Schwester holte. „Er ist vor etwa einer Stunde den Weg hochgegangen. Er sagte, er wollte auf die Post warten."

„Es ist Sonntag." Nadine verdrehte die Augen. „Ehrlich, dieses Kind und Wochentage. Peter, könntest du ihn bitte holen gehen?" Ihr Tonfall lag zwischen Bitte und Befehl.

Gute Feldwebel benutzten den gleichen Ton, überlegte Vicki. Vielleicht konnten die Werwölfe sich viel leichter integrieren, als sie sich vorgestellt hatte.

Peter zog sein T-Shirt über den Kopf und warf es Rose zu. „Glaubst du, du kannst die Wagenschlüssel finden, bevor ich zurück bin?"

„Sie sind hier dazwischen", murmelte sie und wühlte einen Stapel Papier durch. „Ich weiß, daß sie's sind, ich kann sie riechen… "

„Machen Sie sich keine Sorgen deswegen", empfahl Vicki und bewahrte einen schiefen Stapel des *Ontario Farmers* davor, zu Boden zu rutschen. „Wenn wir sie nicht finden, bis Peter zurückkommt, nehmen wir Henrys Wagen."

„Den BMW?" Peter kickte seine Turnschuhe von den Füßen. „Sie wissen, wo die Schlüssel sind?"

Sie grinste. „Klar, er hat sie mir gegeben, falls wir ihn wegfahren müssen."

„Gut!" Er ließ seine kurze Hose auf Roses Kopf fallen. „Such nicht zuviel", wies er sie an, dann verwandelte er sich und raste aus der Tür und mit Höchstgeschwindigkeit den Weg entlang.

Mark hatte die Absicht gehabt, nur an der Farm vorbeizufahren, um zu sehen, ob er irgendwelche angeblichen Werwölfe entdecken und einen Blick auf ihre Felle werfen konnte, aber als er die Gestalt neben dem Briefkasten sitzen sah, schien sie ihm wie ein Geschenk Gottes.

„Und wie mir versichert wurde, ist Gott auf unserer Seite."

Also hielt Mark an.

Sie sah nicht wie ein Wolf aus, aber auch nicht ganz wie ein Hund. Sie hatte ungefähr die Größe eines kleinen Deutschen Schäferhunds, saß da und sah ihn an, den Kopf zur Seite gelegt, in der Hitze ein wenig hechelnd. Ihr völlig schwarzes Fell schien eindeutig die Merkmale eines Wolfsfell zu haben, mit den langen seidigen Haaren, durch die Frauen so gern mit den Händen fuhren.

Mark streckte den Arm aus dem offenen Wagenfenster und schnippte mit den Fingern. „Hier Junge. Komm her... "

Die Kreatur stand auf, streckte sich und gähnte, ihre Zähne leuchteten sehr weiß gegen das Schwarz ihrer Schnauze.

Warum hatte er keinen Hundekuchen oder ein Schweinekotelett oder so etwas mitgebracht? „Komm schon." Schade, daß er schwarz war; eine exotischere Farbe hätte einen höheren Preis gebracht.

Dann sah er einen roten Blitz den Weg entlangkommen. Als er den Briefkasten erreichte, wurde ihm klar, daß der Schwarze erst halb ausgewachsen war. Die rote Kreatur war riesig, mit dem schönsten Fell, das Mark je gesehen hatte. Langes, dichtes Haar in allen Schattierungen von tiefem Rotbraun bis zu fast Rotgold im Sonnenlicht. Jedes Mal, wenn sie sich bewegte, tanzten Glanzlichter über ihren ganzen Leib. Schnauze und Ohren waren sehr spitz, und ihre Augen waren mit dunklerem Fell umrahmt, was ihr ein fast menschlich ausdrucksvolles Gesicht verlieh.

Er kannte Leute, die das ganz große Geld dafür bezahlt hätten, um so ein Fell zu besitzen.

Sie musterte ihn einen Augenblick mit erhobenem Kopf und ignorierte die Versuche des kleineren, sie umzustoßen. Etwas in ihrem Blick ließ Mark sich außerordentlich unwohl fühlen, und alle Zweifel, die er vielleicht daran gehabt hatte, daß diese Kreaturen mehr waren, als sie schienen, verschwanden unter diesem festen Blick. Dann drehte sie sich um, und beide rannten den Weg zurück.

„Ja", murmelte er und sah zu, wie sie rannten. „Ich habe mein Vermögen gefunden." Das Beste daran war, daß, wenn diesmal irgend etwas schief ging, der verrückte Onkel Carl und sein wirrer Auftrag des Herrn die Sache ausbaden würden.

Sein Plan sah zunächst vor, nach London zu fahren, um Nachforschungen anzustellen.

Vicki brauchte nicht lange, um herauszufinden, welche Anziehungskraft Henrys BMW besaß; tief unten am Armaturenbrett, diskret versteckt vor neugierigen Augen und noch weiter getarnt durch die mattschwarze Politur – auf allem einschließlich der Knöpfe und dem Digitaldisplay – befand sich ein CD-Spieler auf dem neuesten Stand der Technik. Sie war bereit, die Klangqualität zu bewundern, sie war sogar bereit zuzuhören, wie Peter von Hoch- und Tieftonlautsprechern und internen Stabilisatorendingern schwärmte, aber sie war nicht bereit, sich den ganzen Weg nach London Opern anzuhören, besonders nicht, wenn zwei Werwölfe mitsangen.

Sie schlossen einen Kompromiß und sangen statt dessen bei Conway Twitty mit. Was die Werwölfe anging, kam Country-Musik zwar erst weit hinter den großen alten Opern, aber sie war besser als gar keine Musik. Vicki konnte Country ertragen. Zumindest verstand sie die Sprache, und Rose hatte ein wahnsinnig komisches Talent, näselnde Aussprache und Herzschmerz mimisch darzustellen.

Sie durchquerten den Osten der Stadt und fuhren die Highbury Avenue – Bundesstraße 126 – in Richtung 401. Als sie in dichteren Verkehr kamen, streckte Rose die Hand aus und schaltete die Musik ab. Zu Vikkis Überraschung protestierte Peter, der auf der Rückbank lag und den Kopf halb aus dem Fenster streckte, nicht.

„Wir sehen nicht wie Sie“, erklärte Rose, wechselte vorsichtig die Spur und überholte einen großen LKW. „Daher müssen wir viel aufmerksamer sein, wenn wir Auto fahren.“

„Der größte Teil der Welt sollte aufmerksamer Auto fahren“, murmelte Vicki. „Peter, hör auf, von hinten gegen meinen Sitz zu treten.“

„Tut mir leid.“ Peter verlagerte seine Beine. „Vicki, ich habe mich gefragt, warum Sie ausgerechnet Sonntags zur OPP wollen? Wird da nicht zu sein?“

Vicki schnaubte. „Zu? Peter, die Polizei hat niemals zu, das ist ein Beruf für vierundzwanzig Stunden am Tag, sieben Tage die Woche. Das sollten Sie wissen, Ihr Bruder ist Polizist.“

„Aber er ist in der Stadt."

„Die Provinzpolizei von Ontario ist eine Polizei genau wie jede andere... außer daß niemand an der Farbe ihrer Wagen herumpfuscht." Vicki mochte das alte Schwarzweiß, und es hatte ihr nicht gefallen, daß die Stadtpolizei von Toronto erst zu leuchtendem Gelb und dann zu Weiß gewechselt hatte. „Tatsächlich", fuhr sie fort, „sind die Kollegen an vielen Orten die einzigen Polizisten überhaupt. Zudem wird an einem heißen Sonntagnachmittag im August jeder bei klarem Verstand nicht im Distrikthauptquartier sein, und ich könnte vielleicht die Informationen bekommen, die ich brauche."

„Ich dachte, Sie würden einfach reingehen und nach den Namen aller fragen, auf die ein Gewehr Kaliber 30 registriert ist?" Ein Chevy schnitt sie, und Rose ließ sich drei Autolängen zurückfallen, wobei sie leise: „Arsch" murmelte.

„Das werde ich. Aber da sie keinen Grund haben, es mir zu verraten, hängt viel davon ab, wie ich frage. Und wen."

Peter schnaubte. „Sie werden versuchen, einen armen Anfänger einzuschüchtern, nicht wahr?"

Vicki schob ihre Brille hoch. „Nein." Es war genaugenommen eher eine Kombination von Ausnutzen des Rangs und Beschwörung der „Wir sitzen alle im selben Boot"-Einstellung, die alle Polizisten auf der Welt miteinander teilten. Zugegeben, sie war keine Polizistin mehr, aber das sollte sich auf das Endergebnis nicht auswirken.

Das Präsidium der OPP stand an der Südseite der Exidor Road mit Blick auf die 401. Es lag versteckt hinter einem Ramada-Hotel. Vicki ließ die Zwillinge am Wagen warten.

Wäre sie noch Polizistin gewesen, dann hätte es funktioniert. Unglücklicherweise reichte es nicht aus, daß sie Polizistin *gewesen* war. Wenn sie nicht versucht hätte, einen „armen Anfänger einzuschüchtern", hätte es dennoch klappen können, aber die sehr lebhafte junge Frau, mit der sie sprach, wußte, daß Vicki kein Recht auf diese Informationen hatte, ob sie nun „an einem Fall arbeitete" oder nicht, und da sie auf der Palme war, weigerte sie sich, sie ihr zu zeigen.

Die Dinge wären beim Sergeant besser gelaufen, wenn Vicki nicht die Geduld verloren hätte.

Bis sie das Gebäude verließ, richtete sich der größte Teil des Ärgers gegen sie selbst. Ihre Lippen waren zu einer schmalen weißen Linie zusammengekniffen, und ihre Nasenflügel bebten bei jedem Atemzug. Sie hatte die Sache schlecht angefangen und wußte es.

*Ich bin keine Polizistin mehr. Ich kann nicht erwarten, wie eine behandelt zu werden. Je eher ich das in meinen Dickschädel bekomme, desto besser.* Es war eine Litanei, die man in Toronto leicht vergessen konnte, wo jeder sie kannte und sie immer noch viele ihrer alten Privilegien nutzen konnte, aber sie hatte gerade auf unangenehme Weise gezeigt bekommen, was passierte, wenn die Leute in der städtischen Polizei nicht mehr die Männer und Frauen waren, mit denen zusammen sie gedient hatte. Ihre Hände öffneten und schlossen sich krampfhaft, als suchten sie nach einer Kehle, um die sie sich schließen konnten.

Sie machte sich auf den Weg zum Auto, das in einsamer Herrlichkeit am Rande des Parkplatzes stand. Bei jedem Schritt konnte sie die Hitze spüren, die vom Asphalt aufstieg, die aber nichts im Vergleich zu der Hitze war, die in ihr hochstieg. *Wo stecken die Zwillinge?* Sie hoffte halb, sie hätten etwas Dummes getan, damit sie Dampf ablassen konnte. Als sie den Großteil des Weges zum Auto zurückgelegt hatte, sah sie sie vom Hotel aus mit Wasserflaschen über den Parkplatz kommen.

Als sie sich trafen, warfen beide ihr einen Blick zu und schlugen die Augen nieder.

„Es hat nicht geklappt, nicht?" fragte Rose zaghaft und blickte durch ihre Wimpern nach oben. Unter ihrem Haar stellte sie die Ohren.

„Nein. Hat es nicht."

„Wir haben nur Wasser geholt", äußerte Peter in haargenau derselben Haltung wie seine Schwester. Er hielt die zweite Plastikflasche hoch, die er trug. „Wir haben Ihnen eine mitgebracht."

Vicki blickte von der Flasche auf die Zwillinge und wieder zurück. Schließlich schnaubte sie und nahm sie. „Danke." Es war kalt und half. „Entspannt euch. Ich werde nicht beißen." Was sie, wie ihr klar wurde, tatsächlich befürchtet hatten.

Was so absurd war, daß sie lachen mußte.

Beide Ohrpaare reckten sich wieder hoch, und die Zwillinge wirkten erleichtert. Wenn sie in Fellgestalt gewesen wären, wären sie vermutlich herumgehüpft; so grinsten sie einfach nur und tranken ihr Wasser.

*Dominantes/unterwürfiges Verhalten*, überlegte Vicki, während sie die Flasche leerte. Sie machte sich etwas Sorgen deswegen. Wenn alle Werwölfe außer dem dominanten Paar darauf konditioniert waren, auf Zorn oder Aggression unterwürfig zu reagieren, dann konnte das draußen in der Welt zu massiven Problemen führen.

Als Rose um den Wagen zur Fahrerseite herumging, begannen zwei muskelbepackte junge Männer, die am Pool des Ramada herumhingen, Unverschämtheiten zu rufen. Rose gähnte, drehte ihnen den Rücken zu und stieg ein.

*Aber vielleicht,* überlegte Vicki nochmals, *gibt es doch nicht so viel, worum man sich sorgen muß.*

Sie warf die leere Flasche auf den Rücksitz zu Peter. „Lassen Sie uns Mittag essen fahren, während ich eine weitere brillante Idee ausbrüte."

Anders als den meisten anderen Orten war es London gelungen, von der Kleinstadt, die den umliegenden ländlichen Gemeinden als Zentrum diente, zu einer ziemlich großen Stadt heranzuwachsen, ohne seine Würde zu verlieren. Vicki gefiel, was sie sah, als sie in die Innenstadt fuhren. Die Stadtplaner hatten viele Parks übriggelassen, von ganzen Morgen Land bis zu winzigen Spielplätzen, die in merkwürdigen Winkeln versteckt lagen. Neuerschließungen waren um ausgewachsene Bäume herum entstanden, und wo das unmöglich gewesen war, waren neue Bäume gepflanzt worden. Zikadengesang begleitete den Großteil der Fahrt, und die Stadt wirkte ruhig und friedlich, wie sie sich so in der Hitze aalte.

Vicki, die Städte mit etwas mehr Biß bevorzugte, hatte den starken Verdacht, der Ort würde sie in weniger als vierundzwanzig Stunden zu Tode langweilen. Obwohl sie es entschieden ablehnte, den allgemeinen Wahn der Torontoer zu teilen, Toronto sei der Mittelpunkt des Universums, so konnte sie sich doch nicht vorstellen, irgendwo anders zu arbeiten oder zu leben.

„Der Laden heißt Bob's Steak House", erklärte Peter, als Rose auf einen kleinen, fast leeren Parkplatz fuhr. „Er ist in der Clarence Street, aber wenn wir den Wagen dort lassen, müssen wir parallel parken."

„Worin wir miserabel sind", ergänzte Rose und schaltete mit einem Seufzer der Erleichterung den Motor aus.

Vicki wäre damit zufrieden gewesen, kurz Fast Food zu essen – alles, was sie jetzt wollte, war eine Klimaanlage –, aber die Zwillinge hatten für ein Restaurant plädiert, „wo das Fleisch nicht so tot ist."

Einen Block östlich des Parkplatzes blieb Rose abrupt vor einem kleinen Eckladen stehen und rief: „Baseball-Aufkleber!"

Peter nickte. „Dann wird er sich besser fühlen."

„Ist dies eine verschlüsselte Unterhaltung", fragte Vicki, „oder kann man sich beteiligen?"

„Daniel sammelt Baseball-Aufkleber", übersetzte Rose. Sie runzelte die Stirn. „Niemand weiß genau, warum, aber er tut es. Wenn wir ihm ein paar Päckchen mitbringen, dann wird das den Schmerz aufwiegen, daß er nicht mitkommen konnte."

„Sie beide gehen vor." Vicki suchte in ihrer Tasche nach den Autoschlüsseln. „Ich habe den Drang, zurückzugehen und die Autotüren zu überprüfen."

„Ich habe meine abgeschlossen", erklärte ihr Peter, hielt inne und ergänzte: „Glaube ich."

„Genau", grunzte Vicki. „Ich möchte nicht Henry erklären müssen, daß wir seinen BMW geborgt und die Hälfte der Teile verloren haben."

Rose machte eine Geste über die leere Straße. „Aber es ist niemand da."

„Ich bin von Natur aus mißtrauisch. Besorgen Sie die Aufkleber. Wir treffen uns hier wieder."

*Was ist der Sinn dieses neuen Gesetzes über Sonntagsöffnungszeiten,* fragte sich Mark Williams, als er zu der Gasse zurückging, in der er seinen Jeep gelassen hatte, *wenn die Orte, wo ich hinmuß, trotzdem geschlossen sind? Ein wirklich zivilisiertes Land würde nicht versuchen, einen Mann an seiner freien Entfaltung zu hindern und... hallo!*

Er trat rasch hinter einen alten Ahornbaum und beugte sich, eine Hand leicht auf der Borke, vor, um noch einen Blick zu erhaschen. Es *war*

Ms. „kein Vorname“ Nelson. Er hatte gleich den Eindruck gehabt, den Gang zu kennen. Nur wenige Frauen gingen derart aggressiv. Genaugenommen...

Er runzelte die Stirn, als er sah, wie sie die Wagentüren überprüfte, und fragte sich, warum ihre Körpersprache ihm so vertraut vorkam.

Fährt BMW. Nicht übel.

Als sie sich vom Auto abwandte, duckte er sich, da er nicht gesehen werden wollte. Eine Reihe seiner profitabelsten Unternehmungen hatten damit begonnen, daß er beobachtet und geschwiegen hatte. Als er das Gefühl hatte, es sei genügend Zeit verstrichen, riskierte er einen erneuten Blick.

Herr im Himmel. Sie ist Bulle.

Für die, die sich die Mühe machten, gewisse winzige Zeichen erkennen zu lernen, war das Spiel „Finde den Bullen“ leicht zu gewinnen. Mark hatte sich vor langer Zeit diese Mühe gemacht. Es schadete nie, vorbereitet zu sein, und diesmal war nicht das erste Mal, daß diese Vorbereitung sich ausgezahlt hatte.

Was hat sie mit diesen Werwölfen zu schaffen, das ist die Frage. Vielleicht war der betagte Onkel nicht so schlau, wie er dachte. Wenn sie eine Freundin der Familie ist und ein Bulle...

Er kam hinter dem Baum hervor, als sie in einer Seitenstraße am anderen Ende des Parkplatzes verschwand. Er wußte nicht, ob sie eine Waffe bei sich hatte, aber schließlich hätte sie in dieser Riesentasche, die sie hatte, eine Kanone verstauen können, ohne daß es jemand merkte. Seine Gedanken rasten, als er über die Straße schlenderte. Wenn sie beweisen konnte, daß sein Onkel die Hunde seiner Nachbarn abgeknallt hatte, dann mußte sie das Thema Werwölfe überhaupt nicht zur Sprache bringen. Carl würde das tun und dafür in der Klapsmühle eingesperrt werden, und dahin wäre seine Chance, groß abzusahnen.

Sie war hinter etwas her. Die Kiefernnadeln gestern auf ihrem T-Shirt bewiesen, daß sie den Baum entdeckt hatte, und er hätte wetten mögen, daß dieses kleine Verirrtes-Kind-Nummer, die sie in der Blumenfabrik seines Onkels abgezogen hatte, nur ein Trick war, um in die Nähe zu kommen.

Er legte die Hand auf das von der Sonne erwärmte Dach des BMW.

Ich werde diese Gelegenheit nutzen.

Sie würde es nicht zu schätzen wissen. Sie würde sagen, er mische sich ein, sie könne selbst damit fertigwerden und er solle aufhören, ein derart gönnerhafter Scheißkerl zu sein. Celluci legte den Rasierer hin und starrte sein Spiegelbild an.

Er hatte eine Entscheidung getroffen. Er würde nach London fahren, und Vicki Nelson konnte sich das klein zusammenfalten und sonstwohin stecken.

Er hatte keine Ahnung, in was dieser Henry sie verwickelt hatte, und es war ihm eigentlich auch egal. London, Ontario, könnte wahrscheinlich keine Probleme aufwerfen, mit denen Vicki nicht fertigwerden konnte – soweit er wußte, besaß die Stadt keine AKWs. Fitzroy selber war etwas anderes.

Er zog sich ein sauberes Polohemd über den Kopf. Celluci rekapitulierte noch einmal, was er über den Autor historischer Liebesromane herausgefunden hatte. *Historische Liebesromane, um Gottes willen. Was für eine Arbeit ist das für einen Mann?* Er hatte seinen Strafzettel wegen Falschparkens rechtzeitig bezahlt, hatte keinen Einspruch gegen den Strafzettel wegen zu schnellen Fahrens erhoben, den er vor einem Jahr bekommen hatte, und hatte keine Vorstrafen. Seine Bücher verkauften sich gut, er erledigte seine Bankgeschäfte über die Canada Trust, er zahlte Steuern, und die Wohltätigkeitsorganisation seiner Wahl schien das Rote Kreuz zu sein. Nicht viele Menschen kannten ihn, und der Nachtportier seiner Eigentumswohnung respektierte und fürchtete ihn zugleich.

Das war alles gut und schön, aber viele schriftliche Dokumente, die ein moderner Mensch seit seiner Geburt mit sich herumschleppte, fehlten in Fitzroys Leben. Nicht die wichtigen, gab Celluci zu, während er sein Hemd in die Hose schob, aber genug kleine Dinge, daß bei ihm die Alarmglocken schrillten. Er konnte nicht tiefer graben, ohne daß seine von Anfang an alles andere als dem Berufsethos entsprechenden Ermittlungen ans Tageslicht kamen, aber er konnte das, was er herausgefunden hatte, Vicki zeigen. Sie war Polizistin gewesen. Sie würde wissen, was die Löcher in Fitzroys Hintergrund bedeuteten.

Organisiertes Verbrechen. Die Polizei stieß in Kanada nicht oft darauf, aber das Muster paßte.

Mike grinste. Vicki würde eine Erklärung fordern. Er hoffte, daß er dort sein würde, um zu hören, wie Fitzroy sich herauszureden versuchte.

14:15. Familiäre Verpflichtungen würden ihn bis mindestens fünf in Scarborough festhalten, und selbst dann würden seine Schwestern protestieren. Ihn schauderte. Zwei Stunden verbrannte Hamburger essen, umgeben von einer Horde kreischender Neffen und Nichten, und mitanhören, wie seine Schwager über die steigenden Verbrechensraten diskutierten und die Polizei kritisierten: was für eine Art, einen Sonntagnachmittag zu verbringen.

„Gut, wenn das ‚Schützen' im *Angler- und Schützenverein* sich auf den Schießplatz und so bezieht", Peter, der Rose davon überzeugt hatte, daß er an der Reihe wäre zu fahren, fuhr vorsichtig vom Parkplatz, „wofür steht dann die Angel?"

„Ich habe keine Ahnung", gab Vicki zu und strich die Wegbeschreibung auf ihrem Knie glatt. Die Serviette hatte Fettflecke, aber die Karte war tatsächlich recht lesbar. „Vielleicht unterrichten sie Fliegenfischen oder so was."

„Fliegenfischen?" wiederholte Rose.

„Dafür bräuchte man ein verdammt dünnes Garn, Kumpel", ergänzte Peter und wandte sich nach Norden.

Vicki verbrachte die nächsten paar Blocks damit zu erklären, was sie darüber wußte, wie man winzige Federstückchen an Haken band. Wie Erklärungen nun einmal sind, war diese nur oberflächlich. Sie hatte auch auf Nachfrage eine Ahnung, warum theoretisch reife Erwachsene oberschenkeltief in einem eiskalten Fluß stehen und bei lebendigem Leibe von Insekten aufgefressen werden wollten, nur um, wenn sie Glück hatten, etwas zu essen, das nach dem Kochen noch nicht einmal wie Essen aussah, sondern sie eher vom Teller aus in seiner vollen fischigen Gesamtheit anstarrte. Sie war aber bereit zuzugeben, daß die Geschmäcker verschieden waren.

Obwohl Peter ebenso peinlich genau fuhr wie Rose, ließ er sich leichter ablenken – dauernd lenkten Lichter oder Bewegungen seine Aufmerksamkeit von der Straße ab.

*Wieder einmal entsprechen Werwölfe der statistischen Norm,* dachte Vicki und blinzelte wegen des blendenden Lichts auf der Windschutzscheibe, *und wir sehen, warum weibliche Teenager weniger Unfälle bauen als männliche.* „Es ist rot, Peter."

„Ich sehe es."

Es dauerte einen Moment, bis Vicki merkte, daß sie nicht langsamer wurden. „Peter... "

Seine Augen waren weit aufgerissen, seine Eckzähne zeigten sich. Sein rechtes Bein trat verzweifelt gegen den Boden. „Die Bremsen greifen nicht."

„Scheiße!"

Dann waren sie auf der Kreuzung.

Vicki hörte Reifen quietschen. Die Welt verlangsamte sich. Sie drehte sich um, konnte den LKW sehen, fast schon zu nah, um das Nummernschild lesen zu können, und wußte, daß ihnen keine Chance blieb, nicht erwischt zu werden. Sie brüllte Peter zu, Gas zu geben, und der Wagen machte einen Ruck vorwärts. Der Kühlergrill des Lasters füllte das Fenster und begann dann mit schrecklicher Präzision, sich durch die hintere Beifahrertür zu bohren. Glasscherben tanzten durch die Luft und spiegelten das Sonnenlicht in Millionen scharfkantiger Regenbogen wider.

Die Welt kehrte zu ihrer normalen Geschwindigkeit zurück, als die beiden Fahrzeuge über die Kreuzung schleuderten, wobei gequältes Metall und Gummi kreischten, bis das Heck des BMW in einen Laternenmast krachte und der Lastwagen freikam.

Vicki richtete sich auf. Weil sie ihr Gesicht bedeckt hatte, um es zu schützen, war ihre Brille dort, wo sie hingehörte. Dankbar schob sie sie hoch, dann streckte sie die Hand aus und schaltete die Zündung ab. Im ersten plötzlichen Augenblick der Stille war ihr Herz das einzige Geräusch, das sie hörte, wie es in ihren Ohren wie ein ganzes Orchester aus Schlaginstrumenten dröhnte. Dann ertönten aus der Ferne, als würde die Lautstärke langsam höher gedreht, Stimmen, Hupen und noch weiter weg Sirenen. Sie ignorierte all das.

Peters Kopf lag auf dem Lenkrad, auf die verschränkten Arme gebettet. Vicki löste ihren Gurt und faßte sanft nach seiner Schulter.

„Peter?“

Aus der unteren Hälfte seines Gesichts troff Blut, aber soweit sie beurteilen konnte, kam es aus seiner Nase.

„Die Bremsen“, keuchte er. „Sie – haben nicht funktioniert.“

„Ja, ich weiß.“ Ihr Griff wurde fester. Er begann zu zittern, und obwohl er es sich verdient hatte, obwohl sie alle es sich verdient hatten, war dies nicht der Zeitpunkt für einen hysterischen Anfall. „Bist du in Ordnung?“

Er blinzelte, betrachtete seinen gesamten Körper und blickte dann wieder zu ihr. „Ich glaube ja.“

„Gut. Öffne den Sicherheitsgurt und sieh nach, ob deine Tür sich öffnen läßt.“ Ihr Tonfall war ein Echo dessen, den Nadine heute morgen verwendet hatte, und Peter reagierte darauf, ohne Fragen zu stellen. Vicki dankte dem eingelernten Verhalten, kniete sich hin und beugte sich in den Fond, um nach Rose zu sehen.

Die hintere Beifahrertür war eingebeult, hatte aber gehalten. Die Innenverkleidung und verbogene Teile des eigentlichen Mechanismus', den sie enthielt, breiteten sich über drei Viertel der Sitzbank aus, die nun in einem verrückten Winkel schräg zur Decke hochstand. Die Heckscheibe war herausgeflogen. Das Seitenfenster war nach innen geflogen. Der größte Teil des Glases war in Millionen winziger Stückchen zersplittert, aber hier und dort hatten sich große Scherben in die Polsterung gebohrt.

Eine dreieckige Klinge von ungefähr 20 Zentimetern Länge zitterte unmittelbar oberhalb von Rose, die sich in Fötushaltung zusammengerollt hatte; die Spitze steckte tief in der Türverkleidung. Glas glitzerte in ihrem Haar wie Eis in einem Schneefeld, und ihre Arme und Beine waren mit zahllosen oberflächlichen Schnitten bedeckt.

Vicki streckte die Hand aus und zog den Glasdolch heraus. Ein 76er BMW hatte kein Sicherheitsglas.

„Rose?“

Sie entrollte sich langsam. „Ist es vorbei?“

„Ja.“

„Bin ich am Leben?“

„Ja.“ Obwohl sie es nicht gewesen wäre, wenn sie auf der anderen Seite gesessen hätte.

„Peter... “

„Es geht ihm gut.“

„Ich will heulen.“

„Später“, versprach Vicki. „Jetzt entriegle erstmal deine Tür, damit Peter sie aufmachen kann.“

Während Peter seiner Schwester aus dem Fond half, kletterte Vicki über die Gangschaltung aus der Fahrertür, wobei sie ihre Tasche hinter sich herzerrte und sie sich in dem Augenblick, als sie draußen war, über die Schulter warf, da ihr vertrautes Gewicht in all dem Chaos eine Beruhigung darstellte. Eine kleine Menschenmenge hatte sich versammelt, und weitere Autos hielten an. Eines von ihnen gehörte, wie sie erfreut feststellte, der Londoner Polizei, und sie hörte weitere Sirenen näherkommen.

Da die Zwillinge einander trösteten und weitgehend unverletzt waren, ging Vicki um den Wagen herum, um nach dem Fahrer des LKW zu sehen. Blut rann aus einem Schnitt, der über sein linkes Auge lief, über eine Seite seines Gesichts, und an der rechten Seite seines Halses zeigte sich eine dunkelrote Verbrennung durch die Reibung des Sicherheitsgurtes.

„Herr im Himmel, Lady“, stöhnte er, als sie neben ihm stehenblieb. „Schauen Sie sich meinen Laster an.“ Obwohl die riesige Stoßstange den Großteil des Aufpralls aufgefangen hatte, war der Kühlergrill in den Kühler geschoben worden. „Mann, ich bin nicht mal fünfzig Kilometer gefahren. Meine Frau wird mir den Arsch aufreißen.“ Er streckte die Hand aus und berührte sanft den heil gebliebenen Scheinwerfer. „Quarz-Halogen. 79 Dollar das Stück.“

„Ist jemand verletzt?“

Vicki wußte, was sie sehen würde, ehe sie sich umdrehte; sie hatte exakt den gleichen Tonfall zu oft selbst verwendet. Der Polizist war ein älterer Mann, ergraut, vorschriftsmäßiger Schnurrbart, vorschriftsmäßig neutraler Gesichtsausdruck. Sein jüngerer Partner war bei den Zwillingen, und die beiden aus dem zweiten Wagen kümmerten sich um den Verkehr und die Menschenmenge. Sie hörte, wie Peter begann, etwas von versagenden Bremsen zu stammeln, und beschloß, ihn für den Augenblick in Ruhe zu lassen. Ein bißchen Hysterie würde nur helfen, die Polizei davon zu überzeugen, daß er die Wahrheit sagte. Bei Menschen, die zu ruhig waren, hatte man oft den Eindruck, sie hätten etwas zu verbergen.

„Soweit ich das beurteilen kann“, sagte sie, „geht es uns gut.“

Er zog die Augenbrauen hoch. „Und Sie sind?“

„Oh, Entschuldigung. Victoria Nelson. Ich war bei der Polizei von Toronto, bis meine Augen mich im Stich gelassen haben.“ Es tat nicht einmal mehr weh, es zu sagen. Vielleicht stand sie unter Schock. „Ich war im BMW.“ Sie kramte ihren Ausweis heraus und gab ihn ihm.

„Sie sind gefahren?“

„Nein, das war Peter.“

„Es ist Ihr Auto?“

„Das eines Freundes. Er hat es uns für heute geliehen. Als Peter versuchte, an der Ampel anzuhalten, versagten die Bremsen. Wir konnten nicht bremsen.“ Sie machte eine Handbewegung in Richtung LKW. „Er hatte keine Chance, uns zu verfehlen.“

„Tauchten direkt vor mir auf“, stimmte der Fahrer des LKW zu und wischte sich das Blut von seiner Wange. „Noch nicht mal 50 Kilometer, und die ganze Vorderseite wird neu lackiert werden müssen.“ Er stieß einen tiefen Seufzer aus, wobei sein Bauch auf und ab hüpfte. „Meine Frau wird mir den Arsch aufreißen.“

„Sie funktionierten vorher?“

„Wir hielten gerade ein Stück die Straße hinunter an, ohne… “ Die Welt verrutschte. „… Probleme.“

„Ich glaube, Sie sollten sich hinsetzen.“ Die Hand des Polizisten schloß sich um ihren Ellbogen.

„Mir geht es gut“, protestierte Vicki.

Er lächelte. „Sie haben eine purpurrote Beule von der Größe eines Gänseeis auf der Stirn. Auf Anhieb würde ich sagen, daß es Ihnen nicht so gut geht.“

Sie berührte leicht ihre Stirn, und leuchtend weiße Sterne schossen von ihren Fingerspitzen nach innen. Plötzlich tat es weh. Sehr. Ihr ganzer Körper schmerzte, und sie erinnerte sich nicht mehr, wie oder wann es passiert war. „Ich werde zu alt für diese Scheiße“, murmelte sie und ließ sich von dem Polizisten an den Straßenrand führen.

„Wem sagen Sie das.“ Er ließ sie sanft auf dem Randstein sinken. „Sie bleiben jetzt da sitzen. Wir sorgen dafür, daß die Leute von der Ambulanz nach Ihnen sehen.“

Alles schien ungefähr 15 Zentimeter von dort entfernt zu sein, wo es sein sollte. „Ich glaube“, sagte sie langsam, „das wäre gar keine schlechte Idee. Die Fahrzeugpapiere, Versicherung, alles im Handschuhfach.“

Er nickte und ging zum Auto. Vicki hörte auf, alles zu verfolgen.

Als die Sanitäter ihr vorschlugen, ins Krankenhaus zu gehen, leistete sie keinen großen Widerstand, sondern zog nur Dr. Dixons Telefonnummer aus ihrer Handtasche, bat darum, daß er sofort angerufen wurde, und bestand darauf, daß Rose und Peter mitkamen. Die Polizisten, die rasch die Familienähnlichkeit zwischen den Zwillingen und einem Mitglied ihrer eigenen Leute erkannt hatten, übergingen die Proteste der Sanitäter und halfen allen dreien hinten in den Krankenwagen.

„Wir legen Ihnen nichts zur Last", erklärte ihr der ältere Polizist und gab ihr die Visitenkarte des Abschleppunternehmers, „aber wir werden die Mechaniker diese Bremsen prüfen lassen. Das ist die Werkstatt, zu der er das Auto bringt."

Vicki nickte und verstaute die Karte in ihrer Tasche.

Als der Krankenwagen wegfuhr, blickte der Abschleppunternehmer auf das Wrack und schüttelte den Kopf. „Gut, daß sie keinen einheimischen Wagen gefahren sind."

„Sturm. Sturm!"

Sturm leckte Wolke noch einmal hektisch und sah dann zu Dixon auf.

„Geh in die Küche und hol mir ein Glas Wasser." Vicki machte Anstalten, aus ihrem Stuhl aufzustehen, aber der alte Mann hielt sie mit einer Handbewegung zurück. „Nein, ich möchte, daß Sturm geht. Laß das Wasser so lange laufen, bis es kalt ist. Wenn Eis im Gefrierschrank ist, solltest du es benutzen."

Mit auf dem Hartholz kratzenden Krallen verließ Sturm den Raum. Das Geräusch ging durch den Flur weiter und hörte dann auf. Vicki vermutete, daß er sich verwandelt hatte. Wolke, deren Fell von Sturms Zunge in feuchten Stacheln abstand, schüttelte sich energisch, dann legte sie ihren Kopf auf die Vorderpfoten und schloß die Augen.

Dixon seufzte. „Sie ist allmählich zu dicht dran", flüsterte er Vicki zu, „und ihr Zwillingsbruder beginnt es zu spüren."

Sie runzelte die Stirn. „Zu dicht woran?"

„An ihrer ersten Läufigkeit. Ich vermute, daß er weggeschickt wird, sobald dieser Ärger vorüber ist. Ich hoffe nur, es ist nicht zu spät."

„Zu spät?" wiederholte Vicki, die sich erinnerte, daß Nadine am Samstagmorgen von Wolkes erster Läufigkeit gesprochen hatte.

„Gewöhnlich geschieht es Ende September, Anfang Oktober, damit, wenn es zu einer Schwangerschaft kommt, das Junge oder die Jungen im Frühsommer geboren werden, wenn es ein ausreichendes Futterangebot für die letzten Monate der Trächtigkeit und die ersten Lebensmonate gibt." Er kicherte. „Die Werwölfe werden ohne Zähne geboren, aber sie kommen ziemlich schnell. Natürlich hatte das alles mehr zu bedeuten, als sie noch allein von der Jagd lebten, aber die Biologie hat immer noch die Oberhand. Zum Glück sind die Verwandlungen der Jungen in den ersten Jahren an die der Mutter gebunden."

Vicki ließ die Hand auf den Arm des Alten fallen. Das Krankenhaus hatte bei ihr keinen Schaden außer einer üblen Beule festgestellt, aber ihr Kopf schmerzte, und sie wußte, daß sie etwas nicht mitbekam. „Dr. Dixon, wovon zum Teufel reden Sie eigentlich?"

„Hm?" Er drehte sich zu ihr um und schüttelte den Kopf. „Tut mir leid, ich bin alt und habe vergessen, daß Sie erst kurze Zeit bei den Werwölfen sind." Seine Stimme hörte sich wie bei einer Vorlesung an, langsam und exakt. „Wolke erreicht bald ihre Geschlechtsreife. Ihr Geruch verändert sich. Sturm reagiert darauf. Haben Sie nicht bemerkt, wie er sie ableckt?"

„Ich dachte, das sei, um sie zu trösten, um die Schnitte zu reinigen."

„Das war es auch zum Teil, aber mir gefiel nicht, wozu es sich entwikkelte. Darum habe ich ihn hinausgeschickt."

„Er ist ihr Bruder", protestierte Vicki.

„Weswegen die Familie ihn wegschicken wird. Es ist schwer für Zwillinge. Man kann sie während der ersten Läufigkeit nicht zusammen lassen; er würde sich selbst verletzen beim Versuch, an sie heranzukommen. Wenn er älter ist, wird er seine Reaktion beherrschen können, aber dieses erste Mal, das erste Mal für beide... " Dixons Stimme verlor sich, und er schüttelte den Kopf.

Er schwieg, bis Peter zurückkam.

„Ich habe Ihnen auch etwas Wasser gebracht", sagte er und gab Vicki das zweite Glas, das er trug.

Sie dankte ihm. Sie hatte Durst. Wasser würde reichen müssen. Sie beobachtete ihn aufmerksam, als Sturm sich fallen ließ und seine

Schnauze auf Wolkes Rücken bettete, aufseufzte und scheinbar sofort in Schlaf sank. Für sie sah es vollkommen unschuldig aus. Sie warf einen Blick auf Dixon. Er sah nicht besorgt aus, also bewegte es sich offensichtlich in den Grenzen akzeptablen Benehmens.

Die Szene wurde einen Augenblick später erschüttert, als eine Wagentür draußen zugeschlagen wurde, beide Werwölfe aufsprangen und aufgeregt bellend zur Vorderseite des Hauses sprangen.

„Ihr Vater", erklärte Dixon. „Ich habe ihn angerufen, als wir aus dem Krankenhaus kamen. „Es hatte keinen Sinn, ihn vorher zu beunruhigen, und jetzt kann er Sie zur Farm zurückbringen."

„Wissen sie es?" fragte Vicki. „Daß er weggeschickt wird?"

Dixon sah verwirrt aus. „Wer? Oh. Wolke und Sturm? Rose und Peter?" Bei ihrem Nicken seufzte er. „Sie wissen, daß es geschehen wird, doch sie sind zwar Werwölfe, aber immer noch Teenager und glauben nicht, daß es passieren wird." Er schüttelte den Kopf. „Teenager. Man könnte mir gar nicht soviel bezahlen, daß ich das nochmal durchmachen wollte."

Vicki streckte die Hand aus und stieß mit ihm an. „Amen, Doktor", sagte sie. „Amen."

Mit gerunzelter Stirn legte Mike die Finger um das Lenkrad. Er war später von seiner Schwester weggekommen als geplant, und er schätzte sich glücklich, es überhaupt geschafft zu haben. Niemand hatte ihn vorgewarnt, daß Tante Maria bei dem „kleinen Familiengrillfest" sein würde, wahrscheinlich, weil sie wußten, daß er sich sonst geweigert hätte zu kommen.

„Nun, wir konnten schließlich nicht erwarten, daß Oma ganz alleine kommt, Mike. Ich meine, die Frau ist 83 Jahre alt."

Wenn sie erwähnt hätten, daß Oma kommen würde, wäre er hinausgefahren und hätte sie selbst abgeholt. Eine Fahrt zur Ecke Dufferin- und St. Clair Street schlug einen Nachmittag mit Tante Maria um Längen. Obwohl er es versucht hatte, war es unmöglich gewesen, ihr den gesamten Nachmittag aus dem Weg zu gehen, und schließlich hatte er wieder die Litanei ertragen müssen, die er praktisch seit seiner Pubertät bei jedem Treffen von ihr zu hören bekam.

Wann heiratest du, Michele? Du darfst nicht vergessen, du bist der letzte der Cellucis. Ich habe deinem Vater, meinem Bruder, Gott hab' ihn selig, gesagt, ein Mann braucht viele Söhne, um seinen Namen weiterzutragen, aber er hat nicht auf mich gehört. Töchter, er hatte drei Töchter. Wann heiratest du, Michele?

An diesem Nachmittag war es ihm gelungen, die Beherrschung zu wahren, aber nur gerade so eben. Wenn seine Großmutter nicht dazugekommen wäre...

„Und das letzte, was ich jetzt noch brauche, ist ein Scheißstau auf der Vier-Null-gottverdammten-Eins." Er hatte das Blaulicht und die Sirene im Handschuhfach. Der Drang, sie aufs Dach zu knallen und über den befestigten Seitenstreifen zu preschen, vorbei am Sonntagabendverkehr, war enorm.

Er hatte vor Einbruch der Dunkelheit in London sein wollen, aber das würde er nicht schaffen. Wenn der Verkehr sich nicht auflockerte, bezweifelte er, daß er vor elf dort sein würde. Zeit war nicht das Problem, er hatte drei Tage frei, aber er wollte Vicki noch heute abend damit konfrontieren.

Er hatte Dave angerufen, um ihn zu informieren, wohin er fuhr, und am Ende den Hörer auf die Gabel geknallt, als der andere begonnen hatte zu lachen.

„Ich und eifersüchtig", knurrte er und warf der untergehenden Sonne einen finsteren Blick zu. Das war nicht komisch. Man mußte Vicki sagen, mit was für einem Mann sie sich da eingelassen hatte. Er hätte das gleiche für jeden Freund getan.

Plötzlich mußte Mike grinsen. Vielleicht sollte er Vicki seiner Tante Maria vorstellen; die alte Dame würde nie erfahren, wovon sie getroffen worden war.

„Warum bist du so nervös?"

Vicki zuckte zusammen und sah zu Henry Fitzroy auf. „Tu *das* nicht!"

„Tu was... lieber Himmel, Vicki, was ist passiert?" Er streckte die Hand aus, um die purpur-grüne Beule auf ihrer Stirn zu berühren, hielt aber inne, als sie zurückzuckte.

„Es gab einen Unfall."

„Es gab einen Unfall?" Henry sah sich um, und seine Nasenflügel bebten. „Wo sind denn alle?"

„Draußen." Vicki holte tief Luft und atmete langsam wieder aus. „Wir sind übereingekommen, daß ich es dir sage." Peter hatte es tun wollen, doch Vicki hatte ihn überstimmt; er hatte für heute genug durchgemacht.

Henry runzelte die Stirn. Er verstand die seltsamen Untertöne in Vikkis Stimme nicht. „Ist jemand erschossen worden?"

„Nein." Sie sah aus dem Fenster. Obwohl die Sonne untergegangen war, war der Himmel von einem dunklen Saphirblau. „Die Werwölfe haben sich von den Feldern ferngehalten und patrouillieren ums Haus; das scheint für den Augenblick zu funktionieren. Nein, es geht um etwas anderes."

„Etwas, das damit zu tun hat... " Er betrachtete die Beule, und sie nickte. „... und mit mir."

„Gewissermaßen. Die Bremsen des BMW haben versagt. Wir – Peter, Rose und ich – wurden von einem LKW gerammt. Der Wagen wurde ziemlich schlimm beschädigt."

„Und ihr? Ihr wart nicht schlimm verletzt?"

„Dann", fuhr Vicki ihn an, „hätte ich mehr, worum ich mir Sorgen machen müßte, als das Auto zu Schrott gefahren zu haben." Sie zuckte zusammen. „Entschuldigung. Ich hatte einen üblen Tag."

Er lächelte. „Schon wieder." Er legte die rechte Hand leicht unter ihr Kinn und sah ihr in die Augen. „Gehirnerschütterung?"

„Nein. Peter hat eine blutige Nase und Rose ein paar Schnitte von herumfliegendem Glas. Wir hatten Glück." Seine haselnußbraunen Augen erschienen im Licht der Lampen fast grün. Sie konnte seine Hand auf ihrer Haut mit jedem Nerv ihres Körpers spüren, was seltsam war, weil, soweit sie sich erinnern konnte, ihr Kinn nie zuvor eine erogene Zone gewesen war. Sie trat zurück, und Henry ließ die Hand sinken.

„Ihr hattet *viel* Glück", stimmte Henry zu, zog einen Stuhl vor und setzte sich darauf. Er war nicht sicher, ob Vicki auf seinen Hunger reagierte –

seine eigenen Verletzungen würden schneller heilen, wenn er trank – oder ob sein Hunger sich aufgrund ihrer Reaktion meldete, aber im Augenblick ignorierte er beide Möglichkeiten. „Ich verstehe aber das mit den Bremsen nicht. Ich hatte eine Generalinspektion im Frühling, und sie waren in Ordnung. Ich bin seither kaum gefahren."

Vicki ließ sich auf einen Stuhl neben ihm fallen. „Die Werkstatt war heute geschlossen, weil Sonntag ist, also werde ich morgen mit dem Mechaniker reden." Sie stützte die Ellbogen auf den Tisch und sah ihn an. „Du bist sehr verständnisvoll. Wenn jemand meinen BMW zu Schrott gefahren hätte, würde ich toben."

„450 Jahre verleihen eine andere Einstellung zu Besitz", erklärte er. „Man lernt, sein Herz nicht zu sehr an *Dinge* zu hängen."

„Oder an Menschen?" fragte Vicki leise.

Sein Lächeln verzerrte sich. „Es ist mir nie gelungen, das zu lernen. Obwohl ich es immer wieder versuche."

Vicki konnte sich nicht vorstellen zuzusehen, wie jeder, an dem ihr etwas lag, alt wurde und starb, während sie ohne sie weiterlebte, und fragte sich, woher er die Kraft dazu nahm. Was sie auf die Frage brachte...

„Wie geht es *dir* heute abend?" Sie zupfte sanft an der Schlinge um seinen Arm.

„Blaue Flecken am Oberschenkel und am Kopf, die Schulter heilt." Es war eher frustrierend als schmerzhaft. Besonders, wenn ihr Blut so nah war.

„Du hast wieder diesen Gesichtsausdruck."

„Was denn für einen?"

„Als lauschtest du auf etwas."

Auf ihren Herzschlag. Auf das Geräusch ihres Blutes, das direkt unter ihrer Haut pulsierte. „Ich gehe jetzt besser."

Sie stand mit auf.

„Nein."

Gerade rechtzeitig dachte sie daran, nicht die Augenbrauen hochzuziehen. „Nein? Henry, du mußt trinken, ich muß mich entspannen. Ich bin eine erwachsene Frau, und wenn ich glaube, für dich noch ein paar Mundvoll meiner kostbaren Körpersäfte erübrigen zu können, dann hast du nicht darüber zu streiten."

Er öffnete den Mund, schloß ihn wieder und gab nach. Die Heilung hatte alle Kraftreserven aufgebraucht, die er gehabt hatte, und der Hunger war zu stark, um dagegen anzukämpfen. Zumindest redete er sich das ein, als sie nach oben gingen.

„Wie konntest du! Verdammt, wie konntest du nur!“ Barry Wu konnte sich nicht erinnern, je so wütend gewesen zu sein. „Du gottverdammter, beschissener Mistkerl hast tatsächlich geglaubt, daß ich so etwas tun würde!“

Colin versuchte verzweifelt, selbst die Beherrschung zu wahren, aber er fühlte, wie er auf Barrys Zorn reagierte. Er war heute nacht für einen Sondereinsatz aus dem Wagen abgezogen worden, und dies war die erste Gelegenheit, die sie zum Reden hatten. „Wenn du doch nur zuhören würdest – ich sagte, ich habe nicht geglaubt, daß du es getan hast!“

Barry knallte die flache Hand auf die Motorhaube von Colins Pick-up. „Aber du hast nicht geglaubt, ich hätte es nicht getan. Es war eine Privatdetektivin aus Toronto nötig, um dich davon zu überzeugen!“

„Du mußt zugeben, daß die Beweise... “

„Einen Scheiß muß ich!“ Er stapfte ein halbes Dutzend Schritte weg, fuhr herum und kam zurück. „Noch was – was hast du dir dabei gedacht, meine Wohnung zu durchsuchen?“

„Was? Sollte ich auf meinem Arsch sitzen und darauf warten, daß der Typ wieder zuschlägt?“

„Du hättest es mir sagen können!“

„Ich *konnte* es dir nicht sagen!“

„He!“

Keiner von beiden hatte das Auto kommen hören. Sie wirbelten herum, Schulter an Schulter, duckten sich in Verteidigungsstellung und griffen nach den Waffen.

Die keiner von ihnen trug. Mike zog sardonisch eine Augenbraue hoch. *Welch ein Glück für uns alle.* „Sie sollten sich einen anderen Platz für Ihren Streit suchen. Polizisten, die einander auf dem Parkplatz der Wache anbrüllen, machen einen schlechten Eindruck auf Zivilisten.“ Wenn er sich richtig erinnerte, hatte ein Sergeant einmal dasselbe zu ihm und Vicki gesagt.

Weder Barry noch Colin verschwendeten einen Augenblick darauf, sich zu fragen, woher der Fremde wußte, daß sie Polizisten waren, sogar ohne Uniform. Sie waren jung. Sie waren noch nicht lange bei der Polizei. Sie waren nicht dumm.

„Nein, Sir!" antworteten sie unisono und nahmen fast Haltung an.

Mike unterdrückte ein Lächeln. „Ich suche jemanden. Eine Frau. Sie heißt Victoria Nelson. Sie ist Privatdetektivin aus Toronto. Sie arbeitet für irgendwelche Leute, denen eine Schafzucht nördlich der Stadt gehört. Ich vermute, daß sie inzwischen Kontakt zur Polizei aufgenommen hat, um Informationen zu bekommen. Können Sie mir helfen?"

Colin trat ans Auto und versuchte, seine Besorgnis hinter einem neutralen Gesichtsausdruck zu verstecken. „Entschuldigen Sie – warum suchen Sie sie? Steckt sie in Schwierigkeiten?"

*Gleich beim ersten Mal ein Volltreffer. Wahrscheinlich hat sie den armen Kerl für sich ins Polizeiarchiv einbrechen lassen.* „Ich bin ein Freund. Ich habe Informationen über den Mann, mit dem sie reist."

„Über Henry Fitzroy?" Die Besorgnis brach durch. Informationen über Henry Fitzroy konnten Ärger bedeuten.

Barry runzelte die Stirn angesichts des Tonfalls, trat aber hinzu, um sich bereitzuhalten, falls Colin ihn brauchen sollte.

„Sie *kennen* ihn?"

„Ja." Barry Wu sah wegen der Veränderung in Colins Stimme ein wenig überrascht aus, und noch überraschter, als er fortfuhr: „Ich bin Colin Heerkens. Henry und Vicki sind draußen auf dem Gehöft meiner Familie", und dann mit einer detaillierten Wegbeschreibung weitermachte. Da war ein amüsierter Unterton in Colins gesamten Verhalten, der Barry nervös machte.

Als der Wagen wegfuhr, brach Colin in Gelächter aus und schlug Barry auf den Rücken. „Los, komm", er riß die Tür des Pick-ups auf und stieg ein, „das wirst du nicht verpassen wollen!"

„Was denn?"

„Was passiert, wenn er auf dem Hof kommt."

„Was passiert denn?"

Colin verdrehte die Augen. „Barry, ich weiß, daß deine Nase nichts wert ist, aber ich glaube nicht, daß du das nicht gerochen hast. Der Typ war so eifersüchtig, daß er praktisch grün war." Er beugte sich hinüber und öffnete die Beifahrertür. „Weißt du, wenn du lernen würdest, nonverbale Hinweise zu verstehen, wärst du ein besserer Polizist."

„Ja?" Barry Wu schwang sich in den Pick-up. „Und wenn ich bei der Hundestaffel hätte sein wollen, wäre ich dort eingetreten." Er lehnte sich im Sitz zurück und schnallte sich an. „Ich will immer noch wissen, was passiert, wenn er zum Hof kommt."

„Keinen Schimmer." Colin grinste ihn an, während er auf die Straße fuhr. „Aber es dürfte interessant werden."

„Du hältst das für furchtbar komisch, nicht?"

„Wir halten die meisten Menschen für komisch. Lach mal."

„Schafficker."

„Reisfresser."

„Colin, dein Onkel wird nicht allzu entzückt darüber sein, daß du diesen Typen auf den Hof geschickt hast." Barry trommelte mit den Fingern aufs Armaturenbrett und warf seinem Partner einen Blick zu. „Ich meine, im allgemeinen seid ihr Typen nicht besonders scharf auf Gesellschaft, und gerade jetzt... "

Colin blickte finster. „Du hast recht. Ich habe einfach auf seinen Geruch und die Situation reagiert. Onkel Stuart wird mir an die Kehle gehen." Er sog die Luft durch die Zähne ein. „Ich habe einfach nicht nachgedacht."

„Das ist dein liebenswertester Charakterzug." Und einer, der verhindern würde, daß er befördert wurde, der ihn auf der Straße, in Uniform, halten würde. Barry bezweifelte, daß Colin je mehr als Constable sein würde, und manchmal fragte er sich, wie der Werwolf zurechtkommen würde, wenn er selbst befördert würde.

„Barry, ich *wollte* es dir sagen."

„Ich weiß. Vergiß es einfach." Er wußte, daß Colin das konnte, daß die Werwölfe so sehr im Hier und Jetzt lebten. Er würde etwas länger dafür brauchen.

# Zehn

*Das ist vollkommen lächerlich. Es ist 23:30. Vicki schläft bestimmt.* Mike saß in seinem Auto und starrte auf die dunkle Masse des Farmhauses. *Oder ist zumindest im Bett.* Er beschloß, den Gedanken nicht weiterzuführen. *In der Küche ist noch Licht. Jemand ist auf. Ich könnte mich zumindest vergewissern, daß dies das richtige...* „Himmel!"

Der Kopf, der durch das Fahrerfenster starrte, gehörte zu dem größten Hund, den er je gesehen hatte. Er schien teilweise Schäferhund, teilweise Husky zu sein, und wenn er es nicht besser gewußt hätte, hätte er geschworen, teilweise Wolf. Er sah nicht wütend aus, nur neugierig, und seine Augen... da er nicht entscheiden konnte, ob die Augen so merkwürdig waren, wie er dachte, oder ob das Glas sie irgendwie verzerrte, öffnete er das Fenster einen Spalt, groß genug für den Kopf, aber nicht für die Schultern, und behielt den Finger auf dem Schalter für den Fall, daß das Biest einen Satz machen sollte.

Kein Schnurrhaar kam über den Rand des Fensters, aber die feuchte schwarze Nase zuckte einmal, zweimal, als die kühle Luft aus dem Wagen in die Nacht strömte.

Die Augen waren merkwürdig; es war nicht nur das Glas. Mike war sich nicht ganz sicher, was der Unterschied war, aber er hatte noch nie einen Hund mit Augen gesehen, die so menschlich aussahen.

Plötzlich wirbelte der Hund herum und raste bellend zum Haus, seine blasse Gestalt flimmerte wie ein Negativ in der Nacht.

Da ihm klar war, daß seine Wahl gerade für ihn getroffen worden war, schaltete Mike den Motor aus. Er war angemeldet. Er konnte hineingehen.

„Vicki. Vicki! Wach auf."

Vicki versuchte, sowohl die Stimme als auch die Hand, die sie an der Schulter rüttelte, zu ignorieren, doch trotz aller Anstrengung verriet ihr Körper sie und begann, dem Schlaf zu entgleiten. Schließlich gab sie nach, murmelte einen Fluch und griff nach ihrer Brille. Kühle Finger packten ihr Handgelenk und lenkten ihre Suche. Sie machte sich nicht die Mühe, die Augen zu öffnen, bis sie die Brille aufhatte – es lag kein großer Sinn darin, wenn sie sowieso nichts sah.

In dem Dämmerlicht, das aus dem Flur hereinfiel, konnte sie gerade noch den dunkleren Umriß eines Mannes ausmachen. Es mußte Henry sein, nicht nur, weil er der einzige männliche Erwachsene im Haus war, der die Gewohnheit hatte, Kleider zu tragen, sondern weil die Temperatur seiner Berührung ihn verraten hatte.

„Henry, ich bin geschmeichelt, aber erschöpft. Hau ab."

Sie konnte das Lächeln in seiner Antwort hören. „Das nächste Mal werde ich mehr von der Arbeit übernehmen können. Aber deswegen habe ich dich nicht geweckt. Wir haben Besuch, und ich glaube, du solltest besser aufstehen."

„Wie spät ist es?"

„23:33."

Vicki mochte keine Digitaluhren, nur Rennpferde und Anwälte mußten ihr Leben auf die Sekunde abstoppen. „Ich bin eben eingeschlafen. Kann es nicht bis morgen warten?"

„Nein."

„Na gut." Vicki seufzte und schwang die Beine unter dem Laken hervor. „Wer ist es?"

„Detective Sergeant Michael Celluci."

„Sag das nochmal!"

„Detec... "

„Ich habe dich beim ersten Mal gehört. Schließ' die Tür und mach' das Licht an."

Er tat, worum sie gebeten hatte, wobei er die Augen gegen die plötzliche Helligkeit abschirmte.

Die Kleidung, die sie an diesem Nachmittag getragen hatte, würde genügen müssen; Mike hatte sie schon in schlimmerem Zustand gesehen. „Bist du sicher?"

„Ja. Wolke hat den Wagen überprüft, als er gerade hereingefahren war. Sie sagte, sie könne eine Waffe riechen, also riskierte ich einen Blick. Es ist Michael. Wenn man bedenkt, wie wir uns kennengelernt haben, werde ich ihn wahrscheinlich nicht vergessen."

Vicki hatte sehr wenig Erinnerung daran, wie Henry und Celluci einander kennengelernt hatten, aber wenn man bedachte, daß sie zu der Zeit müde war, verblutete und ein Dämonenopfer werden sollte, war das kaum überraschend. „Was zum Teufel tut *der* denn hier?"

„Ich weiß nicht." Henry lehnte sich an die Wand und wartete, während sie ein T-Shirt über den Kopf zog, ehe er fortfuhr. „Aber ich dachte, du wärst gern dabei, wenn wir es herausfinden."

„Dabei?" Sie fuhr in Sandalen und stand auf, wobei sie sich mit den Händen ein paar Mal durch die Haare fuhr, statt erst nach einer Bürste zu suchen. „Du könntest mir gar nicht genug bezahlen, um seine Erklärung zu verpassen, und wenn nicht irgend etwas schrecklich schiefgelaufen ist, das ich unbedingt sofort wissen *muß* – und ich will verdammt sein, wenn ich mir vorstellen kann, was das sein könnte – dann werde ich ebenfalls ein paar Worte zu ihm zu sagen haben."

Weil Henry die Absicht hatte, noch weitere vierhundertundfünfzig Jahre zu leben, behielt er seine ursprüngliche Antwort darauf fest hinter seinen zusammengebissenen Zähnen.

„Detective Sergeant Michael Celluci, Ma'am. Ist Victoria Nelson hier?"

„Ja. Henry ist sie wecken gegangen."

„Das ist nicht nötig." Henry mußte gesehen haben, wie er aufs Haus zuging, und ihn erkannt haben. *Dann hat er Augen wie eine Eule. Ich könnte da draußen die Hand keine 30 Zentimeter von meiner Nase entfernt sehen. Die Wolkendecke ist so dicht, daß alles Licht verschluckt wird.* „Es ist spät. Jetzt, wo ich weiß, daß ich hier richtig bin, kann ich morgen wiederkommen."

„Unsinn." Die Frau gab den Weg frei und bat ihn in die Küche. „Sie sind den ganzen Weg von Toronto hergefahren, dann können Sie jetzt auch warten. Sie wird gleich da sein."

Wenn sie sie schon geweckt hatten, blieb ihm keine große Wahl. Das einzige, was schlimmer war, als Vicki aus dem Bett zerren zu lassen, wäre, sie aus dem Bett zerren zu lassen und nicht zu bleiben, um ihr zu erklären, warum. Er schob seine Dienstmarke und seinen Ausweis wieder in die Tasche, folgte der Aufforderung, sich auf einen Stuhl zu setzen, und behielt ein wachsames Auge auf den weißen Hund, der ihn quer durch den Raum beobachtete. *Das ist lächerlich. Eine Nacht mehr macht keinen Unterschied, und sie wird nicht besonders glücklich darüber sein, daß man sie aufgeweckt hat.*

Ein roter Hund kam herein und setzte sich neben den weißen. Er wirkte alles andere als glücklich, ihn zu sehen. Er sah auch größer aus, obwohl Mike das kaum glauben konnte. Er rutschte ein wenig auf dem Stuhl hin und her. „Was für eine Hunderasse ist das denn?"

„Sie stammen von einer obskuren europäischen Rasse von Jagdhunden ab. Wahrscheinlich haben Sie nie davon gehört."

„So etwas wie Wolfshunde?"

„Ungefähr, ja." Sie zog einen Stuhl heran und setzte sich, wobei sie ihn unter einem merkwürdig intensiven Blick festhielt. „Mein Name ist Nadine Heerkens-Wells, mein Mann und ich leiten diesen Hof. Vicki arbeitet für uns. Gibt es etwas, das ich wissen sollte, Detective?"

„Nein. Es hat nichts mit Ihnen zu tun." Genaugenommen hatte Celluci Schwierigkeiten, mit einer Freundschaft zwischen dem Mann, für den er Henry Fitzroy hielt, und dieser Frau umzugehen. Obwohl sie körperlich umwerfend war, mit dem in der Stirnmitte spitz zulaufenden Haaransatz und den scharfen, beinahe exotischen Gesichtszügen, verriet die Qualität ihrer Umgebung sie doch als armes weißes Gesindel. Ihr zerknittertes ärmelloses Kleid sah aus, hatte wäre es gerade vom Boden aufgehoben und übergeworfen worden. *Hier liegt genügend Kram verstreut, um ein halbes Dutzend Leute zu bekleiden, vorausgesetzt sie sind nicht zu penibel in Bezug auf den Zustand ihrer Kleider.* Keines der Möbelstücke konnte weniger als zehn Jahre alt sein, Haarbüschel türmten sich in jeder Ecke, und die gesamte Küche hatte das schäbige Aussehen, das andeutete, daß Geld knapp war.

Natürlich geben sie vielleicht alles Geld, das sie übrig haben, für Hundefutter aus.

Er hörte Schritte, stand auf und wandte sich der Tür in den Flur zu.

„In Ordnung, Celluci, was ist los?" Vicki blieb kaum eine Handbreit vor seiner Brust stehen und blickte in sein Gesicht. „Jemand sollte besser im Sterben liegen... " Und ihr Tonfall ergänzte: *oder jemand wird es tun.*

„Was ist mit deinem Kopf los?"

„Meinem was? Oh, das. Ich hatte heute einen Autounfall. Ich vermute, ich bin auf das Armaturenbrett aufgeschlagen." Die Finger ihrer rechten Hand hingen in der Luft genau über der purpurnen und grünen Schwellung. „Das Krankenhaus sagt, es ist nur eine Beule. Sieht übel aus, aber kein wirklicher Schaden." Sie kniff die Augen zusammen, bei der Bewegung rutschte ihre Brille herunter. „Du bist dran."

Henry, der vor der Küche stand, unterdrückte ein Lächeln. Offensichtlich glaubte Vicki, Mike hätte das Recht, von dem Unfall zu erfahren. Während sie es ihm erzählte, verschwand die Drohung aus ihrer Stimme und Gestik. Kaum war sie fertig, war sie wieder da.

Mike holte tief Luft und stieß sie langsam wieder aus. „Können wir irgendwo ungestört miteinander reden?"

„Ungestört?"

Celluci warf einen Blick auf Henry. „Ja. Ungestört. Wie in: Ich möchte allein mit dir reden."

Sie runzelte die Stirn. Diesen Blick hatte sie schon gesehen. Höflich gesprochen hieß das, er war bereit, eine Verhaftung vorzunehmen. Warum sollte er das mit Henry vorhaben? „Wir werden nach draußen gehen."

„Ich dachte, du siehst im Dunkeln nichts?"

„Ich weiß, wie du aussiehst." Sie packte seinen Arm direkt oberhalb des Ellbogens und schob ihn zur Tür, wobei sie im Gehen ein: „Ich bleib' nicht lange" in den Raum warf.

Als sie draußen waren, reckte sich Peter und sagte: „Ich frage mich, warum sie nicht das Wohnzimmer benutzen wollte?"

Henry grinste. „Wo du jedes Wort hättest hören können?"

„Also... "

„Vicki hat eine ziemlich gute Vorstellung davon, wie gut die Werwölfe hören können." Er trat zum Fenster und starrte über den dunklen Rasen auf Mikes Wagen. „Und sie *weiß*, wie gut ich höre."

„Nun?"

Er trommelte mit den Fingern aufs Lenkrad. Wo sollte er anfangen? „Es geht um deinen Freund Fitzroy."

Vicki schnaubte. „Ach was."

„Ich habe ein bißchen seinen Hintergrund überprüft... "

„Du hast *was?*"

Er ignorierte die Unterbrechung und fuhr fort: „... und da gibt es eine Reihe von Diskrepanzen, von denen ich glaube, daß du davon wissen solltest."

„Und ich vermute, du hattest einen guten *Grund* dafür, deine Polizeibefugnisse so zu mißbrauchen?" Die Anspannung in ihrem Kiefer zog an ihrer Schläfe, verstärkte den Schmerz und breitete ihn über ihren ganzen Schädel aus, aber Vicki wagte nicht, die zusammengebissenen Zähne zu lösen. Wenn Celluci Henrys Geheimnis herausgefunden hatte, dann mußte sie davon wissen und konnte nicht riskieren, sich in einem Brüllduell zu verlieren. *Später.*

Mike hörte den unterdrückten Zorn in ihrer Stimme, sah, wie ihre Lippen sich fest in dem bleichen Oval ihres Gesichts zusammenpreßten. Er hatte keine Ahnung, warum sie eisern die Beherrschung behielt, aber er wußte, daß es nicht anhalten würde, also sollte er die Zeit nutzen, die er hatte.

„Dein *Grund*, Mike."

„Du glaubst, daß das, was letztes Frühjahr geschah, nicht Grund genug war?"

„Nicht, wenn du gerade erst mit der Suche angefangen hast, nein."

„Und was bringt dich auf den Gedanken, ich hätte gerade erst angefangen?"

Er konnte den helleren Schlitz ihres Lächelns erkennen. Es sah unfreundlich aus.

„Du bist den ganzen Weg von Toronto hergefahren, du platzt um 23:30 in ein fremdes Haus, du läßt mich wecken und aus dem Bett zerren, und ich soll dir glauben, daß das Informationen sind, die du schon seit Monaten hast? Bekenne dich schuldig, Celluci, die Beweise sprechen gegen dich."

„Schau", er wandte ihr das Gesicht zu, „dein Freund ist nicht das, was du glaubst."

„Was glaube ich denn?" Das klang nicht gut.

„Ich weiß nicht." Celluci fuhr sich mit den Händen durchs Haar. „Zum Teufel, ja, ich weiß. Du glaubst, er sei irgend so eine Art von exotischer literarischer Gestalt, die dich in großem Stil bewirtet und dir Mondscheinnächte voller Romantik bietet... "

Vicki fühlte, wie ihr der Kiefer herunterfiel.

„... aber er hat Löcher in seinem Hintergrund, durch die ein Laster fahren könnte. Alles deutet auf eine Antwort hin: Er ist tief ins organisierte Verbrechen verwickelt."

„Organisiertes Verbrechen?" Ihre Stimme war flach, ohne Tonfall.

„Es ist die einzige Erklärung, die paßt."

Sie platzte heraus. Sie konnte nichts dagegen tun. Sie konnte es nicht unterdrücken.

Celluci beugte sich zu ihr, versuchte, ihren Gesichtsausdruck zu deuten. Wenn sie den ersten Schock überstanden hatte, würde sie hören wollen, was er herausgefunden hatte.

Vicki gelang es, *organisiertes Verbrechen* noch einmal zu wiederholen, ehe sie wieder die Fassung verlor.

Er sah zu, wie sie lachte, und fragte sich, ob er ihr eine knallen sollte. Er konnte ja Hysterie als Entschuldigung benutzen.

Schließlich gelang es ihr, sich zu beherrschen.

„Bist du bereit zuzuhören?" fragte er mit zusammengebissenen Zähnen.

Vicki schüttelte den Kopf, hob die Hand und strich die lange schwarze Locke aus seiner Stirn – sie mußte sie nicht sehen, um zu wissen, daß sie da war. „Abgesehen von deinen Motiven könntest du dich nicht mehr irren. Vertrau mir, Mike. Henry ist nicht in das organisierte Verbrechen verwickelt. In keiner Weise."

„Du schläfst mit ihm."

Soviel zu seinen Gründen. *Du gehörst mir* tönte über, unter und aus dieser Frage. Leider konnte sie sich jetzt nicht um diese archaische Auffassung kümmern. Es war eine zu große Gefahr. „Was hat das damit zu tun?"

„Du wärst nicht bereit zu glauben... "

„Schwachsinn! Ich bin bereit zu glauben, daß du ein chauvinistischer, krankhaft eifersüchtiger Arsch bist, und ich schlafe mit dir." Soviel zu guten Absichten.

Er hatte nicht vorgehabt, laut zu werden, aber seine Stimme hallte praktisch im Inneren des Wagens wider. „Vicki, ich sage dir, ab einem gewissen Punkt hat Henry Fitzroy kein... was zum Teufel war das?"

„Was?" Vicki spähte aus den Fenstern, konnte aber außer Nacht nichts erkennen. Sie schob ihre Brille hoch. Es nützte nichts.

„Etwas ist draußen vorbeigerannt. Könnte einer dieser Riesenhunde gewesen sein. Es sah aus, als wäre er verletzt."

„Mist!" Sie war aus dem Auto und raste auf das Haus zu, bevor das explosive „t" am Schluß über ihre Lippen gekommen war. Die Dunkelheit war absolut bis auf das schwache Quadrat aus Licht, das das Küchenfenster war. *Es ist ein großes Gebäude. Wie kann ich es verfehlen?* Dann erinnerte sie sich an Henrys Warnung in der ersten Nacht wegen der Kurve, aber es war zu spät. Sie stolperte, fiel und grub ihre Hände in die feuchte Erde des Gartens.

„Komm." Celluci zog sie hoch und hielt ihren Arm fest. „Wenn es derart wichtig ist, dann werde ich deine Augen sein."

Sie stapften zusammen durch die Küchentür, gerade noch rechtzeitig, um eine riesige rotbraune Gestalt zusammenbrechen zu sehen. Das Fell auf ihrer Brust hatte eine dunklere, tödlichere Rotfärbung.

„Zu groß für Sturm", keuchte Vicki und kämpfte sich aus Cellucis Griff frei. „Es muß... "

Und dann war da keine Frage mehr, als die Umrisse verschwammen und Blut heftig aus einer häßlich klaffenden Wunde über der rechten Seite von Donalds Rippen zu strömen begann.

Vicki und Nadine knieten sich fast zur gleichen Zeit neben den verwundeten Werwolf auf den Boden. Nadine, die einen Erste-Hilfe-Kasten von über der Spüle geholt hatte, drückte erfahren die Wundränder zusammen und wickelte sie fest.

„Wir müssen uns meist selbst verarzten", erklärte sie als Antwort auf Vickis unausgesprochene Frage.

Alles in allem ergab das Sinn. Die Anwesenheit Dr. Dixons hatte kein Gewicht angesichts einer gesamten Geschichte ohne Ärzte. „Sieht nicht wie eine Schußwunde aus." Zusammen legten sie die Binde um Donald Hals. „Sieht aus, als sei er von einem fliegenden Felsstück erwischt worden."

Nadine schnaubte. „Wie tröstlich."

„Ich dachte", murrte Vicki, die Donalds Gewicht hielt, während Nadine ihn weiter mit dem Verband umwickelte, „Sie hätten alle zugestimmt, sich von diesen Feldern fernzuhalten."

„Es ist nicht so leicht, das Revierverhalten zu überwinden."

„Es ist auch nicht leicht, eine Kugel Kaliber 30 zu überwinden."

„Wovon *redet* ihr eigentlich?" Mike trat einen Schritt vor. „Was geht hier vor sich?"

„Später. Ich glaube, er muß ins Krankenhaus."

„Ich glaube, Sie haben recht. Wolke!"

Zu Mikes Überraschung raste der große Hund aus dem Zimmer. „Was wird er tun? 911 anrufen?"

„Ja", fuhr Vicki ihn an und schob ihre Brille mit dem Rücken einer blutigen Hand hoch.

Henry ging durch die Küche. Jemand mußte sich um Celluci kümmern, und so sehr er sich auch wünschte, es wäre anders gewesen, es sah aus, als würde er dieser Jemand sein. *Kein Grund zur Sorge, Detective, es sind nur Werwölfe.* Zwang wäre sicherer als Erklärungen. Bring ihn nach draußen und verdrehe seinen Verstand, bis er nicht mehr weiß, was er gesehen hat.

Leider hatte die Situation, bis Henry die vier Meter zu Celluci zurückgelegt hatte, sich wieder geändert.

Stuart, der den Wagen eines Fremden am Ende des Wegs hatte parken sehen, hatte ein Paar Shorts aus der Scheune geholt und sich verwandelt, ehe er ins Haus gekommen war. Eine Stimme und ein paar Hände machten bei einer ungeplanten Konfrontation häufig einen Unterschied aus, aber jetzt wünschte er, er hätte seine Zähne und Krallen behalten. Ein Mitglied seines Rudels lag am Boden, und der Blutgeruch ließ ihn die Zähne blecken.

„Was geht hier vor?" knurrte er.

„Donald wurde getroffen. Vicki glaubt, es war ein Querschläger. Der Krankenwagen ist unterwegs." Nadine sprudelte die Worte heraus, ohne aufzublicken.

„Er hat sich verwandelt?"

„Als er bewußtlos wurde."

Stuart drehte sich um, um den Fremden anzusehen, mit gesträubtem Nackenhaar und angelegten Ohren. „Und der da hat es gesehen?"

„Ja, *der da* hat es gesehen." Mikes Kiefer ragte in einem gefährlichen Winkel vor. „Und ich will Erklärungen dafür, *was* ich gesehen habe, und zwar jetzt."

„Drängen Sie nicht, Detective." Henry sah, daß Stuart äußerst gereizt war und sich Cellucis Aggression auf die Art stellte, wie er sich einer Herausforderung von einem dominanten Männchen seiner Art stellen würde.

„Halten Sie sich raus, Fitzroy!" Seine Finger ballten sich zu Fäusten, und Celluci fixierte den Mann an der Tür. Er hatte so viele Beschimpfungen hingenommen, wie er konnte. Hunde verwandelten sich *nicht* in Menschen. „Ich will die Antworten *jetzt*."

Das Knurren war eine Warnung, und etwas in Mikes Stammhirn erkannte es als solche. Er hörte nicht darauf. „Nun? Ich warte!" Er mußte nicht lange warten. Seine wankende Weltsicht stürzte in sich zusammen und zerbrach, als Daumen in kurze Hosen geschoben wurden, kurze Hosen zu Boden fielen und eine riesige schwarze Bestie, die nur aus Zähnen zu bestehen schien, plötzlich nach seiner Kehle sprang. Dann stieß ihn etwas zurück, und Henry und die Bestie lagen auf dem Boden.

Henry hatte die gesunde Schulter zwischen die beiden geworfen und es geschafft, Stuarts Fellgestalt zu Boden zu zwingen. Mit einem Arm konnte er ihn jedoch nicht dort festhalten, ohne ihn zu verletzen. *Zumindest ist sein Zorn jetzt umgelenkt worden...* .

Mike wußte, daß ein Mann sich unmöglich so schnell bewegen konnte, wie Henry Fitzroy sich bewegte. Die Bestie sprang, und er war fort. Augenblicklich. Oder zumindest so schnell, daß es keinen Unterschied machte. Wieder. Und wieder. Und wieder. Mit kaum einem Herzschlag dazwischen. Und durch all das drang das tiefe Knurren eines wütenden Tiers, das sich bei jedem Angriff zum wilden Crescendo steigerte.

*Ein tödlicher Tanz*, erkannte Henry, als Zähne in der Luft neben seiner Hüfte zuschnappten. Selbst mit einem Arm in der Schlinge konnte er den Werwolf zur Unterwerfung zwingen – er war schneller und stärker, aber was dann? Besiege den Leitwolf und führe das Rudel. *Nein danke*, dachte er, als er sich unter einer weiteren Bewegung wegduckte. Aber er konnte spüren, wie er selbst auf die Gerüche und die Geräusche und den Zorn reagierte, und fragte sich, wie lange er noch die Beherrschung wahren konnte. *Es muß einen Weg geben, um das zu durchbreche ...*

Plötzlich war es nicht mehr sein Problem.

Da Donald immer noch auf dem Boden lag, mußte der rote Werwolf, der angriff, Sturm sein. Henry sprang schnell zurück, während die beiden knurrend und schnappend auf dem Boden herumrollten, dann auseinandersprangen, einander umkreisten und erneut angriffen.

*Genug!* Mike fiel auf ein Knie und zog seine Waffe aus dem Schulterholster. Er dachte nicht ganz klar, er hatte keine Vorstellung davon, auf was er da eigentlich schießen würde – *dies ist schließlich irgend jemandes Küche, um Himmels willen!* –, aber er hatte das Gefühl, mit dem Gewicht der Waffe in seiner Hand mehr die Kontrolle zu haben.

Dann jaulte Sturm auf und warf sich auf den Rücken, alle vier Füße in der Luft und die Spitze eines Ohres eingerissen. Lange weiße Zähne schlossen sich um seine Kehle.

Mike hob die Waffe.

Ein hohes, durchdringendes Heulen durchbrach das Chaos, und alle erstarrten, was ihnen den Anschein gab, als stellten sie in irgendeinem verrückten Spiel Statuen dar. Dann, praktisch gleichzeitig, drehten sie sich um. Schatten saß genau vor der Flurtür, seine Schnauze war erhoben, und seine Kehle arbeitete, während sein Geheul traurig die Tonleiter auf und ab lief. Es hielt knapp eine Minute lang an, wurde von den Wänden zurückgeworfen, hallte in Knochen und Blut wider, unmöglich zu ignorieren, und endete dann in einer Reihe hicksender Jauler.

Nadine reagierte als erste, ließ Donald bei Vicki und rannte durch das Zimmer, um Schatten in die Arme zu nehmen. Er drängte sich näher an sie und versuchte, den Kopf unter ihren Brüsten zu vergraben. Sie hob seinen Kopf hoch und sah besorgt in seine Augen. „Was ist, Kleiner? Was stimmt nicht?"

Da man ihn ermutigte zu sprechen und damit auch, sich zu verwandeln, spähte Daniel über die Schulter seiner Mutter und jammerte. „Der Mann da wird Papa erschießen!"

Alle Köpfe wandten sich um, um Daniels ausgestrecktem Finger zu folgen – alle außer Sturms, der von einer der Riesenpfoten seines Onkels am Boden gehalten wurde, der ihm jetzt heftig sein zerbissenes Ohr leckte.

Vicki setzte sich auf die Fersen, wobei sie eine Hand leicht auf der dikken Binde ruhen ließ, die um Donalds Brust gewickelt war, und das Heben und Senken seiner mühsamen Atmung mit den Fingerspitzen überwachte. Sie verdrehte die Augen und seufzte. „Um Himmels willen, Celluci, leg endlich den Penisersatz weg."

Ein schallendes Gelächter von außerhalb der Fliegengittertür war die sofortige, unerwartete Reaktion. Wieder drehten sich alle um, als Colin und Barry in die Küche kamen und Colin sagte: „Ich hab dir gleich gesagt, daß wir den ganzen Spaß verpassen, wenn wir anhalten, um zu tanken."

„Ich bin sicher, daß ich das mal in einem alten Marx-Brothers-Film gesehen habe", murmelte Vicki zu niemand bestimmten. Sie hob die Stimme. „Leute, wie stehen die Chancen, daß wir uns zusammenreißen, bis der Krankenwagen kommt?"

Colin sah sich um, seine Nasenflügel bebten, als sie die verschiedenen Gerüche wahrnahmen, und sein Lächeln verschwand, als er den Körper auf dem Boden sah. „Paps!" Er fiel auf die Knie und schob Vicki weg. „Was ist mit ihm geschehen?"

„Ein Querschläger. Unser Schütze hat danebengeschossen."

„Ist er... ?"

„Zumindest eine gebrochene Rippe und einige zerrissene Muskeln. Ich weiß nicht, ob er innere Blutungen hat."

„Warum liegt er einfach nur da? Wir müssen ihn ins Krankenhaus bringen!" Er schob die Hände unter die Schultern seines Vaters.

Vicki nahm sie weg. „Beruhigen Sie sich, der Krankenwagen ist unterwegs."

„Wenn ihr in menschlicher Gestalt angeschossen werdet, *müssen* wir das melden", warf Barry ein und berührte Colin leicht am Rücken.

„Das wurde er nicht", erklärte Vicki und stand auf. „Er hat sich verwandelt, als er ins Haus kam. Sie müssen Barry sein."

„Ja."

„Ich will mit Ihnen reden."

„Ja. Später. Äh, wenn er sich im Haus verwandelt hat, dann... " Sein Blick irrte zu Mike und zurück.

Vicki seufzte. „Ja, er hat es gesehen." Sie wandte sich Mike zu und wischte ihre blutigen Finger an der kurzen Hose ab. „Leg die Waffe weg."

Schwer atmend sah er die Waffe an, als hätte er sie nie zuvor gesehen.

„Leg sie weg."

Er sah zu ihr auf. Seine Brauen zogen sich zu einem tiefen V zusammen. „Das ist verrückt", bemerkte er.

„Es gibt eine ganz einfache Erklärung", erklärte sie ihm und trat näher. Sie würde sich wenn nötig auf ihn stürzen. Mit ein wenig Glück würde er zögern, bevor er auf sie schoß, und sie könnte ihn entwaffnen.

„Gut." Er schob sich die Locke aus der Stirn. „Laß hören."

Vicki warf einen Blick auf Nadine, die die Achseln zuckte.

„Nur zu“, sagte sie. „Wenn Sie glauben, daß er damit umgehen kann.“

Vicki sah keine andere Möglichkeit, zumindest nicht, bis die Waffe wieder da war, wo sie hingehörte.

„Die einfache Erklärung?“ bohrte Mike weiter.

Sie straffte sich, sah ihm in die Augen und sagte, so nüchtern sie konnte: „Werwölfe.“

„Werwölfe“, wiederholte er, dann beugte er sich vor, steckte die 38er wieder in ihr Holster und zog das Bein seiner Jeans glatt, bevor er sich aufrichtete. Er blickte auf Schatten hinunter, der sich selbst am Fell seines Vaters rieb, auf Sturm und Wolke, die so ziemlich das gleiche taten, und dann zu Henry.

„Sie auch?“ fragte er.

Henry schüttelte den Kopf. „Nein.“

Mike nickte. „Gut.“ Er holte tief Luft und begann zu fluchen. Auf Italienisch. Er fluchte fast drei Minuten lang und schaffte es, Worte und Ausdrücke auszugraben, die er seit seiner Kindheit nicht mehr verwendet hatte. Das meiste davon brüllte er Vicki entgegen, die geduldig wartete, bis er fertig war.

Henry, der fließend altertümliches Italienisch sprach, bemerkte, einigermaßen beeindruckt, daß er sich nur wiederholte, um der Beleidigung Adjektive hinzuzufügen.

Das Vokabular ging ihm aus, als die Lichter des Krankenwagens oben an der Straße auftauchten.

In dem Augenblick übernahm Nadine das Kommando. „Wolke! Bring Schatten wieder nach oben und sorg dafür, daß er und die Zwillinge dort bleiben. Sturm, bleib in Fellgestalt; dein Ohr blutet immer noch. Rute, zieh dir was an.“

*Rute?* wiederholte Vicki im Stillen, während Stuart in ein Paar Trainingshosen schlüpfte. *Stuart heißt in Fellgestalt Rute?*

„Colin“, fuhr Nadine fort und schloß die Flurtür hinter Wolke und Schatten, „du folgst ihnen in die Stadt für den Fall, daß er Blut braucht. Vicki, können Sie im Krankenwagen mitfahren? Falls er aufwacht... “

„Klar.“

Sie befahl den anderen und bat Vicki – Henry hörte den Unterschied mit einer gewissen Belustigung.

Als die Sanitäter Donald hinaustrugen, packte Mike Vickis Arm und zog sie beiseite.

„Ich fahre euch nach. Wir müssen reden."

„Ich freue mich schon darauf."

„Gut." Er bleckte in der Parodie eines Lächelns die Zähne. Niemand im Raum, Vampir oder Werwolf, hätte das besser machen können.

# Elf

„Weil das Krankenhaus Schußwunden melden muß, das sollten Sie doch wissen."

Colin warf einen Blick auf Barry Wu und die beiden Polizisten, die im Schwesternzimmer standen und sich unterhielten. „Sie sagten, es sei ein Querschläger gewesen."

Vicki verdrehte die Augen. „Colin... "

„Gut, tut mir leid. Nur – was soll ich ihnen sagen?"

„Überhaupt nichts." Sie nahm beim Gähnen die Faust vor den Mund. „Ich mache das. Vertrauen Sie mir. Ich bin schon länger dabei als Sie, ich weiß, was das Polizeipräsidium hören will und wie."

„Vicki." Mike beugte sich vor und tippte ihr auf die Schulter. „Ich hasse es, deine Seifenblase platzen zu lassen, aber du bist die schlechteste Lügnerin, die ich kenne."

Sie drehte sich zu ihm um und schob ihre Brille hoch. „Die Polizei belügen? Würde mir nicht im Traum einfallen. Jedes Wort aus meinem Mund wird wahr sein."

„Also ballert jemand schon eine ganze Weile in den Wäldern herum?"

„Ich bin nicht sicher, ob drei Schüsse als *Rumballern* gelten, Constable."

„Dennoch hätten sie gemeldet werden müssen. Wenn jemand ein Jagdgewehr im Naturschutzgebiet abfeuert, wüßten wir gern davon."

„Meine Familie dachte, es sei nur passiert, weil Arthur Fortrin nicht in der Stadt war", warf Colin ein.

Mit ein paar Anweisungen war Colin bemerkenswert gut in Halbwahrheiten. *Aber schließlich muß er das auch sein,* dämmerte Vicki. *Wenn man alles in Betracht zieht.*

Der Polizist sah zweifelnd drein. „Ich glaube nicht, daß die Abwesenheit *eines* Wildhüters einen so großen Unterschied macht – und *Sie* hätten es besser wissen sollen." Er klappte sein Notizbuch zu. „Sagen Sie Ihrer Familie, daß sie uns, wenn sie das nächste Mal einen Schuß hören, sofort anrufen soll. Vielleicht können wir den Wagen des Kerls entdecken."

„Ich werde es ihnen sagen... " Colin zuckte die Achseln.

„Ja, ich weiß, aber ob sie zuhören?" Der Polizist seufzte und sah Vicki an. Er hielt nicht viel von einer Torontoer Privatdetektivin, die sich in seiner Gegend herumtrieb, auch wenn ihre Vergangenheit bei der Polizei ihr Glaubwürdigkeit verlieh. Seine Warnung erstarb in seiner Kehle, als er einen Blick von ihr auffing. Sie sah aus wie ein Mensch, der auf sich selbst aufpassen konnte – und auf alles andere, das ihm in den Weg kam. „Also", wandte er sich wieder Colin zu, „hat das was mit der Abreise Ihrer Tante Sylvia zu tun?"

Colin schnaubte. „Sie meinte, dies hätte das Faß zum Überlaufen gebracht."

„Ist sie nicht nach Yukon gefahren?"

„Ihr Bruder, mein Onkel Robert, wohnt direkt außerhalb von Whitehorse. Sie sagte, es würde ihr hier allmählich zu voll."

„Ihr Onkel Jason ist auch abgereist, nicht wahr?"

„Vater hat Tante Sylvia vorgeworfen, einen Exodus anzufangen, und gedroht, Peter, Rose und mich im Haus einzusperren, bis die Dinge sich beruhigt hätten."

„Ehrlich gesagt war ich überrascht, daß er überhaupt so lange geblieben ist. Ein Mann braucht ein eigenes Heim." Der Polizist stupste Colin mit dem Kugelschreiber in die Rippen. „Wann ziehen Sie aus?"

„Wenn ich genügend Todessehnsucht habe, um für mich selbst zu kochen."

Beide lachten, und die Unterhaltung wandte sich dem allgemeinen Thema Essen zu.

Vicki wurde klar, daß die Werwölfe gar nicht so isoliert waren, wie sie ursprünglich geglaubt hatte. Daß Colin den Hof verlassen und eine Arbeit angenommen hatte, hatte auf jeden Fall die Polizei auf sie aufmerksam gemacht. Zum Glück sorgte die Polizei für die Ihren. Was die Schießerei anging: Sie wußte, daß es nicht viel gab, was die OPP tun konnte. Sie konnte nur hoffen, daß ein paar zusätzliche Streifen in und um das Gebiet ihr die Zeit verschaffen würden, diesen Psychopathen zu finden, ehe noch irgend jemand getötet wurde. Die Werwölfe mußten einfach akzeptieren, daß sie auffälliger waren, wenn sie sich verwandelten und für eine Weile vorsichtig sein. Es schien ein kleiner Preis zu sein.

„... auf jeden Fall geht es Donald gut. Das Krankenhaus hat ihn in Dr. Dixons Obhut entlassen – das ist ein überzeugender alter Mann –, und er wird wohl morgen nach Hause kommen. Offenbar besteht, weil er in der einen Gestalt angeschossen wurde und sich dann verwandelt hat, keine Infektionsgefahr. Colin ist auf dem Rückweg, aber ich dachte, ich sollte Sie informieren. Oh, und Nadine – ich werde die Nacht in der Stadt verbringen."

„Erklärungen?"

„Mhm."

„Vertrauen Sie ihm?"

„Ich würde ihm mein Leben anvertrauen."

„Gut. Weil Sie ihm unseres anvertrauen."

Vicki drehte sich halb um, so daß sie Mike an der Krankenhauswand gegenüber der Telefone lehnen sehen konnte. Er sah müde, aber unerschüttert aus, und all seine professionellen Schilde waren hochgefahren. „Es wird gutgehen. Kann ich Henry sprechen?"

„Moment." Nadine gab den Hörer an den Vampir weiter. „Du hattest recht", sagte sie, als er ihn nahm.

Henry schien für diese Information nicht besonders dankbar zu sein. Wenn Mikes Gesicht gleichmütig war, war Henrys aus Stein. „Vicki?"

„Hallo. Ich dachte, ich sollte dir sagen, daß ich heute in der Stadt bleibe. Ich brauche etwas Zeit allein."

„Allein?"

„Ohne dich."

„Ich kann nicht sagen, ich sei überrascht. Du und Mike werdet viel zu besprechen haben."

„Ach was. Tust du mir einen Gefallen?"

„Jeden." Ehe sie sprechen konnte, überlegte er es sich und ergänzte: „Fast."

„Bleib in der Nähe des Hauses."

„Warum?"

„Weil es 3:40 morgens und Sonnenaufgang ungefähr um 6:00 ist."

„Vicki, ich gehe der Morgendämmerung schon lange aus dem Weg. Bevormunde mich nicht."

Gut. Wahrscheinlich verdiente sie das. „Schau, Henry, es ist spät, du hast nur einen gesunden Arm – bestenfalls anderthalb –, ich hatte einen harten Tag, und es ist noch nicht vorbei. Bitte sorge einfach dafür, daß ich mir in den nächsten paar Stunden um eine Person weniger Sorgen machen muß. Wir wissen, daß dieser Typ dicht ans Haus kommt, und wir wissen nicht, wo genau Donald angeschossen wurde."

„Du hast nicht gefragt?"

„Ich hatte keine Gelegenheit dazu. Schau", sie ließ sich an die Wand sinken, „gehen wir einfach davon aus, daß sich der Hof in einem Belagerungszustand befindet und verhalten wir uns entsprechend. In Ordnung?"

„Du bittest mich darum für deinen Seelenfrieden?"

Sie holte tief Luft und atmete langsam aus. Sie hatte kein Recht, ihn aus so einem Grund um so etwas zu bitten. „Ja."

„Gut. Ich werde in der Küche sitzen und am Entwurf für mein nächstes Buch arbeiten."

„Danke – und halte die Werwölfe im Haus. Selbst wenn du die Türen zunageln mußt." Sie schob zwei Finger unter den Rand ihrer Brille und rieb sich den Nasenrücken. „Wie oft muß ich ihnen noch sagen, sie sollen sich von den Feldern fernhalten?"

„Ein Feind, den sie nicht sehen oder riechen können, ist nicht real für sie."

Sie schnaubte. „Der Tod ist es. Ich sehe dich dann morgen nacht."

„Verlaß dich drauf. Vicki? Wird er Schwierigkeiten machen?"

Sie warf einen Blick auf Mike, der versuchte, ein gewaltiges Gähnen zu verdecken. „Er ist groß darin, Schwierigkeiten zu machen, aber gewöhnlich kann ich ihn zur Vernunft bringen, wenn ich ihn heftig genug schüttele."

Nachdem sie aufgelegt hatte, lehnte sie den Kopf ein paar Sekunden gegen das kühle Kunststoffoberteil des Telefons. Sie konnte sich nicht erinnern, wann sie das letzte Mal so müde gewesen war.

„Komm." Mike hängte sich bei ihr ein und führte sie nach draußen auf den Parkplatz, wo die Hitze sie wie eine feuchte und beinahe feste Wand traf. „Ich kenne ein billiges, sauberes Motel am Flughafen, wo es egal ist, wann man auftaucht, solange man bar zahlt."

„Wie hast du so einen Platz gefunden?" Das Gähnen drohte ihren Kopf zu zerreißen, und der Schmerz marschierte in Nagelstiefeln ihre geprellte Schläfe hinunter. „Vergiß es. Ich will es gar nicht wissen." Sie schlüpfte in den Wagen und ließ den Kopf gegen die Lehne fallen. „Ich weiß, du brennst darauf, mit dem Verhör anzufangen – warum fange ich nicht einfach am Anfang an und erzähle dir alles in meinen eigenen Worten?" Wenn sie jedesmal fünf Cent bekommen hätte, wenn sie das zu einem Zeugen sagte, wäre sie jetzt eine reiche Frau.

Mit geschlossenen Augen begann sie mit Rose und Peter in Henrys Wohnung. Sie endete mit dem Schuß auf Donald, als sie vor dem Motel vorfuhren. Das einzige, was sie ausgelassen hatte, war Henrys wahres Wesen. Es war nicht an ihr, das zu erzählen.

Zu ihrer Überraschung war Mikes einzige Reaktion: „Warte hier. Ich buche ein Zimmer."

Da sie nicht vorhatte, sich weiter oder häufiger zu bewegen als nötig, ignorierte sie seinen Tonfall und wartete. Zum Glück gehörten die Schlüssel, mit denen er zurückkam, zu einem Zimmer im Erdgeschoß. Sie bezweifelte, daß sie noch die Fähigkeit zum Treppensteigen besessen hätte.

„Warum so schweigsam?" fragte sie, als sie sich vorsichtig auf einem der Betten ausstreckte. „Ich hatte zumindest noch einen schönen italienischen Wutanfall erwartet."

„Ich denke." Er saß auf dem anderen Bett, schnallte sein Schulterhalfter ab und legte es sorgfältig auf den Nachttisch. „Eine Vorstellung, mit der du nicht vertraut bist, wie ich weiß."

Außer daß er nicht wußte, *was* er dachte. Es gab Dinge, die Vicki ihm nicht erzählt hatte, und die Erschöpfung hatte eine Distanz zu den Ereignissen der Nacht bewirkt, so daß es sich anfühlte, als seien sie jemand anderem passiert. Er konnte nicht glauben, daß er tatsächlich die Waffe gezogen hatte. Es war leichter, an Werwölfe zu glauben.

„Werwölfe", murmelte Mike. „Was kommt als nächstes?"

„Schlaf?" schlug Vicki mit nuschelnder Stimme vor.

„Hat das irgend etwas damit zu tun, was letztes Frühjahr geschehen ist?"

„Schlaf?" Irgend etwas ergab keinen Sinn, aber sie konnte sich nicht darauf konzentrieren.

„Vergiß es." Er nahm ihr die Brille von der Nase und legte sie neben seine Waffe, dann zog er sie aus. Sie ließ ihn. Sie haßte es, in Kleidern zu schlafen, und sie hatte nicht die Energie, sie selbst auszuziehen.

„Gute Nacht.“

„Nacht. Mach dir keine Sorgen.“ Sie rang darum, die letzten Worte herauszubringen. „Morgen wird alles einen Sinn ergeben.“

Er beugte sich hinüber und zog ihr das Laken um die Schultern. „Irgendwie bezweifle ich das“, erklärte er leise, obwohl er glaubte, daß sie ihn nicht mehr hörte.

Henry starrte in die Nacht und versuchte festzustellen, was er fühlte. Eifersucht war ein Gefühl, mit dem seine Art bereits frühzeitig umzugehen lernte, sonst überlebte man nicht lang. *Du bist mein!* klang höchst dramatisch, besonders wenn es von einem wehenden Umhang und ominöser Musik begleitet wurde, aber das wirkliche Leben funktionierte nicht so.

Das Problem mußte Mike sein. „Der Mann läßt sein Leben wie eine Herausforderung wirken“, murmelte Henry. Es überraschte ihn nicht, daß Stuart den Polizisten angegriffen hatte – dominante Männchen wurden oft handgreiflich. Seine ständige Gegenwart hatte wahrscheinlich auch nicht gerade geholfen. Obwohl er in der Familie einen besonderen Status innehatte, blieb Stuart, solange er da war, gereizt, da seine Instinkte forderten, daß einer von ihnen sich unterwerfen mußte. Es war die Verantwortung des Leitwolfs, das Rudel zu schützen, und seine Frustration, Hilfe von außen rufen zu müssen, hatte zweifellos Stuart noch weiter destabilisiert.

Angesichts von Cellucis Einstellung und Stuarts Geisteszustand war ein Kampf unvermeidlich gewesen. Sturms Einmischung dagegen war für alle Beteiligten, einschließlich Sturm, eine völlige Überraschung gewesen. Wolke mußte ziemlich nah dran sein, wenn ihr Bruder sich so irrational verhielt.

Was ihn mehr oder weniger wieder auf Vicki brachte.

Henry grinste breit. Wenn Celluci ein Werwolf gewesen wäre, hätte er einen Kreis um sie herum gepinkelt und der Welt verkündet: *Das gehört mir!* – und dann wäre Vicki aufgestanden und aus dem Kreis getreten.

„Ich bin nicht eifersüchtig“, erklärte er der Nacht und wußte, daß es fast eine Lüge war.

„Können wir lieben?“ Der Prozeß hatte begonnen, obwohl die letzte Verwandlung noch nicht stattgefunden hatte.

Christina wandte sich ihm zu, ihre dunklen Augen waren vom ebenholzschwarzen Fächer ihrer Wimpern verschleiert. „Zweifelt Ihr daran?“ fragte sie, und er kam in ihre Arme.

Er hatte in den Jahrhunderten seither ein halbes Dutzend Mal geliebt, und jedesmal hatte es wie eine Fackel in der langen Finsternis seines Lebens geleuchtet.

Geschah es wieder? Er war nicht sicher. Er wußte nur, daß er Celluci sagen wollte: „Der Tag gehört dir, aber die Nacht gehört *mir*.“

Mike würde einer solchen Aufteilung genausowenig zustimmen wie Vicki.

„Ihr dürft Euch nicht darüber ärgern, was sie bei Tageslicht tun.“ Christina legte seinen Kopf an ihre Brust und strich ihm sanft übers Haar. „Denn wenn Ihr es tut, dann wird es in Eurem Herzen nagen und Euer Wesen verändern, und Ihr werdet zu einem der Geschöpfe der Dunkelheit werden, die sie mit Recht fürchten. Furcht ist, was uns tötet.“

Wenn die Werwölfe sicher waren, würde er Vicki vielleicht fragen: „Wirst du mir deine Nächte schenken?"

Vielleicht.

Er wollte sie berühren, sie halten... nein... er wollte sie packen und hinwerfen und seinen Anspruch auf sie erneuern. Die Intensität seiner Gier erschreckte ihn, hielt ihn auf. Verwirrt saß er auf der Bettkante, beobachtete sie im Schlaf, lauschte wie der sanfte Klang ihrer Atemzüge einen Kontrapunkt zu dem Hubschrauberlärm der billigen Klimaanlage bildete.

Sie hatten nie eine monogame Beziehung gehabt. Sie hatten beide andere Liebhaber gehabt. *Sie* hatte andere Liebhaber gehabt.

Celluci zwang seine Hände, sich auf seinen Oberschenkeln zu entspannen und holte tief Luft. Nichts hatte sich zwischen ihm und Vicki verändert, seit Henry die Szene betreten hatte.

Plötzlich mußte er an die ersten acht Monate denken, nachdem sie die Polizei verlassen hatte. Sie hatten einen letzten erbitterten Streit miteinander und dann keinen Kontakt mehr gehabt, während die Tage sich zu Wochen dahinschleppten, und es immer unmöglicher wurde, mit der Welt fertigzuwerden. Bis sie gegangen war, war ihm nicht klar gewesen, wie wichtig sie als Bestandteil seines Lebens gewesen war – und es war nicht der Sex, den er vermißt hatte. Er hatte die Unterhaltungen und Streitereien vermißt – sogar wenn man bedachte, daß die meisten ihrer Unterhaltungen zu Streitereien wurden – und einfach nur jemanden um sich zu haben, der Humor hatte. Er hatte seine beste Freundin verloren und kaum gelernt, mit dem Verlust zu leben, als das Schicksal sie wieder zusammengeführt hatte.

Niemand sollte das zweimal durchmachen müssen.

Aber Fitzroy hatte ihr nichts zu geben.

Oder doch?

„Wenn du glaubst, daß ich nach letzter Nacht einfach brav nach Toronto zurückkehre, dann hast du falsch gedacht. Ich werde dich zurück zum Hof fahren. Steig ein."

Vicki seufzte und gab nach. Sie kannte Mikes *„Hier geht mehr vor sich, als man mit bloßem Auge erkennen kann, und ich werde der Sache auf den Grund gehen, egal wie du darüber denkst"*-Tonfall, und es war zu heiß, um weiter zu streiten. Abgesehen davon müßte, wenn er sie nicht fuhr, jemand kommen, um sie zu holen, und das erschien ihr überhaupt nicht fair.

Er wußte schon über die Werwölfe Bescheid, also was konnte es schon schaden, da Henry sicher weggeschlossen war?

„Also", er ließ den Motor an und drehte die Klimaanlage auf, „wie stehen die Chancen, daß deine pelzigen Freunde mir an die Kehle springen?"

„Kommt darauf an. Wie stehen die Chancen, daß du dich wie ein Trottel aufführst?"

Er runzelte die Stirn. „Habe ich das?"

Sie schüttelte den Kopf. *Immer wenn man glaubt, daß er keine versöhnlichen Charaktereigenschaften hat ...* „Nun", sagte sie laut, „du hast Stuarts Autorität in seinem eigenen Haus in Frage gestellt."

„Ich war etwas aufgeregt, Werwölfe sind eine ganz neue Vorstellung für mich. Ich war nicht ich selbst."

„Du warst eindeutig du selbst", korrigierte Vicki mit einem Lächeln. „Aber ich glaube, daß Stuart unter normalen Umständen damit klarkommen wird."

Sie hielten zum Frühstück in einem Hotel an der Straße an, und Vicki ließ Celluci sie beim Essen über den Fall ausfragen. Die Kellnerin hatte dadurch nur einen schlimmen Augenblick, als Vicki ausrief: „... und ihm auf diese Entfernung den Kopf wegzupusten war ein verteufelt guter Schuß!", als sie gerade die Teller hinstellte. Wenn Celluci auffiel, daß sie um Henrys Beteiligung herumredete, erwähnte er es nicht. Sie wußte nicht, ob er taktvoll oder schlau war.

„Dir ist doch klar", bemerkte Celluci und zermatschte die letzten Bratkartoffeln im übriggebliebenen Eigelb auf seinem Teller, „daß es dort draußen zwei von denen gibt? Einen mit einer Schrotflinte, einen mit einem Gewehr?"

Sie schüttelte den Kopf und stellte ihre leere Kaffeetasse mit etwas zu viel Kraft hin. „Das glaube ich nicht; alles deutet darauf hin, daß es sich um einen Einzeltäter handelt. Ich weiß, ich weiß", sie hob die Hand und schnitt seinen Protest ab, „Henry wurde zweimal angeschossen." Henrys Verletzungen waren im Lauf des Gesprächs beträchtlich heruntergespielt worden. „Aber ein Mann kann zwei Waffen bedienen, und bisher gibt es keine Beweise dafür, daß es einen zweiten gibt."

Celluci schnaubte. „Es gibt jede Menge Beweise, basta!"

„Aber die Spuren, der Baum, die Art des Schusses, alles deutete auf eine einzige, besessene Persönlichkeit hin. Ich glaube, er", sie breitete die Hände aus, als Mike die Brauen hochzog, „oder sie hat die Schrotflinte einfach nur zur Hand, für den Fall, daß jemand zu nahe kommt."

„Wie dein *Schriftsteller*freund." Sein Tonfall machte deutlich, was er sowohl von Henry *als auch* von Henrys Herumwandern in den Wäldern, während er den großen Detektiv spielte, hielt.

„Henry kann ganz gut auf sich selbst aufpassen."

„Klar." Mike stand auf und warf einen Zwanziger auf den Tisch. „Darum wurde er auch angeschossen. Zweimal. Dennoch bin ich überrascht, daß du in Anbetracht der Gefahr einen Amateur nachts hast draußen herumwandern lassen."

„Ich wußte nichts von der Schrotflinte", protestierte sie, als sie das Café verließen, dann wünschte sie, sie könnte die Worte zurückrufen. „Henry ist ein erwachsener Mann", murmelte sie, während sie einstieg. „Ich habe ihn überhaupt nichts tun *lassen*."

„Das überrascht mich."

„Ich werde nicht mit dir über ihn reden."

„Habe ich gesagt, daß ich das will?" Er fuhr vom Parkplatz Richtung Norden. „Du hast dich mit Werwölfen eingelassen, Vicki. Im Augenblick läßt das sogar das organisierte Verbrechen vergleichsweise zahm erscheinen."

„Henry ist *nicht* ins organisierte Verbrechen verwickelt."

„Gut. Toll. Es läßt in was immer er auch verwickelt sein mag vergleichsweise zahm erscheinen."

Vicki schob ihre Brille hoch und lümmelte sich in den Sitz. *Das ist alles, was du weißt*, dachte sie. Sie kannte die Entschlossenheit in Mikes Gesicht und wußte, daß er, obwohl er zeitweilig von den Werwölfen abgelenkt sein mochte, den Verdacht gegen Henry nicht fallenlassen würde. *Toll. Henry kann damit umgehen. In gut 400 Jahren kann das nicht das erste Mal sein.* Wenn sie auch nicht die Absicht hatte, ins Kreuzfeuer zu geraten, wäre sie doch durchaus bereit, beiden die Köpfe zusammenzuschlagen, wenn das notwendig werden sollte.

„Schau", sagte sie, kurz bevor sie die Highbury Avenue erreichten, „wenn du schon hier bist, kannst du dich auch nützlich machen."

Er runzelte die Stirn. „Und wie?"

„Bieg rechts ab. Mach für mich einen Besuch bei der OPP." Sie mußte ihm zu seinem Scharfsinn gratulieren, denn er verstand den Grund des Besuches sofort.

„Du hast die Liste der registrierten Schußwaffen nicht bekommen? Warum nicht?"

„Nun... " Vicki klappte die Lüftungsschlitze der Klimaanlage ein- oder zweimal hin und her. „Zwischen der OPP und mir gab es ein Mißverständnis." Sie haßte es, das zugeben zu müssen, da sie wußte, daß Celluci es übertrieben aufbauschen würde.

„Darauf wette ich", brummte er und ließ zu ihrer Überraschung das Thema fallen.

Zwanzig Minuten später, als er aus dem Revier kam, machte er sein Schweigen wieder wett.

„Ein Mißverständnis?" Er knallte die Wagentür zu und drehte sich zu ihr um. „Vicki, du könntest jede Chance einer Zusammenarbeit der Provinzpolizei mit örtlichen Polizeikräften ein für allemal zerstört haben. Was zum Teufel hast du gesagt?"

Sie erzählte es ihm.

Er schüttelte den Kopf. „Ich bin überrascht, daß der Sergeant vom Dienst dich lebend aus dem Gebäude herausgelassen hat."

„Ich schließe daraus, daß du die Liste nicht hast."

„Volltreffer, Sherlock, aber ich bekam einiges zu hören über korrektes polizeiliches Vorgehen."

„Verdammt! Ich brauche die Liste."

„Daran hättest du denken sollten, ehe du diese Bemerkung über seine Mutter gemacht hast." Mike stoppte am Ausgang des Parkplatzes. „Wohin jetzt?"

„Links ab." Vicki wartete, bis er den Wagen um die Kurve und in den Verkehr gelenkt hatte, bevor sie ergänzte: „Ich will, daß du eine Mitgliederliste vom CVJM besorgst."

„Hast du die auch beleidigt?"

Das war vermutlich eine berechtigte Frage. „Nein, aber ich habe kein Recht, nach der Liste zu fragen, und sie haben keinen Grund, sie mir zu geben. Du aber bist Polizist." Sie stupste ihn in den Bizeps. „Nette Menschen wie die vom CVJM sind daran gewöhnt, der Polizei zu trauen. Wenn *du* sie um ihr erstgeborenes Kind bätest, würden sie dir den kleinen Dreikäsehoch überreichen."

„Du willst, daß ich für dich lüge?"

Vicki lächelte und zeigte die Zähne. „Du prahlst doch immer damit, wie gut du darin bist."

Die netten Menschen vom CVJM erwiesen sich als ebenso kooperativ, wie Vicki vermutet hatte, und Celluci warf ihr die Mitgliederliste des Fotografie-Clubs in den Schoß, als er einstieg.

„Sonst noch was?" brummte er und ließ den Motor an.

„*Du* wolltest hierbleiben", bemerkte Vicki und überflog die Mitgliederliste nach Namen, die sie kannte. Keiner kam ihr bekannt vor, daher faltete sie sie sorgfältig zusammen und steckte sie in ihre Tasche. „Das ist alles für heute. Laß uns jetzt zum Hof rausfahren, ich lechze danach, meine Kleider zu wechseln." Obwohl sie eine wundervolle lange Dusche hinter der verschlossenen Tür des Hotelbadezimmers genossen hatte, trug sie immer noch die kurze Hose und das T-Shirt von gestern, und beide sahen mitgenommen aus.

„Ich habe mich schon gefragt, woher der Geruch kommt."

„Du kannst mich mal. Du findest doch sicher selbst den Weg aus der Stadt raus?"

Celluci fand ihn. Wenn er auch vom Polizeirevier aus damit anfangen mußte.

Sie fuhren eine Weile schweigend, und Vicki sah halb dösend aus dem Fenster auf die vorbeiziehenden Felder und Bäume und Bäume und Felder und...

Plötzlich setzte sie sich auf. „Du hast die Abzweigung verpaßt."

„Was?"

„Ich erinnere mich nicht, dieses verfallene Schulgebäude schon einmal gesehen zu haben."

„Nur weil du es nicht gesehen hast... "

„Schau, ich bin diesen Weg jetzt drei Mal gefahren. Zweimal", sie betonte das Wort, um seine nächste Bemerkung abzuschneiden, „bei Tageslicht, wenn ich sehen konnte. Ich glaube, du hast die Abzweigung verpaßt."

„Du könntest recht haben", gab er zu und suchte das umliegende Land nach Orientierungspunkten ab. „Sollen wir wenden oder bei der nächsten Gelegenheit nach Osten abbiegen?"

„Gewöhnlich sind Landstraßen nach einem simplen Gittermuster angelegt. Solange wir bei der ersten Gelegenheit nach Süden fahren, sollten wir klarkommen."

„Dann die nächste nach Osten."

Vicki rutschte im Sitz tiefer und stützte ihre Knie gegen das Armaturenbrett. Sie wußten beide, daß es sinnvoller wäre zu wenden und nach der korrekten Seitenstraße zu suchen, aber Vicki fühlte sich zum ersten Mal seit Tagen bequem und entspannt und dachte nicht, daß ein paar zusätzliche Augenblicke einen Unterschied machen würden. Sie verstand Celluci. Er war gekommen, um das Natürliche angesichts des Übernatürlichen zu repräsentieren, und das hieß, daß sie bei ihm nicht auf der Hut sein mußte, was sie bei Henry oder den Werwölfen nicht konnte. Wenn sie wendeten und zurückfuhren, wäre das Zwischenspiel nur früher vorbei.

Sie wagte nicht zu vermuten, was Mikes Gründe waren weiterzufahren.

Die Nebenstraße, in die sie einbogen, endete nach sechs Kilometern in einem Bauernhof. Der Bauer, der sich keine Mühe gab, seine Belustigung zu verbergen, erklärte ihnen den Weg, während sein Hund den Hinterreifen markierte. Sie waren an der Abzweigung nach Süden vorbeigefahren, da sie sie für einen Feldweg gehalten hatten.

„Hier hat's mehr Schlaglöcher als auf der Spadina Avenue", murrte Vicki und wehrte den Versuch der Decke ab, ihr auf den Kopf zu schlagen. „Glaubst du, du könntest etwas langsamer fahren?"

„Halte einfach nach der roten Scheune Ausschau."

Die rote Scheune war entweder verfallen oder verblaßt; sie war auf jeden Fall nicht dort, wo der Bauer gesagt hatte. Schließlich bogen sie an der zweiten Kreuzung nach Osten ab. Die Straße machte nach zwei Kilometern eine sanfte, überhöhte Kurve und ging Richtung Süden.

„So werden wir schließlich wieder in London landen."

Mike seufzte. „Hat hier noch niemand was von Straßenschildern gehört? Da ist ein Gebäude. Mal sehen, ob wir diesmal eine verständliche Wegbeschreibung bekommen."

Sie waren schon in der Auffahrt, als Vicki das Farmhaus erkannte.

„Schon wieder verirrt, Ms. Nelson?" Carl Biehn kam zur Beifahrerseite des Wagens, während er sich die Erde von den Händen klopfte.

Vicki lächelte zu ihm hoch. „Diesmal nicht." Sie wies mit dem Daumen über die Schulter. „*Er* ist gefahren."

Carl bückte sich, um in den Wagen sehen zu können, und nickte Mike zu, der zurücknickte und sagte: „Wir scheinen die falsche Abzweigung genommen zu haben."

„Das ist leicht auf dem Land", erklärte der alte Mann und richtete sich auf.

Vicki fand, er sähe müde aus. Er hatte Ringe um die Augen, und die Falten an den Mundwinkeln hatten sich vertieft. „Probleme?" fragte sie und wunderte sich, warum er zusammenzuckte.

„Nein. Keine Probleme." Er rieb an getrocknetem Schlamm an seinem Daumen herum und machte dabei Waschbewegungen mit den Händen.

„Na, na. Schon wieder verirrt, Ms. Nelson?" Die Worte waren identisch, aber der Tonfall war gerade eben keine Beleidigung. „Ich glaube, Sie müssen sich der Tatsache stellen, daß manche Menschen nicht für das Landleben gemacht sind."

Vicki erwog, ein Lächeln zu erwidern, das genauso falsch war wie das, das Williams ihr schenkte, beschloß aber, sich nicht die Mühe zu machen. Sie mochte ihn nicht; es war ihr egal, ob er das wußte.

Er schob sich an Biehn vorbei und beugte sich in den Wagen, wobei er die Hand auf die Kante des offenen Fensters stützte. „Ich sehe, heute ist es Ihnen gelungen, jemand anderen in die Irre zu führen." Seine linke Hand schob sich an Vicki vorbei ins Auto. „Mark Williams."

„Mike Celluci."

Sie schüttelten einander kurz die Hände. Vicki spürte die Versuchung, in den gebräunten Arm zu beißen, als er zurückgezogen wurde. Sie hielt sich zurück; offenbar hatte die Zeit, die sie mit den Werwölfen verbracht hatte, ihr Denken beeinflußt. *Außerdem stehen die Chancen gut, daß ich mir dabei etwas Ekelhaftes einfange.*

„Was ist mit Ihrem Kopf passiert?" Williams klang besorgt.

„Ein Unfall." Es ging ihn nichts an.

„Sie wurden aber nicht schlimm verletzt?" Carl Biehn spähte mit gerunzelten Brauen über die Schulter seines Neffen.

„Nur eine Beule", versicherte Vicki. Er nickte, und sie warf Mark einen Blick zu, der ihn vor weiteren Fragen warnte.

„Wir suchen den Heerkens-Hof." Mike trug seine neutrale Miene zur Schau – nicht freundlich, nicht unfreundlich, einfach nur da. Vicki hatte eine ähnliche. Sie machte sich nicht die Mühe, sie anzunehmen.

„Kein Problem. Drei oder vier Kilometer diese Straße hinunter, dann die erste links. Ihr Weg ist etwa zwei Kilometer weiter." Er lachte. Sein pfefferminzduftender Atem strömte in den Wagen. „Es sind dann nochmal zwei Kilometer, wenn Sie angebogen sind."

„Es ist nichts verkehrt an Privatsphäre", bemerkte Mike mild.

„Überhaupt nichts", stimmte der andere zu. Er richtete sich auf und breitete die Hände aus, die goldenen Härchen auf seinen Unterarmen glänzte in der Sonne. „Ich bin selbst dafür."

*Darauf wette ich*, dachte Vicki. *Ich würde liebend gern einen Blick auf die schmutzigen kleinen Geheimnisse werfen, die deine Privatsphäre verbirgt. Wahrscheinlich würde das für den Anfang schon mal fünf bis zehn Jahre bringen...*

„Ms. Nelson?" Carl Biehn hatte aufgehört, am Schmutz herumzureiben, wirkte aber noch beunruhigt. „Werden Sie lange bei denen bleiben?"

„Ich hoffe nicht."

„Das klingt wie ein Gebet."

Vicki seufzte. „Vielleicht ist es eines." Sie würde bleiben, bis sie den Mistkerl mit dem Gewehr festgenagelt hatte, und wenn Gebete halfen, dann hatte sie nichts dagegen. Sie schob ihre Brille hoch und drehte sich um, um zu winken, während Celluci in der Auffahrt wendete und zurück auf die Straße fuhr.

Carl Biehn hob eine müde Hand zu einem zurückhaltenden Gruß, aber Mark Williams, der sehr gut wußte, daß er nicht in diese Abschiedsgeste miteinbezogen war, reagierte mit einem übertriebenen Winken seines Arms.

„Nun?"

„Nun was?" Er drehte sich halb zu ihr um, die Augenbrauen hochgezogen. „Du fragst mich doch wohl nicht nach meiner Meinung?"

„Mike."

Er schürzte die Lippen und wandte sich wieder der Straße zu. „Den älteren Mann beunruhigt etwas, wahrscheinlich der jüngere – ein Jammer, daß man sich Verwandte nicht aussuchen kann. Nach dem, was du mir beim Frühstück erzählt hast und was ich selbst beobachtet habe, schließe ich mit meinen brillanten Fähigkeiten zur Deduktion, daß du Mr. Biehn magst, der ein netter Kerl zu sein scheint, aber du magst Mr. Williams nicht."

Vicki schnaubte. „Erzähl mir nicht, du tätest das."

„Er schien nicht so übel zu sein. He! Nicht den Fahrer angreifen."

„Dann red' keinen Blödsinn."

Mike grinste. „Was? Du willst, daß deine Meinung bestätigt wird? Das wäre das erste Mal."

Vicki wartete. Sie wußte, daß er sich die Gelegenheit, ihr zu sagen, was er dachte, nicht entgehen lassen würde.

„Ich denke", fuhr er wie aufs Stichwort fort, „Williams würde seine eigene Mutter verkaufen, wenn er sich einen Gewinn davon verspräche. Ich garantiere dir, daß er hinter irgendwas her ist; das sind solche Typen immer."

Vicki rückte die Brille gerade, obwohl sie fest auf ihrer Nasenwurzel saß. Da würde erst die Hölle einfrieren, ehe Williams die Disziplin aufbrächte, um die Art von Meisterschütze zu werden, der die Werwölfe abschoß.

Biehn wandte sich ab, als der Wagen aus der Auffahrt fuhr. Er hatte immer Frieden in seinem Garten gefunden, aber an diesem Morgen entzog er sich ihm. Er hörte ständig immer und immer wieder, den Schrei der Kreatur, die er in der Nacht verwundet hatte. Sie war kein Geschöpf Gottes, also sollte ihr Schmerz ihn nicht bewegen können, aber er konnte den Schrei weder aus seinem Kopf noch aus seinem Herzen verbannen.

Der Herr prüfte ihn, um zu sehen, ob seine Entschlossenheit stark war.

Das Böse durfte man nicht bemitleiden, es mußte ausgemerzt werden.

„Zwei Bullen." Mark Williams schürzte nachdenklich die Lippen. „Sie hat Verstärkung geholt." Zu dumm, daß der Unfall das Problem nicht gelöst hatte, aber, wie er immer sagte, wer nichts wagt, der nicht gewinnt. Selbst wenn Ms. Nelsons Freund hier war, um den Unfall zu untersuchen – er hatte sorgfältig darauf geachtet, nichts am Wagen zu hinterlassen, das ihn belasten könnte.

Andererseits, wenn jetzt die beiden hier rumschnüffelten, sollte er besser einen Zahn zulegen, sonst bliebe vor lauter Polizei und schießwütigem Onkel nichts von seinem kleinen Plan übrig.

„Wirst du wieder mit meinem Vater kämpfen?"

„Nicht, wenn er nicht mit mir kämpft."

Daniel drehte sich um und sah zu Stuart auf, der aufgestanden war, als Vicki und Mike hereinkamen und jetzt mit einem Knurren tief in der Kehle dastand. „Paps?"

Stuart ignorierte ihn. Die beiden Männer blickten einander in die Augen.

„Paps? Kann ich ihn für dich beißen?"

Stuart zuckte zusammen und blickte auf seinen Sohn hinunter. „Ob du was kannst?“

„Ihn für dich beißen?“ Daniel bleckte weiße Zähnchen.

„Daniel, man geht nicht hin und beißt Leute. Das weißt du doch besser.“

Der jüngste Werwolf kniff die Augen zusammen. „Du wolltest es tun“, bemerkte er.

„Das ist etwas ganz anderes.“

„Warum?“

„Das verstehst du, wenn du älter bist.“

„Wieso?“

„Nun... “ Er warf einen hilflosen Blick auf Mike, der seine Hände ausbreitete, da er gleichfalls keine Antwort wußte. „Das ist... Männersache.“

Daniel schnaubte. „Ich darf nie irgendwen beißen“, beklagte er sich, trat die Fliegengittertür auf und stapfte in den Hof hinaus.

Obwohl Gelächter der Zündfunke sein konnte, konnte Vicki nicht an sich halten. Sie brach auf der Couch zusammen, hielt sich die Seiten und rang nach Luft. „Männersache“, brachte sie schließlich keuchend hervor und fing wieder an, schlimmer als zuvor.

Die beiden Männer sahen auf sie hinunter und dann mit identischem Gesichtsausdruck einander an.

„Stuart Heerkens-Wells.“

„Mike Celluci.“

„Gehört die Frau zu Ihnen?“

„Ich hab’ sie noch nie im Leben gesehen.“

Als Vicki herunterkam, nachdem sie sich umgezogen hatte, war nur Nadine in der Küche.

„Wo sind denn alle?“ fragte sie, schob ihre Brille hoch und stellte ihre Tasche auf den Boden.

„Meine Töchter sind draußen in der Scheune auf Rattenjagd, mein Sohn wird hoffentlich bei der Jagd nach diesem Frisbee müde... “

Vicki spähte aus dem Küchenfenster und sah zu ihrer Überraschung Celluci, der das Frisbee für Shadow warf. „Was macht *der* denn noch hier?“

„Ich glaube, er wartet auf Sie.“

Sie seufzte. „Wissen Sie, als wir in den Feldweg einbogen, habe ich ihm für seine Hilfe gedankt und ihm gesagt, er solle verschwinden. Ich frage mich, was mich auf die Idee gebracht hat, er könnte mir zugehört haben?“

„Er ist ein Mann. Ich glaube, Sie erwarten zuviel von ihm. Jedenfalls ziehen Rose und Peter sich gerade an, um Sie in die Stadt zu fahren, und Rute ist gegangen, um die Herde zu überprüfen.“

Dann kam Celluci in die Küche und ließ Schatten auf dem Rasen zurück, mit hängender Zunge, das Frisbee sicher unter den Vorderpfoten. „Gut, du bist fertig. Gehen wir, es ist fast Mittag. Ich höre, daß Henry immer noch im Bett ist.“ Er unterdrückte ein höhnisches Grinsen, aber nur gerade eben.

„Er hatte eine harte Nacht.“

„Hatten wir die nicht alle?“

Dann merkte sie es. „Wohin gehen wir?“

„In die Stadt. Du mußt das mit dem Mechaniker klären – es sei denn, es ist dir egal, wenn Peter wegen Betriebs eines verkehrsuntüchtigen Fahrzeugs angeklagt wird –, und irgend jemand muß wissen, wer die Fähigkeit hat, diese Schüsse abzugeben, also schlage ich vor, daß wir da hingehen, wo sich die Jungs rumtreiben, und Donald muß abgeholt und nach Hause gebracht werden.“

„Ja? Und?“ Vicki verschränkte die Arme vor der Brust. „Und was hat das mit dir zu tun?“

„Ich habe beschlossen zu bleiben.“ Er neigte den Kopf zu Nadine hin. „Keine zusätzlichen Kosten.“

Vicki verschluckte das *Leck mich!*, ehe sie es tatsächlich aussprach. Sie erstickte fast daran, aber ihr Stolz bedeutete gemessen am Leben der Werwölfe nichts. Anderseits war Celluci, ganz egal, was er dachte, nicht im Vollbesitz der Wahrheit und hatte kein Recht, sich einzumischen.

„Was gibt's?“ Peter folgte seiner Schwester und blickte von Vicki auf Celluci. Seine Nasenflügel zitterten. Es lagen merkwürdige Gerüche in der Luft.

„Vicki entscheidet gerade, wer sie in die Stadt fahren wird“, erklärte Nadine.

„Rose", antworte Peter. „Ich stehe immer noch unter Schock wegen gestern."

Rose verdrehte die Augen. „Du willst doch nur den Kopf aus dem Fenster hängen."

Peter grinste. „Das natürlich auch."

„Ich fahre, weil wir mein Auto nehmen."

Die Zwillinge fuhren synchron herum, um Vicki anzusehen.

Ich sollte ihm sagen, er soll heimgehen, und diesmal dafür sorgen, daß er es auch tut, selbst wenn ich ihm ein paar Knochen brechen muß. Ich brauche seine Hilfe nicht.

Peter erkannte ihre Unentschlossenheit, trat einen Schritt näher und dämpfte seine Stimme. „Vicki, was die Tatsache angeht, daß *der* da ist, ich glaube nicht, daß das Henry gefallen wird."

Ihre Augen verengten sich. Was zum Teufel hatte Henry damit zu tun? Sie riß ihre Tasche vom Boden hoch und ging Richtung Tür. „Was stehst du hier noch rum?" schnauzte sie, als sie an Mike vorbeikam. „Ich dachte, du fährst mich."

Mike warf einen nachdenklichen Blick auf Peter, dann folgte er ihr.

„Worum ging es hier überhaupt?" fragte sich Peter, als die Zwillinge sich beeilten nachzukommen. „Warum lacht Tante Nadine?"

„Das weißt du nicht?"

„Nein."

Rose schüttelte seufzend den Kopf. „Peter, manchmal bist du ein Depp."

„Nein."

„Doch."

Sie hätten mit dem Streit noch den ganzen Weg bis London weitergemacht, wenn Vicki nicht gedroht hätte, beide zu knebeln.

# Zwölf

„Da ist Ihr Problem."

Vicki spähte in den Motor des BMW. Nichts sah verkehrt aus. „Wo?"

„Na da." Der Mechaniker zeigte mit dem Schraubenzieher, den er in der Hand hielt, auf etwas. „Die Bremsleitung hinter dem Hauptzylinder."

„Es stimmt etwas mit der Bremsleitung nicht?"

„Ja, sie ist durchlöchert."

„Was meinen Sie mit durchlöchert?"

Der Mann seufzte. Seine Miene sagte so deutlich: *Frauen!*, als hätte er das Wort laut ausgesprochen. „Durchlöchert. Nicht dicht."

„Jemand hat ein Loch hineingebohrt?" Es dauerte einen Augenblick, bis ihr der tiefere Sinn dessen klar wurde. War der Einsatz gerade gestiegen? Hatte der Mörder etwas von ihrer Beteiligung gemerkt und beschlossen, etwas dagegen zu tun? Sie runzelte die Stirn; das paßte nicht ins Muster. Plötzlich schien die Luft in der Werkstatt, die schon nach Eisen, Öl und Benzin duftete, dicker und schwerer zu atmen.

„Ich habe nicht gesagt, daß das jemand gemacht hat. Sehen Sie hier?" Er hob den schwarzen Gummischlauch mit der Spitze des Schraubenziehers hoch. „Hat an diesem Metallstück gescheuert. Wurde direkt zwischen den Rippen aufgerieben und ist gebrochen." Er zuckte die Achseln und ließ den Schlauch fallen. „Passiert. Die Bremsen funktionieren dann 'ne Weile, verlieren aber Bremsflüssigkeit. Verlieren Sie aber genug Bremsflüssigkeit, dann... " Ein schmieriger Finger zog eine Linie über seine Kehle.

„Ich weiß." Vicki richtete sich auf. „Ich war dabei. Also werden Sie der Polizei erzählen... ?"

„Unfall. Pech. Höhere Gewalt." Er zuckte wieder die Achseln und drehte sich um, um den Kopf über die beschädigte Seite des Wagens zu schütteln. „Kaum zu glauben, daß alle davongekommen sind. Echtes Glück."

Sehr viel Glück, erkannte Vicki. Der Tod hatte sie nur um ein paar Meter verfehlt, und wenn Rose auf der Beifahrerseite gesessen hätte, hätte sie nicht überlebt. Vicki hielt ihre Brille auf der Nase fest und beugte sich wieder über die Bremsleitung; irgend etwas sah merkwürdig aus.

„Warum zum Teufel würde jemand ein Auto so bauen, daß sich die Bremsleitung durchscheuert?"

Sie konnte das Achselzucken in der Stimme des Mechanikers hören. „Vielleicht, weil's 'n alter Wagen ist. Baujahr 1976, da laufen Dinge verkehrt. Es könnte ein Fehler am Fließband gewesen sein. Montagsauto."

In Ordnung, das ergab Sinn. Pech und nichts weiter hatte sie und Rose und Peter in den Wagen gesetzt, als dieser kleine Fehler sich gerächt hatte. *Himmel, wenn man sich nicht einmal mehr auf einen BMW verlassen kann...*

Außer... da waren zwei Flecke, die den Riß umrahmten, wo das gelbe Muster auf dem Schlauch heller war. Stellen, wo der angesammelte Schmutz von jemandes Finger weggerieben worden sein könnte, als er dem kleinen Fehler eine helfende Hand reichte. Vorsichtig, um das Gummi nicht zu berühren, preßte Vicki den Finger gegen das vorstehende Metallstück, das den Schaden tatsächlich angerichtet hatte. Obwohl es nicht scharf war, hatte es eine deutliche Kante.

„Angenommen, Sie wollten eine Bremsleitung durchlöchern und es wie einen Unfall aussehen lassen", sie deutete auf den Motor, „wie lange würden Sie brauchen, um das zu machen?"

Der Mechaniker sah nachdenklich aus. „Nicht lang."

Sie waren anderthalb Stunden im Restaurant gewesen. Genug Zeit.

Fasziniert von der Idee griff er in den Wagen. „Ich würde sie hier pakken... "

„Nicht anfassen!"

Er sprang zurück, als wäre er gestochen worden. „Sie glauben doch nicht ..."

„Ich glaube, ich will kein Risiko eingehen. Ich will, daß Sie die Polizei rufen. Ich habe die Nummer des Beamten am Unfallort, wenn Sie sie nicht haben."

„Nein. Ich habe sie."

„Prima. Sagen Sie ihm, Sie hätten Spuren dafür gefunden, daß jemand daran herumgepfuscht hat, und daß sie wenn schon nichts sonst Fingerabdrücke nehmen sollten." Sie hatte ihre eigene Ausrüstung dafür, nicht gerade High-Tech, aber sicher ausreichend, um Fingerabdrücke von diesen schmierigen Schläuchen abzunehmen. Wenn man aber die Technologie der Polizei zum Einsatz bringen konnte, umso besser.

„Warum rufen Sie nicht an?"

„Weil Sie der Fachmann sind."

Er warf ihr einen finsteren Blick zu, dann seufzte er und sagte: „Gut, Lady. 1:0 für Sie. Ich rufe an."

„Jetzt", schlug Vicki vor.

„Gut. Von mir aus jetzt. Und Sie rühren nichts an, während ich weg bin."

„Einverstanden. Und Sie fassen nichts an, bis die Spurensicherung da war und wieder weg ist."

Wieder der finstere Blick. Er ging zwei Schritte, blieb stehen und sah zurück. „Jemand hat versucht, Sie umzubringen."

„Möglicherweise." Oder Peter. Oder Rose.

Er schüttelte den Kopf, seine Miene schwankte zwischen Hochachtung und Ekel. „Ich wette, das ist nicht das erste Mal." Er ging in sein Büro, ohne auf eine Antwort zu warten.

Vicki rieb mit ihrem rechten Daumen die schwachen Narben auf ihrem linken Handgelenk, sah wieder das unmenschliche Lächeln und hörte den Dämon sagen: „*Also du wirst das Opfer sein.*" Ein Schweißtropfen, der nichts mit der Hitze zu tun hatte, rann zwischen ihren Brüsten hindurch und weiter; sie spürte, wie ihr Herz zu rasen begann. Der Tod war so nah gewesen, daß ein Schatten zurückblieb, lange nachdem das eigentliche Wesen besiegt worden war. Geübt schob sie die Erinnerung daran weg und vergrub sie tief.

Die Welt außerhalb der Erinnerung schien einen Augenblick seltsam zu sein, dann schüttelte sie den Kopf und zwang sich, wieder in die Gegenwart zurückzukehren. Draußen beim Auto erzählte Rose Celluci irgendeine Geschichte, die jede Menge Armbewegungen erforderte. Peter trieb sich schützend in der Nähe herum. Wenn Mike über etwas lachte, das Rose gesagt hatte, sah Vicki Peters Schultern sich versteifen.

„Peter! Könnten Sie bitte herkommen?"

Zögernd kam er.

Sie nickte in Richtung des BMW. „Wie stehen die Chancen, daß Sie eine Fährte von einem Bremsschlauch aufnehmen können?"

Peter warf einen Blick in den Motor und rümpfte die Nase. „Schlecht bis gar nicht. Die Bremsflüssigkeit riecht ziemlich stark. Warum fragen Sie?"

Vicki sah keinen Sinn darin zu lügen, da die Werwölfe wußten, daß man sie mit dem Tode bedrohte. „Ich glaube, jemand hat den gestrigen Unfall gedeichselt."

„Wow. Henry wird sauer sein."

„Wieso Henry?"

„Nun, die haben seinen Wagen auf dem Gewissen."

„Und uns drei fast umgebracht", erinnerte ihn Vicki.

„Oh, ja."

Die Tür öffnete sich, und der Mechaniker kam wieder. Er sah mürrisch aus. „Gut. Ich habe angerufen. Er sagt, es kommt jemand vorbei. Später irgendwann." Er starrte finster auf den BMW und dann hoch zu Vicki. „Er will mit Ihnen reden. Verlassen Sie nicht die Stadt."

„Würde mir nicht im Traum einfallen. Sie waren eine große Hilfe."

Er erwiderte ihr Lächeln mit einem Schnauben und bückte sich, um an einem neueren Modell zu arbeiten, einem blauen Saab, der schon bessere Tage gesehen hatte.

Vicki erkannte eine Entlassung, wenn sie sie sah. Da es nichts mehr gab, was sie hier tun konnte, beschloß sie, nichts darauf zu geben. „Kommen Sie, Peter."

Mit gerunzelter Stirn folgte ihr Peter aus der Werkstatt.

„Was?" fragte sie, als sie zu Mikes Wagen gingen.

„Es ist wahrscheinlich nichts, aber während Sie sich mit Mr. Sonnenschein unterhalten haben, habe ich an der Motorhaube herumgeschnüffelt. Wenn jemand an den Bremsen herumgebastelt hat, muß er zuerst die Motorhaube aufgemacht haben." Er holte Luft. „Jedenfalls glaubte ich gerade eine Sekunde lang, einen bekannten Geruch aufgenommen zu haben. Dann habe ich ihn verloren. Es tut mir leid."

„Würden Sie ihn wiedererkennen?"

„Schon."

„Gut, wenn Sie wieder darauf stoßen, dann sagen Sie es mir sofort. Der Kerl ist gefährlich."

„He", protestierte er. „Ich weiß. Es ist mein Paps, der angeschossen worden ist."

Vicki fragte sich, ob sie ihm sagen sollte, daß die Person, die Donald angeschossen hatte, und die Person, die an Henrys Wagen herumgepfuscht hatte, wahrscheinlich nicht derselbe Mann waren – die Taten waren viel zu unterschiedlich – und ihrer Ansicht nach diese neue Bedrohung ohne ein Muster, das sie vorhersagbar machte, weit gefährlicher war. Sie entschied sich dagegen. Was sollte es schon nützen?

Celluci sah zu, wie Peter und Rose im Inneren verschwanden, dann stieß er aus Dr. Dixons Ausfahrt zurück und fuhr Richtung Stadt. „Schwer, sie nicht zu mögen, was?"

„Was ist nicht mögen?"

„Und das von der Frau, die einmal gesagt hat, Teenager sollten verboten werden?"

„Sie sind auch nicht gerade typische Teenager."

Mike warf ihr einen Seitenblick zu. „Okay, was macht dir Sorgen? Du bist in einer ganz miesen Stimmung, seit wir aus der Werkstatt weg sind."

Vicki schob ihre Brille hoch und seufzte. „Ich habe nur nachgedacht... "

„Das wäre das erste Mal."

Sie ignorierte ihn. „Wenn jemand sich die Mühe macht zu versuchen, mich umzubringen muß ich irgend etwas wissen, von dem ich nicht weiß, daß ich es weiß. Der Mörder denkt, ich komme ihm zu nah."

„Oder nicht du warst das Ziel, sondern Rose und Peter. Du warst einfach nur da."

„Nein, es gibt schon ein System, um die Werwölfe zu töten, warum sollte man das ändern? Es funktioniert noch. Ich habe das Gefühl, daß das auf mich gemünzt war."

„Eine Ahnung?"

„Nenn es, wie du willst, aber wenn du ‚weibliche Intuition' sagst, reiße ich dir das Gesicht ab."

Da er nicht vorhatte, etwas so offenkundig Selbstmörderisches zu sagen, ignorierte er die Drohung. „Laß uns durchgehen, was du weißt."

„Sollte nicht lange dauern." Vicki stützte die Knie gegen das Armaturenbrett und zählte die Punkte an den Fingern ab. „Ich weiß, daß Barry es nicht war. Ich weiß, daß Dixon es nicht war. Ich weiß, daß Arthur Fortrin es nicht war. *Jeder andere* kann es gewesen sein, bis zu und einschließlich einer Zufallsbekanntschaft, gegenüber der vielleicht einer der drei in einer Bar geprahlt hat. Sobald Barry mir sagt, wer in der Gegend von London zu einem solchen Schuß fähig ist, werde ich ihn mit den Listen von Leuten vergleichen, die regelmäßig das Naturschutzgebiet benutzen. Hoffentlich können wir die Wegbeschreibung zu seiner Wohnung entziffern, ehe er zur Arbeit geht."

Mike fischte das Blatt Papier von ihrem Schoß, überflog es und warf es zurück. Er hatte vollkommenes Vertrauen in seine Fähigkeit, einen Weg zu finden, trotz der morgendlichen Fahrt durch die malerische ländliche Gegend. „Und wenn Barry es nicht weiß?"

„Irgend jemand weiß es. Ich werde ihn finden." Sie strich die Karte glatt. „Oh, es ist auch nicht Frederick Kleinbein."

„Wer bitte?"

„Technisch gesehen glaube ich, daß man ihn ihren Nachbarn nennen könnte. Er hat mich darüber informiert, daß die Heerkens ein tiefes, dunkles Geheimnis haben." Vicki grinste. „Sie sind nämlich Nudisten, weißt du."

„Sie sind Nudisten?"

„So hat Kleinbein mir erzählt. Offenbar glauben die Einheimischen lieber an Nudisten als an Werwölfe."

Celluci warf Vicki einen verdrießlichen Blick zu. „Kaum überraschend. Ich bin jedoch überrascht, daß das nicht Heerscharen junger Männer mit Teleobjektiven angezogen hat."

„Ich habe den Eindruck, die ‚Hunde' haben sich um dieses Problem gekümmert."

Celluci, der den „Hunden" in Aktion gegenübergestanden hatte, konnte verstehen, wie das einen zufälligen Spanner entmutigen konnte.

Vicki verstand sein Grunzen als Zustimmung und fuhr fort: „Die einzigen anderen Leute, mit denen ich gesprochen habe, sind Carl Biehn und Mark Williams."

Er brauchte einen Augenblick, um die Namen zuzuordnen. „Die beiden von heute morgen?"

„Ja."

„Dann sind vielleicht sie es."

„Unwahrscheinlich." Sie schnaubte. „Kannst du dir vorstellen, daß jemand wie Williams die Zeit und Mühe auf sich nimmt, um ein Meisterschütze zu werden? M-mm. Wie ich ihn einschätze, zahlt sich etwas entweder sofort aus, oder er ist nicht interessiert."

„Und der ältere Mann? Biehn?"

Sie seufzte. „Vegetarier."

„Er ißt die Werwölfe nicht, Vicki, er tötet sie nur."

„Er ist tief religiös."

„Das sind ein Haufen Spinner. Das schließt sich nicht gegenseitig aus."

„Er gärtnert."

„*Und* du magst Biehn."

Sie seufzte wieder und klappte die Lüftungsschlitze auf und zu. „Ja, und ich mag ihn. Er wirkt wie ein durch und durch anständiger Mensch."

„Noch so ein Gefühl?"

„Du kannst mich mal." Ausgelöst von dem grellen Sonnenlicht, der gestrigen Verletzung und dem Mangel an Schlaf entwickelte sich bei ihr gerade die Mutter aller Kopfschmerzen. „Einen Schleimbeutel als Neffen zu haben ist kaum ein ausreichender Grund, um jemand des mehrfachen Mordes anzuklagen. Ich werde aber Barry bitten, Williams auf Vorstrafen zu überprüfen, nur für alle Fälle. Wenn *du* helfen willst und der Wind in der richtigen Richtung weht, dann könntest du die Nacht damit verbringen, den Baum zu beobachten."

„Danke. Genau, was ich immer schon tun wollte – die Nacht draußen in den Wäldern verbringen und bei lebendigem Leib von Moskitos gefressen werden." *Während du und Henry es euch gemütlich macht? Wohl kaum.* Er warf ihr einen Blick zu und sah dann wieder auf die Straße. „Wer sagt, daß er weitermacht?"

„Es ist Teil seines Musters, wenn der Wind von den Feldern wegweht."

„Warum unterbindest du es dann nicht?"

„Ich habe daran gedacht."

„Während du darüber nachdenkst – hier noch etwas. Wenn du weißt, daß er zu dem Baum zurückkommt, warum hast *du* ihn nicht überwacht?"

„Wie? *Du* weißt, daß ich nach Einbruch der Dunkelheit verdammt nochmal nichts sehe. Außerdem war Henry draußen... "

„Du hast einen Zivilisten geschickt!"

„Er hat sich freiwillig gemeldet!" schnauzte Vicki und ignorierte die Tatsache, daß sie selbst jetzt Zivilistin war.

„Hat er sich auch freiwillig gemeldet, angeschossen zu werden?"

„Henry ist ein erwachsener Mann. Er kannte die Risiken."

„Ein erwachsener Mann. Klar. Das ist auch noch so etwas – laut seinem Führerschein ist Fitzroy erst vierundzwanzig Jahre alt." Er nahm den Blick gerade lange genug von der Straße, um sie wütend anzublicken. „Du bist fast acht Jahre älter als er, oder ist das nicht... was ist so komisch?"

Obwohl die Vibrationen schreckliche Dinge in ihrem Kopf anrichteten, konnte Vicki nicht aufhören zu lachen. *Acht Jahre. Ach Gott.* Dann drang das eisige Schweigen auf der anderen Seite des Wagens zu ihr durch, und es gelang ihr, sich zu beherrschen. *Acht ganze Jahre...* sie nahm die Brille ab und wischte sich die Augen mit der Schulter ihres T-Shirts. „Mike, du hast keine Ahnung, wie wenig das eine Rolle spielt."

„Offenbar nicht", knurrte Mike mit zusammengebissenen Zähnen.

„He! Werden wir verfolgt oder sowas? Du hast gerade bei Gelb beschleunigt." Vicki warf einen Blick auf sein entschlossenes Gesicht und befand, es sei Zeit, das Thema zu wechseln. „Was könnte ich wissen, das es wert ist zu töten, um es zu schützen?"

Es war nicht der eleganteste aller Themenwechsel, aber Mike ging darauf ein. Plötzlich wollte er *nicht* wissen, warum sie gelacht hatte. Er war volle zwölf Jahre älter als Henry Scheiß-Fitzroy und glaubte nicht, daß sein Ego dem gewachsen wäre. „Wenn ich du wäre, würde ich Biehn und seinen Neffen zur Befragung verhaften lassen."

„Mit welcher Begründung?"

„Jemand glaubt, daß du ihm zu nah kommst, und sie sind die einzigen, mit denen du gesprochen hast, die du nicht entlastet hast."

„Aber du bist nicht ich." Vicki kratzte einen Mückenstich an der Rückseite ihrer Wade. „Für den Fall, daß es dir entgangen sein sollte, dies ist nicht nur kein Polizeifall, sondern wir können auch nicht die Polizei daran beteiligen."

„Sie ist schon beteiligt, oder hast du vergessen, daß letzte Nacht eine Schußwunde gemeldet wurde?"

„Queen Street. Bieg hier ein. Barry wohnt in Nummer 321." Sie schob ihre Brille hoch und ergänzte. „Die Polizei glaubt nur, sie sei beteiligt. Sie hat keine Ahnung, was wirklich vor sich geht."

„Und du glaubst, daß sie es nicht herausfinden wird?" fragte er, während er in weitem Bogen um die Ecke fuhr, um einem Jungen auf einem Fahrrad auszuweichen.

Vicki breitete die Hände aus. „Wie sollte sie? Wirst du es ihr sagen?"

„Sie wird Untersuchungen anstellen."

„Klar. Die OPP wird ein paar Wochen ein bißchen häufiger im Naturschutzgebiet herummarschieren, und dann wird etwas wichtigeres passieren als eine Schußverletzung durch einen Unfall, dem sie ihre Zeit widmen kann."

„Aber es war kein Unfall", bemerkte Mike, der mit Mühe die Beherrschung wahrte.

„Das wissen *die* doch nicht." Vicki zwang sich zur Ruhe. Zusammengebissene Zähne ließen nur ihre Schläfe pochen und zeigten keinerlei Wirkung auf den Dickschädel neben ihr. „Und sie werden es auch nicht herausfinden."

„Nun, die Polizei muß eingeschaltet werden, wenn du herausfindest, wer die Morde begeht. Oder", fuhr er sarkastisch fort, „hast du vor, einen Unfall zu arrangieren, der alles löst?"

„Da." Vicki zeigte hin. „321. Laut dem Schild ist der Besucherparkplatz dahinter."

Das Schweigen um die Worte herum sprach Bände.

„Himmel, Vicki. Du *wirst* das vor Gericht bringen, oder?"

Sie musterte die Spitzen ihrer Turnschuhe.

„Antworte mir, verdammt!" Celluci trat heftig auf die Bremse, packte sie, fast noch bevor der Wagen stand, an der Schulter und drehte sie zu sich herum.

„Vor Gericht?" Sie riß sich los. Manchmal war er *so* begriffsstutzig. „Und was passiert mit den Werwölfen bei einem Prozeß?"

„Das Gesetz... "

„Sie wollen nicht das Gesetz, Celluci, sie wollen Gerechtigkeit, und wenn der Mörder vor Gericht kommt, werden sie sie nicht bekommen. Du weißt so gut wie ich, daß das Opfer zusammen mit dem Angeklagten vor Gericht steht. Was für eine Chance hätten die Werwölfe? Wenn du farbig oder arm oder, Gott behüte, eine Frau bist, dann sieht dich das System als weniger als menschlich an. Werwölfe sind *keine* Menschen! Wie, glaubst du, würde das System sie sehen? Was für eine Art von Leben hätten sie noch, nachdem es mit ihnen fertig ist?"

Er konnte nicht glauben, was er da hörte. „Versuchst du, mich zu überzeugen oder dich selbst?"

„Halt die Klappe!“ Er wollte sie nicht verstehen. *Seine Weltsicht wird ein bißchen verbogen, und er kann sich nicht anpassen. Das ist nicht meine Schuld.*

Er wurde lauter, um sich ihr anzupassen. „Ich werde nicht zusehen, wie du alles wegwirfst, woran du so lange geglaubt hast.“

„Dann geh!“

„Du bist bereit, Richterin und Geschworene zu sein – wer wird der Henker sein? Oder wirst du *das* auch machen?“

Sie starrten einander einen Augenblick lang an, dann schloß Vicki die Augen. Das Hämmern ihres Herzens wurde zu Gewehrfeuer. Auf der Innenseite ihrer Augenlider sah sie Donald, blutend, dann einen nach dem anderen den Rest des Rudels, hingestreckt, wo die Kugeln sie niedergemacht hatten, ihr Fell blutbespritzt, und nur sie war noch übrig, um zu trauern. Sie nahm einen langen zitternden Atemzug, dann noch einen, dann öffnete sie die Augen.

„Ich weiß es nicht“, sagte sie leise. „Ich werde tun, was ich tun muß.“

„Auch wenn das Mord beinhaltet?“

„Laß es dabei, Celluci. Ich sagte, ich weiß es nicht.“

Er zwang sich, beide Hände zu heben und sich durchs Haar zu fahren und verschwieg alles außer einem der Dinge, die er sagen wollte. Es gelang ihm sogar, ruhig zu bleiben. „Früher wußtest du es.“

„Früher war alles einfacher. Außerdem“, sie schnallte sich ab, lachte zittrig und nicht eben überzeugend und öffnete die Wagentür, „habe ich den Mistkerl noch nicht einmal erwischt. Laß uns uns über diese Kacke den Kopf zerbrechen, wenn sie zu dampfen beginnt.“

Celluci folgte ihr in das Haus, in dem Barry Wu wohnte. Sorge und Zorn rangen zu gleichen Teilen in seinem Kopf miteinander. *Früher war alles einfacher.* Das konnte er nicht bestreiten.

„Vor allem brauchen Sie einen guten Satz Messer.“

„Ich habe Messer.“

„Pah. Neue Messer. Fabrikklingen sind Scheiße.“

„Ich werde sie heute nachmittag schärfen lassen."

„Pah." Der ältere Mann zog einen Umschlag aus dem Durcheinander von Papieren auf dem Küchentisch und kritzelte eine Adresse auf die Rückseite. „Gehen Sie dorthin", befahl er und reichte ihn seinem Besucher, „der letzte Laden in der Stadt, der noch anständige Arbeit macht."

Mark faltete das Papier in der Hälfte und steckte es in die Brieftasche. Ein paar Erkundigungen im Pelzhandel hatten ihm den Namen des Alten eingebracht. Ein Fünfziger hatte ihm ein paar Stunden Unterricht erkauft. In Anbetracht dessen, was die Felle ihm einbringen würden, betrachtete er das Geld als gut angelegt.

„Gut. Hören Sie zu. Wir gehen das noch einmal durch, und wenn Sie langsam vorgehen, sollten Sie keine Probleme dabei haben. Erst schneiden Sie am Bauch entlang – da ist sowieso fast ein Saum –, dann... "

„Das Problem ist, daß es sonst niemanden gibt. Genaugenommen bin ich nicht mal sicher, ob *ich* diese Schüsse hätte abgeben können. Nicht nachts." Barry Wu streckte den Kopf aus dem Schlafzimmer heraus, wo er sich für die Arbeit anzog. „Ich habe noch nicht viel mit Zielfernrohren gearbeitet."

„Wie steht es mit einem der Leute des SEK?"

Er runzelte die Stirn. „Sie meinen einen Polizisten?"

Mike seufzte. Seiner Ansicht nach sahen junge Männer immer verdrießlich aus, wenn sie versuchten, finster zu blicken. „Versuchen Sie, mir zu erzählen, daß es in London niemals einen schlechten Polizisten gegeben hätte?"

„Nein... aber es ist nicht so, als ob wir in Toronto oder so wären." Er verschwand erneut im Schlafzimmer und tauchte dann wieder auf, mit offenem Uniformhemd und den Stiefeln in der Hand. „Ich denke, ich könnte herumfragen", schlug er vor und hockte sich auf die Kante des letzten freien Stuhls. Die Wohnung war spärlich möbliert, aber sowohl der Fernseher als auch die Stereoanlage waren erstklassig. „Aber ehrlich gesagt glaube ich nicht, daß einer dieser Jungs das schaffen könnte." Er holte tief Luft. „Ich weiß, daß das wie Angabe klingt, aber selbst in Anbetracht meines Mangels an Erfahrung mit Zielfernrohren glaube ich nicht, daß einer von denen in meiner Klasse ist."

Vicki nahm Barry Wus Abschlußfoto von der Polizeischule von seinem Ehrenplatz auf dem Fernseher. Nur eines der lächelnden Gesichter auf dem Foto gehörte einer sichtbaren Minderheit an: Barrys. *Und fünf Frauen und ein Werwolf. Was für eine Mischung.* Alle Frauen waren weiß. Technisch gesehen war das auch Colin. *Und die Polizei fragt sich, warum die Beziehungen im Gemeinwesen auseinanderfallen.* Genaugenommen, so mußte sie zugeben, wußte die Polizei, warum die Beziehungen im Gemeinwesen auseinanderfielen, sie konnte jedoch angesichts dessen, daß es ein langfristiges Problem war, nicht die schnelle Lösung dafür liefern, die jeder wollte. Unglücklicherweise war „Das braucht seine Zeit" keine besonders gute Antwort, wenn einem die Zeit ausging.

„Ich bin überrascht, daß das SEK sich Sie nicht geschnappt hat." Sie stellte das Bild wieder zurück. Es war immer noch seltsam, von ihr und *der Polizei* als getrennte Dinge zu denken.

Er lächelte etwas befangen. „Man hat mich gewarnt, daß ich in dem Augenblick, in dem ich mit olympischem Gold zurückkomme, ihnen gehöre." Das Lächeln verblaßte, als Barry sich bückte, um seine Stiefel zu schnüren. „Ich denke, ich überprüfe sie besser, was?"

„Wenn Sie herausfinden können, was ihre besten Schützen in den Mordnächten getan haben, würde das helfen."

„Ja." Barry seufzte. „Ein Jammer, daß wir nicht irgendein großes Geiseldrama in diesen Nächten hatten, das sie entlasten würde."

„Ein Jammer", stimmte Vicki zu und unterdrückte ein unpassendes Lächeln. Der Junge – der junge Mann – hatte das vollkommen ernst gemeint.

„Ich kann einfach nicht glauben, daß jemand auf Colins Familie schießt. Ich meine", er richtete sich auf und begann, mit vor Mißbilligung zitternden Fingern sein Hemd zuzuknöpfen, „sie sind wahrscheinlich die nettesten Leute, die ich kenne."

„Es stört Sie nicht, daß diese Leute sich in Tiere verwandeln?" fragte Mike.

Barry versteifte sich. „Sie verwandeln sich nicht in Tiere", fuhr er Celluci an. „Nur weil sie eine Fellgestalt haben, macht sie das nicht zu Tieren. Außerdem hatten die meisten Tiere, die ich in letzter Zeit getroffen habe, zwei Beine! Colin ist ein großartiger Polizist. Sobald er die Fährte eines Verdächtigen aufnimmt, ist der geliefert. Sie könnten sich niemand Besseren wünschen, um Ihnen in einer brenzligen Situation Rückendekkung zu geben, und zudem haben die Werwölfe praktisch das Konzept des Teamspielers erfunden."

„Ich habe nur gefragt, ob es sie stört", erklärte Celluci sanft.

„Nein." Barry Wu stopfte sein Hemd in die Hose und wurde leicht rot. „Nicht mehr. Ich meine, wenn man einen Kerl einmal kennt, kann man ihn nicht hassen, nur weil er Werwolf ist."

*Worte der Weisheit für unsere Zeit,* dachte Vicki. „Um auf die Schüsse zurückzukommen… "

„Ich glaube, daß ich jemanden kenne, der ihnen helfen könnte. Bertie Reid. Sie ist eine echte Enthusiastin, wissen Sie, eine von diesen Leuten, die Ihnen Fakten und Zahlen zitieren können. Wenn es jemanden in dieser Gegend gibt, der zu so etwas in der Lage ist, dann wird sie es wissen oder herausfinden können."

„Schießt sie auch selbst?"

„Gelegentlich mit kleinen Waffen, aber nicht mehr mit großkalibrigem Zeug. Sie muß über 70 sein."

„Haben Sie ihre Adresse?"

„Nein, und ihre Telefonnummer ist nicht eingetragen – ich hörte, wie sie es neulich im Schießstand erwähnte –, aber sie ist leicht zu finden. Sie kommt an den meisten Nachmittagen im Grove Road Sportsman's Club vorbei, sitzt im Clubraum, trinkt ein paar Tassen Tee und kritisiert das Schießen von jedem." Er sah von dem Papier auf, auf das er die Wegbeschreibung schrieb. „Sie hat mir erklärt, daß ich meinen Unterarm zu sehr anspanne." Er beugte den fraglichen Arm und fügte hinzu: „Sie hatte recht."

„Warum trainieren Sie nicht im Schießstand der Polizei?" fragte Mike.

Barry sah etwas schüchtern drein, als er ihnen die Adresse des Clubs gab. „Das tue ich gelegentlich. Aber am Ende habe ich jedesmal Publikum, und, nun, die Ziele dort sehen alle wie Menschen aus. Das mag ich nicht."

„Ich selbst habe mir auch nie besonders viel daraus gemacht", erzählte Vicki und ließ das zusammengefaltete Papier in ihre Tasche fallen. Es mochte realistisch sein, denn mit Sicherheit würde alles, worauf ein Polizist schießen mußte, menschliche Gestalt haben, aber die jährliche Schußwaffenprüfung hatte immer dazu geführt, daß sie sich ihrer Fertigkeiten ein wenig schämte.

Sie begleiteten Barry Wu auf den Parkplatz, sahen zu, wie er in eine Lederjacke schlüpfte – „ich schwitze lieber, als meine Ellbogen auf dem Pflaster zu hinterlassen" – und einen Helm mit einem reflektierenden orangeroten Streifen auf der Rückseite aufsetzte, vorsichtig seine Mütze unter dem Sitz seines Motorrades verstaute und davonbrauste.

Vicki seufzte und lehnte sich an das heiße Metall von Cellucis Wagen. „Sag mir bitte, daß ich nie derart vor Begeisterung platzte."

„Nein", schnaubte er. „Du warst schlimmer."

Er öffnete die Autotür und ließ sich vorsichtig auf dem Kunststoffsitz nieder. Es hatte keinen Schatten gegeben, in dem sie parken konnten. Nicht, daß er ihn gesehen hätte, angesichts der Unterhaltung, in die sie verwickelt gewesen waren, als sie angekommen waren. Er fluchte leise, als sein Ellbogen über die erhitzte Rücklehne streifte, entriegelte Vickis Tür und beschäftigte sich mit der Klimaanlage, während sie einstieg.

Das Echo ihres Streits hing noch im Auto. Keiner von ihnen sprach, aus Angst, er könnte wieder beginnen.

Celluci wollte keinen Monolog über die Gefahren des Fällens moralischer Urteile halten und wußte, daß das Thema, soweit es Vicki betraf, beendet war. *Aber wenn sie denkt, ich gehe, bevor das hier vorbei ist, dann hat sie falsch gedacht.* Er mußte nicht vor Donnerstag wieder arbeiten, und danach würde er sich, falls nötig, krank melden. Es ging jetzt um mehr als Fitzroy. Vicki mußte vor sich selbst gerettet werden.

Für den Augenblick würden sie den Waffenstillstand halten.

„Es ist fast 14:30, und ich bin am Verhungern. Warum halten wir nicht an und essen was?"

Vicki sah von Barrys gekritzelter Wegbeschreibung auf und nahm das Friedensangebot dankbar an. „Nur, wenn wir im Auto essen."

„Gut." Er fuhr auf die Straße. „Aber kein Huhn. In dieser Hitze würde der Wagen den Geruch aufsaugen, und ich würde ihn nie wieder loswerden."

Sie hielten beim ersten Fast-food-Laden an. Celluci saß im Wagen, aß Pommes und wartete, daß Vicki von der Toilette kam, als seine Aufmerksamkeit ständig zu einem schwarzgoldenen Jeep wanderte, der auf der gegenüberliegenden Straßenseite parkte. Er wußte, daß er ihn schon einmal gesehen hatte, aber nicht wo, nur, daß die Erinnerung einen vage unangenehmen Beigeschmack hatte.

Der Fahrer hatte vor einem alten Schuhmachergeschäft geparkt. Ein verblichenes Schild im Schaufenster verkündete: *Sind abgetragen die Schuh', leidet gutes Aussehen im Nu.* Er zerbrach sich über das Erinnerungsfragment den Kopf, bis die Antwort aus dem Laden kam.

„Mark Williams. Kein Wunder, daß ich so ein übles Gefühl hatte." Mark Williams hatte die Art von Verhalten, die Celluci haßte. Er zog absolute Widerlichkeit oberflächlichem Charme vor. Er grinste, den Mund voller Hamburger. *Was meine Beziehung zu Vicki erklärt.*

Williams ging fröhlich pfeifend zur Fahrerseite des Jeeps, öffnete die Tür und warf ein unhandliches, in braunes Papier gewickeltes Paket auf den Beifahrersitz, ehe er selbst einstieg.

Wäre er in seinem eigenen Zuständigkeitsbereich gewesen, wäre Celluci vielleicht zu einem kurzen Schwatz hinübergegangen, nur aus Prinzip: Laß den Mann wissen, daß er beobachtet wird, und versuch' herauszufinden, was in dem Paket ist. Er glaubte fest daran, Herr über die Art möglicher Situationen zu bleiben, für die Williams stand. Aber wie die Dinge lagen, blieb er sitzen und sah zu, wie er wegfuhr.

Als der Jeep verschwunden war, wurde ein zweites Schild im Fenster des Schuhgeschäfts sichtbar.

Schärfen von Messern.

„Bertie Reid?" Der Mann mittleren Alters hinter dem Schreibtisch runzelte die Stirn. „Ich glaube nicht, daß sie schon da ist, aber... " Das Telefon klingelte, und er verdrehte die Augen, als er sich meldete: „Grove Road Sportsman's Club. Das stimmt, morgen im Pistolenschießstand. Nein, es wird während der Veranstaltung nicht geschossen. Danke. Wir hoffen, Sie begrüßen zu dürfen. Verdammte Telefone", fuhr er fort, als er auflegte. „Alexander Graham Bell hätte man ein paar Zementüberschuhe verpassen und ihn vom Kontinentalsockel schubsen sollen. Wo waren wir?"

„Bertie Reid“, half Vicki nach.

„Richtig.“ Er warf einen Blick auf die Wanduhr. „Es ist erst drei. Bertie wird wohl nicht vor vier hier sein. Wenn Sie die Frage gestatten, was wollen denn zwei Torontoer Privatdetektive von Bertie?“

Amüsiert über seine Annahme, ihr Ausweis schlösse auch Celluci mit ein, schenkte Vicki ihm ihr schönstes professionelles Lächeln, das gedacht war, um der allgemeinen Öffentlichkeit Vertrauen einzuflößen. „Wir brauchen ein paar Informationen über Wettschießen, und Barry Wu sagte, Ms. Reid sei da die Beste für uns.“

„Sie kennen Barry Wu?“

„Wir machen es uns zur Aufgabe, eng mit der Polizei zusammenzuarbeiten.“ Mike hatte kein Problem damit, für Vickis Partner gehalten zu werden. Besser das, als seine Marke in ganz London herumzuzeigen – ein Verhalten, das seinen Vorgesetzten in Toronto garantiert nicht gefallen würde.

„Wir ebenfalls.“ Seine Stimme wurde abwehrend. „Die Mitglieder des Vereins übernehmen die volle Verantwortung für ihre Waffen. Jedes Ausrüstungsteil, das an diesen Ort kommt, ist sowohl bei der OPP als auch bei der örtlichen Polizei registriert, und wir bewahren hier keine Munition auf. Es sind die Arschlöcher, die glauben, eine Waffe sei eine Hochleistungsschwanzverlängerung – entschuldigen Sie bitte –, die anfangen, in Restaurants und Schulhöfen herumzuballern oder versehentlich Onkel Ralph wegpusten, während sie mit ihrem neuen Kaliber-30-Spielzeug angeben, nicht unsere Leute.“

„Nicht, daß es besser wäre, mit Absicht erschossen zu werden als bei einem Unfall“, bemerkte Vicki. Dennoch respektierte sie seinen Standpunkt. Wenn man das gesamte Konzept der Schußwaffen nicht wieder in die Büchse der Pandora zurückstopfen konnte, dann entfernte man besser den Glamour, und sie würden einfach zu einem weiteren Werkzeug oder Hobby werden. Persönlich hätte sie es jedoch vorgezogen, wenn weltweit die Gesetzgebung zur Schußwaffenkontrolle so streng wäre, daß jeder – vom Hersteller bis zum Verbraucher – lieber aufgegeben hätte, als sich dem Papierkram zu stellen und die Bestrafung für die Benutzung einer Schußwaffe bei einem Verbrechen dem Verbrechen angepaßt gewesen wäre… und man die eigene Waffe des Mistkerls dazu hätte verwenden und sie dann mit seiner Leiche begraben können. Sie hatte diese Philosophie entwickelt, als sie gesehen hatte, was eine zwölfkalibrige

Schrotflinte aus kurzer Entfernung mit dem Körper eines siebenjährigen Jungen anrichten konnte.

„Stört es Sie, wenn wir auf Ms. Reid warten?“ fragte Mike, bevor der Mann am Schreibtisch entscheiden konnte, ob Vickis Worte eine Zustimmung oder ein Angriff waren. Er fand, er habe für heute genug leidenschaftliche Schmähreden gehört.

Stirnrunzelnd zuckte der Mann die Achseln. „Ich glaube nicht, daß es schadet, wenn Barry Wu Sie geschickt hat. Er ist der Stolz des Clubs, wissen Sie; niemand hier in der Gegend ist auch nur annähernd in seiner Klasse. Er wird an der nächsten Olympiade teilnehmen und, wenn es Gerechtigkeit auf der Welt gibt, Gold holen. Verdammt!“ Während er nach dem Telefon griff, wies er auf die Treppe. „Der Clubraum ist im zweiten Stock, Sie können oben auf Bertie warten.“

Der Clubraum war mit einer Reihe brauner oder goldener Einheitssofas und -sessel, ein paar recht großen Tischen und einem Trophäenschrank möbliert. Eine kleine Küche in einer Ecke enthielt eine große Kaffeemaschine, ein paar Dosen Pulverkaffee, einen Wasserkocher und vier Teekannen in unterschiedlicher Größe. Die einzige, die sich um 15:00 an einem Montagnachmittag im Raum aufhielt, war eine graue Katze, die sich auf einer Ausgabe der *Schützenbibel* zusammengerollt hatte. Sie sah auf, als Vicki und Mike hereinkamen, und ignorierte sie dann demonstrativ.

Von jenseits der großen Fenster an der Nordwand kam das Geräusch von Gewehrfeuer.

Mike warf einen Blick nach draußen, nahm dann ein Fernglas von einem der Tische und richtete es nach unten auf die Ziele. „Wenn sie nicht gerade versuchen, uns von ihrer Fährte abzubringen“, sagte er dann und reichte es an Vicki weiter, „dann ist keiner von denen der Schütze, nach dem wir suchen.“

Vicki stellte das Fernglas wieder auf den Tisch zurück, ohne sich die Mühe zu machen, es zu benutzen. „Schau, es gibt keinen Grund, daß wir beide bis vier hier herumhängen. Warum machst du nicht einen Abstecher zu Dixon, bringst die Zwillinge und Donald heim und kommst dann und holst mich ab?“

„Während du was tust?“

„Ein paar Fragen stellen und dann mit Bertie reden. Nichts, wobei du auf mich aufpassen müßtest.“

„Versuchst du, mich loszuwerden?" fragte er und lehnte sich an die Schlackensteinwand.

„Ich will nur rücksichtsvoll sein." Sie sah, wie er die Arme verschränkte, und unterdrückte ein Seufzen. „Schau, ich weiß, wie sehr du es haßt zu warten, und ich bezweifle, daß hier genug los ist, um uns beide eine Stunde lang zu beschäftigen."

So ungern er es auch zugab, es war etwas dran an dem, was sie sagte. „Wir könnten reden", schlug er vor.

Sie schüttelte den Kopf. Noch eine *Unterredung* mit Celluci war das letzte, was sie jetzt brauchte. „Wenn das hier vorbei ist."

Er streckte die Hand aus und schob ihre Brille hoch. „Ich nehme dich beim Wort." Es klang mehr wie eine Drohung als wie ein Versprechen. „Ruf auf dem Hof an, wenn du willst, daß ich mich auf den Rückweg mache. Es hat keinen Sinn, wenn ich mittendrin auftauche."

„Danke."

„Gerne."

„Warum habe ich das nur getan?" fragte Vicki sich, als sie den Clubraum für sich allein hatte. „Ich weiß genau, was er tun wird." Die Sessel waren bequemer, als sie aussahen, und sie versank dankbar in goldfarbenem Velours. „Er war bereit zu gehen, weil er so die Werwölfe über Henry ausquetschen kann, ohne daß ich da bin, um mich einzumischen." *Wollte* sie, daß er das über Henry herausfand?

„Er hat Nachforschungen über Henrys Hintergrund angestellt", erklärte sie der grauen Katze. „Besser er findet es unter kontrollierten Bedingungen heraus als zufällig."

Es war ein plausibler Grund, und Vicki beschloß, ihn zu glauben. Sie hoffte nur, daß Henry das auch würde.

# Dreizehn

„Tut mir leid, Sie haben Henry gerade verpaßt. Er ist wieder ins Bett gegangen."

„Wieder ins Bett?" Mike warf einen Blick auf die Uhr. „Es ist zehn vor Vier. Ist er krank?"

Nadine schüttelte den Kopf. „Nicht wirklich, aber seine Allergien spielen verrückt, also hat er etwas Medizin genommen und ist hochgegangen, um sich hinzulegen." Sie legte das zusammengefaltete Laken sorgfältig in den Wäschekorb und ermahnte sich, Henry über seine Allergien zu informieren, wenn die Dunkelheit ihn endlich weckte.

„Ich hatte gehofft, mit ihm reden zu können."

„Er sagte, er würde gegen Sonnenuntergang wieder auf sein. Die Pollenkonzentration scheint nach Einbruch der Dunkelheit nicht mehr so hoch zu sein." Während sie sprach, reckte sie sich, um das nächste saubere Wäschestück von der Leine zu nehmen, und verlor das Gleichgewicht. Augenblicklich gab ihr Mikes starker Griff wieder Halt. *Fast ein Jammer, daß er kein Werwolf ist,* dachte sie, dankte ihm und schüttelte gleichzeitig seine Hand ab. *Gut, daß Stuart draußen in der Scheune ist.* „Wenn Sie zum Abendessen bleiben", fuhr sie fort, „können Sie später mit Henry sprechen."

Allergien. Fitzroy sah nicht wie ein Mann aus, den Allergien umwarfen. So gern Mike auch glauben wollte, daß ein Schriftsteller, und noch dazu ein Autor von Liebesromanen, ein unfähiger Schwächling war, der in einer Fantasiewelt lebte, so konnte er doch nicht das Gefühl von Kraft leugnen, das ihm der Mann vermittelt hatte. Er war immer noch ziemlich überzeugt, daß die Schriftstellerei Verbindungen zum organisierten Verbrechen vertuschte. Wie lange konnte es schließlich dauern, ein Buch zu schreiben? Es blieb mehr als genug Zeit übrig, um in sehr viele unappetitliche Dinge verwickelt zu werden.

Leider konnte er nicht ewig hier warten.

„Danke für die Einladung, aber... "

„Detective?"

Er drehte sich um.

„Ms. Nelson. Am Telefon."

„Wenn Sie mich bitte entschuldigen würden?"

Nadine nickte, was unter den Falten eines leicht zerfetzten Spannbettuchs kaum zu sehen war. Nächtliche Verwandlungen waren schlimm für die Wäsche.

Mike fragte sich, was schiefgelaufen war, während er zum Haus ging und dem rothaarigen Teenager in ein kleines Büro direkt hinter der Küche folgte. Das Büro war offenbar der Rest eines größeren Zimmers, der übriggeblieben war, als sanitäre Inneninstallationen und ein Badezimmer in das Farmhaus eingebaut worden waren.

„Danke, äh... " Er war dem jüngeren Zwillingspärchen vor nicht einmal fünfzehn Minuten begegnet, als sie aufgetaucht waren, um Peter und Rose dabei zu helfen, Donald nach oben ins Bett zu bringen, aber er hatte keine Ahnung, welche davon dies war.

„Ich bin Jennifer." Sie kicherte und schleuderte eine rotbraune Mähne aus dem Gesicht. „Ich bin die Hübschere."

„Verzeihung." Celluci lächelte sie an. „Ich werde es mir für das nächste Mal merken."

Jennifer kicherte wieder und floh.

Immer noch lächelnd nahm er den alten schwarzen Hörer – wahrscheinlich das Originaltelefon aus der Zeit, als der Anschluß vor 30 Jahren gelegt worden war. „Mike hier."

Vicki, die ihre Telefonmanieren in der gleichen Schule gelernt hatte, hatte kein Problem mit dem Mangel an Höflichkeit. Sie benutzte sie selbst selten. „Ich habe gerade gehört, daß Bertie frühestens um fünf hier sein wird."

„Wirst du warten?"

„Ich glaube nicht, daß ich eine Wahl habe."

„Soll ich kommen?"

„Hat keinen Sinn. Bleib auf dem Hof, damit ich dich erreichen kann, und versuche, die Wer... Heerkens davon abzuhalten, zu diesen Südfeldern zu gehen."

„Sollte bei Tag eigentlich ungefährlich sein."

„Ist mir egal. Niemand wird mehr erschossen, und wenn ich sie alle anleinen muß."

Sie legte auf, ohne nach Henry zu fragen. Mike fand das ein wenig überraschend – als ob sie wüßte, daß er nicht da war. Natürlich könnte sie auch einfach nur mehr Takt als gewöhnlich zeigen, aber er bezweifelte das.

Während er darüber nachgrübelte, kehrte er in den Hof und zu Nadine zurück. „Sieht aus, als würde ich noch eine Weile hierbleiben; die Frau, mit der Vicki reden muß, verspätet sich."

„Kein Problem." Was nicht ganz wahr war, aber nach Nadines Ansicht mußte Stuart daran arbeiten, dominante Nicht-Werwölfe zu tolerieren. Dieser Detective würde eine gute Übung für das nächste Mal sein, wenn Stuart in den Supermarkt gehen mußte; das letzte Mal war fast eine Katastrophe gewesen. Es war schwer genug, ihre Existenz geheimzuhalten, ohne daß Stuart versuchte, jedes Alphamännchen herauszufordern, dem er begegnete, und obwohl sie erkannte, wie schwer es ihrem Gefährten fiel, Außenstehende als Beschützer des Rudels zu akzeptieren, so war es geschehen, und er mußte lernen, damit zu leben. *Oder wir alle, ohne zu sterben. Wie Silber.* Sie reichte Mike eine Handvoll Wäscheklammern. „Legen Sie die bitte in den Korb."

Mike runzelte die Stirn über ihre plötzliche Traurigkeit, kam ihrer Bitte nach und fragte sich, ob er etwas sagen sollte. Und wenn ja, was?

„Ma?" Daniel, das perfekte Abbild der Niedergeschlagenheit eines Sechsjährigen, schlurfte um die Ecke und ließ sich auf die Stufe fallen. „Ich will zum Teich, aber es ist niemand da, um mich hinzubringen. Paps hat den Kopf in einem Traktor stecken und sagt, Peter und Rose müßten diesen Zaun an der Straße flicken, und Onkel Donald ist krank, und Colin ist zur Arbeit, und Jennifer und Marie kümmern sich um Onkel Donald... " Er ließ seine Stimme allmählich verstummen und seufzte tief. „Ich dachte... ?"

„Nicht jetzt, Süßer." Sie streckte die Hand aus und strich ihm das Haar aus den Augen. „Vielleicht später."

Daniels ebenholzschwarze Brauen zogen sich zusammen. „Aber ich will jetzt gehen. Mir ist heiß."

„Ich kann ihn hinbringen." Celluci breitete die Hände aus, als Nadine sich umdrehte, um ihn anzusehen. „Ich habe nichts zu tun." Was insoweit die Wahrheit war. Außerdem war ihm in den Sinn gekommen, daß Kinder, egal welcher Rasse, oft mehr wußten, als Erwachsene ahnten. Wenn Henry ein alter Freund der Familie war, dann konnte Daniel vielleicht einige dieser ärgerlichen Lücken füllen.

„Können Sie schwimmen?" fragte Nadine.

„Wie ein Fisch."

„*Bitte*, Mom."

Sie wog des Wohlergehen ihres Kindes gegen dessen Sicherheit bei einem praktisch Fremden ab. Man konnte ihm letzte Nacht eigentlich nicht vorwerfen. Männchen waren nicht für ihre Taten verantwortlich, wenn ihr Blut kochte.

„Mommy!"

Und die Herausforderung hatte ihm gewissermaßen eine Stellung im Rudel verschafft. „Na gut."

Daniel schlang die Arme mit etwas, das einem Freudengebell sehr nah kam, um ihre Beine und hüpfte davon, wobei er Celluci über die Schulter ein aufgeregtes „Komm schon!" zurief, der in gemessenerer Schritten folgte.

„He!"

Er drehte sich um und schaffte es kaum noch, das Handtuch zu schnappen, ehe es ihn ins Gesicht traf.

Nadine grinste, ihre Zunge ragte ein wenig zwischen ihren sehr weißen Zähnen hervor. „Das werden Sie brauchen. Lassen Sie ihn keine Frösche fressen. Er verdirbt sich nur den Appetit fürs Abendessen."

„Weiß nicht. Er kommt schon mein ganzes Leben lang."

Also drei oder vier Jahre. „Kommt er oft?"

„Ja. Sehr oft."

„Magst du Henry?"

Daniel drehte sich um und ging rückwärts den Weg entlang, während er durch einen wilden Schopf mattschwarzen Haars zu Mike aufsah. „Klar. Er bringt mir Zeug mit."

„Was denn?"

„Action-Figuren. Superhelden und so." Er runzelte die Stirn. „Sie sind aber trotzdem furchtbar leicht zu zerkauen." Eine nackte Ferse stieß heftig in ein Grasbüschel, und mit in der Luft rudernden Armen setzte er sich hin. Er knurrte über das Ärger erregende Hindernis und nahm, nachdem er es vor weiteren Versuchen gewarnt hatte, ihn zu Fall zu bringen, Mikes Hand.

„Bist du okay?“

„Klar.“ Er rannte ein Stück vor und kam dann zurück, nur um zu zeigen, daß er in Ordnung war. „Ich bin schon tiefer gefallen.“

Mike schlug nach einer Mücke. „Ist der Teich weit?“ Er zog das zermatschte Insekt aus den Haaren auf seinem Arm und wischte die Sauerei an seinen Jeans ab.

„Nein.“ Drei Sprünge bewiesen, daß ein überhängender Ast immer noch zu hoch für ihn war, und er ging weiter.

„Gehört er zum Hof?“

„Ja. Opa hat ihn vor einer Zillion Jahren gegraben. Als Mommy noch klein war“, fügte er hinzu, nur für den Fall, daß Mike keine Vorstellung hatte, was eine Zillion Jahre waren.

„Geht Henry manchmal auch mit dir schwimmen?“

„Nein. Ich darf nachts nicht schwimmen, wenn nicht alle dabei sind.“

„Ist Henry je bei Tag hier?“

Daniel seufzte und starrte Mike an, als sei er eine Art Idiot. „Klar. Es ist doch Tag.“

„Aber Henry schläft.“

„Ja.“ Ein Schmetterling lenkte ihn ab, und er sprang ihm nach, bis er in eine der Pappeln flog, die den Weg säumten, und dort blieb.

„Warum geht er nie bei Tag mit dir schwimmen?“

„Weil er dann schläft.“

„Immer, wenn du schwimmen gehen willst?“

Daniel rümpfte die Nase und sah von dem Käfer auf, den er beobachtete. „Nein.“

Der Wachmann in Henrys Haus hatte Mike bereits erzählt, daß Fitzroy sein Leben bei Nacht zu leben schien. Bei Nacht zu arbeiten und am Tag zu schlafen war nicht ungewöhnlich, aber zusammen mit all den anderen Stückchen und Teilchen – oder dem Fehlen von Stückchen und Teilchen – half es mit Sicherheit nicht, den Argwohn zu beschwichtigen. „Bringt Henry je jemanden mit?“

„Klar. Er hat Vicki mitgebracht.“

„Sonst jemanden?“

„Nein.“

„Weißt du, was Henry tut, wenn er zuhause ist?“

Daniel wußte, daß er nicht erzählen sollte, daß Henry ein Vampir war, genausowenig wie er erzählen sollte, daß sie Werwölfe waren. Es war eine der ersten Lektionen, die er gelernt hatte. Aber der Polizist wußte von Fellgestalten, und er war ein Freund Vickis, und sie wußte über Henry Bescheid. Also wußte Mike es vielleicht auch. Daniel beschloß, auf Nummer Sicher zu gehen. „Das darf ich nicht sagen."

Das klang vielversprechend. „Was denn?"

Daniel blickte finster drein. Dieser Erwachsene war langweilig. Er wollte nur reden, und das hieß: keine Fellgestalt. Vicki war viel lustiger gewesen; sie hatte Stöckchen geworfen, die er holen konnte. „Sind Sie sauer auf Henry, weil er mit Ihrer Gefährtin zusammen ist?"

„Sie ist nicht meine Gefährtin", fuhr Celluci ihn an, ehe ihm einfiel, daß es klüger gewesen wäre, die Frage nicht zu beantworten.

„Sie riechen aber so." Er runzelte die Stirn. „Vicki aber nicht."

Celluci mußte einfach fragen. „Wie riecht sie denn?"

„Wie sie selbst."

*Das ist nicht die Art von Unterhaltung, die man mit einem Sechsjährigen führen sollte,* ermahnte sich Mike, als der Weg sich auf eine kleine Wiese öffnete, an deren anderem Ende in einer Senke der Teich blaugrün schimmerte.

„Mann! Enten!" Daniel zerrte seine kurze Hose herunter und raste schrill kläffend über das Feld, sein Schwanz wedelte wild hin und her. Das halbe Dutzend Enten wartete, bis er fast am Teich war, ehe es davonflog. Er stürzte ihnen spritzend und bellend nach, bis sie hinter den Bäumen außer Sicht waren, dann setzte er sich im seichten Wasser hin, trank kurz und blickte dann hechelnd zurück, um zu sehen, ob sein Begleiter beobachtet hatte, wie er den Feind vertrieben hatte.

Celluci lachte und hob die kurze Hose auf. „Gut gemacht!" rief er. Er hatte ein abergläubisches Prickeln im Rücken verspürt, als der Junge sich das erste Mal verwandelt hatte, aber es hatte sich nicht behaupten können. Während er über die Wiese ging, beschloß er, Henry für den Nachmittag zu vergessen und sich einfach zu amüsieren.

„Ist es tief?" fragte er, als er zum Teich kam.

„Ungefähr so tief wie Sie in der Mitte", erklärte ihm Daniel nach kurzer Musterung.

Über ein Meter achtzig war ganz schön tief für einen so kleinen Kerl. „Kannst du denn schwimmen?"

Daniel leckte sich einen Wassertropfen von der Nase. „Klar“, erklärte er entrüstet. „Ich kann Hundepaddeln.“

„Glaubst du, wir werden bis zum Abendessen fertig?“ fragte Rose und wischte sich den Schweiß von der Stirn.

„Ich glaube nicht, daß Onkel Stuart uns eine Wahl gelassen hat“, keuchte Peter, der sich auf den Holzhammer lehnte. „Er ist in letzter Zeit ganz schön knurrig.“

„Falls du es vergessen hast, die Familie wird angegriffen. Er hat einen guten Grund dafür.“

„Aber das heißt doch nicht, daß er mich anknurren muß.“

Rose zuckte nur die Achseln und begann, um den unteren Teil des metallenen Zaunpfahls Erde festzustampfen. Sie haßte die viele Kleidung, die sie dafür tragen mußte – Schuhe, Jeans, T-Shirt –, aber Zäune konnte man nicht in einem Strandkleid reparieren, besonders nicht, wenn jeder Abschnitt wild entschlossen zu sein schien, zumindest einen Himbeerbusch sein eigen zu nennen.

„Ich meine“, Peter knipste ein 20 Zentimeter langes Drahtstück ab und begann, den unteren Teil des Zaunes an den Pfosten zu binden, „egal was man tut, er geht auf einen los.“

*Egal was du tust, meinst du.* Rose seufzte und hielt den Mund. Sie hatte sich in letzter Zeit so merkwürdig gefühlt, sie würde sicher nicht ihren Zwillingsbruder kritisieren.

Er blinzelte zur Sonne hoch, die gelb-weiß am Spätnachmittagshimmel brannte, und bekämpfte den Drang zu hecheln. „Was für ein Tag, um draußen zu arbeiten. Ich glaube einfach nicht, wie heiß es ist.“

„Zumindest kann du arbeiten, ohne ein Hemd zu tragen.“

„Du auch.“

„Nicht direkt an der Straße.“

„Warum nicht?“ grinste er. „Hier draußen ist nie Verkehr, und außerdem hast du so wenig, daß sowieso niemand etwas sehen könnte.“

„Peter!"

„Peter!" äffte er sie nach, als sie nach ihm schlug. „Gut, wenn dir die Idee nicht gefällt, warum trabst du dann nicht zum Haus zurück und holst uns Wasser?"

Sie schnaubte. „Klar. Während du am Zaun lehnst und die Welt an dir vorbeiziehen läßt."

„Nein." Peter bückte sich und hob die Heckenschere auf. „Während ich den Mist um den nächsten Pfosten herum wegmache."

Sie sah vom Pfosten zu ihrem Bruder, dann drehte sie sich um und machte sich auf den Weg zurück zum Haus. „Du solltest das besser erledigen... ", rief sie ihm warnend über die Schulter zu.

„Sonst?"

„Sonst... sonst beiße ich dir den Schwanz ab!" Sie lachte, als Peter sich unter ihrer Lieblingsdrohung aus der Kindheit duckte, und fing an zu rennen, wobei sie seinen Blick in ihrem Rücken spürte, bis sie das Feld verließ und den Weg hinabrannte.

Peter zerrte am Bund seiner Jeans. Sie waren zu eng, zu beengend, zu warm. Er wollte... tatsächlich wußte er nicht mehr, was er wollte.

„Ein höllischer Sommer", murmelte er, als er am Zaun entlangging. Er vermißte Tante Sylvia und Onkel Jason. Jetzt, wo die beiden älteren Werwölfe weg waren, schien es so, als bliebe ihm und Rose keine andere Wahl, als an ihrer Stelle zu Erwachsenen zu werden.

Er wollte plötzlich ein Geheul anstimmen, arbeitete statt dessen jedoch einen Teil seiner Frustration ab, indem er am Gestrüpp herumhackte. Vielleicht sollte er ein Leben außerhalb des Rudels führen, wie Colin es getan hatte. Er verwarf die Idee fast augenblicklich. Colin hatte keine Zwillingsschwester, und Peter konnte sich kein Leben ohne Rose vorstellen. Sie hatten die 11. Klasse fast nicht geschafft, weil die Stundenpläne sie für den Großteil des Tages getrennt hatten. Die Vertrauenslehrerin hatte keine Ahnung, wie nahe sie daran gewesen war, gebissen zu werden, als sie sich geweigert hatte, etwas daran zu ändern. Sie sagte, es sei Zeit, sich von einer ungesunden emotionalen Abhängigkeit zu befreien. Peter köpfte einige Gänseblümchen, wobei er die Heckenschere mit beiden Händen führte. *Das war alles, was sie wußte. Wenn Menschen ein bißchen emotionale Abhängigkeit entwickeln würden, wäre die Welt vielleicht nicht so beschissen.*

Das Geräusch eines nahenden Wagens trieb ihn zum Zaun hinüber, von wo er den Fahrer sehen konnte. Der schwarz-goldene Jeep bremste, als er auf gleicher Höhe mit ihm war, hielt ein paar Meter die Straße hinunter an und setzte dann zurück, daß der Kies aufspritzte. Es war der Jeep, der am Sonntagmorgen am Ende des Weges geparkt hatte, als er zum Briefkasten gegangen war, um Schatten zu holen. Mit gesträubtem Nackenhaar legte er die Schere hin und sprang über den Zaun. Zeit herauszufinden, warum der Typ hier herumhing.

Mark konnte sein Glück kaum fassen. Nicht nur war ein einsamer Werwolf direkt an der Straße, wo er ihn schnappen konnte, es war auch noch einer der Rotschöpfe. Einer der jungen. Und seiner Erfahrung nach konnte man Teenager-Was-auch-immer leicht zu impulsivem, rücksichtslosem Betragen manipulieren.

Selbst in Jeans und Turnschuhen hatte die Kreatur eine wölfische Anmut, und als Mark beobachtete, wie sie über den Zaun sprang und auf den Wagen zukam, kam er zu der Überzeugung, daß dies die andere Version des Tiers war, das er gestern am Briefkasten gesehen hatte. Die Haltung des Kopfs, der Ausdruck wachsamer Neugier war, wenn man die Unterschiede der Gestalt berücksichtigte, identisch.

Er fuhr das Fenster herunter, entschlossen, einen Vorteil aus dieser Zufallsbegegnung zu ziehen. Er hatte seine besten Arbeiten immer improvisiert.

„Sind Sie einer der Heerkens?"

„Ja, warum?"

„Sie haben mich vielleicht in letzter Zeit ein paarmal hier gesehen."

„Ja."

Mark Williams kannte diese Haltung. Die Kreatur wollte ein Held sein. *Behalt die Hosen an, du wirst deine Chance kriegen.* „Ich hab' Ihr kleines Problem beobachtet."

„Was für eins?"

Mark zielte mit dem Finger und sagte: „Peng. Ich hörte, Sie hätten diesen Monat zwei Ihrer Familienmitglieder verloren. Ich habe, äh… " Das plötzliche Geräusch ließ ihn zusammenzucken, als ihm klar wurde, was es war. Die Kreatur knurrte, das Geräusch begann tief in der Kehle und war als Drohung gemeint. Mark zog den Arm in den Wagen und legte einen Finger auf den Fensterheber. Es hatte keinen Sinn, unnötige Risiken einzugehen. „Ich habe Informationen, die Ihnen helfen könnten, den Verantwortlichen zu erwischen. Interessiert?"

Rotbraune Brauen zogen sich zusammen. „Warum erzählen Sie das mir?"

Mark lächelte, wobei er sorgfältig darauf achtete, die Zähne nicht zu zeigen. „Sehen Sie noch jemanden, dem ich es sagen könnte? Ich dachte, Sie wollten vielleicht etwas dagegen tun."

Das Knurren wurde leiser, hörte auf. „Aber... "

„Vergessen Sie's." Mark Williams zuckte die Achseln. *Vorsicht jetzt, er hängt fast am Haken...* „Wenn Sie lieber sicher zu Hause sitzen, während andere Ihre Familie retten... " Er begann, das Fenster hochzufahren.

„Nein! Warten Sie! Erzählen Sie es mir."

*Erwischt.* „Mein Onkel, Carl Biehn... "

„Der Grasfresser?"

Der Ekel in dem Einwurf war nicht zu überhören. Mark Williams unterdrückte ein Grinsen. Er hatte gerade sagen wollen, sein Onkel habe etwas durch sein Fernglas gesehen, als er Vögel beobachtete, aber er schrieb das Drehbuch um, um Vorteil aus dem Vorurteil eines Raubtiers einem Vegetarier gegenüber zu ziehen. Selbst wenn er seinen Onkel den Wölfen vorwarf. Sozusagen. „Ja. Der Grasfresser. Genau der. Aber niemand wird Ihnen glauben, wenn Sie es ihnen einfach *sagen*, also treffen Sie mich heute nach Einbruch der Dunkelheit in seinem alten Stall, und ich werde Ihnen den Beweis liefern."

„*Ich* glaube *ihnen* nicht."

„Wie Sie wollen. Aber für den Fall, daß Sie zu dem Entschluß kommen, daß Ihre Familie ein bißchen Ihrer Zeit wert ist, werde ich bei Sonnenuntergang im Stall sein. Ich schätze, Sie können es Ihren... Leuten trotzdem sagen." Er seufzte und schüttelte den Kopf. „Aber Sie *wissen*, daß Sie Ihnen ohne Beweise nicht glauben werden – ein Grasfresser? Ha! – nicht mehr als Sie mir glauben, und wenn Sie nicht kommen, dann haben Sie sich Ihre einzige Chance entgehen lassen. Das ist nichts, was ich gern auf dem Gewissen hätte."

Mark schloß das Fenster und fuhr weg, ehe die Kreatur Gelegenheit hatte, die Windungen des letzten Satzes auseinanderzusortieren und Fragen zu stellen. Allerlei konnte schiefgehen, aber er war sicher, daß er das Biest richtig eingeschätzt hatte, und das Risiko lag in akzeptablen Grenzen.

Er warf einen Blick in den Rückspiegel, um zu sehen, ob die Kreatur immer noch neben der Straße stand. Ziemlich bald würde sie sich einreden, daß es, ungeachtet der Motive des Fremden, nicht schaden konnte, den Beweis zu überprüfen, und wie junge Leute nun mal waren, würde er sich nicht die Mühe machen, jemand davon zu erzählen, nicht, bis er sicher war.

„Los, rette die Welt. Sei ein Held. Beeindrucke die Mädchen." Mark klopfte auf das Bündel Fangeisen, das auf dem Sitz neben ihm lag. „Mach mich reich."

Rose kam mit einem Krug Wasser zurück, als die Staubfahne hinter dem Wagen sich zu legen begann. Sie hatte gesehen, daß Peter mit jemandem geredet hatte, aber sie hatte weder erkennen noch riechen können mit wem.

„He!" rief sie. „Stehst du aus irgendeinem bestimmten Grund auf der Straße?"

Peter zuckte zusammen.

„Peter? Ist etwas ist nicht in Ordnung?"

„Nein." Er schüttelte sich und kam über den Zaun zurück. „Es ist alles in Ordnung."

Rose runzelte die Stirn. *Das* war eine Lüge. Sie war dabei, ihn darauf aufmerksam zu machen, als ihr der Rat einfiel, den Tante Nadine ihr gegeben hatte, als sie Peters Übellaunigkeit erwähnt hatte. *„Laß ihm etwas Freiraum, Rose. Es ist schwer für Jungs in seinem Alter."* Sie hatten nie Geheimnisse voreinander gehabt, aber vielleicht hatte Tante Nadine recht.

„Hier." Sie hielt ihm den Krug hin. „Vielleicht fühlst du dich danach besser."

„Vielleicht." Aber er bezweifelte es. Dann berührten ihre Finger einander, und Peter fühlte, wie die Liebkosung glühend heiß seinen Arm hochschoß und in seinem ganzen Körper widerhallte. Die Welt verschwand, als er ihren Geruch in sich aufnahm, moschusartig und warm und sehr, sehr nah. Er wankte. Er spürte, wie ihm der Krug entwunden wurde, und dann den eiskalten Guß Wasser über seinem Kopf und Oberkörper.

Rose versuchte, nicht zu lachen. Peter sah wütend aus, aber damit konnte sie umgehen. „Ich dachte, du würdest in Ohnmacht fallen", sagte sie und trat einen Schritt zurück.

„Wenn wir uns verwandeln könnten", knurrte Peter, schüttelte heftig den Kopf und das Wasser aus seinen Haaren, „dann würde ich dich bis in den nächsten Bezirk jagen, und wenn ich dich erwischen würde, würde ich... "

„Würdest du was?" spottete sie und tänzelte außer Reichweite, da sie sich plötzlich eines seltsamen Gefühls der Macht bewußt wurde. Wenn sie nur nicht so viele Kleider tragen würden.

„Ich würde... " Ein Wasserbächlein rann unter dem Hosenbund seiner Jeans hindurch. „Ich würde... verdammt, Rose, das ist kalt! Ich würde dir den Schwanz abbeißen, das würde ich tun!"

Daraufhin lachte sie – es war unmöglich, es nicht zu tun –, und der Augenblick war vorbei.

„Los." Sie hob den Hammer auf und machte sich auf den Weg zum Zaun. „Laß uns das fertigmachen, bevor Onkel Stuart uns beiden die Schwänze abbeißt."

Peter griff sich die Drahtrolle und folgte ihr. „Aber ich bin ganz naß", murrte er und rieb an der Feuchtigkeit, die von den Haaren auf seiner Brust perlte.

„Hör auf zu jammern. Eben war dir noch heiß."

Sie hob den Hammer, und der Geruch ihres Schweißes überströmte ihn. Er spürte, wie seine Ohren heiß wurden, und ganz plötzlich kam er zu einer Entscheidung. Er würde heute abend zu Biehns Stall gehen.

Er spielte mit dem Gedanken, Onkel Stuart davon zu erzählen, verwarf ihn dann aber. Eines von zwei Dingen würde passieren: Entweder würde er die Information über diesen Grasfresser von vorneherein abtun und wissen wollen, was dieser Mensch vorhatte, oder er würde die Information glauben und den Beweis selbst in Empfang nehmen wollen. Jedenfalls würde er, Peter, nicht mehr an der Sache beteiligt sein. *Das* würde nicht geschehen.

Er würde es Onkel Stuart erzählen, wenn er den Beweis hatte. Ihn vor vollendete Tatsachen stellen. Das würde dem älteren Werwolf zeigen, daß mit ihm zu rechnen war. Er war kein Kind mehr. Peters Kopf füllte sich mit Visionen, wie er den Leitwolf herausforderte und gewann. Wie er das Rudel führte. Wie er das Recht errang, sich zu paaren.

Seine Nasenflügel bebten. Wenn er mit der Information zurückkam, die die Familie rettete, dann *mußte* das Rose beeindrucken.

„Sind Sie die Frau, die auf mich wartet?"

Vicki erwachte jäh und sah auf die Uhr. Es war 18:10. „Verdammt!" murmelte sie und schob ihre Brille hoch. Ihr Mund schmeckte wie das Innere einer Kloake.

„Hier, das hilft."

Vicki starrte auf die Tasse Tee, die plötzlich in ihrer Hand aufgetaucht war, und dachte: *Warum nicht?*

Gleich darauf hatte sie die Antwort.

Weil ich Tee hasse. Warum habe ich das getan?

Sie stellte die Tasse hin und zwang ihre verwirrten Sinne, sich neu zu formieren. *Dies ist der Clubraum im Grove Road Sportsman's Club. Also muß diese kleine alte Dame in Blue Jean ...*

„Bertie Reid?"

„Wie sie leibt und lebt. Was noch davon übrig ist." Die ältere Frau lächelte und zeigte einen Mund voller Zähne, die zu regelmäßig waren, um echt zu sein. „Und Sie müssen Vicki Nelson sein, Privatdetektivin." Das Lächeln wurde breiter, und das Gesicht darum herum wurde zu einem noch engeren Netzwerk feiner Linien zusammengepreßt. „Ich höre, Sie brauchen meine Hilfe."

„Ja." Vicki reckte sich, entschuldigte sich und sah zu, wie Bertie sich vorsichtig in einem der goldenen Sessel niederließ, die Teetasse auf einem Knie balancierend. „Barry Wu hat gesagt, daß, wenn jemand in dieser Stadt mir helfen könnte, Sie das wären."

Sie wirkte erfreut. „Das hat Barry gesagt? Wie nett. Netter Junge! Barry wird bestimmt bei der nächsten Olympiade eine Medaille gewinnen."

„Das sagt jeder."

„Nein, jeder sagt, daß er Gold gewinnt. Ich sage das nicht. Ich will den Jungen nicht durcheinanderbringen, ehe er dort ist. Und ich will nicht, daß er sich schlecht fühlt, wenn er mit nichts als Silber heimkommt. Der Zweitbeste der Welt zu sein ist nichts, weswegen man sich schlecht fühlen müßte, und all diese Lehnsesselsportler, die über den Zweiten die Nase rümpfen, verdienen einen schnellen, festen Tritt in den Arsch." Sie holte tief Luft und nahm einen Schluck Tee. „Also, was wollen Sie wissen?"

„Gibt es jemanden in London, nicht nur in diesem Club, der annähernd mit der Genauigkeit Barry Wus schießen kann?"

„Nein. Sonst noch etwas?"

Vicki blinzelte verwirrt. „Nein?" wiederholte sie ungläubig.

„Zumindest nicht, daß ich wüßte. Oh, es gibt ein paar Jugendliche, die ganz gut sein könnten, wenn sie mehr übten, und ein oder zwei Senioren, die gelegentlich aufblitzen lassen, was sie einmal konnten, aber Menschen mit Barry Wus Fähigkeiten und der Disziplin, die nötig ist, um sie zu entwickeln, sind selten." Sie grinste und hob die Tasse zum Gruß. „Darum gibt es auch nur eine Goldmedaille."

„Scheiße!"

Die alte Frau musterte Vickis Gesicht, dann stellte sie die Tasse hin, lehnte sich zurück und schlug die jeansbekleideten Beine übereinander, wobei die limonengrünen Schnürsenkel ihrer Basketballstiefel der hellste Farbklecks im Raum waren. „Was wissen Sie über Schießsport?"

„Nicht viel", gab Vicki zu.

„Dann erzählen Sie mir, warum Sie diese Frage stellen, und ich werde Ihnen sagen, ob Sie die richtige stellen."

Vicki nahm die Brille ab und rieb sich das Gesicht mit den Händen. Es machte die Dinge nicht klarer. Tatsächlich erkannte sie, als die Bewegung an der Prellung an ihrer Schläfe zog, daß es dumm war, das zu tun. Sie setzte die Brille wieder auf und wühlte in ihrer Tasche nach dem Pillenfläschchen, das man ihr im Krankenhaus gegeben hatte. *Es gab eine Zeit, in der ich ohne Probleme mit einem Vampir Sex haben, einen schweren Autounfall überleben, einen Klienten eilig ins Krankenhaus schaffen, bis zum Morgengrauen aufbleiben und den Tag damit verbringen konnte, mit Celluci über Ethik zu streiten. Ich werde alt.* Sie schluckte die Pille trocken. Die einzige Alternative war Tee, und sie glaubte nicht, daß sie dem gewachsen war.

„Hab mir den Kopf angeknackst", erklärte sie, als sie das Plastikfläschchen wieder in ihre Tasche warf.

„Im Dienst?“ fragte Bertie fasziniert.

„Mehr oder weniger.“ Vicki seufzte. Irgendwie war sie in den letzten Minuten zu dem Schluß gekommen, daß Bertie recht hatte. Ohne mehr über Schießsport zu wissen, *konnte* sie nicht wissen, ob sie die richtigen Fragen stellte. Sie senkte die Stimme, um zu verhindern, daß die einzige andere Person im Clubraum mithörte, und präsentierte eine überarbeitete Fassung der Ereignisse, die sie nach London geführt hatten.

Bertie stieß einen leisen Pfiff aus bei der Beschreibung der Schüsse, die „zwei der Hunde der Familie“ getötet hatten, dann sagte sie: „Nur, damit ich sicher bin, daß ich richtig verstanden habe: 500 Meter auf ein bewegliches Ziel bei Nacht aus einer zwanzig Meter hohen Kiefer?“

„Höchstens 500, vielleicht auch nur 300.“

„Nur 300?“ Bertie schnaubte. „Und beide Hunde wurden mit einem einzigen, identischen Schuß getötet? Kommen Sie.“ Sie hievte sich aus dem Sessel, ihre blauen Augen glänzten hinter dem geteilten Glas ihrer Bifokalbrille.

„Wohin?“

„Zu mir. Ein solcher Schuß könnte ein Zufallstreffer, Glück, gewesen sein, nicht mehr. Aber zwei bedeuten ein geübtes Talent, und man erlangt eine solche Fähigkeit nicht über Nacht. Wie gesagt, es gibt verdammt wenige Leute auf der Welt, die so schießen können, und der Meisterschütze, den Sie da haben, ist keine Kopfgeburt. Ich glaube, ich kann Ihnen helfen, ihn zu finden, aber wir müssen dazu zu mir gehen. Da liegen meine Nachschlagewerke. Die hier würden ein Buch noch nicht mal erkennen, wenn es sie in den Hintern bisse.“ Sie machte eine Geste, die den Clubraum umfaßte. Der Mann in den Vierzigern, der an einem Tisch saß und die Katze streichelte, sah verblüfft aus und winkte zurück. „Waffenmagazine sind alles, was sie je lesen. Ich sage ihnen ständig, sie brauchen eine Bibliothek. Wahrscheinlich werde ich ihnen meine hinterlassen, wenn ich sterbe, und sie wird dann zehn oder zwanzig Jahre herumstehen und veraltet werden, und dann werden sie sie rauswerfen. Fahren Sie?“

„Nein… “

„Nein? Ich dachte, jede Privatdetektivin hat ein sexy rotes Kabrio. Egal. Wir nehmen mein Auto. Ich wohne in der Nähe.“ Ein plötzlicher Hagel von Schüssen erregte ihre Aufmerksamkeit, und sie ging zum Fenster. „Ha! Ich habe ihm gesagt, er soll sich keine Winchester kaufen, wenn er im Herbst am Wettbewerb teilnehmen will. Er wird Monate brauchen, um sich an das aufgesetzte Zielfernrohr zu gewöhnen. Der Narr hätte auf mich hören sollen. Robert!"

Der Mann am Tisch sah noch verblüffter aus, daß er direkt angesprochen wurde. „Ja?"

„Wenn Gary kommt, sagen Sie ihm, ich hätte gesagt, ich hätte's ihm gleich gesagt."

„Klar, Bertie."

„Seine Frau ist im Pistolenschießstand", vertraute Bertie Vicki an, als sie zur Tür gingen. „Sie kommen meist abends nach der Arbeit vorbei. Er haßt Waffen, aber er liebt sie, also haben sie einen Kompromiß geschlossen; sie schießt nur auf Scheiben, er sieht nicht zu."

Berties Auto war ein großer alter Country-Squire-Kombi, weiß mit holzfarbenen Armaturen. Die acht Zylinder heulten auf, als sie auf die Bundesstraße abbogen, und beruhigten sich zu einem beständigen Fünfundsiebzig-Stundenkilometer-Schnurren.

Vicki versuchte, nicht wegen der Geschwindigkeit – oder des Mangels derselben – herumzuzappeln, aber die Zeit, die verstrich, nagte an ihr. Donalds Wunde würde wohl die Werwölfe daran erinnern, warum sie nach Einbruch der Dunkelheit nahe beim Haus bleiben sollten, aber sie verließ sich nicht darauf. Solange die Werwölfe auf ihrem Recht bestanden, sich frei zu bewegen, brachte jeder Sonnenuntergang, jeder Tag, den sie zur Lösung des Falles brauchte, einen weiteren von ihnen in Gefahr. Wenn sie sie nicht davon überzeugen konnte, in Sicherheit zu bleiben, und bisher hatte sie bemerkenswert wenig Glück dabei gehabt, dann mußte sie diesen Kerl so schnell wie möglich finden.

Ein Wagen fuhr vorbei, laut hupend.

„Ich wollte mir einen Aufkleber für die Stoßstange besorgen, auf dem stand: ‚Hupe meinetwegen und ich schieße dir die Reifen weg', aber ein Freund hat es mir ausgeredet." Bertie seufzte. „Eine Verschwendung natürlicher Ressourcen, mit einer solchen Geschwindigkeit zu fahren." Sie fuhr nochmals 5 km/h langsamer, als sie das sagte, nur um ihren Standpunkt klarzumachen.

Vicki seufzte ebenfalls, aber ihre Gründe waren andere.

# Vierzehn

Bertie lebte in einem kleinen Bungalow ungefähr zehn Fahrminuten vom Schießstand entfernt.

*Zehn Minuten, wenn jeder andere gefahren wäre,* seufzte Vicki im Stillen, als sie aus dem Wagen stieg und der älteren Frau ins Haus folgte. „Dürfte ich Ihr Telefon benutzen, ich rufe besser – *oh, wie nenne ich Celluci?* – meinen Fahrer an, um ihm zu sagen, wo ich bin."

„Das Telefon steht gleich da." Sie wies ins Wohnzimmer. „Ich setzte nur einen Kessel für Tee auf, falls Sie nicht lieber Kaffee möchten."

„Das wäre mir lieber."

„Ist nur Pulverkaffee."

„Das ist prima. Danke." Vicki war kein großer Kaffeesnob, und alles war besser als Tee.

Das weiße Tastentelefon, stand auf einem Stapel Zeitungen neben einem dick gepolsterten Lehnsessel mit Blümchenmuster und passendem Fußschemel. Eine Stehlampe mit drei beweglichen Lampen erhob sich hinter dem Sessel, und eine Fernbedienung für den Fernseher lag auf einer breiten Armlehne, teilweise unter einer aufgeschlagenen Fernsehzeitung begraben.

*Offenbar die Kommandozentrale.* Vicki tippte die Nummer der Heerkens ein und sah sich im Wohnzimmer um, während sie wartete, daß jemand abnahm. Das Zimmer quoll über von Büchern, auf Regalen, auf dem Boden, auf anderen Möbeln. Klassiker, Liebesromane – sie entdeckte zwei von Elizabeth Fitzroy, Henrys Pseudonym –, Krimis, Sachbücher. Vicki hatte schon Buchhandlungen mit weniger reichhaltigen Sammlungen gesehen.

„Hallo?"

„Rose? Hier ist Vicki. Ist Celluci noch da?"

„Mhm, Tante Nadine hat ihn zum Abendessen eingeladen. Ich hole ihn."

Zum Abendessen. Vicki schüttelte den Kopf. Das dürfte interessant werden, ein bißchen Alphamännchen-Gehabe bei Hot dogs. Sie hörte Stimmen im Hintergrund, dann nahm jemand den Hörer.

„Tolles Timing, wir haben uns gerade zum Essen hingesetzt. Bist du soweit?"

„Noch nicht. Ms. Reid ist spät gekommen. Ich bin jetzt bei ihr daheim und werde wahrscheinlich noch einige Zeit bleiben. Sie weiß nicht, wer der Schütze ist, aber sie glaubt, wir können es herausfinden."

„Wie das?"

„Jemand, der so gut wie dieser Kerl ist, muß irgendeinen Rekord aufgestellt haben, und wenn jemand das aufgeschrieben hat, dann hat sie eine Kopie davon, sagt sie. Aber", sie sah sich im Wohnzimmer um, wo nichts in irgendeiner bestimmten Ordnung in den Regalen zu stehen schien, „es könnte eine Weile dauern, es zu finden."

„Soll ich kommen?"

„Nein." Je weniger Zeit sie mit ihm verbrachte, desto weniger würden sie wieder mit dem Streit vom Nachmittag anfangen, und sie wollte das jetzt einfach nicht durchmachen. Wenn sie zuließ, daß Celluci sie verwirrte, half das niemandem. Ihre Aufgabe war, den Mörder zu finden und aufzuhalten, nicht über die moralischen Grundsätze des Falles zu streiten. „Es wäre mir lieber, wenn du dort bliebest und ein Auge auf die Dinge hättest."

„Was ist mit Henry Fitzroy?"

Was war mit Henry Fitzroy? Sie fragte sich, wie seine Abwesenheit erklärt worden war. Mike schwor, daß er immer wußte, wenn sie ihn belog, daher wählte sie ihre Worte sorgfältig. „Er hat keine Ausbildung."

„Vicki, das sind Werwölfe; *ich* habe keine Ausbildung." Vor ihrem geistigen Auge sah sie, wie er die Haarlocke aus seiner Stirn schob. „Und das habe ich auch nicht gemeint."

„Hör zu, ich habe dir gesagt, was ich von deiner Theorie über das organisierte Verbrechen halte, und ich habe jetzt nicht die Zeit, dein verletztes männliches Ego zu hätscheln. Ihr müßt das selbst klären." Angriff ist die beste Verteidigung – sie wußte nicht, wo sie das zum ersten Mal gehört hatte, aber es machte Sinn. „Ich rufe an, wenn ich fertig bin." Sie hörte ihn noch etwas sagen, als sie auflegte. Er klang nicht glücklich. *Die Chancen stehen gut, daß er es später wiederholt, also habe ich nichts verpaßt.*

Das frühabendliche Sonnenlicht streckte goldene Finger ins Wohnzimmer. Vicki merkte, daß sie sich wünschte, diesen pulsierenden goldenen Ball unter den Horizont drücken und Henry aus der Umklammerung des Tages befreien zu können. Henry verstand, anders als Celluci, der versuchte, Regeln eines Spiels anzuwenden, das niemand spielte.

Habe ich nicht gerade noch gedacht, daß es nett wäre, Celluci hier zu haben, der all dem eine Aura von Normalität verleiht? Wann wurde mein Leben so kompliziert?

„Milch und Zucker?“ rief Bertie aus der Küche.

Vicki schüttelte den Kopf und versuchte, ihn klar zu bekommen. „Nur Milch“, antwortete sie und bewegte sich in Richtung der Stimme. Sie konnte nur weitermachen und hoffen, daß sich am Ende alles von selbst löste.

Das Gästezimmer war in eine Bibliothek verwandelt worden, mit Bücherregalen an drei der vier Wände und Aktenschränken an der vierten. Ein riesiger papierbeladener Schreibtisch nahm einen Großteil der Fläche in der Mitte ein. Der Schreibtisch erregte Vickis Aufmerksamkeit.

„Man nennt das einen Partnerschreibtisch“, erklärte Bertie und fuhr mit einer Fingerspitze zärtlich über die glänzende Kante aus dunklem Holz. „Es sind genaugenommen zwei Schreibtische in einem Möbelstück.“ Sie hob einen Stapel Zeitungen von einem der Stühle und bedeutete Vicki, Platz zu nehmen. „Ruth und ich haben ihn vor fast 25 Jahren gekauft. Wenn man die Autos und das Haus nicht mitzählt, ist er das Teuerste, was wir je gekauft haben.“

„Ruth?“ fragte Vicki und machte ein Stück Schreibtischunterlage für ihren Kaffee frei.

Die ältere Frau nahm eine gerahmte Fotografie von einem der Bücherregale, lächelte darauf hinab und gab sie ihr dann. „Ruth war meine Freundin. Wir waren 32 Jahre zusammen. Sie starb vor drei Jahren an einem Herzinfarkt.“ Ihr Lächeln enthielt mehr Kummer als Heiterkeit. „Es hat nicht mehr viel Sinn aufzuräumen, seit sie nicht mehr da ist. Sie müssen die Unordnung entschuldigen.“

Vicki reicht das Bild zurück. „Es ist schwer, jemanden zu verlieren, der einem so nahestand“, sagte sie sanft und dachte, daß Nadines Augen denselben verwundeten Blick gehabt hatten, als sie von ihrer Schwester gesprochen hatte. „Ich wäre die letzte, die Sie wegen Saubermachen kritisieren würde. Solange Sie noch finden, was Sie brauchen.“

„Ja, also... “ Bertie stellte die Fotografie von Ruth sorgsam auf das Regal zurück und machte eine Handbewegung über die Reihen und Reihen von Titeln: *Geschichte der Schießkunst, Gewehrschießen als Sport, Positionsgewehrschießen, Das große Buch des Schießsports.* „Wo fangen wir an?“

Vicki griff in ihre Tasche und zog die Listen derer heraus, die das Naturschutzgebiet mit einiger Regelmäßigkeit nutzten – beide Gruppen von Vogelkundlern, der Naturfotografie-Klub – und legte sie auf den Schreibtisch. „Ich dachte, wir fangen von oben an und vergleichen diese Namen zuerst mit den kanadischen Olympiamannschaften, dann mit den Gewinnern regionaler Wettbewerbe, dann den Gewinnern von Lokalwettbewerben."

Bertie beugte sich vor und überflog die Listen. „Wäre allerdings leichter, wenn Sie wüßten, wer in dieser Gruppe registrierte Waffen besitzt. Hat die OPP nicht… ?"

„Ja."

Die ältere Frau sah ob ihres Tonfalls und der Anspannung um ihren Mund ein wenig verblüfft aus, aber Vickis Gesichtsausdruck half ihr, ihre Neugier zu unterdrücken. Dann fragte sie: „Nur die kanadischen Mannschaften?"

„Zunächst ja." Vicki nahm einen Schluck Kaffee und fragte sich, ob sie sich entschuldigen sollte. Schließlich war es ihre eigene Schuld gewesen, daß sie diese Registrierungsliste nicht hatte. „Wenn da nichts zu finden ist, fangen wir mit den anderen Ländern an. Falls Sie sie haben… "

„Ich habe jede olympische Schützenmannschaft der letzten vierzig Jahre sowie die amerikanischen Nationalmannschaften und die meisten regionalen und lokalen Wettbewerbe aus Pennsylvania, Michigan und New York."

Die kanadischen Mannschaften waren in sieben dicken roten Heftern. Selbst wenn man alle Statistiken, die Fotokopien von Zeitungsartikeln und die Endergebnisse ignorierte, ließ die erschreckende Anzahl von Namen, die durchzuackern war, Vickis Kopf wieder zu hämmern beginnen.

*Wenn dies ein Film wäre, dann hätte ich einen Hemdfetzen gefunden, der sich in diesem Baum verfangen hatte und der nur zu einem einzigen Mann gehören konnte. Es hätte eine Verfolgungsjagd im Auto gegeben, einen Kampf, eine Unterbrechung, damit man aufs Klo gehen kann, und alles eingewickelt in einem netten, ordentlichen, sauberen Päckchen in weniger als einer Stunde.* Sie legte die erste Liste der Vogelkundler neben den ersten Hefter und schob ihre Brille hoch. *Willkommen in der Wirklichkeit.*

Während des Abendessens entschied sich Peter ein halbes Dutzend Mal, dem Rest der Familie zu erzählen, was er wußte. Ein halbes Dutzend Mal überlegte er es sich anders. Sie verdienten, es zu wissen. Aber wenn *er* ihnen den Beweis liefern konnte... hin und her. Her und hin.

Ein Teil von ihm wollte die Sache einfach bei den älteren Werwölfen abladen, damit diese sich darum kümmerten, aber Roses Knie, das gelegentlich unter dem Tisch gegen das seine stieß, schubste diesen Gedanken immer wieder aus seinem Kopf. Er schmeckte kaum einen Mundvoll des Essens, weil jedes Mal, wenn er einatmete, das einzige, was er roch, seine Zwillingsschwester war, und das einzige, woran er denken konnte, war, wie er sich ihr beweisen konnte.

„Peter! Das Brot?"

„Entschuldige, Tante Nadine." Er konnte sich nicht erinnern, daß sie nach dem Brot gefragt hatte, aber ihr Tonfall sagte eindeutig, daß sie hatte. Als er den Teller mit dem Schwarzbrot weitergab, wurde ihm klar, daß er, wie immer er sich auch entschied, es nicht seiner Tante erzählen konnte. Zu sagen: *Ich glaube, ich kenne vielleicht den Mörder deiner Zwillingsschwester,* ohne einen Beweis dafür zu haben, damit sie handeln konnte, wäre nur ein Herumbohren in der Wunde. Außerdem hielt sie ihn noch für einen Welpen und behandelte ihn nicht viel anders als Daniel. Er mußte ihr zeigen, daß er ein Mann war. Es war ihm noch nie aufgefallen, aber Tante Nadine roch fast genauso wie Rose.

Er konnte es nicht seinem Vater sagen. Sein Vater war verletzt. Er konnte noch nicht einmal mit seinem Vater darüber sprechen, weil sein Vater nichts tun würde, ohne es mit Onkel Stuart zu besprechen.

*Onkel Stuart.* Peter riß an einem Stück Fleisch, als Onkel Stuart das Salz von Rose entgegennahm. *Er hätte sie nicht berühren müssen. Er hält sich für so... verdammt heiß. Er glaubt, er wüßte alles. Ich weiß etwas, das er nicht weiß.*

„Warum bist du sauer, Peter?"

Peter starrte seinen Vetter an. „Ich bin nicht sauer."

Daniel zuckte die Achseln. „Du riechst sauer. Wirst du wieder Paps anspringen?"

„Ich sagte, ich bin *nicht* sauer."

„Peter." Stuart lehnte sich um Daniel herum, die Brauen zusammengezogen und die Zähne gebleckt.

Peter kämpfte gegen den Drang an, den Kopf zurückzuwerfen und seine Kehle zu entblößen. Seine Ohren waren eng angelegt, der eingerissene Rand pochte im Rhythmus seines Pulses. „Ich habe nichts getan!" knurrte er, schob sich vom Tisch zurück und stapfte aus der Küche hinaus. *Wartet es nur ab,* dachte er, als er sich auszog und verwandelte. *Ich werde es euch zeigen.*

Rose machte Anstalten, ihm zu folgen, aber Nadine streckte die Hand aus und drückte sie auf den Stuhl zurück. „Nein", sagte sie.

Stuart seufzte und kratzte sich an einer Narbe über der Augenbraue, das Ergebnis seines ersten Herausforderungskampfes als erwachsenes Männchen. Ausgerechnet, wenn ein Fremder bei der Familie war. Er sah zu Celluci hinüber, der ruhig Ketchup von seinem Ellbogen abrieb – Daniel hatte die Flasche wieder einmal zu enthusiastisch gedrückt – und dann zu Nadine. Arrangements, um Rose und Peter zu trennen, würden noch heute getroffen werden. Sie konnten es nicht mehr aufschieben.

Sturm schlich durch die Scheune und suchte Ratten, an denen er seine schlechte Laune auslassen konnte. Er fand keine. Das half seiner Stimmung wenig. Er scheuchte eine Schar Stare in die Luft, aber es gelang ihm nicht, die Zähne in einen von ihnen zu versenken. Er ließ sich in den Schatten neben Mikes Wagen fallen und nagte an einem Stück verfilzten Fells auf seiner Schulter.

*Das Leben ist Scheiße,* entschied er.

Noch fast zwei Stunden bis zum Einbruch der Dunkelheit. Zwei Stunden, bis er sich selbst beweisen konnte. Zwei Stunden, bis er die Kehle dieses Menschen zwischen seine Zähne nehmen und die Wahrheit aus ihm herausschütteln konnte. Er stellte sich die Reaktion seiner Familie vor, die Roses, wenn er einlief und verkündete: *Ich weiß, wer der Mörder ist.* Oder noch besser, wenn er hereinmarschierte und die Leiche auf den Boden warf.

Dann nahm er durch den Geruch von Stahl und Benzin und Öl hindurch schwach den Hauch eines vertrauten Dufts wahr. Er stand auf. Auf der Beifahrerseite von Mikes Auto, am oberen Rand des Fensters war ein Teil, der deutlich wie der Mann im schwarz-goldenen Jeep roch.

Er runzelte die Stirn und leckte sich die Nase.

Dann erinnerte er sich.

Der Geruch, den er in der Werkstatt aufgenommen hatte, die Spur, die noch am Hebel der Motorhaube von Henrys schrottreifem Wagen klebte, war, mit Ausnahme der Intensität, identisch mit dem Geruch hier und jetzt.

Das änderte alles. Das Treffen konnte nur eine Falle sein. Sturm scharrte auf dem Boden und winselte vor Aufregung. Das war großartig. Das würde jeden überzeugen, ihn ernst zu nehmen.

„Peter?“

Sturm spitzte die Ohren. Es war die Stimme Onkel Stuarts, drüben beim Haus. Er rief nicht nach ihm, er sprach über ihn. Sturm schob sich zentimeterweise vor, bis er um den Wagen herumsehen konnte, ohne gesehen zu werden. Zum Glück stand er gegen den Wind.

Sein Onkel und Celluci saßen auf der hinteren Veranda.

„Er ist in Ordnung“, fuhr Stuart fort. „Er ist nur ein Teenager.“

Mike schnaubte verächtlich. „Verstehe. Ein Teenager.“

Die beiden Männer schüttelten den Kopf.

Sturm knurrte leise. Also konnten sie ihn mit einem einzigen Wort einfach abtun? Sagten *Teenager*, als handle es sich um eine Art Krankheit. Als erklärte das alles. Als sei er immer noch ein Kind. Seine Nackenhaare sträubten sich, und seine Lippen zogen sich zurück und zeigten die volle Länge seiner Reißzähne. Er würde es ihnen allen zeigen.

Heute.

„... natürlich, bis Anfang der 60er glaubten die meisten Schützen, niemand auf der Welt könnte jemals in einem internationalen Stilwettbewerb mehr als 1150 Punkte schießen, aber dann schoß 1962 ein Kerl namens Gary Anderson 1157 im Freistil-Gewehr. An diesem Tag klappten ein paar Kiefer auf den Boden, und die meisten Leute glaubten, daß er niemals geschlagen werden könnte." Bertie Reid schüttelte den Kopf über die Dinge, die die meisten Leute glaubten. „Natürlich irrten sie sich. Die 1150 waren einfach nur eine psychologische Grenze, und sobald Gary sie durchbrochen hatte, hat man sie kurz und klein geschossen. Sozusagen. Ich mache noch Tee. Sind Sie sicher, daß Sie keinen Kaffee mehr wollen?"

„Nein, danke." Seit sie die Polizei verlassen hatte, war Vickis Koffeintoleranz gesunken, und sie spürte die Wirkung der drei Tassen, die sie bereits getrunken hatte. Ihre Nerven waren so angespannt, daß sie sie jedesmal fast klingen hörte, wenn sie sich nur bewegte. Sie ließ Bertie in der Küche und eilte zum Telefon.

Der Abend war unbemerkt vergangen, während sie Namenslisten verglichen hatte. Die Sonne, eine Scheibe, so groß und rot und klar gegen den Himmel abgegrenzt, daß sie wie gemalt aussah, zitterte am Rand des Horizonts. Vicki sah auf die Uhr. 20:33. 35 Minuten bis Sonnenuntergang. 35 Minuten bis Henry.

Er hatte gesagt, sein Arm werde bis heute geheilt sein, also konnten er und Mike vielleicht zusammen den Baum überwachen, und Peter könnte herfahren und sie abholen. Sie kicherte über die Vorstellung, die diese Idee ihr lieferte, als sie sich in den Lehnstuhl setzte und eine Lampe einschaltete.

Sie hatte zuviel Kaffee getrunken.

Die Nachnamen von elf Olympiaschützen hatten zu Mitgliedern der hiesigen Clubs gepaßt. Zeit für den nächsten Schritt.

„Mrs. Scott? Mein Name ist Terri Hanover, ich bin Journalistin und schreibe einen Artikel über Olympiateilnehmer. Ich habe mich gefragt, ob Sie mit Brian Scott verwandt sind, der bei der Olympiade 1976 in Montreal Mitglied der kanadischen Gewehrschützenmannschaft war? Nein? Aber Sie sind nach Montreal gefahren... Das ist sehr interessant, aber leider muß ich mit den Teilnehmern selbst sprechen." Vicki unterdrückte ein Seufzen. „Entschuldigen Sie die Störung. Gute Nacht."

Einer weniger. Noch zehn. Lügen, um an die Wahrheit zu kommen.

*Guten Abend. Mein Name ist Victoria Nelson, ich bin Privatdetektivin. Haben Sie oder irgendwelche Mitglieder Ihrer Familie auf Werwölfe geschossen?*

Sie schob ihre Brille hoch und tippte die nächste Nummer ohne große Hoffnung auf Erfolg ein.

Für Henry kam der Sonnenuntergang wie der Augenblick zwischen Leben und Tod. Oder Tod und Leben. Einen Moment lang war er nicht da. Im nächsten begann das Bewußtsein, die Schleier des Tages von seinen Sinnen zu heben. Er lag still, lauschte seinem Herzschlag, seiner Atmung, dem Rascheln des Lakens an den Haaren auf seiner Brust. Er fühlte das Gewebe des Tuchs unter ihm, die Matratze darunter und das Bett unter beidem. Der Geruch der Werwölfe wischte selbst den Geruch nach ihm selbst weg, aber alles in allem überraschte ihn das nicht. Neu definiert für eine neue Nacht öffnete er die Augen und setzte sich auf, während er seine Sinne über seine Zuflucht hinaus ausstreckte.

Vicki war nicht da. Mike schon.

Na toll. Warum war sie ihn nicht losgeworden? Und überhaupt, wo *war* sie?

Er beugte den Arm und sah den Flecken neuer Haut an der Oberseite seiner Schulter an. Obwohl das Fleisch immer noch ein wenig zart und eingedellt war, wo neues Muskelgewebe erst noch für Masse sorgen mußte, war die Wunde im wesentlichen geheilt. Der Tag hatte ihm Kraft zurückgegeben, und der Hunger war zu einem Flüstern herabgesunken, das man leicht ignorieren konnte.

Während er sich anzog, dachte er über Celluci nach. Die Werwölfe hatten ihn offenbar akzeptiert, denn Henry konnte in dem, was er von dem Sterblichen spürte, weder Angst noch Zorn fühlen. Obwohl er immer noch glaubte, der sicherste Weg sei, die Erinnerung an die Werwölfe und die beobachtete Verwandlung aus Cellucis Gedächtnis zu brennen, konnte er keine Entscheidung treffen, ohne zu wissen, wie sich die Dinge im Laufe des Tages entwickelt hatten. Er wünschte, er hätte gewußt, welchen Verdacht der Mann gegen ihn hegte, was er letzte Nacht zu Vicki gesagt und was sie darauf erwidert hatte. „Es gibt nur einen Weg, das herauszufinden." Er riß die Tür auf und trat in den Korridor. Celluci war in der Küche. Er würde sich zu ihm gesellen.

Kurz vor Sonnenuntergang sprang Sturm über den Zaun hinter der Scheune und nutzte den unteren Teil des Zauns als Deckung, während er sich vom Haus zurückzog. Wenn Stuart ihn sah, würde er ihn zurückrufen. Wenn Rose ihn sah, würde sie eine Erklärung verlangen, wo er ohne sie hinwollte. Beides wäre eine Katastrophe, also benutzte er jeden Trick, den er beim Heranpirschen an Beute gelernt hatte, um ungesehen zu bleiben.

Es war egal, wie lang es dauerte, der Mensch würde warten. Dessen war er sicher. Er legte die Ohren an, seine Augen leuchteten. Der Mensch würde mehr bekommen, als er erwartete.

„Kein Glück bisher?"

„Nein." Vicki rieb sich die müden Augen und seufzte. „Und ich habe für heute abend die Nase voll. Ich glaube nicht, daß ich mir diese Listen nochmal ansehen kann, ehe ich nicht mindestens zwölf Stunden Schlaf gehabt habe."

„Dafür gibt es auch keinen Grund", erklärte ihr Bertie, die die Sandwichteller abräumte. „Es ist ja nicht so, als ob es ein Notfall oder so was wäre. Sicher können diese Leute ihre Hunde ein paar Tage an der Leine halten."

„So einfach ist es nicht."

„Warum nicht?"

„Weil es das nie ist." Eine dumme Erklärung, aber sie hatte keine bessere. Selbst wenn sie darüber hätte diskutieren können, bezweifelte Vicki, daß sie den territorialen Bedürfnissen der Werwölfe gerecht werden könnte – nicht wenn dazu so unglaublich dumme Aktionen gehörten, wie sich selbst als Zielscheibe zu präsentieren. Sie sah auf die Uhr, kramte zwei weitere Schmerztabletten aus ihrer Tasche und schluckte sie trokken. Um elf würde Colin seine Schicht beenden. In etwa einer Stunde würde sie zum Polizeipräsidium hinübergehen und sich von ihm zurück zum Hof mitnehmen lassen. Inzwischen...

„Wenn Sie mich noch ein bißchen länger ertragen können, dann, glaube ich, fange ich besser mit den nicht-kanadischen Mannschaften an."

Bertie blickte zweifelnd drein. „Mir macht es nichts aus. Wenn Sie glauben, daß Sie dem gewachsen sind... "

„Ich muß es sein." Vicki hievte sich aus den Tiefen des Lehnstuhls hoch, der sie einzusaugen schien. „Die Leute, mit denen ich heute abend geredet habe, werden den Anruf wahrscheinlich erwähnen." Sie hob die Stimme, damit sie sich selbst durch die Schlagzeuggruppe hindurch hören konnte, die in ihrem Schädel zu spielen begonnen hatte. „Ich muß schnell handeln, ehe unser Schütze in panischer Angst flieht und untertaucht." Sie schüttelte den Kopf im Versuch, die Dinge wieder dahin zu bringen, wohin sie gehörten. Zu den Trommlern waren jetzt noch Blechbläser dazugekommen, ihre Knie gaben nach, und sie klammerte sich verzweifelt an den nächsten Bücherschrank, um Halt zu finden, wobei sie drei Bücher vom Regal fegte.

Während der Bücherschrank immer noch den größten Teil ihres Gewichts hielt, bückte sie sich, um sie aufzuheben, und erstarrte.

„Alles klar?" Bertie Reids besorgte Frage schien von sehr weit weg zu kommen.

„Ja. Prima." Sie richtete sich langsam auf und hielt das dritte Buch, das mit dem Titel nach oben zu ihren Füßen gelandet war, in der Hand. *Macbeth.*

An jenem Morgen hatte Carl Biehn seine Hände gerungen und versucht, etwas Erde wegzureiben. Wie Lady Macbeth, dachte sie, als sie das Buch hochhob, und fragte sich, was geschehen war, um den alten Mann so nervös zu machen. Aber Lady Macbeths Händereiben war von Schuld, nicht von Nervosität motiviert. Weswegen fühlte Biehn sich schuldig?

Wegen etwas, das sein Neffe getan hatte? Möglich, aber unwahrscheinlich. Sie hätte darauf gewettet, daß Biehn der Typ Mann war, der die Verantwortung für seine Taten übernahm und erwartete, daß jeder andere das gleiche tat. Wenn er sich schuldig fühlte, hatte er etwas *getan*.

Vicki konnte nicht glauben, daß er ein Mörder war – und sie wußte, daß ihr Glaube nichts damit zu tun hatte.

Die meisten Morde werden von jemandem verübt, den das Opfer kennt.

Fest verwurzelte religiöse Ansichten hatten im Lauf der Geschichte oft ein willkürliches Blutbad gerechtfertigt.

Es konnte nicht schaden, ihn zu überprüfen. Nur um sicherzugehen.

Er war in keiner kanadischen Mannschaft gewesen, aber Biehn war ein europäischer Name, und daß er keinen Akzent hatte, hatte nichts zu bedeuten.

„Sind Sie *sicher?*“ fragte Bertie, als Vicki sich zu ihr umdrehte. „Sie sehen irgendwie seltsam aus.“

Vicki legte den *Macbeth* auf das Regal zurück. „Ich muß mir die europäischen Mannschaften ansehen. Deutsche, holländische... “

„Ich glaube, Sie sollten sich besser mit einer kalten Kompresse hinsetzen. Kann das nicht bis morgen warten?“

Es gab keinen Grund, warum es das nicht konnte.

„Nein.“ Vicki zwang sich, nicht den Kopf zu schütteln, da die Vision der Hände des alten Mannes, die sich immer und immer wieder wuschen, sich in ihren Geist eingegraben hatte. „Ich glaube nicht.“

Sturm prüfte den Wind, als er am Rand der Wälder kauerte und den Stall des alten Biehn beobachtete. Der Mann aus dem Jeep war allein darinnen. Der Grasfresser war im Haus.

Der direkteste Weg führt quer übers Feld, aber selbst im Schutze der Dunkelheit hatte Sturm nicht die Absicht, sich derart preiszugeben. Nicht weit südlich verlief ein altes Zaununterteil von den Wäldern zur Straße und dabei nur zwanzig Meter am Stall vorbei, die zerklüftete Strecke aus Bäumen und Büschen zerteilte die Nacht in unregelmäßige geometrische Formen. Sicher in dem Wissen, daß selbst ein anderer Werwolf Schwierigkeiten hätte, ihn zu entdecken, bewegte Sturm sich rasch durch diesen Korridor aus sich bewegenden Schatten.

Obwohl er sich nach einer Jagd sehnte, ignorierte er die panische Flucht eines aufgescheuchten Waldkaninchens. Heute jagte er größeres Wild.

Weder die BRD noch die DDR hatten je einen Carl Biehn in ihren Schützenmannschaften gehabt. Vicki seufzte, als sie den Hefter durchblätterte und nach den Listen für die Niederlande suchte. Wenn sie die Augen schloß, sah sie nur noch kleine schwarze Zeichen auf weißen Blättern.

*So wie die Leute heute herumkommen, könnte Biehn von Gott weiß woher kommen. Vielleicht sollte ich alphabetisch vorgehen. Alphabetisch...* Sie starrte verständnislos auf die Seite, sah sie nicht, und ihr Herz begann unnatürlich laut zu klopfen.

Beete erstreckten sich vor ihr, und eine Männerstimme sagte: „*Alles von A bis Zeta.*“

Zeta. Kanadier nannten den letzten Buchstaben des Alphabets Zett. Amerikaner hingegen sagten Zeta.

Sie griff nach dem Hefter, der die Informationen über die amerikanischen Olympiamannschaften enthielt, war aber bereits sicher, was sie finden würde.

Henry Fitzroy stand im Schatten des unteren Flurs und hörte zu, wie Celluci Daniel geduldig erklärte, daß es jetzt zu dunkel wäre, um Frisbeefangen zu spielen. Er hatte den Sterblichen nicht für den Typ gehalten, der sich etwas aus Kindern machte, aber schließlich hatte er überhaupt nicht viel über ihn nachgedacht. Offenbar mußte er das ändern.

Der Mann stand Vicki nah, ein guter Freund, ein Kollege, ein Liebhaber. Sie würden in Kontakt miteinander kommen, und sei es nur durch Vicki. Ihr Verhältnis zueinander mußte daher definiert werden, zu ihrer beider Sicherheit.

Wie die meisten seiner Art zog Henry es vor, Beziehungen zur Welt der Sterblichen auf ein Minimum zu beschränken und unter Kontrolle zu behalten. Mike Celluci war nicht der Typ von Mann, mit dem er normalerweise Umgang gepflegt hätte. Er war zu...

Henry runzelte die Stirn. Zu ehrlich? Zu stark? War dies also, wohin ein Prinz gesunken war, daß er die Ehrlichen und Starken zugunsten der Schwachen und Schurken mied? Zu Lebzeiten hatte er die Loyalität von Männern wie diesem gefordert. Er war jetzt nicht weniger als damals. Er trat ins Licht.

Celluci hörte nicht, wie Henry sich näherte, aber er spürte etwas in seinem Rücken und drehte sich um. Einen Augenblick lang erkannte er den Mann nicht, der in der Küchentür stand. Macht und Persönlichkeit, die Henry im Laufe der Jahrhunderte erworben hatte, trafen ihn mit fast körperlicher Gewalt, und als die haselnußbraunen Augen die seinen trafen und er sah, daß sie ihn für würdig erachteten, mußte er den völlig irrationalen Drang bekämpfen, auf ein Knie zu sinken.

*Was geht hier vor?* Er schüttelte den Kopf, um ihn klar zu bekommen, erkannte Henry und knurrte wütend, um seine Verwirrung zu verdecken: „Ich will mit Ihnen reden."

Das Telefon klingelte und ließ sie erstarren.

Kurz darauf kam Nadine in die Küche, sah von einem zum anderen und seufzte. „Es ist Vicki. Sie klingt ein wenig merkwürdig. Sie möchte mit... "

Celluci wartete nicht darauf, einen Namen zu hören, aber selbst als er ins Büro stapfte und den Hörer schnappte, mußte er zugeben, daß Henry Fitzroy ihm gestattet hatte, das Gespräch entgegenzunehmen; daß er ohne Fitzroys stillschweigende Erlaubnis nicht in der Lage gewesen wäre, sich zu bewegen. *Wenn dieser Mann nichts als ein Autor von Liebesromanen ist, dann bin ich...* ihm fiel kein passender Vergleich ein. „Was?"

„Wo ist Henry?"

„Warum?" Celluci wußte es besser, als seinen Ärger an Vicki auszulassen. Er tat es trotzdem. „Willst du ihm durchs Telefon ein Küßchen zuwerfen?"

„Verpiß dich." Die Erschöpfung beeinflußte Vickis Worte. „Biehn war Mitglied der amerikanischen Schützenmannschaft bei der Sommerolympiade 1960 in Rom."

Zorn hatte keinen Platz mehr in der Unterhaltung, also ignorierte er ihn. „Du hast deinen Meisterschützen gefunden."

„Es sieht so aus." Sie klang nicht sehr glücklich.

„Vicki, diese Information muß an die Polizei weitergegeben werden."

„Sag es einfach nur Henry. Ich weiß noch nicht mal, warum ich überhaupt mit dir rede."

„Wenn du es nicht meldest, dann werde ich es tun."

„Nein. Das wirst du nicht."

Er hatte sagen wollen, daß ihre Freundschaft, daß die Werwölfe nicht über dem Gesetz standen, aber die kalte Endgültigkeit ihrer Stimme hielt ihn ab. Einen Augenblick lang hatte er Angst. Dann fühlte er sich einfach nur noch müde. „Vicki, ich komme und hole dich ab. Wir werden nichts unternehmen, bis wir miteinander geredet haben."

Ein plötzlicher Ausbruch von Lärm aus der Küche erstickte ihre Antwort, und er trat, das Telefon unter den Arm geklemmt, näher an die Tür, um sie zu schließen. Dann blieb er stehen und hörte zu.

Und wußte Bescheid.

Gute Polizisten lachen nie über Intuition, denn zu oft steht ein Leben dabei auf dem Spiel.

„Die Lage hat sich geändert." Er unterbrach Vicki, ohne zu hören, was sie sagte. „Du wirst allein zurückkommen müssen. Peter wird vermißt."

Sturm kroch über die offenen zwanzig Meter von der Zaununterseite zum Stall, so tief geduckt, daß sein Bauchfell auf über den Boden streifte. Als er das Steinfundament der Stallwand erreichte, erstarrte er.

Die Bretter waren alt und verzogen, und zwischen den meisten fiel Licht hindurch. Er verwandelte sich – damit seine Schnauze nicht im Weg war, nicht weil eine Gestalt besser sehen konnte als die andere – und preßte ein Auge gegen eine Ritze.

Eine Kerosinlampe brannte an einem Ende eines langen Tisches und beleuchtete das Profil des Mannes aus dem Jeep, der mit dem Rücken zur Tür stand und an etwas herumfummelte, das Peter nicht sehen konnte. Eine Schrotflinte lehnte in Reichweite an der Tischkante.

Unter dem Menschengeruch, dem Gestank der Laterne und dem zurückgebliebenen Duft der Tiere, die sich einst im Stall befunden hatten, war ein starker Geruch nach eingeöltem Stahl, mehr, als von dem Gewehr allein stammen konnte. Peter runzelte die Stirn, verwandelte sich und trottete zu den großen Vordertüren. Eine stand einen Spalt offen, weit genug, daß er in jeder Gestalt durchschlüpfen konnte, aber in einem Winkel, der verhinderte, daß er direkt in den Stall stürmen und den Mann am Tisch angreifen konnte. Er fletschte die Zähne, und seine Kehle vibrierte in einem lautlosen Knurren. Der Mensch unterschätzte ihn; ein Werwolf, der nicht gehört werden wollte, wurde es auch nicht. Er konnte hineingehen, sich umdrehen und angreifen, ehe der Mensch das Gewehr erreichen konnte, ganz zu schweigen davon, damit zu zielen und es abzufeuern.

Sturm huschte vorwärts. Der Geruch nach geöltem Stahl wurde stärker. Der Boden gab unter seiner Vorderpfote nach, und er erstarrte. Dann sah er die Fallen. Drei davon, aufgestellt im geöffneten Türspalt in Löchern, die man in den Boden gegraben und dann mit etwas bedeckt hatte, das zu leicht war, um sie auszulösen oder ihre Bewegung zu behindern, wenn sie zuschnappten. Er war nicht sicher, aber es roch wie das Torfzeug, das Tante Nadine in den Garten tat.

Er konnte sie leicht überspringen, aber der Boden dahinter war auch aufgewühlt, und er wußte nicht genau, ab wo er wieder sicheren Halt hatte. Noch konnte er sich verwandeln und über die Fallen springen, ohne zum Ziel für die Flinte zu werden.

Mit der Nase an den Wänden umkreiste er das Gebäude. An jedem möglichen Eingang fand sich der gleiche Geruch.

Außer an einem.

Hoch an der Ostwand, fast hinter den Ästen einer jungen Roßkastanie versteckt, war eine kleine quadratische Öffnung, die damals, als sich im Stall noch Vieh befunden hatte, dazu gedient hatte, Heuballen auf den Dachboden zu bringen. Normalerweise kletterten Werwölfe nicht auf Bäume, aber das hieß nicht, daß sie es nicht konnten, und schwielige Finger und Zehen fanden Halt, den simple menschliche Hände und Füße nicht hätten nutzen können.

Peter bewegte sich vorsichtig über einen gefährlich schmalen Ast, überprüfte das Loch, fand keine Fallen und schlüpfte leise hindurch, während er sich dazu gratulierte, seinen Feind ausgetrickst zu haben.

Der Dachboden roch nur nach muffigem Heu und Staub. Tief geduckt huschte Peter leise einen gewaltigen quadratischen Balken entlang, bis er in den Stall hinuntersehen konnte. Er war fast direkt über dem Tisch, auf dem neben der Laterne ein Paket in braunem Papier, ein Notizbuch und eine dicke Leinenschürze lagen.

Der Mann aus dem Jeep sah auf die Uhr und stand, den Kopf zur Seite gelegt, lauschend da.

Die ganze Szene war eine Falle, und zwar eine, die speziell für die Fellgestalt gestellt worden war.

Es konnte keinen Zweifel geben: Dies war der Mann, der seine Familie tötete. Ein Mann, der sie gut genug kann, um einzuschätzen, welche Gestalt er heute nacht annehmen würde.

Peter grinste, und seine Augen leuchteten im Lampenlicht. Er hatte sich nie so lebendig gefühlt. Sein gesamter Körper bebte. Er hatte nicht vor, den Menschen zu enttäuschen. Wenn er die Fellgestalt wollte, würde er sie auch bekommen. Zähne und Klauen würden ihn töten.

Er ging zum Rand des Balkens, verwandelte sich, stürzte sich knurrend durch die Luft und landete mit allen Vieren auf dem Rücken des Menschen.

Zusammen gingen sie zu Boden.

Kurz war Mark erfreut, die Gestalt zu sehen, die vom Dachboden fiel. Er hatte die Reaktionen der Kreatur exakt richtig eingeschätzt. Außer, daß er weder an den Dachboden gedacht hatte noch sich ganz klar gewesen war, womit er es zu tun haben würde.

Entsetzter als je zuvor kämpfte er wie ein Besessener. Er hatte einmal gesehen, wie ein Schäferhund eine Ratte tötete, indem er sie am Genick packte und ihr das Rückgrat brach. Das würde ihm nicht passieren. Er fühlte, wie Krallen sein dünnes Hemd und seine Haut zerrissen, spürte heißen Atem an seinem Ohr und schaffte es, sich herumzudrehen und einen Unterarm zwischen die geöffneten Kiefer der Bestie zu schieben, während seine andere Hand verzweifelt nach dem zu Boden gefallenen Gewehr tastete.

Sturm warf den Kopf zurück, ließ den Arm los und sprang nach vorn auf die plötzlich entblößte Kehle.

Mark sah den Tod kommen. Dann sah er ihn zögern.

*Scheiße. Ich kann nicht einfach jemandem die Kehle herausreißen! Was tue ich du?* Abrupt war die Blutgier verschwunden.

Mit den Beinen unter dem Bauch der Bestie warf Mark diese hoch.

Desorientiert schlug Sturm auf dem Boden auf und strampelte, um wieder auf die Beine zu kommen. Der Boden bewegte sich unter seiner linken Hinterpfote. Stählerne Kiefer schlossen sich.

Das Schnappen, das Aufjaulen aus Schmerz und Angst brachten Mark langsam auf seine Knie. Er lächelte, als er den rotbraunen Wolf gegen die Falle kämpfen sah, beobachtete, wie er sich wand und knurrte in dem panischen Versuch, freizukommen. Sein Lächeln wurde breiter, als die Gegenwehr schwächer wurde und die Kreatur endlich keuchend auf dem Boden lag.

*Nein! Bitte nicht!* Sturm konnte sich nicht verwandeln. Nicht, während sein Fuß in der Falle steckte. *Es schmerzt. Oh Gott, es schmerzt.* Er konnte sein Blut riechen, sein eigenes Entsetzen. *Ich kann nicht atmen! Es tut weh.*

Undeutlich war Sturm klar, daß die Falle die geringere Gefahr war. Der Mensch, der mit gebleckten Zähnen näherkam, war viel tödlicher. Er winselte, und seine Vorderpfoten scharrten auf dem Boden, aber er schien nicht aufstehen zu können. Sein Kopf wurde zu schwer, um ihn zu heben.

„Jetzt habe ich dich, du Mistkerl." Man hatte ihm die Wirkung des Giftes garantiert. Mark war erfreut zu sehen, daß es sein Geld wert gewesen war. Er zuckte zusammen, griff an seine Schulter, und seine Hand kam rot zurück. Er hielt sich vorsichtig außer Reichweite, nur für alle Fälle, und spie auf den Boden neben das Gesicht der Kreatur. „Ich hoffe, daß es höllisch weh tut."

*Vielleicht... werden sie mich hören... wenn ich heule...*

Dann setzten die Krämpfe ein, und es war zu spät.

# Fünfzehn

„... ich weiß es nicht! Er hat sich in letzter Zeit merkwürdig verhalten!"

Stuart und Nadine sahen einander über Roses Kopf hinweg an. Nadine öffnete den Mund, aber der Gesichtsausdruck ihres Gefährten brachte sie dazu, ihn wieder zu schließen. Jetzt war nicht die Zeit für Erklärungen.

„Rose." Celluci kam aus dem Büro und ging schnell durch die Küche, bis er dem Mädchen direkt ins Gesicht blicken konnte. „Das ist wichtig. Abgesehen von der Familie, Vicki, Mr. Fitzroy und mir, mit wem hat Peter heute gesprochen?"

*Er weiß etwas,* dachte Henry. *Ich hätte ihn nie den Anruf entgegennehmen lassen sollen.*

Rose runzelte die Stirn. „Er hat mit dem Mechaniker in der Werkstatt gesprochen, Dr. Dixon, Dr. Levin – der Nachfolgerin von Dr. Dixon, sie war eine Weile in seiner Praxis – äh, Mrs. van Thorne, der Nachbarin von Dr. Dixon, und jemandem, der auf der Straße vorbeifuhr, aber ich habe nicht gesehen, wer das war."

„Haben Sie das Auto gesehen?"

„Ja. Schwarz mit goldenen Zierleisten und falschen goldenen Radspeichen." Rose rümpfte die Nase. „Ein Angeberwagen." Dann änderte sich ihr Gesichtsausdruck wieder, als sie Mike Cellucis Reaktion sah. „Das ist der, auf den Sie gewartet haben, stimmt's? Stimmt's?" Sie trat auf Celluci zu, die Zähne gebleckt. „Wo ist mein Bruder? Was ist mit ihm passiert?"

„Ich denke", sagte Stuart mit ausdrucksloser Stimme und kam um seine Nichte herum, „Sie sollten uns besser alles erzählen, was Sie wissen."

Nur Henry hatte eine Vorstellung von dem Konflikt, den Celluci durchmachte, und er hatte kein Mitleid. Auf die Frage „Recht gegen Gerechtigkeit" gab es nur eine Antwort. Er sah, wie sich die Muskeln in Cellucis Rücken anspannten und hörte, wie sein Herzschlag sich beschleunigte.

Alles, was Cellucis gelernt hatte, sagte ihm, er solle sie mit einer mehrdeutigen Antwort abspeisen und sich selbst darum kümmern. Wenn Werwölfe erwarteten, wie der Rest der Gesellschaft behandelt zu werden, nach dem Buchstaben des Gesetzes, dann konnten sie selbst nicht außerhalb des Gesetzes handeln. Und wenn der einzige Weg, wie er seine Pflicht tun konnte, war, sich den Weg aus diesem Haus hinaus zu kämpfen... seine Hände ballten sich zu Fäusten.

Ein tiefes Knurren stieg in Stuarts Kehle auf.

Und in Roses.

Und in Nadines.

Henry Fitzroy trat vor. Er hatte genug.

Dann begann Daniel kläglich zu wimmern. Er warf sich gegen Nadines Beine und vergrub sein Gesicht in ihrem Rock. „Peter wird umgebracht!" Der Stoff half wenig, um das Geheul eines sechsjährigen Kindes zu dämpfen, das nur einen kleinen Teil dessen verstand, was vor sich ging.

Mike Celluci sah auf Daniel hinab, der ein unheimliches Talent dafür zu besitzen schien, den Blick wieder auf die wichtigen Dinge zu lenken, dann hinüber zu Rose. „Können Sie es nicht mir überlassen, mich darum zu kümmern?" flüsterte er.

Sie schüttelte den Kopf, Panik begann sich aufzubauen. „Sie verstehen das nicht."

„Sie *können* es nicht verstehen", ergänzte Nadine und umklammerte Daniel so fest, daß er sich in ihrem Griff wand.

Mike Celluci sah den Schmerz in den Augen der älteren Frau, Schmerz, der verletzte und bedrückte und länger währen würde, als jemand gezwungen sein sollte, ihn zu ertragen. Seine Entscheidung könnte Rose möglicherweise vor diesem Schmerz bewahren.

„Carl Biehn war Olympiaschütze. Sein Neffe, Mark Williams, fährt einen schwarz-goldenen Jeep."

Roses Augen weiteten sich. „Wenn er heute nachmittag mit Peter gesprochen hat... " Sie wirbelte herum, ihr Strandkleid fiel zu Boden, und Wolke flitzte aus der Küchentür und in die Nacht hinaus.

„Rose!" Unbehindert durch die Notwendigkeit, sich zu verwandeln, raste Henry hinter ihr her, ehe Stuart, dessen Aufmerksamkeit immer noch auf Mike Celluci gerichtet war, reagieren konnte.

*Herr im Himmel! Niemand ist so schnell!* Mike Celluci packte Stuarts Arm, als Henry in der Nacht verschwand. „Warten Sie!" stieß er hervor. „Ich brauche Sie, um mir den Weg zu Biehns Farm zu zeigen."

„Laß los, Mensch!"

„Verdammt, Stuart, der Mann hat Gewehre. Er hat Henry schon einmal ausgeschaltet! Hineinzustürmen wird nur dazu führen, daß wir alle erschossen werden. Wir können mit dem Auto vor ihnen dort sein."

„Verlassen Sie sich nicht darauf." Stuart lachte freudlos. „Dies ist unsere Jagd. Sie haben kein Recht, dabei zu sein."

„Nimm ihn mit!“ Nadines Tonfall duldete keine Widerrede. „Denk an die Zeit danach.“

Der männliche Werwolf knurrte, aber nach einem Augenblick entwand er seinen Arm Mike Cellucis Griff und ging in Richtung Tür. „Kommen Sie schon.“

*Die Zeit danach?* fragte sich Celluci, als sie beide über den Rasen rannten. *Maria, Mutter Gottes, sie wollen, daß ich da bin, um die Leiche zu erklären...*

„Warum braucht er denn so lange!“ Vicki schob ihre Brille hoch und wandte sich vom Wohnzimmerfenster ab. Da die Sonne untergegangen war, konnte sie nur ihre Spiegelung im Glas sehen, aber das hinderte sie nicht daran, im Zimmer hin und her zu gehen und dann wieder aus dem Fenster in die Dunkelheit hinauszuspähen.

„Er muß den ganzen Weg von der Ecke Adelaide und Dundas herkommen“, bemerkte Bertie Reid. „Das wird ihn ein paar Minuten kosten.“

„Ich *weiß*!“ Vicki seufzte und holte tief Luft. „Tut mir leid. Ich hatte kein Recht, sie anzuschnauzen. Es ist nur... nun, wenn meine verdammten Augen nicht wären, dann würde ich selbst fahren. Ich wäre schon halb da!“

Bertie Reid schürzte die Lippen und sah nachdenklich aus. „Sie vertrauen nicht darauf, daß Ihr Partner damit fertig wird?“

„Mike Celluci ist kein Partner, sondern ein Freund. Ich habe genaugenommen keinen Partner.“ Auch wenn man sich darauf verlassen konnte, daß Henry Celluci daran hinderte, etwas Dummes zu tun – wer würde Peter retten oder auf die Werwölfe aufpassen oder sich den mörderischen Mistkerl schnappen ? Vicki sah ihn immer mit Mark Williams' Gesicht vor sich, da sie überzeugt war, daß er der Grund für die Todesfälle gewesen war, selbst wenn er nicht auf den Abzug gedrückt hatte – und... und dann was? „Ich *muß* da hin! Wie kann ich *wissen*, daß es gerecht zugeht, wenn ich nicht da bin?“

Da ihr klar war, daß einige Frage rhetorisch gemeint waren, schwieg Bertie klugerweise. Ihre Fragen würden warten müssen.

„Verdammt, ich habe ihm gesagt, es ist ein Notfall!" Vicki raste zum Fenster zurück und blinzelte in die Nacht. „Wo ist er?" Da nur noch eine Stunde der Schicht übrig und Colin bereits wieder im Revier zurückgewesen war, war es für Vicki leicht gewesen, den diensthabenden Sergeant davon zu überzeugen, ihn für einen Notfall in der Familie zu beurlauben. „Warum zum... da!" Scheinwerfer bogen in die Einfahrt.

Vicki schnappte ihre Tasche und rannte zur Tür, während sie über die Schulter rief: „Reden Sie mit niemandem darüber. Wir bleiben in Verbindung."

Draußen ging sie praktisch blind in Richtung Scheinwerfer und wurde nur knapp nicht von einem der alten blauweißen Polizeiwagen Londons überfahren. Vicki packte die Hintertür, als er mit quietschenden Reifen stehenblieb, und warf sich auf den Rücksitz.

Barry rammte den Rückwärtsgang hinein und hinterließ über die gesamte Länge der Auffahrt eine Beschleunigungsspur, während Colin sich umdrehte und knurrte: „Was zum Teufel geht hier vor?"

Vicki schob ihre Brille wieder an Ort und Stelle und klammerte sich am Sitz fest, als der Wagen auf zwei Reifen abbog.

„Carl Biehn war Olympiaschütze, nachdem er in Korea und bei den Marines gewesen war."

„Der Grasfresser?"

„Er könnte es sein", schnauzte Vicki ihn an, „aber sein Neffe... "

„Wurde 1986 wegen Betrugs angeklagt, 1988 wegen Besitzes von Diebesgut und vor neun Monaten wegen Beihilfe zum Mord", unterbrach Barry. „Keine Verurteilungen. Kam dreimal aus verfahrenstechnischen Gründen frei. Ich habe ihn heute nachmittag durchlaufen lassen."

„Und der Notfall?" knurrte Colin mit gebleckten Zähnen.

„Peter ist verschwunden."

Gras und Unkraut schlug gegen seine Beine; Bäume huschten in seinen Augenwinkeln vorbei, unwirkliche Schattenbilder, kaum gesehen, schon verschwunden. Das Hindernis eines Zauns war keines, als er über den Maschendraht sprang und immer noch rennend landete. Henry hatte schon immer gewußt, daß Werwölfe zu unglaublichen Geschwindigkeiten fähig waren, aber bis zu dieser Nacht hatte er nicht gewußt, wie schnell sie sich bewegen konnten. Wolke machte keinen Versuch, ihm zu entkommen, sie raste einfach auf ihren Zwillingsbruder zu, nicht weit entfernt, aber weit genug, daß er fürchtete, sie niemals einholen zu können.

Da die mondlicht-silberne Gestalt so entsetzlich knapp außer Reichweite blieb, hätte Henry sein unsterbliches Leben dafür hingegeben, wenn die Fähigkeit zum Gestaltwandel seiner Art traditionell gegeben gewesen wäre. Wenn alles andere gleich war, waren vier Beine schneller und sicherer als zwei.

Alles andere konnte aber nicht gleich sein.

Er war seit Jahren nicht mehr so gerannt, und er gab alles im Bemühen, die Lücke zu schließen. Dieses Rennen mußte er gewinnen, denn wenn einer schon nicht gerettet werden konnte, mußte es wenigstens der andere werden.

Mit einer großen, fächerförmigen Fontäne aufspritzender Erde und Kieses zwang Celluci das Auto um die Kurve am Ende des Weges, ohne an Geschwindigkeit zu verlieren. Die Radaufhängung setzte auf, als er durch einem riesiges Schlagloch raste, und die Ölwanne kreischte vor Protest, als sie über einen hochstehenden Stein gezerrt wurde. Das beständige Maschinengewehrfeuer von Steinen, die gegen den Unterboden des Wagens geschleudert wurden, machte eine Unterhaltung unmöglich.

Stuart behielt ein beständiges Knurren tief in der Kehle bei.

Über all dem hörte Celluci ständig eine Stimme aus der Erinnerung.

*„Du bist bereit, Richterin und Geschworene zu sein – wer wird der Henker sein? Oder wirst du* das *auch machen?*

Er fürchtete, daß er kurz davor war, seine Antwort zu bekommen, und betete, Vicki möge zu spät kommen, um noch Teil davon zu sein.

Als Wolke die offene Stalltür erreichte, rannte Henry direkt hinter ihrem Schwanz. Noch ein Schritt, vielleicht zwei, und er könnte sie aufhalten, gerade noch rechtzeitig.

Dann nahm Wolke die Fährte ihres Zwillingsbruders auf und sprang knurrend nach vorn.

Als ihre Füße den festgetretenen Erdboden verließen, sah Henry entsetzt, wo sie landen würde. Sah den falschen Boden. Sah die stählernen Kiefer. Mit allem, was er noch hatte, warf er sich in einem verzweifelten Flugangriff auf sie.

Er wußte, als er sie packte, daß es nicht reichen würde, also drehte er sich und schirmte die sich wehrende Werwölfin mit seinem Körper ab, als sie den Boden trafen und wegrollten.

Zwei Fallen wurden ausgelöst, eine schnappte hilflos nach ein paar silberweißen Haaren, die andere wurde vollkommen um ihre Beute betrogen.

Vom Boden aus nahm Henry ein Kaleidoskop von Bildern in sich auf – der rotbraune Körper, der reglos auf dem Tisch lag, der Sterbliche, der über ihm stand, vom Hals bis zu den Knien mit einer Leinenschürze bedeckt, das schmale Messer, das im Lampenlicht schwach glänzte –, und als er sich schließlich in Hockstellung aufrichtete, wobei ein Arm immer noch die keuchende Wolke festhielt, wußte er Bescheid. Zorn, rot und heiß, wallte in ihm auf.

Dann kämpfte Wolke sich frei und griff an.

Zum zweiten Mal in dieser Nacht blickte Williams dem Tod ins Gesicht, nur wußte er, daß er diesmal nicht zögern würde. Er schrie und fiel gegen den Tisch, fühlte den heißen Atem an seiner Kehle und den Kuß eines der elfenbeinweißen Reißzähne und dann plötzlich, nichts. Der Selbsterhaltungstrieb übernahm die Kontrolle, und ohne sich mit Nachdenken aufzuhalten, ergriff er die Schrotflinte.

Henry kämpfte mit Wolke, kämpfte mit seiner eigenen Blutgier. *Sie ist ein siebzehnjähriges Mädchen, fast noch ein Kind. Man darf ihr nicht erlau-*

*ben zu töten.* Die Werwölfe lebten nicht mehr getrennt von den Menschen und deren Ethik. Was brachte der Sieg jetzt, wenn sie den Rest ihres Leben mit einem solchen Makel auf der Seele verbringen mußte? Während sie versuchte, sich aus seinem Griff loszureißen, sagte er immer und immer wieder die einzigen Worte, von denen er wußte, daß sie zu ihr durchdringen würden.

„Er lebt noch, Wolke. Sturm lebt noch."

Schließlich beruhigte sie sich, winselte einmal und wandte sich dann mit erhobener Schnauze dem Tisch zu, um den Geruch ihres Bruders aufzunehmen. Ein zweites Winseln wurde zum Heulen.

Da ihre Aufmerksamkeit jetzt eher auf Sturm als auf das Töten gerichtet war, stand Henry auf. „Bleib, wo du bist", befahl er, und Wolke fiel zu Boden, zitternd vor Verlangen, zu ihrem Zwillingsbruder zu kommen, aber unfähig, nicht zu gehorchen. Als er den Kopf hob, fand er sich Auge in Auge mit den Läufen der Schrotflinte.

„Er lebt also noch?" Sowohl das Gewehr als auch das Lachen waren zittrig. „Ich konnte keinen Puls fühlen. Sind Sie sicher?"

Henry hörte das langsame, schwerfällige Schlagen von Sturms Herz, spürte, wie das Blut darum rang, weiter durch Adern zu fließen, die vom Gift zugeschnürt wurden. Er gestattete seiner Blutgier, sich zu erheben. „Ich kenne das Leben", sagte er und trat vor. „Und ich kenne den Tod."

„Ja?" Mark leckte sich die Lippen. „Und ich kenne Bo Jackson. Bleiben Sie, wo Sie sind."

Henry Fitzroy lächelte. „Nein." Vampir. Fürst der Finsternis. Kind der Nacht. All das war in Henrys Lächeln.

Der Tisch in seinem Rücken machte einen Rückzug unmöglich; Mark Williams hatte keine andere Wahl, als stehenzubleiben. Schweiß perlte von seiner Stirn und rann an den Seiten seiner Nase herunter. Der Dämon, den er im Wald angeschossen hatte. In Menschengestalt, aber mit auch nicht annähernd menschenähnlicher Miene. „Ich – ich weiß nicht, was Sie sind", stammelte er und zwang seine zitternden Finger, das Gewehr festzuhalten, „aber ich weiß, daß man Sie verletzen kann."

Ein weiterer Schritt würde den Lauf der Waffe genügend herumschwenken, daß Wolke aus der Schußlinie war. *Ein weiterer Schritt,* sagte Henry sich und nährte seinen Hunger mit Wut, *und dieses* Ding *gehört mir.* Er hob den Fuß.

Die Stalltür flog auf, knallte gegen die Wand und zerstörte die Szene.

„Fallenlassen!" befahl Mike Celluci von der Tür aus.

Stuart knurrte einen Kontrapunkt neben ihm, und die Willensanstrengung, seinen Angriff zurückzuhalten, während Wolke noch in Gefahr war, ließ ein Beben durch seine Rückenmuskeln laufen. Ihr Geheul hatte ihn aus dem Wagen geholt, bevor er ganz stand, und ihn ohne nachzudenken in menschlicher Gestalt in den Stall gezogen, wo die Kleider, die er trug, seine Gestalt einschränkten.

Der Schrotflintenlauf senkte sich und hob sich wieder. „Kaum."

„Was zum Teufel geht hier vor?" verlangte Carl Biehn gebieterisch zu wissen, und sein Gewehr zielte auf die beiden Männer, die im Türrahmen standen. Er hatte gehört, wie der Wagen in die Auffahrt gerast war; hatte ihn mit spritzendem Kies halten hören; hatte das Geheul gehört und gewußt, daß Satans Kreaturen damit zu tun hatten. Es hatte ihn nur einen Augenblick gekostet, sein Gewehr zu schnappen, und er war gerade noch rechtzeitig nach den Männern aus dem Wagen im Stall angekommen. Er wußte noch nicht, was vor sich ging, aber sein Neffe brauchte Hilfe, soviel war klar. „Sichern Sie den Revolver und werfen Sie ihn auf den Boden." Er machte eine Geste mit dem Gewehr. „Dort drüben hin."

Mit zusammengebissenen Zähnen tat Mike Celluci, wie ihm geheißen. Er hatte keine andere Wahl. Das Schnappen stählerner Kiefer, die sich schlossen, als die Waffe den Boden traf, ließ alle gleichermaßen zusammenzucken.

„Fallen", sagte Stuart und wies darauf. „Da und da." Der Boden unter seinem nackten Fuß war aufgewühlt. „Und hier auch."

Mark Williams lächelte. „Schade, daß Sie keine längeren Schritte machen."

„Jetzt gehen Sie dort hinüber", befahl Carl, „zu den anderen, dann kann ich... " Als sie sich den Weg zwischen den Fallen hindurch ins Lampenlicht suchten, erkannte er Stuart, und seine Augen wurden schmal. Den ganzen Tag hatte er um eine Antwort gebetet, und nun hatte Gott ihm den Anführer der Gottlosen in die Hände gegeben. Dann sah er Wolke, die immer noch hinter Henry kauerte und alles ignorierte außer dem Leib auf dem Tisch.

Dann sah er Sturm.

Er senkte das Gewehr von seiner Schulter auf seine Hüfte, hielt es im Revolvergriff im Gleichgewicht, den Finger immer noch auf dem Abzug. Die Mündung immer noch direkt auf die Schar der Eindringlinge gerichtet, die jetzt an einer Seite des Stalls zusammengedrängt waren, trat er neben den Tisch. „Was", wiederholte er, „geht hier vor? Wie ist diese Kreatur gestorben?"

„Er ist nicht tot!" Rose warf sich in Stuarts Arme. „Er ist nicht tot, Onkel Stuart! Er ist nicht tot."

„Ich weiß – und wir werden ihn retten." Er strich ihr übers Haar und blickte zu dem jüngeren Mann hinüber, der sie anstarrte, als hätte er noch nie zuvor Haut gesehen. Sie brauchte Trost, aber wenn sie sich und Sturm retten wollten, dann sollte sie besser Zähne und Klauen verwenden können. Im Stillen verfluchte er die Kleidung, die ihn in der menschlichen Gestalt festhielt. „Verwandle dich", befahl er ihr. „Paß auf. Sei bereit."

„Halt!" Das Gewehr schwang von Stuart zu Wolke und wieder zurück. „Sie werden keine Ihrer teuflischen Tricks mehr anwenden!"

Wolke winselte, doch Stuart vergrub seine Hand in dem dichten Fell hinter ihrem Kopf und sagte leise: „Warte."

Carl schluckte. Der Schmerz in den Augen des Wesens, als es, nein, sie zu ihm aufblickte, verband sich mit dem Schrei der Kreatur, die er angeschossen hatte, und das Gewicht des Zweifels legte sich noch schwerer auf sein Herz. Das Werk des Herrn sollte keinen Schmerz bringen. Er drehte sich um und blickte mit schreckerfüllter Faszination auf Sturm hinunter. „Ich habe eine Frage gestellt, Neffe."

Mark brachte etwas mehr Distanz zwischen sich und Henry, ehe er antwortete – was ihn rein zufällig näher an die Tür brachte, nur für alle Fälle – und kämpfte gegen den schweigenden Befehl an, der ihm befahl, *mich anzuschauen*. „Ich vermute", sagte er mit gezwungenem Grinsen, „daß du, nachdem man uns versichert hat, mein Gast sei nicht tot, wissen willst, wie hast du doch gleich gesagt: ‚Was zum Teufel hier vor sich geht?' Es ist ganz einfach. Ich habe beschlossen, deine Politik der heiligen Ausrottung mit einem meiner eigenen profitablen Pläne zu kombinieren."

„Man findet *keinen* Profit im Werk des Herrn!" Carl, der plötzlich in so vielen anderen Dingen unsicher war, hielt zumindest an diesem Glauben fest.

„Unsinn! Du magst vielleicht deine Belohnungen im Himmel erhalten, ich will meine... keine Bewegung!" Er gestikulierte mit der Schrotflinte, und Henry erstarrte. „Ich weiß nicht, was Sie sind, aber ich bin ziemlich sicher, daß beide Läufe auf diese Entfernung Sie zur Hölle schicken werden, und ich bin mehr als bereit, es zu beweisen." Seine Augen waren blutunterlaufen, und er atmete heftig. Der Schweiß brannte in den Kratzern auf seinem Rücken.

Mike Celluci warf einen Blick auf Henrys Profil und fragte sich, was der andere Mann sah, das ihn so entsetzt hatte. Er fragte sich, aber er wollte es nicht wirklich wissen. Seiner Meinung nach lag ihre beste Chance bei Carl Biehn, der verwirrt und trotz seiner unzweifelhaften Fähigkeiten mit einem Gewehr irgendwie gebrechlich und alt wirkte. „Dies ist zu weit gegangen", sagte er ruhig und gab seiner Stimme den Klang der Stimme der Vernunft, die sich über die Spannung wie Balsam legte. „Was immer Sie geglaubt haben, als Sie damit begannen, die Dinge haben sich geändert. Es ist Zeit aufzuhören."

„Schnauze!" fuhr Mark ihn an. „Sie müssen nicht auch noch Ihren Senf dazugeben."

Carl hob die Hand, die fast wie zur Segnung auf Sturms Kopf gelegen hatte, und packte das Gewehr fester. „Was hast du jetzt vor?" fragte er betont, Verzweiflung färbte seine Stimme, und in der Frage hallten Gebete nach, die unbeantwortet geblieben waren.

„Du hast selbst gesagt, die Kreaturen des Teufels müssen sterben. Für den da", Mark nickte zu Sturm hin, „ist schon gesorgt worden. Die da", Wolke winselte wieder und preßte sich eng an Stuarts Beine, „kann ich ebenfalls brauchen. Schade, daß wir den Großen nicht dazu bringen können, sich zu verwandeln, ehe er stirbt."

Stuart knurrte und spannte sich an.

„Nein!" Henry Fitzroys Befehl ließ Stuart sich augenblicklich wieder entspannen, schäumend vor Wut und ohnmächtig, etwas zu unternehmen. Da beide Waffen aus unterschiedlichen Richtungen auf sie gerichtet waren, wäre ein Angriff, ob er nun erfolgreich war oder nicht, für mindestens ein Mitglied der Gruppe tödlich gewesen. Es mußte einen anderen Weg geben, und sie mußten ihn schnell finden, denn obwohl Sturms Herz immer noch ums Überleben kämpfte, konnte Henry hören, wie sehr es geschwächt war, wie schwach es sich nur noch ans Leben klammerte.

„Sie halten Ihr Maul", empfahl Mark. Seine Hände an der Schrotflinte waren schweißnaß, aber er wagte nicht, sie abzuwischen, obwohl sein Onkel die „Gäste" in Schach hielt. Ihm war klar, daß die Kreatur in dem Augenblick, wenn die Schießerei losging und sie nichts mehr zu verlieren hatte, vorstürmen würde. Alles mußte gut arrangiert werden, damit er und die Felle heil da herauskamen. Und wenn er Onkel Carl nicht auf seine Seite bringen konnte... *der arme alte Mann war nicht ganz bei Verstand, wissen Sie...* „Okay, Ihr alle dreht Euch um und stellt Euch mit dem Gesicht zur Wand in einer Reihe auf."

„Warum?"

„Damit ich sie in Schach halten und du sie zurück in die Hölle schikken kannst, wo sie hingehören." Aufgrund einer plötzlichen Inspiration fügte er hinzu: „Gottes Wille geschehe."

Carl Biehn hob den Kopf. „Gottes Wille geschehe." Es stand ihm nicht zu, den Willen Gottes in Frage zu stellen.

„Mr. Biehn." Celluci befeuchtete seine Lippen. Zeit, die Karten auf den Tisch zu legen. „Ich bin Detective Sergeant der Polizei von Toronto. Meine Dienstmarke ist in der linken Vordertasche meiner Hose."

„Sie sind Polizist?" Der Gewehrlauf senkte sich.

„Er hat Umgang mit den Kreaturen des Satans!" schrie Mark. Der Bulle würde durch eine Gewehrkugel sterben. *Armer Onkel Carl...*

Der Gewehrlauf hob sich wieder. „Die Polizei ist nicht immun gegen Versuchungen des Teufels." Er sah Celluci an. „Sind Sie Christ?"

„Mr. Biehn, ich bin praktizierender Katholik, und ich werde gern für Sie das Vaterunser, das Glaubensbekenntnis und drei Ave Maria aufsagen, wenn Sie wollen." Mike Cellucis Stimme wurde sanft, die Stimme eines Mannes, dem man vertrauen konnte. „Ich verstehe, warum Sie diese Leute erschossen haben. Wirklich. Aber ist Ihnen nie der Gedanke gekommen, daß Gott Pläne hat, die Sie nicht kennen und daß Sie sich vielleicht, nur vielleicht, irren?" Da sie noch lebten, war ihm der Gedanke offensichtlich gekommen; Celluci versuchte, das Beste daraus zu machen. „Warum legen Sie nicht das Gewehr weg, und wir unterhalten uns, Sie und ich, und schauen, ob wir nicht einen Weg aus dem Schlamassel heraus finden." Und dann, aus den Tiefen seiner Kindheit heraus, als seine winzige, schwarzgekleidete Großmutter ihn jeden Sonntag einen Bibelvers hatte lernen lassen, ergänzte er: „‚Es ist aber nichts verborgen, was nicht offenbar werde, noch heimlich, was man nicht wissen werde.'"

„Lukas zwölf, Vers zwei." Carl Biehn schauderte, und Mark sah, daß er ihn verlor.

„Selbst der Teufel zitiert die Schrift, Onkel Carl."

„Und wenn er nicht der Teufel ist?" Ein Muskel zuckte in der Wange des Alten. „Willst du einen Mann des Gesetzes töten?"

„Das Gesetz der Menschen, Onkel, nicht das des Herrn!"

„Antworte mir!"

„Ja, antworten Sie ihm. Wollen Sie einen Mord begehen? Eines der Zehn Gebote brechen?" Jetzt benutzte Celluci seine Stimme wie einen Meißel in der Hoffnung, den verfaulten Kern bloßzulegen. „Du sollst nicht töten. Wie steht es damit?"

Mark Williams war in dieser Nacht bereits zweimal dem Tod entgangen. Von dem Augenblick, als er die Kreatur erkannt hatte, die ihn in den Wäldern angegriffen hatte, hatte er gewußt, daß mehr als Glück nötig wäre, um das ein drittes Mal zu schaffen. Damit er überleben konnte, würden alle im Stall sterben müssen. Und er *würde* überleben. Dieser gottverdammte Mistkerl von einem Scheißbullen manipulierte das Einzige, was er brauchte, um seinen Arsch zu retten und noch Profit daraus zu schlagen. Der alte Mann als lebender Helfershelfer war dem alten Mann als tote Entschuldigung vorzuziehen.

„Onkel Carl… " Betone die Verwandtschaft. Erinnere ihn an die Blutsbande, an die Loyalität zur Familie. „Dies sind keine Geschöpfe Gottes. Das hast du selbst gesagt."

Carl sah auf Wolke hinunter und bebte. „Sie sind *nicht* Gottes Geschöpfe." Dann hob er die gequälten Augen zu Mike Cellucis Gesicht. „Aber was ist mit ihm?"

„Verdammt durch die eigenen Taten. Umgang pflegend mit Satans Dienern."

„Aber wenn er ein Polizist ist, das Gesetz… "

„Mach dir keine Sorgen, Onkel Carl." Mark Williams machte sich nicht die Mühe, die plötzliche Welle der Erleichterung zu verbergen. Wenn der alte Mann sich wegen der Folgen Sorgen machte, hatte er sich bereits zum Handeln entschlossen. Das war geritzt. „Ich kann alles wie einen Unfall aussehen lassen. Sei einfach nur vorsichtig, wenn du den weißen Wolf – Hund, was auch immer – tötest, damit du sein Fell nicht ruinierst."

Zu spät wurde ihm klar, daß er das Falsche gesagt hatte.

Der alte Mann schauderte und richtete sich dann auf, als nähme er ein entsetzliches Gewicht auf die Schultern. „Bei so vielem bin ich unsicher, aber dies weiß ich: Was immer heute nacht geschieht, wird zum Wohle Gottes geschehen. Du wirst keinen Profit daraus schlagen." Er schwang das Gewehr herum, bis es auf Mark zeigte. „Leg das Gewehr hin und geh zu ihnen."

Mark öffnete den Mund und schloß ihn wieder, aber kein Laut kam heraus.

„Was werden Sie tun?" fragte Celluci, der seine Stimme und seinen Gesichtsausdruck sorgfältig neutral hielt.

„Ich weiß nicht. Aber *er* wird keinen Anteil daran haben."

„Das kannst du nicht machen." Mark hatte die Sprache wiedergefunden. „Ich gehöre zur Familie. Ich bin dein eigen Fleisch und Blut."

„Leg das Gewehr hin und geh zu ihnen." Carl wußte jetzt, wo er seinen Fehler gemacht, wo er den Weg verlassen hatte, den der Herr ihm gezeigt hatte. Er allein mußte die Last tragen, er hätte sie nie teilen dürfen.

„Nein." Mark warf Henry einen entsetzten Blick zu, dessen Gesichtsausdruck ihn einlud, ihm ruhig so nah zu kommen, wie er wollte. „Ich kann nicht... will nicht... du kannst mich nicht zwingen."

Carl machte eine Bewegung mit dem Gewehr. „Doch."

Mark sah, wie der Tod, den er zurückgehalten hatte, sich ihm näherte, als Henrys Lächeln breiter wurde. „NEIN!" Er schwang die Schrotflinte zu dem herum, der ihn auf dieses Lächeln zutrieb.

Carl Biehn sah die Mündung auf sich zukommen und bereitete sich darauf vor zu sterben. Er konnte einfach nicht den einzigen Sohn seiner einzigen Schwester erschießen, noch nicht einmal, um sich selbst zu retten. *In deine Hände befehle ich meinen Gei...*

Wolke reagierte ohne nachzudenken und sprang in die Luft. Ihre Vorderpfoten trafen die Mitte der Brust des alten Mannes, und der Schrot verteilte sich ungefährlich an der Ostwand, als beide zusammen zu Boden fielen.

Dann bewegte sich Henry Fitzroy.

Eben noch lagen fast drei Meter zwischen ihnen. Dann entriß Henry Mark die Schrotflinte und warf sie mit solcher Wucht weg, daß sie die Wand der Scheune durchbrach. Seine Finger schlossen sich um die Kehle des Sterblichen und spannten sich an, Blut wallte um seine Fingerspitzen auf, wo seine Nägel die Haut durchbohrten.

„Nein!" Mike Celluci stürmte vor. „Das können Sie nicht tun!"

„Ich werde es nicht tun", sagte Henry ruhig. Und dann schob er seine Last rückwärts; einen Schritt, zwei. Die Falle schnappte zu, und Henry Fitzroy ließ los.

Der Arm, der Mike Celluci aufhielt, war ein unüberwindliches Hindernis. Er konnte ihn nicht wegschieben. Er konnte ihn nicht umgehen.

Es dauerte einen Augenblick, bis der Schmerz durch den Schrecken drang. Mit beiden Händen an der Kehle riß Mark Williams seinen Blick von Henrys Gesicht los und blickte nach unten. Weiche Lederschuhe hatten kaum Schutz gegen den stählernen Biß geboten; sein Blut wallte dick und rot auf. Er schrie auf, ein heiserer, erstickter Laut, und fiel auf die Knie, wo er mit kraftlosen Fingern gegen das Scharnier drückte. Dann kamen die Krämpfe. Drei Minuten später war Mark tot.

Henry ließ den Arm sinken.

Celluci blickte von der Leiche zu Henry und sagte mit vor Angst trokkenem Mund: „Sie sind kein Mensch, oder?"

„Nein." Die beiden starrten einander an.

„Werden Sie mich auch töten?" fragte Mike Celluci schließlich.

Henry Fitzroy schüttelte den Kopf und lächelte. Es war nicht das Lächeln, das Mark Williams mit in den Tod genommen hatte. Es war das Lächeln eines Mannes, der 450 Jahre überlebt hatte, weil er wußte, wann er jemandem den Rücken zuwenden konnte. Er tat es jetzt und trat zu Wolke und Stuart neben Sturms Körper.

*Was jetzt?* fragte sich Mike Celluci. *Gehe ich jetzt einfach und vergesse, daß all dies geschehen ist? Kümmere ich mich um die Leiche? Wie?* Technisch gesehen hatte er eben einen Mord beobachtet. „Moment mal, wenn Sturm noch lebt, vielleicht... "

„Sie haben den Tod oft genug gesehen, um ihn zu erkennen, Detective."

Fitzroy hatte recht. Er *hatte* den Tod oft genug zu sehen, um zu wissen, daß er ihn vor seinen Füßen auf dem Erdboden ausgebreitet sah; nicht einmal das flackernde Lampenlicht konnte ihn verbergen. „Warum so schnell?"

„Er", knurrte Stuart, „war nur ein Mensch." Das letzte Wort klang wie ein Fluch.

„Mein Gott, was ist passiert?"

Mike Celluci wirbelte herum, die Fäuste geballt, obwohl – oder vielleicht weil – er die Stimme erkannte. „Was zum Teufel tust du hier? Du bist doch im Dunkeln stockblind!"

Vicki ignorierte ihn.

Colin drängte sich in den Stall und versuchte verzweifelt, zu seinem Bruder zu gelangen.

Barry wollte ihm folgen. Ein Schritt, zwei, und der Boden bewegte sich unter seinem Fuß. Er fühlte den Einschlag von Stahlzähnen, die in einen ledernen Polizeistiefel knallten, im gesamten Bein. „Colin!“

Colin blieb stehen und drehte sich halb zu ihm um. Im Strahl der Taschenlampe, die Vicki aus der Tasche gezogen hatte, verzerrte sich sein Gesicht im Bedürfnis, an zwei Orten gleichzeitig zu sein.

Vicki konnte ihn die Wahl nicht treffen lassen. „Gehen Sie“, befahl sie. „Ich kümmere mich um Barry.“

Colin ging.

Vicki ließ sich vorsichtig auf ein Knie sinken und richtete das Licht auf Barry Wus Fuß. Die Muskeln in seinem Bein zitterten, wo sie gegen ihre Schulter drückten. Sie klemmte sich die Taschenlampe fest unters Kinn und untersuchte die Konstruktion der Stahlklammern. „Können Sie sagen, ob sie durch den Stiefel gegangen ist?“

Sie hörte Barry schlucken. „Ich weiß nicht.“

„Gut. Ich glaube nicht, aber ich muß es abnehmen, um sicherzugehen.“ Ihre Finger hatten das Metall kaum berührt, als Mike Celluci sie wegschlug.

„Vergiftet“, sagte er, bevor sie protestieren konnte, und steckte eine rostige Eisenstange ins Scharnier. „Halt das Bein fest.“

Sowohl die Sohle als auch die Stahlkappe hatten einiges abbekommen, aber gehalten. Barry Wu sank in Vickis Arme, da die Erleichterung endlich eine Reaktion zuließ. *Ich hätte sterben können,* dachte er und schluckte. Die Hitze hatte wenig mit dem Schweiß zu tun, der sein Hemd am Rücken kleben ließ. *Ich hätte gerade eben sterben können.* Sein Fuß schmerzte. Es schien keine Rolle zu spielen. *Ich hätte gerade eben sterben können.* Er holte tief Luft. *Aber ich bin es nicht.*

„Sind Sie in Ordnung?“ fragte Vicki und ließ den Kreis, der ihr Sehvermögen ausmachte, über sein Gesicht streichen.

Er nickte, richtete sich auf und machte einen Schritt, dann noch einen, etwas weniger wackligen, zurück neben sie. „Ja. Alles in Ordnung.'“

Vicki lächelte ihm zu und ließ den Strahl der Taschenlampe über das Innere des Stalls wandern. Da lag ein Körper auf dem Boden. Carl Biehn saß auf einem Faß und sah wie betäubt aus. Alle anderen – Colin, Wolke, Henry, Stuart – waren bei Sturm.

„Ist Sturm... ?“

„Er lebt“, erklärte Celluci. „Anscheinend hat Mark Williams ihn in einer dieser Fallen gefangen, die überall hier drin vergraben sind, also beweg dich nur, wenn ich es dir sage.“

„Mark Williams?“

„Er ist tot.“ Mike Celluci machte eine Kopfbewegung zu Carl Biehn hin und sagte zu Barry Wu: „Gehen Sie dort hinüber. Behalten Sie ihn im Auge.“

Barry nickte, dankbar für Anweisungen, und hinkte durch den Stall.

Auf dem ganzen Weg auf dem Rücksitz des Polizeiwagens hatte Vicki nur gehofft, rechtzeitig einzutreffen, um einen Unterschied zu bewirken. Jetzt war sie hier, es war vorbei, und die Taschenlampe zeigte ihr nur unterbrochene Szenen, in Dunkelheit getaucht. „Was ist passiert?“

Eine Sekunde lang wog Celluci die Alternativen ab, dann legte er schnell die Fakten dar und versuchte, sie nicht durch Emotionen zu färben, derer er sich selbst nicht sicher war. Er beobachtete sorgfältig Vickis Gesicht, als er erzählte, was Henry getan hatte, aber sie ließ nichts durchscheinen, das er verwerten konnte.

„Und Peter? Ich meine, Sturm?“ fragte sie, als er fertig war.

„Ich weiß nicht.“

# Sechzehn

Vicki eilte auf den verschwommenen Lichtfleck zu. Die undeutlichen Gestalten, die sich hindurchbewegten, nahmen feste Gestalt an, als sie näherkam. Wenn Sturm starb, glaubte sie nicht, daß sie sich das je würde verzeihen können. Wenn sie sich nur nicht so idiotisch in Carl Biehn geirrt hätte, nur nicht so sicher gewesen wäre, daß er nicht der Mörder sein konnte. Sie fühlte, wie Mike ihren Arm nahm und ließ sich von ihm die letzten paar Meter führen, die Taschenlampe hing vergessen in ihrer Hand.

Wolke hatte die Vorderpfoten auf dem Tisch und leckte verzweifelt das Gesicht ihres Bruders. Ihre Zunge glättete und sträubte abwechselnd das Fell seiner Schnauze. Stuarts Arme lagen um Sturms Schultern und hielten sein Gewicht. Colin streichelte mit zitternden Fingern über den rotbraunen Rücken, ein leises Wimmern in der Kehle.

Henry... Vicki blinzelte zu Henry hin, der über eines von Sturms Beinen gebeugt war. Als sie hinsah, richtete er sich auf und spie aus.

„Das Gift hat sich in seinem Körper verteilt. Ich würde ihn umbringen, wenn ich versuchte, alles auszusaugen."

Colin gab einen Laut von sich, tief in seiner Kehle, nicht ganz ein Heulen, nicht ganz ein Stöhnen.

„Bringt ihn zu Dixon." Wolke ignorierte sie. Der Rest drehte sich um und starrte sie an.

„Wir können ihn nicht bewegen, Vicki", erklärte Henry leise. „Sein Leben hängt am seidenen Faden. Es wäre leicht, ihn zu zerreißen."

„Wenn wir ihn nur dazu bringen könnten, sich zu verwandeln." Stuart legte seine Wange auf Sturms Stirn, und der Zorn in seiner Stimme betonte nur den Schmerz in seinem Gesichtsausdruck.

Vicki erinnerte sich daran, was der Doktor darüber gesagt hatte – daß die Verwandlung Infektionen neutralisierte. Sie vermutete, daß man Gift als eine Art Infektion betrachten konnte. „Er kann sich nicht verwandeln, weil er nicht bei sich ist?"

Stuart nickte, und Tränen zeichneten ein dunkles Muster in das rotbraune Fell.

„Wie wäre es, wenn man eine unbewußte Verwandlung erzwänge?"

„Sie wissen überhaupt nichts von uns, Mensch."

„Ich weiß soviel, wie ich wissen muß." Vickis Herz raste, als sie sammelte, was Dixon ihr erzählte hatte, ihre eigenen Beobachtungen hinzufügte und wußte, daß sie etwas gefunden hatte, das funktionieren könnte. „Wenn er sich nicht von allein verwandelt, verwandelt er sich vielleicht für Rose. Zwillinge sind verbunden. Dixon sagte das, Nadine hat es gesagt, zum Teufel, man kann es sehen. Und Rose und Peter sind... " Sie wußte nicht, wie sie es ausdrücken sollte, nicht solange Rose – Wolke – unmittelbar dabei war. *Zum Teufel, man konnte nicht darum herumreden.* „Da Rose läufig wird, reißt sie Peter mit. Ihre Reaktionen sind jetzt mehr denn je miteinander verbunden. Wenn Rose, nicht Wolke, sich, äh, nun, vielleicht würde das Sturm in Peter verwandeln."

Stuart hob den Kopf. „Ist Ihnen klar, was geschehen kann? Wie stark ein Band wie dieses bei uns ist?"

Vicki seufzte. „Schauen Sie, selbst wenn es klappt, ist er zu krank, um etwas zu tun, und außerdem... " Sie streckte die Hand aus und streichelte mit einem Finger Sturms schlaffes Vorderbein entlang. *Inzest oder Tod, was für eine Wahl.* „... ist es nicht besser als die Alternative?"

„Ja. Oh ja." Rose wartete nicht auf Stuarts Antwort. Sie warf sich neben ihren Zwillingsbruder, schloß ihn so eng in die Arme, wie sie konnte und rieb ihr Gesicht an seinem.

Stuart ließ Sturm los und richtete sich auf, wobei er eine Hand leicht auf der Schulter seines Neffen liegen ließ. „Ruf ihn", sagte er mit resignierter Stimme und wachsamem Gesichtsausdruck. Er würde nicht zulassen, daß dies weiter ging als nötig. „Hol ihn zurück zu uns, Rose." *Aber versuch, dich nicht selbst zu verlieren.* Das letzte, was er jetzt brauchte, war, daß Rose läufig wurde, ohne daß Nadine da war, um sie zu schützen. Brunftreaktionen hatten schon ganze Rudel vernichtet.

„Peter?"

Die feinen Härchen an ihrem Rückgrat stellten sich auf, und Vicki spürte die Macht in einem Namen. *Das bist du,* sagte sie. *Komm zurück.*

„Peter, bitte. Bitte verlaß mich nicht!"

Quälende Augenblicke lang sah es so aus, als würde nichts geschehen. Rose rief weiter, mit genügend Kummer, Schmerz, Sehnsucht und Liebe, um die Toten zu erwecken. Mit Sicherheit mußte es eine Wirkung auf jemanden haben, der noch nicht verschieden war.

„Er hat sich bewegt", bemerkte Henry plötzlich. „Ich habe gesehen, wie seine Nüstern zuckten."

„Er hat Witterung aufgenommen", erwiderte Stuart, und er und Colin bewegten sich unbehaglich.

Dann geschah es. Diesmal langsam genug, daß Vicki hinterher immer schwor, den exakten Augenblick der Verwandlung gesehen zu haben.

Peter warf den Kopf herum und stöhnte, seine Haut war grau und feucht, sein linker Fuß von den Stahlklammern der Falle entsetzlich zugerichtet.

Rose drückte Küsse auf seine Lippen, seine Kehle, seine Augen, bis ihr Onkel sie vom Tisch zog und heftig schüttelte. Sie brach in Tränen aus und vergrub ihr Gesicht an Peters Brust, beide Hände fest um eine der seinen geschlungen.

„Sein Puls ist stärker." Henry hörte, wie er kämpfte, wie er das träge Blut zum Fließen zwang. „Sein Lebensfunke auch. Ich glaube, jetzt können wir ihn bewegen."

„Gleich." Vicki holte tief Luft. Es fühlte sich an wie das erste Mal seit geraumer Zeit, und selbst die staubige, kerosingeschwängerte Luft des Stalls roch süß. *Wie zum Teufel sollen wir das der Polizei erklären?* „Also, wir werden folgendes tun... "

„Entschuldigung."

Sie zuckte zusammen und erkannte einen Augenblick lang den alten Mann nicht, der sich ins Licht schleppte, Barry wie einen ängstlichen Schatten im Gefolge.

Biehn streckte eine zitternde Hand aus und strich leicht über den silbrigen Flaum von Roses Haar. Sie rieb die Nase an ihrem Handgelenk und sah auf; ihre Augen wurden schmal, als sie erkannte, wer es war.

„Ich weiß, daß es nicht reichen wird", erklärte er und sprach nur zu ihr, die Worte rauh vor Schmerz, „aber mir ist klar, daß ich Unrecht hatte. Trotz allem, was ich Ihnen und den Ihren angetan habe, selbst inmitten Ihres Kummers, haben Sie mir das Leben gerettet und dabei Ihres riskiert. *Das* ist der Weg des Herrn." Er mußte sich unterbrechen, um sich zu räuspern. „Ich will Ihnen danken und sagen, daß es mir leid tut, auch wenn ich weiß, daß ich kein Recht auf Vergebung habe."

Dann wandte er sich ab, und Vickis Blick begegnete seinem.

Seine Augen waren vom Weinen rot, aber völlig klar. Obwohl der Schmerz ein Teil von ihnen geworden war, war kein Zweifel übrig. Dies war ein Mann, der Frieden mit sich selbst gemacht hatte. Vicki hörte in ihrer Erinnerung ihre Stimme, die sagte: *„Er ist ein anständiger Mensch, und die sind selten."* Sie nickte. Er erwiderte es und ging vorbei, gebeugt, aber immer noch mit einer ruhigen Würde.

„Gut, Leute, wir wollen das so unkompliziert wie möglich halten." Sie blinzelte heftig, um ihre Augen klar zu bekommen, und schob ihre Brille hoch. „Folgendes ist passiert: Die Polizei weiß schon, daß jemand auf die Hunde der Heerkens – und die Heerkens – geschossen hat und daß ich die Sache untersuche. Offensichtlich hat Peter etwas herausgefunden... "

„Er hat heute nachmittag mit Williams gesprochen", berichtete ihr Celluci und fragte sich, wie lange er diese leicht unwirkliche Erklärung weitergehen lassen würde.

„Toll. Er wurde mißtrauisch und kam hierher. Inzwischen habe ich die gleiche Information herausgefunden, angerufen, entdeckt, daß Peter verschwunden war, Colin aus der Schicht geholt und mich auf den Weg hierher gemacht. Inzwischen seid ihr, du", sie wies auf Celluci, „und Sie", der Finger richtete sich auf Stuart, „zur Rettung herbeigeeilt. Wir bleiben so dicht an der Wahrheit wie möglich. Henry, du warst nicht hier."

Er nickte. Sich aus polizeilichen Untersuchungen herauszuhalten war immer eine seiner Überlebensregeln gewesen.

„Colin, Sie und Barry tragen Peter auf den Rücksitz ihres Autos. Rose, bleiben Sie bei ihm. Lassen Sie nicht zu, daß er sich wieder verwandelt. Rose, Sie waren ebenfalls nicht hier. Die Jungs haben Sie auf dem Weg zurück zur Stadt aufgelesen, als Sie die Straße entlangrannten und versuchten, hierher zu kommen, wütend, daß Stuart und Celluci Sie nicht mitnehmen wollten. Klar?"

Rose schniefte und nickte. Sie ließ ihren Zwillingsbruder gerade lange genug los, um das T-Shirt anzuziehen, das Stuart auszog und ihr reichte. Es reichte ihr bis zur Mitte der Oberschenkel und würde als Bekleidung ausreichen, bis sie zum Arzt kamen, wo die gesamte Familie etwas zum Anziehen aufbewahrte.

Vorsichtig hob Colin seinen Bruder hoch und ging Richtung Tür, wobei Peters Kopf schlaff in seiner Halsbeuge hing. Rose war dicht neben ihm und ließ ständig ihre Hände über den Körper ihres Zwillingsbruders wandern.

„Warten Sie beim Wagen", rief Vicki und schickte Barry Wu hinter ihnen her. „Da sind noch Dinge, die Sie wissen müssen."

„Wie zum Beispiel, was du mit der Leiche vorhast", schnauzte Celluci sie an und fuhr sich mit beiden Händen durchs Haar, mit seiner Geduld fast am Ende. „Ich weiß nicht, ob du sie dir schon angeschaut hast, aber jemand hat offensichtlich nachgeholfen, um sie in ihren gegenwärtigen Zustand zu versetzen, was ein bißchen schwierig zu erklären sein dürfte. Oder vergraben wir sie einfach in den Wäldern und vergessen sie? Und was ist mit Biehn? Wie paßt er in dieses Märchen, das du da gerade erfind... ?"

Der Schuß war zwar seltsam gedämpft, ließ Celluci aber herumfahren. Stuart knurrte und kämpfte sich aus der hinderlichen Trainingshose heraus. Selbst Henry wirbelte herum, um nach dem Geräusch zu sehen, und von außerhalb des Stalls kamen fragende Rufe und rennende Schritte.

Vicki schloß nur die Augen und versuchte, nicht hinzuhören, versuchte an Blumen zu denken, die sich über einen Augustmorgen wie ein gefallener Regenbogen ausbreiteten.

„Er ging in die Ecke, schob sich den Gewehrlauf in den Mund und drückte mit dem Zeh auf den Abzug."

Sie fühlte Mikes Hände auf den Schultern und öffnete die Augen.

„Du wußtest, daß er das tun würde, nicht wahr?"

Sie zuckte die Achseln, so gut das angesichts seines Griffs möglich war. „Ich habe es vermutet."

„Du wußtest es!" Celluci begann, sie zu schütteln. „Warum hast du ihn nicht aufgehalten?"

Sie brachte ihre Arme zwischen die seinen und brach seinen Griff. Sie standen einen Augenblick lang da und starrten einander an, und als sie glaubte, er würde ihr tatsächlich zuhören, sagte sie: „Er konnte mit dem, was er getan hatte, nicht leben, Mike. Wer bin ich zu entscheiden, daß er es muß?" Sie schob ihre Brille hoch, schaute an ihm vorbei und tat einen langen, zittrigen Atemzug. „Wir sind noch nicht fertig. Ist hier irgendwo Kerosin für die Lampe?"

„Hier, am Tisch." Stuart bückte sich, um den Zwanzig-Liter-Kanister aufzuheben.

„Nicht anfassen."

Celluci wußte in diesem Augenblick, was sie tun würde und wußte, daß dies seine letzte Gelegenheit war, um sie aufzuhalten, um diese gesamte Nacht wieder zurück unter den Mantel des Gesetzes zu bringen. Er hatte den starken Verdacht, daß, wenn er dies versuchen würde, Henry und Stuart sich eindeutig auf ihre Seite stellen würden. Das Problem war, wenn es darum ging, sich für eine Seite zu entscheiden...

Vicki kramte ein paar lederne Autofahrerhandschuhe aus den Tiefen ihrer Handtasche, und als ob sie seine Gedanken lesen könnte, fragte sie, während sie sie anzog: „Wolltest du noch etwas sagen, Celluci?"

Langsam, da ihm klar wurde, daß ihm keine Wahl blieb, schüttelte er den Kopf und vergaß, daß sie ihn ja nicht sehen konnte. Er hatte entschieden, wo er stand, dort im Bauernhaus, als er die Informationen weitergegeben hatte, die sie ihm mitgeteilt hatte. Sie wußte das genausogut. *Vielleicht sogar noch besser.*

Mit angezogenen Handschuhen bückte Vicki sich und nahm vorsichtig den Kanister hoch. Er fühlte sich fast voll an. Sie schraubte den Dekkel ab und hielt inne. Sie brauchte beide Hände für den Kanister, würde aber ohne die Taschenlampe nichts sehen, sobald sie den unmittelbaren Umkreis der Lampe verließ. „Zur Hölle mit all dem... "

Celluci merkte, wie er Henry ansah, dessen Gesichtsausdruck so deutlich sagte: *Es liegt bei Ihnen,* daß es einen Augenblick dauerte, bis ihm klar wurde, daß es nicht laut gesagt worden war. *Bei mir. Klar. Als hätte ich eine Wahl.* Aber er ging trotzdem vor und hob die Taschenlampe auf.

Vicki blinzelte in sein Gesicht, aber das Licht war zu schlecht, um Nuancen auszumachen. *Nicht, daß Celluci zu Nuancen neigte.* Es reichte, daß er da war; es half. *Laßt uns weitermachen.*

Sie ging durch den Lichtstrahl auf Williams zu, goß das Kerosin vorsichtig auf den festgetretenen Boden, während sie ging, und war dankbar, daß ihr Griff um den Kanister das starke Zittern ihrer Finger verbarg. Das Gesetz hatte ihr einmal alles bedeutet. „Soweit jemand sich das wird zusammenreimen können, gab es einen Kampf, wahrscheinlich, weil Carl Biehn zu dem dazukam, was auch immer sein Neffe gerade mit Peter anstellte. Während des Kampfs trat Mark Williams in eine seiner eigenen gräßlichen kleinen Eisenwaren. Aus Schmerz oder Schuldgefühl oder Gott weiß was heraus hat Carl Biehn sich selbst erschossen. Leider wurde irgendwann während des Kampfes der Kanister mit dem Kerosin umgestoßen."

Das Licht glitt über die Leiche. Es war offensichtlich, daß Williams unter großen Schmerzen gestorben war, und die Abdrücke von Henrys Fingern waren immer noch auf seinem Hals. Vicki konnte sich nicht dazu durchringen, Mitleid mit ihm zu haben. Das einzige, was sie zu Lebzeiten für Williams empfunden hatte, war Verachtung gewesen, und sein Tod hatte nichts daran geändert. *Genausogut könnte ich Mitleid empfinden, wenn ich eine Küchenschabe zertrete,* dachte sie, als sie den Kanister neben der Leiche abstellte und umkippte.

„Was ist mit Biehn?"

„Laß ihn. Laß ihn liegen, wo er liegen wollte." Sie ging durchs Licht zum Tisch zurück und nahm die Lampe hoch. Die tanzende Flamme malte Muster in die Dunkelheit, die noch vor ihren Augen tanzten, nachdem sie weggesehen hatte. „Unglücklicherweise zerbrach irgendwann während des Kampfes die Lampe."

Die Kraft, mit der die Lampe den Boden traf, drückte die Gefühle aus, die hinter ihrem sachlichen Tonfall verborgen lagen.

Das Kerosin in dem zerbrochenen Behälter entzündete zuerst sich und dann den Pfad, den Vicki gegossen hatte.

„Schaut gut hin. Das hier habt ihr gesehen, als ihr kamt." Sie holte tief Luft, zog die Handschuhe aus und schob sie in die Tiefen ihre Handtasche. „Dazu Peters Körper, der nackt auf dem Tisch lag. Ihr beiden ranntet hinein, schnapptet euch Peter und seid rausgekommen. Die Flammen waren zu hoch, als daß ihr hättet zurückgehen können. Jetzt schlage ich vor, daß *wir* hier rausgehen, da dieser Stall uralt und trocken wie Zunder ist und wahrscheinlich in sehr kurzer Zeit in Flammen stehen wird."

Mit einem hungrigen Zischen fing Mark Williams' Kleidung Feuer, das brennende Kerosin umrahmte seinen Körper mit Flammen.

Sie hielt an der Tür inne, ihre Hand fiel von Mikes Arm, der sie führte, und sie blickte zurück. Dieser orangerote Spritzer mußte Feuer sein, das über die Oberfläche der Nordwand kletterte. Man konnte es jetzt nicht mehr aufhalten, selbst wenn man gewollt hätte. Sie fragte sich einen Augenblick lang, wer eigentlich *man* war, dann straffte sie ihre Schultern und ging hinaus, um mit Colin und Barry beim Wagen zu sprechen.

„Als wir kamen", erklärte sie ihnen, „hatten Celluci und Stuart Peter draußen auf den Rasen gelegt. Vergessen Sie alles andere. Sie haben Peter in den Wagen gelegt, die Feuerwehr gerufen und sich auf den Weg zurück in die Stadt gemacht, wobei Sie Rose unterwegs aufgelesen haben."

„Aber was ist mit… " Barry klang nicht besonders glücklich.

Vicki stand ruhig da, abwartend. Sie konnte sein Gesicht nicht sehen, aber sie hatte eine gute Vorstellung davon, was in seinem Kopf vorging.

Sie hörte Barry seufzen. „Es gibt keinen anderen Weg, nicht? Nicht, ohne die Werwölfe bloßzustellen und… " Sie hörte Henry in der entstehenden Pause, hörte, wie er beschloß, seinen Verdacht nicht zu äußern. „... noch andere Dinge."

„Nein, es gibt keinen anderen Weg. Lassen Sie niemanden Ihren Stiefel sehen."

Sie beobachtete, wie die Rücklichter zurückstießen, sah, wie sie auf der Bundesstraße beschleunigten, wandte sich dann ab und ging zu den drei Männern – dem Vampir, dem Werwolf und dem Polizisten – zurück, deren Umrisse gegen die flackernden Flammen des brennenden Gebäudes zu erkennen waren. Es würde nur Asche zurückbleiben, wenn das Feuer ausgebrannt war.

Als sei es jetzt an ihm, ihre Gedanken zu lesen, bemerkte Celluci trokken: „Wenn sie die Asche durchsieben, könnte jedes kompetente Spurensicherungsteam tausend Löcher in deine Geschichte pieksen."

„Warum sollte man eine Untersuchung anstellen? Da du und ich und zwei der hiesigen Polizisten am Schauplatz waren, wird man wohl mit Freuden unser Wort akzeptieren."

Celluci mußte zugeben, daß Vicki recht hatte. Drei Polizisten und eine Expolizistin, die nichts davon hatten zu lügen – und darauf, daß sie eine Familie von Werwölfen verbargen, würde vermutlich niemand kommen... Man würde die Sache zu den Akten legen, als erledigt abschreiben und sich etwas zuwenden, das man lösen konnte.

„Dennoch gibt es viele lose Enden", meinte Stuart nachdenklich.

Vicki schnaubte. „Die Polizei liebt lose Enden. Wenn man es zu ordentlich zusammenschnürt, dann glauben sie, man wolle ihnen einen Schwindel verkaufen." Die Nacht war schwül, windstill, und der Schuppen brannte jetzt lichterloh, doch Vicki schlang die Arme eng um sich. Sie hatten gewonnen, sie sollte glücklich sein, erleichtert, irgendwas. Sie empfand nur Leere.

„He." Henry wünschte, er könnte ihre Augen sehen. Alles, was er sehen konnte, waren die Flammen, die sich in ihrer Brille widerspiegelten. „Bist du in Ordnung?"

„Ja. Mir geht es gut. Warum auch nicht?"

Er streckte die Hand aus und schob ihr die Brille hoch. „Es gibt keinen Grund."

Sie grinste etwas zittrig. „Du solltest verschwinden. Ich weiß nicht, wie lange die Feuerwehr und die OPP hier raus brauchen."

„Kommst du zum Haus zurück?"

„Sobald die Polizei mit mir fertig ist."

Er warf Celluci einen raschen Blick zu, doch es gelang ihm, eine Bemerkung zu unterdrücken.

Vicki seufzte. „Geh", erklärte sie ihm.

Er ging.

Celluci nahm seinen Platz ein.

Vicki seufzte wieder. „Wenn du mir noch eine Vorlesung über Ethik und Moral halten willst, dann bin ich jetzt nicht in Stimmung dafür."

„Tatsächlich habe ich mich gerade gefragt, ob ein Steppenbrand Teil deines Plans war. Vielleicht als Ablenkung? Hier herrscht Funkenflug, und das Feld hinter dem Stall ist entsetzlich trocken."

Flammen schlugen jetzt aus dem Dach, das gesamte Gebäude war in Rot und Gold gehüllt.

Das letzte, was sie wollte, war, noch mehr Schaden anzurichten. „Da ist ein Bewässerungssystem im Garten mit jeder Menge Schlauch. Mach das Feld einfach naß."

„Woher zum Teufel hätte ich das wissen sollen?"

„Du hättest nachsehen können! Lieber Himmel, muß ich mich denn um alles kümmern?"

„Nein. Du hast schon mehr als genug getan!" Er wollte die Worte in dem Moment zurückrufen, als er sie gesagt hatte, aber zu seiner Überraschung, begann Vicki zu lachen. Es klang nicht nach Hysterie, es klang einfach nur wie Lachen. „Was ist?"

Es dauerte einen Augenblick, bevor sie sprechen konnte, und selbst dann drohte dauernd ein erneuter Ausbruch. „Ich habe gerade gedacht, daß alles vorbei ist außer dem Geschrei."

„Ja? Und?"

„Und?" Sie machte eine hilflose Handbewegung, als es wieder losging. „Und jetzt ist es vorbei."

„Sie werden wiederkommen und uns besuchen? Wenn Sie mal aus der Stadt raus müssen?"

„Ja." Vicki grinste. „Aber im Augenblick erscheinen mir der Frieden und die Ruhe der Stadt äußerst einladend."

Nadine schnaubte. „Ich weiß nicht, wie Sie das aushalten. Gestank und zuviele Fremde in Ihrem Revier... " Obwohl sie immer noch das Mal des Verlustes ihrer Zwillingsschwester trug, war die Wunde in den letzten vierundzwanzig Stunden sichtlich geheilt. Ob das am Tod Mark Williams' und Carl Biehns lag oder an der Rettung von Peters Leben, wußte Vicki nicht mit Sicherheit. Sie wollte es auch gar nicht wissen.

Rose hatte sich auch verändert. Es zeigte sich weniger von dem Kind, das sie gewesen war, und mehr von der Frau, zu der sie wurde, in ihrem Gesicht. Nadine hielt sie nah bei sich und knurrte, wenn sich einer der Männer näherte.

Vicki ging zur Tür, wo Henry Fitzroy stand und auf sie wartete. Die Spannung zwischen ihm und Stuart war fast greifbar.

„Bevor du angekommen bist", hatte Henry ihr zuvor erklärt, „habe ich ihm im Stall einen Befehl gegeben, dem er gehorchen mußte."

„Du hast ihn vampiriert?"

„Sozusagen. Wir tun beide so, als sei es nicht passiert, aber er wird eine Weile brauchen, um zu vergessen, daß es *doch* passiert ist."

Schatten, dessen schwarzes Fell staubbedeckt war, krabbelte unter dem Holzofen hervor, die Kiefer fest um einen riesigen Suppenknochen geschlossen. Er trottete zur Tür und ließ ihn zu Vickis Füßen fallen.

„Das ist mein bester Knochen", erklärte Daniel ernsthaft. „Ich möchte, daß Sie ihn haben, damit Sie mich nicht vergessen."

„Danke, Daniel." Der Knochen verschwand in den Tiefen von Vickis Handtasche. Sie streckte die Hand aus und zupfte eine Staubflocke von seiner Stirn. „Ich glaube, daß ich mit ziemlicher Sicherheit garantieren kann, daß ich dich niemals im Leben vergessen werde."

Daniel wand sich, dann warf sich Schatten gegen ihre Knie und bellte begeistert.

*Ach, was soll's,* dachte Vicki, hockte sich hin und tat das, was sie damals am Anfang mit Sturm getan hatte. Sie vergrub ihre Finger in dem dichten, weichen Nackenfell und kraulte ihn gut durch.

Es war schwer zu sagen, wer von ihnen beiden es mehr genoß.

Mike lehnte am Wagen und warf die Schlüssel von einer Hand in die andere. Es war anderthalb Stunden nach Sonnenuntergang, und er wollte weg; nach den letzten beiden Tagen würde das schlichte alte Großstadtverbrechen eine willkommene Erleichterung darstellen.

Er war sich immer noch nicht sicher, warum er Vicki und Henry angeboten hatte, sie mit zurück nach Toronto zu nehmen. Nein, das war nicht wahr. Er wußte, warum er Vicki angeboten hatte, sie mitzunehmen, er war sich nur nicht sicher, warum er Henry miteingeschlossen hatte. Zugegeben, der BMW des Mannes würde noch mindestens eine Woche in der Werkstatt sein, aber das war eigentlich kein besonderer Grund.

„Was zum Teufel hält sie so lange auf?" murmelte er.

Wie zur Antwort öffnete sich die Hintertür, und Schatten hüpfte schwanzwedelnd heraus. Vicki und Henry folgten, begleitet vom Rest der Familie mit Ausnahme von Peter, der bei Dr. Dixon geblieben war.

Vicki hatte mit der polizeilichen Untersuchung recht gehabt. Die Sache war so verrückt und die Augenzeugen so glaubwürdig, daß die OPP ziemlich genau die Schlüsse gezogen hatte, die Vicki umrissen hatte, und bereit war, den Rest abzuschreiben. Mark Williams' Polizeiakte hatte auch nichts geschadet, besonders, als ein Bericht über sein letztes Unternehmen aus Vancouver gekommen war.

Mike versteifte sich, als Schatten an seiner Brust hochsprang, ihm zweimal das Gesicht leckte und dann davonrannte, um die Gruppe, die sich über den Rasen näherte, lautstark zu umkreisen. Werwölfe. Er würde nie wieder irgend jemanden ansehen können wie zuvor. Wenn Werwölfe existierten, wer weiß, was für andere sagenhafte Kreaturen noch auftauchen mochten.

Vicki schien das spielend gemeistert zu haben, aber schließlich hatte er schon immer gewußt, daß sie eine bemerkenswerte Frau war. Eine zumeist unangenehme, arrogante, eigensinnige Frau, aber dennoch bemerkenswert. Andererseits, dachte er, während sich seine Faust um die Schlüssel schloß, kannte Vicki Henry Fitzroy seit Ostern, also war vielleicht nichts davon neu für sie. Wer wußte schon, worin die beiden verwickelt gewesen waren?

Während der Dankes- und Abschiedsworte trat Stuart mit ausgestreckter Hand näher. „Danke für Ihre Hilfe."

Der Tonfall war nicht freundlich, aber Mike kannte sich mit Stolz aus. Er lächelte, sorgfältig darauf bedacht, die Zähne bedeckt zu halten, und nahm die angebotene Hand. „Gern geschehen."

Der Griff begann sehr fest, entwickelte sich aber rasch weiter, so daß die Adern an beiden Unterarmen über die Muskeln heraustraten und Celluci, obwohl er fast fünfundzwanzig Zentimeter größer und proportional schwerer gebaut war, sich zu sorgen begann, seine Knöchel könnten herausspringen.

Nadine, die den Geruch des Wettstreits aufgenommen hatte, stupste Vicki an, und beide drehten sich um, um zuzusehen.

„Machen sie so weiter, bis einem von ihnen die Hand bricht?" fragte Vicki trocken und blinzelte gegen den vereinigten Umriß, der vor dem Lichtkegel des Wagens kämpfte.

„Schwer zu sagen bei Männchen", erklärte Nadine in ziemlich genau dem gleichen Tonfall. „Ihr Körper scheint noch stundenlang weitermachen zu können, nachdem ihr Gehirn ausgesetzt hat."

Vicki nickte. „Das habe auch schon bemerkt."

Wenn dem plötzlichen Loslassen irgendwelche sichtbaren Signale vorausgegangen waren, die zwischen den Männern ausgetauscht wurden, hatte Vicki sie nicht gesehen. Eben noch befanden sie sich noch quasi im Kampf Hand gegen Hand, dann schlugen sie einander auf die Schultern wie die besten Freunde. Sie vermutete, daß der korrekte innere Druck schließlich erreicht worden war, einen Schalter umgelegt hatte und gestattete, daß das Leben weiterging – aber sie würde nicht fragen, weil sie es eigentlich gar nicht wissen wollte.

Während Stuart wissen wollte, worüber seine Gefährtin lachte, merkte Mike, daß er mit einem unerwarteten logistischen Problem beschäftigt war: Wer würde auf der Heimfahrt neben ihm auf dem Vordersitz sitzen? Es schien kindisch, sich deswegen Sorgen zu machen, doch obwohl der Sitz von Rechts wegen Vicki gebührte – sie war die größere und hatte das Recht auf mehr Beinfreiheit –, wollte er Henry Fitzroy auf der dreistündigen Fahrt nicht hinter sich im Dunkeln sitzen haben.

Vicki nahm ihm die Entscheidung ab. Sie ließ ihre Finger über den Wagen gleiten, bis sie den Griff der Hintertür gefunden hatte, öffnete sie, warf ihre Tasche hinein und kletterte ihr nach, wobei sie vorsichtig Schatten wegschob – der versuchte, sie noch ein paar Mal zu lecken – bevor sie die Tür schloß. Sie kannte Mike seit acht Jahren und hatte eine genaue Vorstellung davon, was in seinem Kopf vor sich ging. Wenn er dachte, sie würde sich in die Auseinandersetzung zwischen ihm und Henry einmischen, dann hatte er falsch gedacht.

Henry machte ein ausdrucksloses Gesicht, als er auf den Vordersitz glitt und sich anschnallte.

Schatten verfolgte den Wagen bis zum Ende des Weges, dann setzte er sich bellend neben den Briefkasten, bis sie nicht mehr zu sehen waren.

Als sie die 401 erreichten, konnte Celluci das Schweigen nicht länger ertragen. „Also", er räusperte sich, „sind all deine Fälle so *interessant?*"

Vicki grinste. Sie hatte gewußt, daß er das Schweigen zuerst brechen würde. „Nicht alle", antwortete sie, „aber schließlich habe ich eine exklusive Klientel."

„So kann man es auch ausdrücken", brummte Mike. „Was wird mit Rose und Peter passieren, haben sie etwas gesagt?"

„Sobald es Peter besser geht, schickt Stuart ihn nach Vermont. Rose ist deswegen ziemlich niedergeschlagen."

„Zumindest ist er am Leben und *kann* weggeschickt werden."

„Stimmt."

„Rose wird wahrscheinlich die nächste Woche laut heulend in ihrem Zimmer verbringen, während die drei anderen Männchen sich rar machen."

„Drei? Du meinst, ihr Vater... "

„Anscheinend ist es ein ziemlich starker biologischer Zwang."

„Ja, aber... "

„Mach dir nicht ins Hemd, Mike. Nadine sorgt schon dafür, daß nichts passiert."

„Nur die Leitwölfin darf sich fortpflanzen", bemerkte Henry.

„Ja? Toll." Mike trommelte mit den Fingern aufs Lenkrad und warf dem anderen Mann von der Seite einen Blick zu. „Ich bin mir immer noch nicht sicher, wie Sie da reinpassen."

Henry Fitzroy hob eine rotgoldene Augenbraue. „In diesem speziellen Fall habe ich als Vermittler gedient. Gewöhnlich bin ich aber einfach nur ein Freund.“ Dann fügte er, weil er einfach nicht widerstehen konnte, hinzu: „Manchmal helfe ich Vicki bei der Nachtarbeit.“

„Ja. Darauf wette ich.“ Der Motor heulte auf, als Celluci an einem Transporter vorbeischoß. „Und wahrscheinlich hatten Sie auch mehr mit diesem... diesem... Ding zu tun, auf das wir letztes Frühjahr gestoßen sind, als einer von euch beiden mir erzählt.“

„Vielleicht.“

„Nichts vielleicht.“ Celluci fuhr sich mit der Hand durchs Haar. „Schau mal, Vicki, du kannst dich mit so vielen Ghulen und Geistern und Dingern, die komische Geräusche bei Nacht machen, abgeben, wie du willst.“ Er warf Henry einen weiteren Blick zu. „Aber von jetzt an halte mich da raus.“

„Niemand hat Sie eingeladen“, bemerkte Henry ruhig, bevor Vicki antworten konnte.

„Ihr solltet froh sein, daß ich aufgetaucht bin!“

„Ja?“

„Ja.“

„Vielleicht möchten Sie das gerne näher ausführen, Detective Sergeant?“

„Vielleicht.“

Vicki seufzte, lehnte sich zurück und schloß die Augen. Es würde eine lange Heimfahrt werden.